agente 6

OBRAS DO AUTOR PUBLICADAS PELA EDITORA RECORD

Agente 6
Criança 44
O discurso secreto

TOM ROB SMITH

agente 6

TRADUÇÃO DE Beatriz Horta

EDITORA RECORD
RIO DE JANEIRO • SÃO PAULO
2013

CIP-BRASIL. CATALOGAÇÃO NA FONTE
SINDICATO NACIONAL DOS EDITORES DE LIVROS, RJ

S649a Smith, Tom Rob
Agente 6 / Tom Rob Smith; tradução de Beatriz Horta. – Rio de Janeiro: Record, 2013.

Tradução de: Agent 6
ISBN 978-85-01-09714-9

1. Ficção inglesa. I. Horta, Beatriz. III. Título.

13-2201
CDD: 823
CDU: 821.111-3

Título original em inglês:
AGENT 6

Copyright © 2011 by Tom Rob Smith

Texto revisado segundo o novo Acordo Ortográfico da Língua Portuguesa.

Todos os direitos reservados. Proibida a reprodução, no todo ou em parte, através de quaisquer meios. Os direitos morais do autor foram assegurados.

Direitos exclusivos de publicação em língua portuguesa somente para o Brasil adquiridos pela
EDITORA RECORD LTDA.
Rua Argentina, 171 – Rio de Janeiro, RJ – 20921-380 – Tel.: 2585-2000, que se reserva a propriedade literária desta tradução.

Impresso no Brasil

ISBN 978-85-01-09714-9

Seja um leitor preferencial Record.
Cadastre-se e receba informações sobre nossos lançamentos e nossas promoções.

EDITORA AFILIADA

Atendimento e venda direta ao leitor:
mdireto@record.com.br ou (21) 2585-2002.

Para Zoe Trodd

Moscou
Praça Lubianka
Lubianka, sede da polícia secreta
21 de janeiro de 1950

O jeito mais seguro de escrever um diário era imaginar Stalin lendo cada palavra. Mesmo com todo esse cuidado, ainda havia o perigo de alguma frase escapar com um eventual duplo sentido e a expressão ser malcompreendida. Um elogio poderia ser interpretado como escárnio, uma adulação sincera talvez fosse considerada paródia. Como nem o mais cuidadoso autor podia se proteger de todas as interpretações possíveis, uma alternativa era esconder o diário, método escolhido neste caso pela suspeita: uma jovem artista chamada Polina Pechkova. Seu diário foi encontrado numa lareira, dentro da chaminé, enrolado numa lona e apertado entre dois tijolos soltos. Para pegá-lo, a autora era obrigada a esperar o fogo apagar, enfiar a mão na chaminé e sentir a lombada do livro. Por ironia, a complexidade desse esconderijo foi a ruína de Pechkova. Uma simples marca de digital cheia de fuligem em sua escrivaninha despertou a suspeita do agente e mudou o foco da busca — um trabalho de investigação exemplar.

Do ponto de vista da polícia secreta, esconder um diário era crime, independentemente do conteúdo dele. Demonstrava a tentativa de o cidadão separar a vida pública da privada, quando tal divisão não existia. Não havia pensamento ou acontecimento que fugisse à autoridade do partido. Por isso, um diário escondido costumava ser a prova mais incriminadora que um agente podia desejar. Como o texto não era direcionado a leitor algum, o autor escrevia livremente, baixava a guarda, fazia nada menos que uma confissão não solicitada. A total sinceridade tornava o documento adequado para avaliar não só o autor, mas seus amigos e familiares. Um diário podia acrescentar até 15 suspeitos, 15 novos caminhos e, muitas vezes, ser mais útil que um intenso interrogatório.

O encarregado dessa investigação era o agente Liev Demidov, 27 anos: soldado condecorado, recrutado da polícia secreta após a Grande Guerra Patriótica. Ele se destacara no MGB graças a uma combinação de obediência cega, fé no Estado ao qual servia e rigorosa atenção aos detalhes. Seu entusiasmo não era calcado na ambição, mas na adoração por sua terra natal, o país que havia vencido o fascismo. Tão bonito quanto sério, tinha o rosto e o espírito de um cartaz de propaganda, com queixo quadrado, lábios definidos, sempre disposto a citar um slogan.

Na curta carreira de Liev no MGB, ele supervisionou a leitura de centenas de diários, examinou milhares de anotações na incansável caça aos acusados de agitação antissoviética. Como um primeiro amor, ele se lembrava do primeiro diário que analisou. Entregue por seu chefe, Nikolai Borisov, foi um caso difícil, pois Liev não encontrou nada incriminador nas páginas. O chefe então leu o mesmo diário e salientou uma observação aparentemente inocente:

> *6 de dezembro de 1936: Na noite passada, entrou em vigor a nova constituição de Stalin. Sinto o mesmo que todo o país, i.e., uma total e absoluta alegria.*

Borisov não achou que a frase transmitisse uma felicidade crível. O autor parecia mais interessado em unir seu sentimento ao do restante do país. Era estratégico e cínico, uma declaração vazia para ocultar suas dúvidas. Quem sente um encanto sincero usa uma abreviação — *i.e.* — antes de descrever sua emoção? A pergunta foi feita ao suspeito, no interrogatório que se seguiu.

> INTERROGADOR BORISOV: Como se sente agora?
> SUSPEITO: Não fiz nada de errado.
> INTERROGADOR BORISOV: Mas minha pergunta foi: como se sente?
> SUSPEITO: Estou preocupado.
> INTERROGADOR BORISOV: Claro, é muito natural. Mas note que você não disse: "Me sinto como qualquer pessoa na minha situação, *i.e.*, preocupado."

O homem foi condenado a 15 anos de prisão. E Liev aprendeu uma valiosa lição: um detetive não se restringia a buscar provas de revolta. Bem mais importante era ficar atento a declarações de amor e fidelidade que não convenciam.

Com a experiência adquirida nos últimos três anos, Liev folheou o diário de Polina Pechkova e notou que, para uma artista, a suspeita tinha uma caligrafia pouco elegante. Escrevia com um lápis rombudo, sem jamais se preocupar em fazer a ponta. Ele passou o dedo pelo verso de cada folha, sentindo as frases escritas como em código braile. Ergueu o diário até seu nariz. Tinha cheiro de fuligem. Ao contato com o polegar, o papel estalava como folhas secas de outono. Liev farejou, avaliou e segurou o diário em suas mãos, examinando-o de todos os jeitos, menos lendo. Para o relatório sobre o conteúdo do diário, procurou seu estagiário. Como parte de uma recente promoção, Liev foi encarregado de supervisionar novos agentes. Já não era um discípulo, mas mestre. Esses novos agentes o acompanhariam no trabalho diário e nas prisões noturnas, adquirindo experiência ao seu lado até estarem prontos para administrarem seus próprios casos.

Grigori Semitchastni tinha 23 anos e era o quinto agente que Liev instruía. Era talvez o mais inteligente e, sem dúvida, o menos promissor. Perguntava demais, duvidava muito das respostas.

Sorria quando descobria algo interessante e franzia o cenho quando um fato o incomodava. Para saber o que pensava, bastava observar sua expressão. Foi recrutado na Universidade de Moscou, onde era excelente aluno e recebeu um diploma, diferente de seu mentor. Liev não tinha inveja, aceitava que jamais teria cabeça para estudos formais. Capaz de analisar as próprias deficiências intelectuais, não entendia por que seu estagiário quis investir numa profissão para a qual era totalmente inadequado. Chegou a pensar em dizer para Grigori procurar outra atividade. Porém uma saída tão repentina faria com que fosse vigiado e, com toda a probabilidade, o condenaria aos olhos do Estado. A única opção viável para Grigori era ir tropeçando ao longo do caminho, por isso Liev achou que tinha a obrigação de ajudá-lo.

Grigori virava as páginas do diário com atenção, para a frente e para trás, parecia procurar alguma coisa em particular. Por fim, olhou para Liev e constatou:

— O diário não diz nada.

Lembrando-se da própria experiência quando calouro, Liev não se surpreendeu muito com a resposta, desapontado com a falha de seu protegido. Duvidou:

— Nada?

Grigori assentiu com a cabeça.

— Nada importante.

Era pouco provável. Mesmo se não tivesse exemplos claros de provocações, as coisas não mencionadas num diário eram tão importantes quanto as que foram efetivamente escritas. Liev se levantou, decidido a oferecer sua sapiência ao estagiário.

— Vou lhe contar uma história. Uma vez, um jovem anotou em seu diário que naquele dia ele se sentia inexplicavelmente triste. O dia era 23 de agosto. O ano, 1949. Que conclusão você tiraria disso?

Grigori deu de ombros.

— Nenhuma.

Liev insistiu:

— Quando foi assinado o Tratado de Não Agressão Mútua entre a Alemanha nazista e a Rússia soviética?

— Em agosto de 1939.

— Foi em 23 de agosto de 1939. O que mostra que esse homem sentia uma tristeza inexplicável no décimo aniversário do tratado. Além de não fazer qualquer elogio aos soldados que derrotaram o fascismo e à proeza militar de Stalin, a tristeza desse homem foi interpretada como uma crítica inconveniente à nossa política externa. Por que focar nos erros e não demonstrar orgulho? Você entende?

— Talvez a tristeza dele não estivesse relacionada ao tratado. Todos temos dias em que nos sentimos infelizes, solitários ou melancólicos. Não verificamos o calendário histórico toda vez que nos sentimos assim.

Liev ficou irritado.

— A afirmação dele podia não ter nada a ver com o tratado, certo? Talvez não existam inimigos. Talvez todos adorem o Estado. Talvez ninguém queira prejudicar o nosso trabalho. Nossa missão é revelar a culpa, e não esperar ingenuamente que ela não exista.

Grigori refletiu, ao perceber a raiva de Liev. Com um tato incomum, ele ponderou sobre a resposta e deixou de confrontar o superior para concluir:

— O diário de Polina tem anotações mundanas sobre sua rotina diária. Na minha opinião, não há nada contra ela. É a minha conclusão.

A artista, que Liev notou ser tratada por Grigori informalmente pelo nome, tinha sido encarregada de criar e pintar uma série de murais públicos. Como havia o perigo de que ela, ou qualquer artista, criasse algo sutilmente subversivo, uma obra de arte com sentido latente, o MGB fazia uma checagem de rotina. A lógica era simples. Se o diário dela não manifestasse um sentido subversivo secreto, era pouco provável que os murais o fizessem. Era uma tarefa simples, adequada para um calouro. O primeiro dia correu bem. Grigori encontrou o diário enquanto Pechkova trabalhava no ateliê. Concluindo a busca, devolveu a prova ao esconderijo na chaminé para a artista não perceber que estava sob investigação. Grigori comunicou ao superior e, por um tempo, Liev acreditou que havia esperança para o jovem: considerar a digital cheia de fuligem como uma pista fora incrível. Nos quatro dias seguintes, Grigori manteve alta vigilância, por muito mais horas que o necessário. Mas, apesar do serão, não fez mais relatórios nem observações. E agora dizia que o diário não tinha valor.

Liev pegou o diário, notando a relutância de Grigori em entregá-lo. Pela primeira vez, leu. Logo percebeu que o conteúdo não era provocativo como se poderia esperar de um diário tão cuidadosamente escondido numa lareira. Sem querer concordar que a suspeita era inocente, pulou as páginas e foi para o final, examinando as anotações mais recentes, escritas nos últimos cinco dias da vigilância de Grigori. A suspeita comentava sobre o encontro com um vizinho, morador de um bloco de apartamentos do outro lado da rua. Nunca o tinha visto, mas ele se aproximou e os dois conversaram na rua. Ela comentou que o homem era interessante, disse que esperava encontrá-lo de novo e acrescentou discretamente que era bonito.

Ele disse o nome? Não lembro. Deve ter dito. Como posso ser tão esquecida? Me distraí. Gostaria de lembrar o nome dele. Vai ficar ofendido quando nos encontrarmos de novo. Se isso acontecer, o que espero.

Liev virou a página. No dia seguinte, ela conseguiu o que queria e, por acaso, encontrou o homem novamente. Desculpou-se por ser esquecida e pediu que repetisse o nome. Ele disse que era Isaac e os dois caminharam juntos, falando como se fossem amigos de longa data. Por uma feliz coincidência, Isaac ia na mesma direção que ela. Chegando ao ateliê, ela lamentou ter de deixá-lo. Segundo a anotação, assim que ele foi embora, ela começou a desejar o próximo encontro.

Será que isso é amor? Não, claro que não. Mas será que é assim que o amor começa?

Como o amor começa — sentimental, consistente com o estranho temperamento de alguém que escreve um diário inofensivo, mas o esconde cuidadosamente como se contivesse traição e intriga. Que coisa mais boba e perigosa. Liev não precisava de uma descrição física daquele simpático jovem para saber quem era. Olhou o protegido e perguntou:
— Isaac?
Grigori ficou indeciso. Preferiu não mentir e admitiu:
— Achei que uma conversa seria boa para avaliar o caráter dela.
— Sua missão era apenas vasculhar o apartamento e observar as atividades. Não devia ter feito contato direto. Ela podia descobrir que você é do MGB. Então mudaria de comportamento para enganá-lo.
Grigori balançou a cabeça.
— Ela não desconfiou de mim.
Liev ficou desapontado com aqueles erros primários.
— Você só sabe disso pelo que ela escreveu no diário. Mas ela pode ter destruído o diário original e colocado essas anotações inofensivas por saber que estava sendo investigada.
Ao ouvir isso, a rápida tentativa de demonstrar respeito afundou como um navio se chocando contra rochedos. Grigori zombou, exibindo uma incrível insolência:
— O diário inteiro escrito para nos enganar? Ela não faria isso. Não pensa como nós. É impossível.
Contestado por um jovem estagiário, acusado de ser um profissional incompetente. Liev era paciente e mais tolerante que outros agentes, mas Grigori o estava pondo à prova.

— Em geral, pessoas que parecem inocentes devem ser vistas com mais atenção.

Grigori encarou Liev como se ele fosse digno de pena. Dessa vez, a expressão dele não combinou com a resposta.

— Você tem razão: eu não devia ter falado com ela. Mas é uma boa pessoa, isso posso garantir. Não achei nada no apartamento nem nas atividades cotidianas que dê a entender que ela não seja uma cidadã leal. O diário é inofensivo. Polina Pechkova não precisa ser interrogada. Deve continuar seu trabalho de artista, que é ótimo. Tenho que devolver o diário antes que ela volte do trabalho. Não precisa saber dessa investigação.

Liev olhou de relance a foto dela, presa com clipe na capa da pasta. Era linda. Grigori sentia-se atraído por ela. Será que o seduziu para evitar suspeitas? Será que escreveu sobre amor sabendo que ele leria e iria protegê-la? Liev precisava examinar essa declaração. A única solução era ler o diário inteiro. Não podia mais confiar no que seu protegido dizia. O amor o deixara vulnerável.

O diário tinha mais de cem páginas. Polina Pechkova escrevia sobre sua vida e seu trabalho. A personalidade dela transparecia com força: estilo excêntrico, cheio de digressões, ideias súbitas e exclamações. As anotações pulavam de um assunto a outro, em geral abandonando uma linha de raciocínio sem completá-la. Não fazia afirmações políticas, concentrava-se nos acontecimentos cotidianos de sua vida e nos desenhos. Depois de ler o diário inteiro, Liev admitiu que a mulher tinha algo de sedutor. Costumava rir dos próprios erros, documentados com honestidade. A franqueza podia explicar porque escondeu o diário com tanto cuidado. Era pouco provável que tivesse sido forjado para enganar alguém. Pensando nisso, Liev fez sinal para que Grigori se sentasse. Ele havia ficado de pé, como se estivesse em guarda, durante todo o tempo em que Liev leu. Estava nervoso. Grigori sentou-se na ponta da cadeira. Liev então perguntou:

— Diga uma coisa: se ela é inocente, por que escondeu o diário?

Parecendo perceber que Liev desconfiava dela, Grigori ficou nervoso. Falou rápido, correndo para oferecer um provável motivo.

— Ela mora com a mãe e dois irmãos menores. Não quer que bisbilhotem. Talvez fossem rir dela, não sei. Ela fala de amor, talvez isso a embarace. É só isso. Temos que perceber quando uma coisa não tem importância.

Os pensamentos de Liev voavam. Imaginou Grigori se aproximando da jovem. Mas não conseguia imaginá-la reagindo positivamente à pergunta de um estranho. Por que ela não pediu para deixá-la em paz? Ser tão receptiva parecia imprudente demais. Liev se inclinou para a frente e falou mais baixo, não por medo de ser ouvido, mas para mostrar que não estava mais conversando formalmente como agente secreto.

— O que houve entre vocês? Você se aproximou e foi falando? E ela...

Liev hesitou, não tinha ideia de como terminar a frase. Por fim, engasgando, perguntou:

— E ela disse...

Grigori não sabia se a pergunta era de um amigo ou de um superior hierárquico. Ao entender que Liev estava sinceramente curioso, respondeu:

— Como conhecer uma pessoa, senão se apresentando? Falei sobre o trabalho dela, disse que tinha visto alguns, o que, aliás, é verdade. A conversa partiu daí. Ela foi simpática, amigável.

Liev achou extraordinário.

— Ela não desconfiou?

— Não.

— Pois devia.

Falaram brevemente como amigos sobre assuntos do coração e logo voltaram a ser agentes secretos. Grigori abaixou a cabeça.

— Você tem razão, ela devia ter desconfiado.

Não estava zangado com Liev. Estava zangado consigo mesmo. A ligação dele com a artista se baseava numa mentira: seu afeto se baseava em falsidade e ilusão.

Surpreso consigo mesmo, Liev entregou o diário a Grigori.

— Fique com ele.

Grigori não se mexeu, tentava entender o que estava acontecendo. Liev sorriu.

— Fique com ele. Ela pode continuar seu trabalho de artista. Não é preciso insistir mais.

— Tem certeza?

— Não achei nada no diário.

Ao compreender que ela estava salva, Grigori sorriu. Estendeu a mão para pegar o diário de Liev. No momento em que as páginas escaparam de seus dedos, Liev sentiu algo prensado junto ao papel — não era uma carta ou um bilhete, mas uma forma, algo que não tinha notado antes.

— Espere.

Liev pegou de novo o diário, abriu a página e examinou o canto superior direito. Estava em branco. Mas ao tocar o lado avesso, sentiu os rabiscos. Algo havia sido apagado.

Pegou um lápis e passou a ponta no papel, revelando o fantasma de um pequeno rabisco, um esboço pouco maior que seu polegar. Era uma mulher de pé num pedestal segurando uma tocha, uma estátua. Liev olhou distraído até entender o que era. Era um monumento americano, a Estátua da Liberdade. Estudou a expressão de Grigori.

Grigori tropeçou nas palavras.

— Ela é artista, desenha sem parar.

— Por que o desenho foi apagado?

Não houve resposta.

— Você desconsiderou uma prova?

A resposta de Grigori tinha um toque de pânico.

— Assim que entrei no MGB, no primeiro dia, me contaram uma história sobre Fotievam, a secretária de Lenin. Ela disse que um dia Lenin perguntou ao chefe de segurança dele, Felix Dzierzinski, quantos contrarrevolucionários estavam presos. Felix lhe entregou um papel com o número 1.500 anotado. Lenin devolveu o papel, marcado com uma cruz. Segundo a secretária, Lenin fazia isso para mostrar que tinha lido um documento. Felix entendeu mal e executou todos os presos. Por isso apaguei o esboço. Ele podia ser mal-interpretado.

Liev achou que aquele era um exemplo inadequado. Já tinha ouvido demais.

— Dzierzinski foi o idealizador e criador desta agência. Comparar a sua situação com a dele é ridículo. Não podemos nos dar ao luxo de interpretar. Não somos juízes. Não decidimos que prova deve ser mostrada ou destruída. Se ela é inocente, como você garante, será verificado em interrogatórios posteriores. Na vã tentativa de protegê-la, você se incriminou.

— Liev, ela é uma boa pessoa.

— Você está apaixonado por ela. Sua avaliação é tendenciosa.

A voz de Liev havia ficado dura e cruel. Ele percebeu e suavizou o tom.

— Como essa prova está intacta, não vejo motivo para chamar atenção para o seu erro, que certamente acabaria com a sua carreira. Faça o relatório, ponha o esboço como prova e deixe que os homens mais experientes que nós resolvam.

E acrescentou:

— E Grigori, não posso proteger você mais uma vez.

Moscou
Ponte Moskvoretski
Bonde KM
Mesmo dia

Liev expirou na vidraça, formando um vapor. Como uma criança, pressionou o dedo contra o vidro embaçado e, sem pensar, desenhou a silhueta da Estátua da Liberdade — uma versão grosseira do esboço que tinha visto naquele dia. Rapidamente a apagou com o punho áspero do paletó e olhou ao redor. O esboço só seria identificado por ele mesmo e o bonde estava quase vazio: só havia mais um passageiro, sentado na frente, coberto com tantas camadas de roupa para protegê-lo do frio que só se via uma nesga de seu rosto. Após garantir que ninguém vira o esboço, concluiu que não tinha por que se alarmar. Em geral tão cuidadoso, achou incrível que cometesse um deslize tão perigoso. Vinha fazendo muitas detenções à noite e, mesmo quando não ficava trabalhando, era incapaz de dormir.

Exceto de manhã cedo e tarde da noite, os bondes estavam sempre lotados. Pintados com uma faixa larga no centro, eles trepidavam barulhentos pela cidade como enormes balas de caramelo. Em geral, Liev precisava empurrar as pessoas para conseguir entrar. Os bondes tinham lugar para cinquenta passageiros, mas costumavam levar o dobro. Seus corredores repletos de viajantes lutando por espaço. Nesta noite, Liev teria preferido o desconforto de um vagão lotado, com cotoveladas e empurrões. Mas teve o luxo de arranjar um lugar ao ir para casa, rumo ao privilégio de um apartamento vazio — que não tinha de dividir com ninguém, mais uma vantagem da profissão. A posição social de uma pessoa passou a ser definida pelo espaço de que dispunha. Dali a pouco ele teria direito a um carro, a um apartamento maior, talvez até a uma *dacha*, uma casa de campo. Mais espaço, menos contato com as pessoas que precisava controlar.

As palavras despencaram na cabeça de Liev:

Como o amor começa.

Nunca tinha se apaixonado, pelo menos não da maneira descrita no diário: nervosismo ante a perspectiva de rever alguém; tristeza assim que a pessoa vai embora. Grigori havia arriscado a vida por uma mulher que mal conhecia. Sem dúvida, esse era um ato de amor. O amor parecia se caracterizar pela idiotice. Liev tinha arriscado a vida pelo país diversas vezes. Demonstrou enorme coragem e dedicação. Se o amor era sacrifício, então ele só tinha amado o Estado. E o Estado retribuiu esse amor como se ele fosse o filho preferido, premiando-o e promovendo-o. Era ingrato, infame, sequer pensar que tal amor não bastava.

Enfiou as mãos embaixo das pernas, buscando um pouco de calor. Como não encontrou, tremeu de frio. As botas chapinhavam nas poças de neve derretida no piso de ferro do bonde. Sentia o peito pesado como se tivesse uma gripe assintomática, a não ser pelo cansaço e pela sensação de fraqueza. Queria se encostar à janela, fechar os olhos e dormir. A vidraça estava fria demais. Desembaçou uma parte e contemplou o exterior. O bonde atravessava a ponte e seguia por ruas cheias de neve. Ainda mais caía dos céus, grandes flocos colidiam contra o vidro.

O bonde diminuiu a velocidade até parar. As portas dianteiras e traseiras abriram com um estrondo, mais neve foi carregada para o interior do veículo. O motorneiro se virou para a porta aberta e gritou na noite:

— Rápido! O que está esperando?

Uma voz respondeu:

— Estou raspando a neve das botas!

— Você está deixando mais neve entrar do que tirando. Entre, senão fecho as portas!

A passageira entrou. Era uma mulher com uma sacola pesada e botas com placas de neve. Quando as portas se fecharam, ela reclamou para o motorneiro:

— Aqui também não está muito quente.

O motorneiro fez um gesto para fora.

— Prefere ir a pé?

Ela sorriu, acabando com a tensão. Conquistado por ela, o motorneiro mal-humorado sorriu também.

A mulher se virou, deu uma olhada no bonde e encontrou os olhos de Liev. Ele a reconheceu. Moravam perto. Ela se chamava Lena. Ele sempre a via. Na verdade, notou-o exatamente porque não queria ser percebida. Usava roupas simples, como a maioria das mulheres, mas ela estava longe de ser comum. O desejo de anonimato contrastava com sua beleza, e mesmo se o trabalho de Liev não fosse observar as pessoas, ele certamente a teria notado.

Uma semana antes, viu-a no metrô. Estavam tão próximos que seria descortês não a cumprimentar. Como já haviam se visto várias vezes, era educado pelo menos admitir o fato. Ficou tão nervoso que levou alguns minutos para tomar coragem, demorando tanto que ela saltou, e Liev, frustrado, desceu atrás, embora não fosse seu ponto, um ato impulsivo que não era do feitio dele. Ela se encaminhou para a saída da estação, Liev a alcançou e tocou em seu ombro. Ela se virou, os grandes olhos castanhos em alerta, prontos para o perigo. Perguntou o nome dela. Ela o avaliou com um olhar, conferiu os passageiros próximos antes de dizer que era Lena e se desculpar por estar com pressa. Pronto, foi-se. Sem o menor sinal de estímulo, nem o menor traço de grosseria. Liev não ousou segui-la. Voltou humildemente para a plataforma e aguardou o próximo trem. Aquilo foi um tremendo esforço. Acabou chegando tarde ao trabalho, coisa que nunca havia acontecido. Mas era um consolo finalmente saber o nome da mulher.

Era a primeira vez que a via depois daquela estranha apresentação. Ficou tenso quando ela passou, esperava que sentasse ao seu lado. Balançando com o movimento do bonde, Lena se deslocou sem uma palavra. Será que não o reconhecera? Liev olhou para trás. Ela escolheu um lugar quase no fundo do vagão. Ficou com a sacola no colo, os olhos fixos na neve caindo lá fora. Não havia por que mentir: claro que se lembrava dele, era garantido pela maneira como propositalmente o ignorava. Ficou ofendido com a distância posta entre os dois; cada metro era uma demonstração do desprezo que tinha por ele. Se quisesse conversar, teria sentado mais perto. Pensando bem, isso teria sido positivo demais. Cabia a ele procurá-la. Sabia o nome dela. Eram conhecidos. Não havia nada de errado em iniciar uma segunda conversa. Quanto mais tempo esperasse, mais difícil seria. Se a conversa ficasse sem graça, ele só perderia um pouco do orgulho. Brincou consigo mesmo: conseguia aguentar, talvez ele fosse orgulhoso demais.

Levantou-se abruptamente como se tivesse algo a fazer e foi na direção de Lena com um falso ar de segurança. Sentou-se no banco na frente dela e debruçou-se no encosto.

— Meu nome é Liev, nos conhecemos outro dia.

Ela demorou tanto a responder que Liev pensou que fosse ignorá-lo.

— É. Eu lembro.

Só então ele concluiu que não tinha nada a dizer. Sem graça, improvisou rápido e observou:

— Ouvi você dizer há pouco que este bonde está tão frio quanto lá fora. Concordo, está muito frio.

Corou com o comentário bobo, amargamente arrependido por não pensar antes no que dizer. Ela fitou o casaco de Liev e comentou:

— Frio? Mesmo com esse casaco incrível?

O cargo de agente secreto permitia que comprasse muitas roupas de qualidade, botas feitas a mão, gorros de pele grossa. O casaco era como uma declaração de superioridade. Não queria contar que era da polícia secreta, por isso mentiu.

— Foi presente do meu pai. Não sei onde comprou.

Liev mudou de assunto.

— Vejo você sempre. Acho que moramos perto.

— Deve ser.

Liev ficou intrigado com a resposta. Claro que Lena não queria contar onde morava. Esse cuidado era comum. Não devia tomar como uma ofensa pessoal. Ele entendia melhor do que ninguém. Na verdade, isso o atraía. Ela era inteligente, fazia parte da sedução.

Olhou a sacola cheia de livros e cadernos de exercícios escolares. Tentando se aproximar, pegou um dos livros.

— Você é professora?

Leu o que estava na capa. Lena pareceu se empertigar um pouco.

— Sim.

— De quê?

A voz dela ficou frágil.

— De...

Esqueceu o que ia dizer, e ficou massageando a testa.

— De política. Desculpe, estou muito cansada.

Não havia dúvida. Queria que ele a deixasse em paz. Esforçava-se para ser educada. Ele devolveu o livro.

— Desculpe incomodar.

Liev se levantou, inseguro como se o bonde atravessasse um oceano agitado. Voltou para seu lugar segurando na barra de apoio. A humilhação tinha substituído o sangue nas veias, e era bombeada pelo corpo — sentia uma queimação na pele. Após vários minutos sentado, a mandíbula contraída, olhando pela janela, a suave rejeição na cabeça, percebeu que tinha fechado as mãos com tanta força que as unhas marcaram suas palmas.

Moscou
Praça Lubianka
Lubianka, sede da polícia secreta
Dia seguinte

Na noite anterior, Liev não conseguira dormir, ficara olhando o teto, esperando que a humilhação diminuísse. Depois de horas, levantou-se e andou pelo apartamento vazio, passando de um cômodo a outro como um animal enjaulado, sentindo ódio daquele generoso espaço que lhe coubera. Melhor dormir em uma barraca, que era o lugar adequado a um soldado. O apartamento dele era uma residência de família, invejado por muitos, porém vazio: a cozinha não era usada, a sala era intocada, impessoal, apenas um lugar para descansar após um dia de trabalho.

Como chegou cedo, entrou no escritório e sentou-se à mesa. Estava sempre adiantado, menos no dia em que parou para perguntar o nome de Lena. Não tinha mais ninguém no escritório, pelo menos naquele andar. Era possível que houvesse gente no andar de baixo, nas salas de interrogatório, onde as sessões podiam durar dias e noites seguidas. Olhou o relógio. Em uma hora, mais ou menos, a equipe chegaria.

Liev começou a trabalhar, esperando que assim tirasse de sua cabeça o incidente com Lena. Mas não conseguia se concentrar nos papéis à sua frente. Num golpe súbito, jogou tudo no chão. Era insuportável: como uma estranha podia provocar um efeito tão grande sobre ele? Ela não tinha importância. Ele tinha. Havia outras mulheres, muitas outras que ficariam gratas por merecerem a atenção dele. Levantou-se e andou pelo escritório como fizera no apartamento, sentindo-se enjaulado. Abriu a porta, seguiu pelo corredor deserto e entrou sem querer no escritório ao lado, onde eram guardados os relatórios sobre suspeitos. Conferiu se Grigori tinha feito o relatório, esperando que tivesse esquecido ou descumprido a obrigação por motivos sentimentais. A pasta fora entregue, largada embaixo de uma pilha de arquivos de pouca importância, muitos dos quais levariam semanas para serem lidos, tratando dos mais triviais assuntos.

Liev pegou a pasta de Pechkova, sentiu o peso do diário dentro. Numa decisão súbita, transferiu a pasta para o alto da pilha de prioridade maior, dos suspeitos mais graves. Assegurava-se assim de que o caso seria revisto naquele dia, assim que a equipe chegasse.

De volta à mesa, os olhos de Liev foram se fechando como se, após completar aquele ato burocrático, finalmente pudesse dormir.

*

Liev abriu os olhos. Grigori o sacudia para acordar. Ele se levantou, constrangido por ser pego dormindo na mesa e pensou que horas seriam.

— Está se sentindo bem?

Recuperando a consciência, lembrou-se: a pasta.

Sem dizer nada, saiu correndo da sala. Os corredores estavam cheios, todos os funcionários já chegavam para o trabalho. Aumentou o ritmo da corrida, passou pelos colegas e chegou à sala onde os casos em estudo eram revistos. Sem dar atenção à mulher que perguntou se queria alguma coisa, procurou a pasta da artista Polina Pechkova na pilha. Devia estar no topo. Ele a colocara lá apenas uma hora antes. Mais uma vez, a secretária perguntou se ele precisava de alguma coisa.

— Tinha uma pasta aqui.

— Foi retirada.

O caso de Pechkova estava sendo investigado.

Mesmo dia

Liev examinou a expressão de Grigori em busca de algum sinal de raiva ou tristeza. Claro que seu estagiário não sabia que a pasta de Polina Pechkova tinha sido retirada. Dali a pouco ia descobrir. Liev podia entrar no assunto com uma explicação, uma desculpa: estava exausto, deu só uma olhada nos documentos e colocou de volta na pilha errada. Pensando melhor, não era preciso dizer isso. A prova contra a artista era leve. A pasta seria revista e o caso arquivado. De todo jeito, ia ser revisto, Liev tinha apenas acelerado o processo. Na pior das hipóteses, ela seria chamada para um pequeno interrogatório. Ficaria livre para continuar seu trabalho. Grigori podia encontrá-la outra vez. Liev podia tirar o assunto da cabeça e se concentrar na tarefa a mão: o próximo caso. Grigori perguntou:

— Você está bem?

Liev colocou a mão no braço de Grigori.

— Não é nada.

*

As luzes estavam apagadas. O projetor nos fundos da sala chiou. Surgiu na tela a cena de uma romântica aldeia no campo. As casas eram de madeira, com telhados de colmo. Pequenos jardins estavam cheios de ervas estivais. Galinhas roliças bicavam o milho que transbordava das tigelas de cerâmica. Tudo era farto, inclusive o sol e o bom humor. Os camponeses usavam roupas tradicionais, xales estampados e camisas brancas. Andavam por milharais, voltando para a aldeia. O sol estava quente e o céu, claro. Os homens eram fortes. As mulheres eram fortes. As mangas das camisas estavam enroladas. Uma música sublime deu lugar a um comentário noticioso formal.

— Hoje, esses camponeses têm uma visita surpresa.

No meio da aldeia havia vários homens de terno, deslocados e esquisitos. Com sorrisos nos rostos gordos, os homens de terno guiaram o convidado de honra pelo pitoresco local. O visitante tinha 20 e tantos anos, era alto, bonito, forte. Por algum truque de edição ou mesmo pelo jeito dele, dava a impressão de estar sempre sorrindo. Tinha as mãos na cintura. Sem paletó e com as mangas da camisa dobradas, assim como os camponeses. Em contraste à artificialidade da pantomima rural ao redor, a animação dele parecia autêntica. O comentário prosseguiu:

— O mundialmente famoso cantor negro e dedicado comunista Jesse Austin veio visitar o campo como parte de sua viagem a este grandioso país. Apesar de ser cidadão norte-americano, o Sr. Austin provou ser amigo fiel da União Soviética, cantando o nosso estilo de vida e a crença deste país na liberdade e na igualdade.

A tela mostrou o Sr. Austin de perto. Suas respostas eram traduzidas para o russo, ouvia-se o inglês nos intervalos entre as palavras.

— Tenho um recado para o mundo! Este país ama seus cidadãos! Este país alimenta seus cidadãos! Aqui tem comida! E muita! As notícias de fome são mentirosas. As histórias de dureza e miséria são propaganda dos grandes senhores capitalistas que querem que se ache que só eles podem dar o que você precisa. Querem que vocês sorriam e agradeçam quando pagam 1 dólar por uma comida que vale 1 centavo! Querem que os operários fiquem gratos por receberem 2 dólares pelo trabalho, enquanto os poderosos ganham milhões. Aqui, não! Neste país, não! Digo ao mundo: há outra saída! Repito: há outra saída! E vi com meus próprios olhos.

Os homens de terno fizeram um círculo protetor em volta de Austin, rindo e aplaudindo. Liev pensou quantos daqueles camponeses seriam agentes de segurança. Todos, acreditava ele. Não confiariam num camponês de verdade para aquela encenação.

O filme terminou. Do fundo da sala, o oficial chefe, major Kuzmin, se adiantou. Baixo e atarracado, usando óculos de lentes grossas, um estranho podia achá-lo cômico. Mas os oficiais do MGB não, pois conheciam o poder dele e a rapidez com que o usava. Kuzmin declarou:

— Esse filme foi feito em 1934, quando o Sr. Austin tinha 27 anos. O entusiasmo dele pelo nosso regime não diminuiu. Como saber se ele não é um espião americano? Como ter certeza de que seu comunismo não é falso?

Liev conhecia um pouco o cantor. Tinha ouvido as canções no rádio. Tinha lido alguns artigos sobre ele, nenhum dos quais teria sido publicado se as autoridades não o considerassem importante. Viu que as perguntas de Kuzmin eram retóricas e não as respondeu, esperando que continuasse o que lia numa ficha.

— O Sr. Jesse Austin nasceu em 1907 em Braxton, no Mississipi, e aos 10 anos foi com a família para Nova York. Muitas famílias negras abandonaram o sul, onde eram perseguidas. O Sr. Austin discorre profundamente sobre isso nas transcrições que dei a vocês. Esse ódio é uma poderosa fonte de insatisfação dos negros americanos e uma ferramenta útil para atraí-los ao comunismo, talvez a mais eficiente de que dispomos.

Liev fitou seu chefe. Falava em ódio não como um erro, pois não havia certo ou errado, tudo era visto sob o ponto de vista político. Não era questão de ódio, mas de avaliação e análise. Kuzmin notou o olhar de Liev.

— Deseja dizer alguma coisa?

Liev negou com a cabeça. Kuzmin terminou a leitura.

— A família do Sr. Austin se mudou em 1917, junto a muitas outras, numa época de migração em massa do sul para o norte dos Estados Unidos. De todo o ódio que Jesse Austin experimentou, acreditamos que virou comunista graças ao que sentiu em Nova York. Lá, não foi odiado apenas pelos brancos, mas pelos negros de classe média, que já haviam se instalado na região. Eles temiam que os migrantes invadissem as cidades do norte. Foi uma época fundamental em sua vida, viu pessoas que deviam ser solidárias com os recém-chegados ficarem contra eles. Notou também que a classe separa até as comunidades mais unidas.

Liev deu uma olhada em sua cópia do texto. Havia apenas uma foto do jovem Sr. Austin com os pais. Mãe e pai de pé, como se estivessem nervosos diante da máquina fotográfica, o jovem Austin no meio deles. Kuzmin prosseguiu:

— Em Nova York, o pai dele foi ascensorista num hotel decadente chamado Skyline, que já foi à falência. O hotel se dedicava às perversões típicas de uma cidade capitalista, principalmente drogas e prostituição. Pelo que sabemos, seu pai nunca se envolveu em atividades ilegais, embora tenha sido preso inúmeras vezes e libertado sem acusações. A mãe era dona de casa. Jesse Austin diz que não teve problemas de violência ou bebida na infância, mas que sua família vivia na miséria. O lugar onde moravam era frio no inverno e quente no verão. Aos 12 anos, Jesse Austin ficou órfão de pai, que morreu de tuberculose. Embora os Estados Unidos tenham um excelente serviço de saúde, não é acessível a todos os cidadãos. Por exemplo, a Metropolitan Life Insurance Company de Nova York montou para seus funcionários um dos mais avançados hospitais de tratamento da tuberculose. Mas, como o pai do Sr. Austin não trabalhava nessa empresa, não pôde ser internado lá. O Sr. Austin acredita até hoje que, se o pai tivesse sido atendido, não teria morrido. Talvez este seja mais um fato importante no avanço político do Sr. Austin. Ver o pai morrer num país onde o serviço de saúde depende de vínculo empregatício que, por sua vez, depende da cor da pele e do local de nascimento.

Dessa vez Liev levantou a mão, queria falar. Kuzmin concordou com a cabeça.

— Então por que mais americanos não viram comunistas?

— Boa pergunta. Estamos, justamente, questionando isso. Se você tiver uma resposta, fica com o meu cargo.

Kuzmin deu uma risada estranha, estrangulada. Em seguida, continuou:

— O Sr. Austin sempre elogia a mãe, que após a morte do marido precisou fazer horas extras no trabalho. Como ele ficava muito sozinho, começou a cantar para se ocupar e essa brincadeira de infância virou profissão. Mas as canções e composições dele sempre foram ligadas à política. Para ele, música e política são a mesma coisa. Ao contrário de muitos cantores negros, a canção de Jesse Austin não está vinculada à religião, mas ao comunismo. O comunismo é a religião dele.

O major Kuzmin colocou um disco na vitrola, eles sentaram e ouviram o Sr. Austin. Liev não entendia o que as letras diziam, mas entendia por que Kuzmin, um homem completamente desconfiado, tinha certeza da sinceridade do Sr. Austin. Era a voz mais honesta que Liev tinha ouvido, as palavras pareciam vir direto do coração, sem serem amenizadas pelo cuidado ou a prevenção. Kuzmin tirou o disco.

— O Sr. Austin virou um dos nossos propagandistas mais importantes. Além de suas letras polêmicas e de seu sucesso de vendas, ele é um orador brilhante, conhecido no mundo inteiro. Ficou famoso graças à música, o que confere às suas ideias políticas um alcance internacional.

Kuzmin apontou para o projetista do filme.

— Esse filme é de um discurso em Memphis, feito em 1937. Assistam com atenção. Não há tradução, mas observem a reação dos ouvintes.

O rolo de filme foi trocado. O projetor chiou. O novo filme mostrava um show com milhares de pessoas.

— Reparem que toda a plateia é branca. A lei nos estados sulistas exigia que as plateias fossem compostas somente de pessoas brancas, ou somente de negras, não havia integração racial.

O Sr. Austin aparece no palco de smoking e se dirige à enorme plateia. Algumas pessoas vão embora, outras fazem perguntas. Kuzmin mostrou os que se retiravam.

— É interessante que grande parte dessa plateia branca tenha prazer em vê-lo cantar. Aplaudem de pé. Mas o Sr. Austin não consegue se apresentar sem depois fazer um discurso político. Assim que começa a falar em comunismo, as pessoas se levantam e vão embora ou gritam palavrões. Observem a expressão do Sr. Austin frente a isso.

O rosto de Austin não demonstra desânimo com a reação. Parece apreciar a adversidade, seus gestos ficam mais firmes, continua o discurso.

Kuzmin acende as luzes da sala de projeção.

— A tarefa de vocês é muito importante. O Sr. Austin sofre enorme pressão das autoridades norte-americanas por seu apoio incondicional ao nosso país. Estas pastas contêm artigos escritos por ele e publicados em jornais socialistas dos Estados Unidos. Vocês podem ver como são provocadores para um sistema conservador, exigem mudança, pedem uma revolução. Tememos que o passaporte de Austin seja confiscado. Esta pode ser a última visita dele.

Liev perguntou:

— Quando ele chega?

Kuzmin ficou na frente e cruzou os braços.

— Hoje à noite. Vai ficar dois dias na cidade. Amanhã, vai dar uma volta pelo município e à noite fará um show. Sua tarefa, Liev, consiste em fazer com que tudo corra bem.

Liev ficou pasmo. Deram tão pouco tempo para ele se preparar. Com cuidado, centrou sua preocupação na pergunta:

— Chega hoje à noite?

— Você não é o único encarregado dessa tarefa. O seu envolvimento foi um pedido meu. Tenho uma boa impressão a seu respeito, Demidov. Seria compreensível que o nosso visitante, tão examinado no país dele, questionasse sua lealdade ao nosso país. Dessa forma, quero que meus melhores funcionários cuidem disso.

Kuzmin deu um apertãozinho no ombro de Liev para mostrar ao mesmo tempo confiança na capacidade dele e a gravidade da missão.

— O amor dele pelo nosso país deve ser protegido a qualquer custo.

Moscou
Prédio do governo
Rua Serafimovitch, 2
Dia seguinte

Liev fazia parte de uma das três equipes que trabalhava isoladamente para garantir que a visita de Austin corresse de acordo com o planejado. O perigo não era em relação à segurança dele, mas à alta avaliação que fazia do Estado. Por isso, as três equipes, todas com o mesmo objetivo, foram criadas de forma a injetar um fator competitivo na operação e também como uma precaução: se uma equipe falhasse, outra supriria a falta. Todo esse cuidado mostrava a importância da visita.

Eles tiveram direito a um carro. O percurso era pequeno da Praça Lubianka, central da polícia secreta, à rua Serafimotvich, no exclusivo complexo residencial onde Austin estava hospedado. Era para ele se hospedar no Hotel Moskva, no 15º andar, com vista para a Praça Vermelha, mas ele não aceitou, disse que queria ficar numa das residências comunitárias, de preferência com uma família que tivesse um quarto vago. Ele queria:

Mergulhar de cabeça na realidade.

O pedido causou muita apreensão, pois eles deviam dar a Austin uma visão ideal da sociedade comunista, uma mostra de seu potencial, mais do que a realidade dela naquele momento. Idealista por princípio, Liev justificava a desonestidade pelo fato de a Revolução ainda ser uma obra em progresso. O tempo de fartura estava próximo. Naquele momento, um quarto vago era algo inexistente numa cidade que sofria de crônica falta de moradia. Quanto à ideia de ficar com uma família russa, era arriscado demais. Além das condições sempre precárias, podia-se falar coisas inadequadas. Montar uma família ideal em tão pouco tempo especialmente para Austin era difícil. O Sr. Austin só pediu a alteração de hospedagem no caminho do aeroporto para a cidade.

Num improviso apavorado, eles o instalaram no número dois da rua Serafimovitch. Era uma ideia grotesca apresentar um projeto habitacional destinado à elite política, ao custo de mais de 14 milhões de rublos, como típico das muitas residências comunitárias que estavam sendo construídas. Ao contrário da maioria dos blocos de apartamentos, com pequenos quartos contíguos, cozinha coletiva e banheiros externos, esse tinha apenas dois grandes apartamentos por andar. Só a sala de estar ocupava 120 metros quadrados — ambiente que normalmente servia de residência para várias famílias. Além de muito espaço, os apartamentos tinham móveis da melhor qualidade, fogões a gás, água corrente quente, telefones e rádios. Tinham também peças de antiguidade e castiçais de prata. Para um hóspede atento à desigualdade, Liev ficou preocupado com a proximidade de uma vasta equipe de criados que ofereciam aos moradores tudo, de roupa lavada a cozinha e limpeza. Conseguiu convencer os outros moradores a darem folga aos criados durante a visita de Austin. Todos concordaram, pois, por mais poderosos e ricos que fossem, os cidadãos temiam a polícia secreta tanto quanto os pobres, quando não mais ainda. Os moradores anteriores não eram, de maneira alguma, cidadãos comuns da União Soviética, mas o teórico comunista Nikolai Bukharin e os filhos de Stalin, Vasili Stalin e Svetlana Alliluieva. A expectativa de vida dos moradores era talvez mais baixa ainda do que a daqueles que viviam na pior privação. O luxo não protegia ninguém do MGB. O próprio Liev tinha prendido dois homens naquele prédio.

Depois de estacionar o carro, Liev e Grigori correram na neve até a grande portaria. Ao entrar, Liev desabotoou o paletó e mostrou seus papéis de identificação, que foram conferidos na lista dos autorizados a entrar no prédio. Desceram ao porão, onde uma equipe de agentes ficava 24 horas de vigia, recurso que havia sido instalado bem antes de Austin chegar. Como os moradores eram algumas das pessoas mais importantes da sociedade soviética, era fundamental que o Estado soubesse como se comportavam e do que falavam. Austin ia ficar cinco andares acima, num apartamento com escuta em todos os aposentos. Faziam parte da equipe de vigilância três tradutores trabalhando em turnos de oito horas cada. E uma sedutora agente fora instalada no apartamento, num quarto separado, como moradora ostensiva. Fingia ser viúva, com uma história inventada de como o marido morrera na Grande Guerra Patriótica. De acordo com o perfil de Austin, ele ficaria muito tocado com tal tragédia. Odiava o fascismo acima de tudo e afirmou em diversas ocasiões que sua derrota foi em grande parte uma vitória russa, paga com sangue comunista.

Liev deu uma olhada na transcrição de todas as conversas de Austin desde que tinha chegado, uma cronologia das dez horas no apartamento. Passou vinte minutos no banho, 45 jantando. Conversou com a agente sobre a Guerra Patriótica. Austin falava russo com perfeição, língua que procurou aprender após a visita de 1934. Liev achava que isso era uma complicação suplementar. Os agentes não poderiam se comunicar à vontade. Austin entenderia qualquer deslize. Liev deu uma olhada na transcrição e parecia que o hóspede já havia estranhado a discrepância entre aquele enorme apartamento e sua única moradora. A agente explicou que era um prêmio pela bravura do marido na guerra. Após o jantar, Austin ligara para a esposa. Falara por vinte minutos.

AUSTIN: *Gostaria muito que você estivesse aqui. Para ver as coisas que estou vendo e me dizer se estou cego. Temo ver as coisas da forma como gostaria que fossem, e não como realmente são. Neste momento, preciso da sua intuição.*

A esposa responde que a intuição dele nunca falhou e que ela o amava muito.
Liev entregou a transcrição a Grigori.
— Ele mudou, não é o mesmo homem que vimos na visita à fazenda. Está inseguro.
Grigori leu as transcrições e devolveu a Liev.
— Concordo. Não parece boa coisa.
— Por isso ele pediu na última hora para mudar a hospedagem.
A agente que se fazia de viúva entrou no centro de vigilância. Liev se virou e perguntou:
— Ele se interessou por você?
Ela balançou a cabeça.
— Dei várias deixas. Ou ele não percebeu ou ignorou. Fingi estar nervosa ao me lembrar da morte do meu marido. Ele pôs o braço no meu ombro. Mas não tinha nada de erótico.
— Tem certeza?
Grigori cruzou os braços.
— Para que preparar uma armadilha para ele?
Liev respondeu:
— Não estamos julgando. Precisamos saber quem são nossos amigos para protegê-los. Não somos os únicos a espioná-lo.
No canto, um agente levantou a mão:
— Ele acordou agora.

*

Reunidos no corredor de mármore, os funcionários do partido eram um bando de homens de meia-idade e segundo escalão, de ternos e sorrisos exatamente iguais ao grupo que andara pela aldeia com Austin. Devido à importância dele, decidiu-se não organizar encontros com membros do alto escalão soviético, caso o fato caísse nas mãos do FBI, que acreditaria que Austin era um comparsa dos soviéticos, interessado na elite, e não propriamente encantado com o sistema.

Austin surgiu ao pé da escada usando um casaco de comprimento médio, botas de neve e uma estola. Liev resolveu usar suas roupas feitas sob medida. Não eram vistosas, mas, sem dúvida, tinham excelente qualidade. Jesse Austin era rico. Os relatórios diziam que tinha renda anual superior a 70 mil dólares. Austin deu uma olhada nas pessoas que o aguardavam e Liev notou um toque de desagrado. Talvez achasse que tinha muita gente em volta, ou se incomodasse com aquele excesso de atenção. Dirigiu-se a eles em russo:

— Estão aguardando há muito tempo?

Falava russo com perfeição, fluente, mas com a entonação do inglês americano e, apesar do bom sotaque, soava estrangeiro. O funcionário mais graduado se adiantou e respondeu em inglês. Austin logo o cortou.

— Vamos falar russo, língua que ninguém conhece no meu país. Senão, onde vou praticar?

Risos. O funcionário sorriu e passou do inglês para o russo.

— O senhor dormiu bem?

Austin disse que sim, sem saber que todos ali já sabiam disso.

O grupo saiu do prédio do governo, passou pela neve e levou o hóspede para a limusine. Liev e Grigori se separaram dos outros e se dirigiram a seu próprio carro. Iam acompanhar o grupo, juntando-se a eles no final. Ao abrir a porta do carro, Liev notou que Austin olhava a limusine com desdém. Falou alguma coisa com os funcionários. Liev não conseguia ouvir o que diziam. Houve uma discordância. Os funcionários pareciam relutantes. Sem dar ouvidos aos protestos deles, Austin se afastou e foi até Liev e Grigori.

— Não quero circular num carro de vidros escuros. Os russos não andam em carros assim.

Um dos agentes alcançou-os.

— Sr. Austin, o carro diplomático é mais confortável. Esse aqui é apenas um modelo padrão de veículo de trabalho.

— Pois um modelo padrão de veículo de trabalho me parece ótimo.

O funcionário ficou aturdido com a mudança nos planos tão cuidadosamente preparados. Voltou correndo para o seu grupo, discutiu o assunto e retornou.

— Muito bem, o senhor e eu seguiremos com o agente Demidov. Os demais irão à frente, na limusine.

Liev abriu a porta da frente e ofereceu o banco a Austin. De novo, Austin recusou.

— Vou atrás. Não quero pegar o lugar do seu colega.

Liev deu partida no carro e fitou Austin pelo espelho retrovisor, o corpo grande espremido no pequeno espaço do carro. O agente olhou o interior simples com desagrado.

— Estes carros são bem básicos. Foram projetados para trabalhar, não para lazer. Imagino que sejam bem inferiores aos carros norte-americanos, mas aqui não precisamos de exageros.

A afirmação teria mais peso caso, cinco minutos antes, o funcionário não tentasse impressionar o hóspede com o luxo de uma limusine. Austin perguntou:

— Mas nos leva aonde você quer, não?

O agente deu um sorriso perfeito para disfarçar sua confusão.

— Nos leva aonde?

— Aonde vamos.

— Sim, vai nos levar lá. Assim espero.

O agente riu. Austin, não. Não gostara daquele sujeito. Os planos já estavam se esgarçando.

Moscou
Mercearia Número 1
Mercearia do Ieliseiev
Tverskaia 14
Mesmo dia

A Mercearia Número 1 era a mais requintada da cidade, aberta apenas para a elite. As paredes eram revestidas de folhas de ouro. As colunas eram de mármore com a parte superior decorada com enfeites que ficariam bem num palácio. Régios vasilhames para latas de comida, polidos e com etiquetas na frente; frutas frescas arrumadas conforme o tipo; maçãs formando espirais; pilhas de gordas batatas. Foram necessários vários dias para preparar a loja. Cada corredor estava atulhado de gêneros alimentícios, tudo das despensas tinha sido pilhado, trazido para ali e cuidadosamente exposto. O resultado foi algo que Liev classificou na hora como totalmente inadequado para o convidado; não entenderam para quem se destinava a exibição. Aquela loja não era um modelo para uma nova sociedade, mas encarnava o passado, era um instantâneo da época tsarista de opulência exuberante. Mesmo assim, os funcionários tagarelavam e sorriam para Austin, como se esperassem que aplaudisse. Deixaram a vaidade se intrometer ao pensar no que o convidado realmente queria e exibiram ostentação, achando que, quanto mais mostrassem, mais impressionado ele ficaria. Tiveram medo de serem considerados pobres e sem graça, comparados a seus colegas americanos.

Liev parou ao lado de uma pirâmide de latas de sopa de ervilha. Nunca tinha visto comida arrumada assim e ficou pensando por que alguém se impressionaria com aquilo. Austin passou pela pirâmide, olhou-a com desdém, enquanto era rodeado por um bando de funcionários que mostravam frutas exóticas cujos nomes Liev ignorava. Na tentativa de relacionar aquele exagero à ideologia comunista, os empregados da loja — todos agentes do MGB de idades diversas — foram vestidos com simplicidade e usavam sapatos gastos, como se a Mercearia Número 1 fosse direcionada a todos, da idosa vovó à jovem operária. Os empregados — homens na seção de carnes, mulheres na seção de frutas — foram instruídos a sorrir quando Austin passasse, seguindo-o com o rosto como se fosse o Sol e eles, as flores, acompanhando a luz. Mais funcionários estavam do lado de fora, tremendo de frio na neve, chegando à loja em intervalos aparentemente aleatórios para dar a impressão de serem clientes entrando e saindo.

Austin foi ficando cada vez mais irritado. Parou de falar. Enfiou as mãos nos bolsos, deixou os ombros caírem, enquanto os clientes em volta se comportavam como um bando de pombos voando de um corredor a outro, pegando qualquer coisa que vissem. Liev olhou a cesta de um cliente: tinha três maçãs vermelhas, uma beterraba e uma lata de presunto industrializado, escolhas bastante improváveis em qualquer compra.

Austin se afastou do bando de agentes e se aproximou de Liev outra vez. Pelo jeito, tinha certeza de que Liev representava o homem comum. Talvez pelo uniforme grosseiro e as maneiras rudes, pois, durante o percurso de carro, Liev quase não abrira a boca, ao contrário do incessante blá-blá-blá bajulador dos oficiais. Austin pôs a mão no ombro de Liev.

— Creio que possa conversar com você, camarada Demidov.
— Claro, Sr. Austin.

— Todos querem me mostrar o melhor, mas quero ver as lojas comuns, aonde gente comum vai. Tem alguma coisa mais simples por aqui? Você não vai me dizer que todas as lojas são como essa, não é? É isso que estão me dizendo?

Liev sentiu a pergunta como uma mão apertando seu coração. Respondeu:

— Não são todas assim, estamos no centro da cidade. Esta loja tem uma variedade melhor do que uma loja de aldeia.

— Não me refiro a uma loja de aldeia, mas uma loja do cotidiano. Sabe como? Essa não é a única loja da cidade, certo?

— Não, há outras.

— Podemos chegar lá a pé?

Antes que Liev pudesse responder, os funcionários vieram correndo, prontos a distrair o convidado com os produtos expostos. Ainda havia o que mostrar: pão fresco, as melhores fatias de presunto. Austin levantou a mão como se quisesse afastá-los. Tinha decidido.

— Meu amigo vai andar comigo. Vai me levar a uma loja menor, mais... comum.

Os funcionários olharam bem para Liev, como se ele tivesse sugerido. Os instintos de sobrevivência deles eram aguçados. De repente, os outros dois agentes se adiantaram e falaram com Liev.

— Não vai ser possível, temos que seguir o itinerário por motivo de segurança.

Austin levantou a sobrancelha e balançou a cabeça.

— Segurança? Você está falando sério? Não corro perigo aqui, certo?

Estavam sem saída. Não podiam dizer que não podiam protegê-lo nas ruas da capital. Austin sorriu.

— Sei que vocês têm leis e ordens a cumprir. Sei que têm coisas que querem me mostrar. Mas quero explorar por minha conta, certo? Insisto. Ouviram? Insisto.

Ele riu para suavizar a ordem; mesmo assim, foi uma ordem. Eles tinham recebido instruções para atender aos pedidos do convidado. Pelo jeito que fitavam Liev, era evidente que iam culpá-lo.

Liev saiu da loja com o grupo, fora nomeado chefe de uma excursão rumo ao ordinário. Austin estava ao lado dele, melhorando de humor enquanto percorriam com dificuldade a neve espessa. Liev olhou para trás e viu os funcionários em reunião animada na imponente porta da loja, enquanto chegava uma nova leva de cuidadosamente malvestidos fregueses magricelas, de casacos baratos, para ver que o show tinha terminado. Os agentes do partido não entendiam o que Austin queria ver, mas sabiam que não eram longas filas e lojas mal-abastecidas. Como tinham ordens expressas para atender todas as vontades de Austin, não podiam se meter.

Austin colocou uma amistosa mão nas costas de Liev.

— Fale um pouco sobre você.

Liev não tinha a menor vontade de falar de si mesmo.

— O que o senhor gostaria de saber?

Parecendo surgir do nada, um dos agentes se aproximou, tinha entreouvido a conversa, claro.

— Liev Demidov é um dos nossos melhores funcionários. É herói da guerra e recebeu diversas medalhas. Por favor, Sr. Austin, aonde gostaria de ir? Talvez queira tomar um chá enquanto nós nos preparamos?

Austin não gostou da interrupção, ignorou a sugestão do chá, uma tentativa óbvia de ganhar tempo e se dirigiu a Liev.

— Quais são suas atuais atribuições, camarada Demidov?

Liev acreditava em seu trabalho de agente. O comunismo enfrentava perigos vindos de muitas partes. Precisava de proteção. Mas aquele era um assunto muito complexo para tratar no momento. Respondeu apenas:

— Sou agente da polícia.

Liev esperava que a pergunta estivesse respondida. Mas Austin insistiu:

— Há muito crime na cidade?

— Não há crime como nos Estados Unidos. Não há assassinatos ou roubos. Combato os crimes políticos, os que conspiram contra o Estado.

Austin ficou calado por um instante.

— A igualdade tem muitos inimigos, certo?

— Sim, tem razão.

— Seu trabalho não deve ser fácil.

— Às vezes.

— Mas vale a pena, meu amigo. Vale.

Deram voltas em torno desse tema sombrio. Liev ficou grato pela discrição de Austin. A conclusão da conversa parecia pedir um longo silêncio, uma pausa. Jesse Austin quebrou o gelo passando para um tema mais leve.

— Não vou mais perguntar coisas sérias. O que você gosta como lazer? Bonito assim, você deve ser casado, não?

Sem graça por ter sido considerado bonito e por ser solteiro, Liev corou.

— Não.

— Por que não?

— Não sei...

— Mas gosta de alguém, não? Claro que sim. Há sempre uma história de amor, não?

A pergunta dava a entender que era simplesmente impensável alguém não amar. Liev ficou desesperado para mudar de assunto. Uma mentira era o mais fácil.

— Sim, tem uma pessoa. Nos conhecemos há pouco tempo.

— O que ela faz?

Liev ficou indeciso, lembrando-se da pilha de livros escolares de Lena.

— É professora.

— Pois a leve ao show esta noite.

Liev fez um pequeno aceno de cabeça.

— Vou perguntar, ela é muito ocupada. Mas pergunto.
— Por favor, leve.
— Vou tentar.

Estavam andando há dez minutos por ruas laterais, longe da avenida. Um agente tocou no braço de Liev, com um largo sorriso para esconder a agitação.

— Vamos a algum lugar específico?

Antes que Liev pudesse responder, Austin viu a fila. Apontou para as pessoas serpenteando na frente de uma pequena mercearia. Grigori correu até a loja. Lá estavam no mínimo trinta homens e mulheres, muitos dos quais eram idosos, com casacos gastos e cobertos de neve. Grigori voltou-se assustado para Liev. As pessoas observaram aqueles visitantes incomuns: um agente do MGB e uma celebridade americana bem-vestida — talvez o mais famoso cantor americano em visita à URSS, uma das poucas que a imprensa teve autorização de divulgar.

Liev se virou para Austin.

— Espere aqui, vou ver qual é o problema.

Liev correu para Grigori que disse em voz baixa:

— A loja ainda não abriu.

Liev bateu na janela da loja. Um homem veio rápido dos fundos e abriu a porta. Antes que Liev pudesse avisar, Austin estava ao lado dele.

— O comércio aqui abre um pouco mais tarde?

Apesar do frio, a camisa de Liev estava molhada de suor.

— Parece que sim.

Quando a porta foi aberta, Austin se dirigiu ao gerente:

— Bom dia. Como está o senhor? Meu nome é Jesse Austin. Não se preocupe conosco, vamos só dar uma olhada. Por favor, faça o seu trabalho como sempre e prometo que não atrapalhamos.

O gerente se voltou para Liev, de olhos arregalados e boquiaberto.

— Devo fechar a loja para os senhores?

Austin respondeu, assumindo a situação:

— Aquelas pessoas estão esperando na neve! Deixe que entrem, faça isso.

Com cuidado, os fregueses entraram, pasmos, formando uma segunda fila no balcão. Liev explicou:

— Na outra loja, o senhor viu os fregueses dando uma olhada, aqui a coisa é mais disciplinada. Os fregueses dizem aos funcionários o que querem. Pagam e depois recebem as mercadorias.

Austin aplaudiu, satisfeito.

— Entendi. É só o necessário. Compram o que precisam e nada mais.

Liev concordou com um resmungo.

— Exatamente.

Na noite anterior, ao ler a transcrição dos discursos de Jesse Austin e entrevistas que ele dera nos Estados Unidos, Liev encontrara diversas discussões acaloradas, com Austin sendo acusado de ter uma visão falsa da Rússia, preparada para ocidentais crédulos. As acusações o ofenderam. Ele as negou. Mas Liev teve certeza de que Austin perceberia que o passeio era totalmente produzido. Por isso, Liev e Grigori tinham passado a tarde preparando diversas lojas menores, que ficavam perto de onde iam passar. Liev percebera que poderia haver uma visita inesperada. Eles avisaram os gerentes e, onde era possível, colocaram mais mantimentos para encher as prateleiras. Ele achava que uma versão lustrosa da realidade podia ser mais eficaz do que um falso modelo de perfeição. Sem tempo de conferir cada loja pessoalmente, ficaram nas mãos dos gerentes. Olhando os dois lados, conferindo as prateleiras e o asseio dos pisos, ficou aliviado ao ver que a loja estava limpa e razoavelmente bem-abastecida. Havia pão fresco e caixas de ovos. Os fregueses eram de verdade, não selecionados a mão, a boa disposição deles era totalmente autêntica, pois estavam encantados com a sorte de comprar num dia com tanta variedade.

A idosa na frente da fila pegou, satisfeita, uma caixa de ovos. Com a agitação da compra e a confusão de ser observada por agentes do MGB, ela se distraiu. Deixou cair a caixa no chão. Austin foi o primeiro a ajudar. Liev notou o olhar do gerente da loja, repleto de medo. Algo estava errado. Rapidamente, Liev passou por Austin, pegou a caixa e a abriu. Em vez de ovos, dentro tinha seis pedrinhas.

Liev fechou a caixa e a entregou ao gerente.

— Quebraram.

As mãos do gerente tremiam ao pegar a caixa. Austin pediu:

— Espere um instante.

O gerente parou, tremendo, Liev pensou nas seis pedrinhas chacoalhando dentro da caixa. Austin fez sinal para a idosa.

— Ela vai receber outra caixa, não? Grátis?

Liev colocou a mão no ombro da mulher, imaginando o desapontamento ao chegar em casa e ver que era a feliz proprietária de seis pedrinhas.

— Claro.

Quase todos os funcionários estavam do lado de fora, apertados na janela, apavorados demais para se mexer, tentando manter certa distância do desastre que imaginavam estar por vir. Aos poucos, tomaram coragem de entrar na loja, exibindo brilhantes sorrisos. Austin estava satisfeito.

— Essa loja é boa, muito boa.

A visita tinha sido um sucesso. O agente que sugerira um chá repetiu a proposta.

Austin negou com a cabeça.

— O que você tem com o chá?

Os agentes riram. Austin avisou:

— Estou ansioso para ver mais. O que faremos a seguir?

No itinerário, a próxima escala era uma visita à Universidade de Moscou. Antes que um agente pudesse sequer vender a ideia, Austin se virou para Liev:

— Você disse que sua garota é professora, não?

Confuso, Liev respondeu, indeciso:

— Minha garota?

— Sua namorada, aquela de que falamos. A professora. Não seria ótimo irmos à escola dela?

Moscou
Escola Secundária 7
Avtozavodskaia
Mesmo dia

Liev sentou-se à direção e segurou o volante com força, furioso por Austin não entender o perigo em que o colocara. O sujeito era ingênuo, completamente estrangeiro. Decidido a mostrar que seus detratores norte-americanos estavam enganados, entrara numa sabotagem calculada, deixando de lado os planos dos agentes com a galhardia de quem não tem noção do regime que exalta. O regime não tolera erros. As pessoas que organizaram a viagem dele corriam muito risco, inclusive Liev. Mas não tinha passado pela cabeça de Austin que haveria consequências se ele visse alguma coisa que não correspondesse à visão idealizada que o Kremlin queria que levasse para os Estados Unidos. Essas tentativas de fugir do programa oficial eram uma espécie de brincadeira, como mostrava o fato de ele assoviar por todo o trajeto até a Escola Secundária 7, onde Lena trabalhava.

Liev avistou, apavorado, o prédio da escola: recém-construído, era uma caixa de salas de aula sobre vigas de concreto. Por sorte, o prédio certamente tinha sido inspecionado. Os agentes ficaram aliviados porque o convidado escolhera uma escola que eles teriam selecionado com alegria. O único risco pesava nos ombros de Liev. Tinha mentido. Ao dizer que Lena era a mulher que amava, supunha que isso fosse se restringir à conversa, uma bobagem que logo seria esquecida. Mentira para escapar do constrangimento de dizer que ninguém o amava, nem ele amava ninguém. Agora se arrependia amargamente daquela idiotice. Por que não dizer que morava sozinho? Não havia como sair da situação. Austin queria conhecer uma escola que não tivesse sido preparada antes. Liev fornecera exatamente o que ele queria.

Ao sair do carro, tentou pensar com calma, racionalmente, como não tinha conseguido nos últimos 45 minutos. Sabia que ela se chamava Lena. Não sabia o nome inteiro. Sabia que dava aula de política. Acima de tudo, sabia que não gostava dele. Ficou com as pernas bambas, como um condenado a caminho da execução. Considerou a opção de dizer que mentira: pararia o grupo e admitiria que não conhecia Lena. Inventara uma relação para não parecer solitário. Seria uma confissão humilhante e lastimável. Austin riria e talvez dissesse algumas palavras consoladoras sobre o amor. Eles podiam visitar a escola sem falar com Lena. Os agentes não diriam nada. Mas não havia dúvida de que a carreira de Liev terminaria ali. Na melhor das hipóteses, seria rebaixado. O mais provável seria o acusarem de minar propositalmente a opinião de um aliado importante da União Soviética. Como não ganhava nada confessando a mentira, era melhor continuar com ela enquanto fosse possível.

Era hora do almoço. As crianças estavam fora das salas, brincando na neve. Liev podia usá-las para ganhar tempo, estimulando Austin a falar com os alunos enquanto ele sumia e achava Lena. Bastavam dois segundos para instruí-la. Ela só precisava sorrir, responder as perguntas e manter a mentira dele. Era inteligente, ele tinha certeza. Entenderia. Improvisaria.

Quando entraram na escola, Grigori correu em direção a Liev, era a primeira vez que podiam falar a sós desde que Austin pedira para conhecer a escola.

— Liev, o que está acontecendo? Quem é essa mulher?

Liev verificou se havia alguém próximo que pudesse ouvir.
— Grigori, eu menti.
— Mentiu?

Parecia impressionado, como se considerasse Liev um robô, incapaz de algo tão humano quanto mentir.

— Menti sobre a mulher... Lena, ela não tem nada comigo. Mal me conhece.
— Trabalha aqui?
— Sim, até aí é verdade. Acho, não tenho certeza.
— Por que você mentiu?
— Não sei. Aconteceu.
— O que vamos fazer?

Grigori se incluíra no problema de Liev. Não tinha o comportamento típico de um agente do MGB. Os dois formavam uma equipe. Liev sentiu uma onda de gratidão.

— Vou tentar convencer Lena a aceitar a mentira. Fique com Austin, faça com que ele ande mais devagar, me dê o máximo de tempo.

As crianças correram e formaram uma roda quando Austin entrou. O pátio ficou em silêncio. Claro que, temendo que uma criança dissesse algo inconveniente, como nenhuma delas jamais devia ter visto um negro, um agente deu um largo sorriso e dirigiu-se a elas:

— Meninos e meninas, vocês hoje têm um convidado muito especial. Este é Jesse Austin, o famoso cantor. Mostrem a ele que vocês sabem se comportar.

Até as crianças menores sabiam o perigo que aqueles homens representavam. Austin se agachou para fazer uma pergunta. Liev não conseguiu ouvir o que ele disse. Já estava entrando na escola.

Lá dentro, fora de vista, Liev correu, os sapatos estalando no piso de pedra lisa. Parou uma professora, segurou-a pelo braço, assustando-a com a agitação.

— Onde é a sala do diretor?

A professora ficou pasma, encarando o uniforme de Liev. Liev a sacudiu.

— Onde é?

Ela apontou o fundo do corredor.

Liev entrou de supetão na sala, o que fez o diretor se levantar e empalidecer mais a cada segundo. Liev notou que o pobre homem achou que ia ser preso. Era frágil, com 50 e tantos anos. Apertava os lábios, nervoso. Liev tinha pouco tempo.

— Sou o agente Demidov. Preciso saber tudo sobre uma professora que trabalha aqui. Chama-se Lena.

O diretor parecia uma criança assustada.

— Professora?

— Chama-se Lena. É jovem, da minha idade.

— Não veio aqui por minha causa?

Liev foi rápido.

— Não, vim por causa de uma mulher chamada Lena. Ande!

O homem pareceu voltar à vida: não era ele quem estava numa enrascada, era outra pessoa. Passou para a frente da mesa, querendo ser mais prestativo. Liev olhou de relance para a porta.

— O senhor disse Lena?

— Dá aula de política.

— Professora Lena? Desculpe, o senhor se enganou de escola. Não temos ninguém com esse nome.

— O quê?

— Não temos nenhuma professora Lena trabalhando aqui.

Liev ficou chocado.

— Mas eu vi os livros, tinham o nome desta escola.

Grigori abriu a porta e avisou num sussurro:

— Estão vindo!

Liev tinha certeza da escola. Qual era o engano? Ela disse o nome. O nome! Era mentira.

— Quantos professores dão aula de política?

— Três.

— Tem uma jovem?

— Sim.

— Como se chama? Tem alguma foto dela?
— Fica na pasta.
— Corra!

O diretor encontrou a pasta e a entregou a Liev. Antes que pudesse olhar, Grigori abriu a porta outra vez. Austin e os agentes entraram. Liev se dirigiu a eles:

— Diretor, quero apresentar o senhor ao nosso convidado, Jesse Austin. Ele deseja conhecer uma escola soviética antes de regressar aos Estados Unidos.

Mal recuperado do primeiro susto, o diretor levou outro: ali estavam uma visita famosa no mundo inteiro e um grupo de agentes do alto escalão. O agente que se dirigira às crianças lá fora agora falava com o diretor, usando o mesmo sorriso para esconder o aviso.

— Queremos mostrar ao nosso visitante que o sistema educacional soviético é um dos melhores do mundo.

O diretor ficou com voz fraca de novo.

— Gostaria que tivessem avisado.

Austin se adiantou.

— Nada de aviso, nem de confusão, cerimônia, preparativos. Quero dar uma olhada, ver o que estão fazendo. Entender como as coisas funcionam. Esqueça que estou aqui.

Virou-se para Liev.

— Que tal assistirmos a uma aula?

Falso, Liev respondeu:

— Uma aula de ciência, talvez?

— É o que sua namorada ensina? Ciência?

Ao ouvir que uma professora era namorada de Liev, o diretor o olhou, sério. Sem dar importância, Liev respondeu a Austin:

— Não, ela ensina política.

— Bom, todos nós gostamos de política, não é?

Risos gerais, menos de Liev e do diretor. Austin acrescentou:

— Como ela se chama? Você não tinha me dito?

Liev não lembrava se havia dito Lena ou não.

— O nome dela?

Claro que ele não sabia. O diretor estava assustado demais, ou era lento demais para ajudar.

— O nome dela...

Liev deixou a pasta cair de propósito — escorregou da mão dele, os papéis ficaram espalhados no chão. Ele se abaixou, pegou-os e verificou o que estava escrito.

— Ela se chama Raíssa.

*

O diretor caminhou na frente até a sala 23, no segundo andar, com Austin ao lado e os agentes logo atrás, detendo-se de vez em quando para olhar um cartaz na parede, ou uma aula. Nessas interrupções, Liev tinha de esperar, mas não conseguia parar. Não imaginava como reagiria a mulher que tinha dado o nome errado a ele. Ao chegar à classe, Liev olhou pela abertura de vidro na porta. A mulher na frente da sala era a que tinha encontrado no metrô, com quem havia falado no bonde, a mulher que dissera se chamar Lena. Ocorreu-lhe então, tarde demais, que ela podia ser casada. Ter filhos. Se ela fosse inteligente, ambos estariam seguros.

Liev se adiantou e abriu a porta da sala. A delegação veio atrás e a entrada ficou cheia de agentes, com o diretor da escola e Jesse Austin na frente. Os alunos se levantaram, surpresos, passando os olhos do uniforme de Liev para o rosto ansioso do diretor e o sorriso largo de Austin.

Raíssa se virou para Liev, segurando um giz, os dedos polvilhados de branco. Era a única pessoa na sala, além de Austin, que parecia calma. Sua serenidade era impressionante e Liev se lembrou de por que a achara tão atraente. Chamando-a pelo nome verdadeiro, como se só soubesse esse, Liev falou:

— Raíssa, desculpe chegar sem aviso, mas nosso convidado Jesse Austin queria conhecer uma escola secundária e pensei naturalmente em você.

Austin se adiantou, estendendo a mão para cumprimentá-la.

— Não se zangue com ele, o culpado sou eu. Queria fazer uma surpresa.

Raíssa concordou com a cabeça, enfrentando a situação com agilidade.

— Foi uma surpresa mesmo.

Olhou o uniforme de Liev antes de dizer a Austin:

— Sr. Austin, aprecio muito suas músicas.

Austin sorriu e perguntou, tímido:

— Já ouviu?

— O senhor é um dos poucos ocidentais...

Os olhos de Raíssa percorreram o bando de agentes do partido. Consertou-se:

— Cantores ocidentais que todo russo gostaria de ouvir.

Austin ficou orgulhoso.

— Gentileza sua.

Raíssa voltou-se para Liev.

— Fico contente que minhas aulas sejam consideradas boas para visitas tão importantes.

— Posso assistir um pouco?

— Sente-se na minha cadeira.

— Não, fico em pé. Não vou incomodar, prometo. Continue com a aula normal.

Era engraçado achar que a aula seria normal. Liev estava meio histérico e tonto. O sentimento de gratidão era tão profundo que precisou se conter para não pegar as mãos de Raíssa e beijá-las. Ela deu a aula fingindo ignorar que nenhum aluno ouvia, todos fascinados com as visitas.

Vinte minutos depois, um encantado Austin agradeceu a Raíssa.

— Você tem um verdadeiro talento. O jeito de falar, as coisas que diz sobre o comunismo, obrigado por me deixar assistir.

— O prazer foi meu.

Jesse Austin também fora seduzido por ela. Difícil não ser.

— Tem algum programa para esta noite, Raíssa? Pois eu gostaria muito que assistisse ao meu show. Certamente Liev comentou com você.

Ela fitou Liev.

— Comentou, sim.

Raíssa mentia com perfeição.

— Então você vem? Por favor?

Ela sorriu, demonstrando um agudo senso de autopreservação.

Moscou
Fábrica Serp I Molot
Magnitogorsk
Mesmo dia

Os organizadores do evento noturno pensaram em fazer o show na fábrica, filmando Jesse Austin cantando, cercado de máquinas e operários, dando a impressão de um espetáculo que surgiu espontaneamente, como se Austin tivesse começado a cantar enquanto andava por ali. Não era uma ideia prática. Não havia espaço para colocar a plateia. A maquinaria pesada impediria a visão de muitos e era questionável se aqueles equipamentos estavam adequados para avaliação no exterior. Por isso, o show seria num armazém próximo, que foi esvaziado e arrumado de maneira mais tradicional. Um palco provisório foi instalado na parte norte, com mil cadeiras de madeira na frente. Para ressaltar que era um show diferente dos realizados no Ocidente, os operários foram mandados para o local direto da fábrica, sem tempo de ir em casa trocar de roupa. Os produtores queriam não só uma plateia de operários, mas também que parecesse de operários, com graxa nas mãos, suor na testa e unhas sujas. O evento demarcaria um contraste enorme com o elitismo que caracterizava os shows em países capitalistas, nos quais os locais diferenciados pelo preço das entradas causavam uma estratificação da plateia, com os pobres tão longe do palco que mal conseguiam ver o espetáculo, enquanto os mais pobres ainda ficavam nos bastidores, nos corredores de serviço, esperando o final para varrerem o chão.

 Liev supervisionou a ida dos operários da fábrica para o armazém pensando em Raíssa. Tinha feito um papel especialmente medíocre na escola, desesperado e desonesto. Mas ele tinha poder e Raíssa mostrou que era esperta; talvez aceitasse o convite para o show apenas por motivos práticos, favoráveis a ele. Pensou no que a mulher devia achar da profissão dele. Enquanto refletia, apressou as pessoas para que ocupassem todos os lugares. Não havia ingresso, pois o show era gratuito. Homens e mulheres ocuparam obedientemente os lugares restantes, alguns tremendo de frio. O armazém era pouco mais que uma concha de aço. O teto era muito alto e o interior grande demais para os aquecedores a gás conseguirem atender a demanda da área. Os operários que ficaram entre os aquecedores receberam discretamente luvas e jaquetas. Liev esfregava as mãos enquanto corria os olhos pela multidão: faltava pouco para começar e Raíssa ainda não chegara.

 A programação fora feita com antecedência, embora fosse difícil saber se Austin não iria mudá-la também. A proposta era que ele subisse ao palco para apresentar algumas canções intercaladas com pequenos discursos polêmicos. Os discursos seriam em russo e as canções, com duas exceções, em inglês. Liev fitou a plateia imaginando como a cena ficaria no filme de propaganda a ser distribuído na União Soviética e na Europa Oriental. Deu uma ordem a um homem sentado duas fileiras atrás:

— Tire o chapéu.

 Luvas não seriam vistas no filme, mas chapéus, sim. Não queriam mostrar que o auditório estava incrivelmente gelado. Liev deu uma última olhada no que poderia ficar esquisito nas telas e viu um operário passando a graxa da bota no rosto, tornando-o preto. Liev não precisava ouvir o que diziam, pois vários homens começaram a rir. Ele misturou-se à plateia, se aproximou do homem e perguntou:

— Quer que essa seja sua última piada?

Liev ficou ali enquanto o homem limpava a graxa do rosto. Encarou os que tinham rido. Liev era odiado, mas não tanto quanto temido. Saiu da fileira e voltou para a frente do palco. Após meia hora de operários entrando, todos os assentos foram ocupados. Havia homens de pé, agrupados nos fundos. A orquestra estava no palco. O show ia começar.

Foi então que Liev notou Raíssa sendo trazida por um agente. Só a havia visto com roupas de trabalho, práticas e sérias, o rosto escondido num chapéu de frio, os cabelos presos, o rosto pálido e sem maquiagem. Ela entendera mal o espírito do espetáculo e se arrumara de forma elegante. Estava usando um vestido. Embora não fosse nada extravagante, fazia um enorme contraste com os macacões dos operários. Caminhou, nervosa, em meio às camisas sujas e aos macacões gastos de quase toda a plateia. Sabia que chamava a atenção, deslocada e vestida com exagero. Os operários tinham bons motivos para segui-la com os olhos. Naquela noite, parecia mais linda do que nunca. Ao vê-la, Liev dispensou o outro agente.

— Eu levo a nossa convidada.

Liev a conduziu até a frente, com a garganta seca.

— Reservei o melhor lugar para você.

Raíssa respondeu com um toque de irritação.

— Você não disse que era tão informal.

— Desculpe, me atrapalhei. Mas você está linda.

Ela gostou do elogio e a raiva pareceu sumir.

— Quero explicar por que menti meu nome.

Ele percebeu a tensão na voz e cortou delicadamente a explicação.

— Não precisa se desculpar, garanto que os homens estão sempre perguntando seu nome. Deve ser um aborrecimento.

Raíssa se calou. Liev acrescentou, preocupado em não deixar o silêncio durar demais:

— De todo modo, eu é que devo uma desculpa. Surpreendi você hoje. Austin queria conhecer uma escola e falei de você. Foi errado, você podia ter me feito passar vexame.

Raíssa virou a cabeça.

— Foi uma honra ter visitas tão importantes.

Surgira uma formalidade na maneira como falava com Liev, deixara de ser brusca ou desdenhosa. Ela olhou a plateia.

— Estou ansiosa para ver o Sr. Austin cantar.

— Eu também.

Chegaram na fileira da frente.

— Pronto. Como eu disse, são os melhores lugares.

Liev recuou, um pouco impressionado com a incongruência do brilho dela em meio aos exaustos operários de fábrica.

A iluminação do armazém deu lugar às fortes luzes do palco, que foi inundado por um brilho amarelo. As câmeras começaram a filmar. Liev se postou nos degraus do palco, prestando atenção na plateia. Austin entrou pelo outro lado e subiu a escada a passos largos. Tinha uma energia impressionante. No palco, parecia ainda mais alto e destacado. Com um pequeno gesto de mão, pediu modestamente que interrompessem os aplausos. Quando houve silêncio, pegou o microfone e falou em russo:

— É uma honra estar aqui em Moscou convidado para cantar no local de trabalho de vocês. Vocês sempre me recebem de maneira especial. Não me sinto um hóspede; na verdade, me sinto em casa. Às vezes, me sinto mais em casa aqui do que no meu país. Pois aqui na União Soviética sou querido não só por minha música, não só quando estou no palco e divirto vocês. Aqui, sou querido fora do palco. Aqui, o fato de ser cantor não me diferencia de vocês, embora nossas profissões sejam muito diferentes. Aqui, não importa o que eu cante, não importa o meu sucesso, eu sou um comunista. Sou um camarada, como todos vocês. Igual a vocês! Ouçam essas doces palavras: sou igual a vocês! E essa é a maior de todas as honras... ser diferente e, ao mesmo tempo, tratado como igual.

A orquestra começou a tocar. A primeira música foi a "Canção dos amigos", escrita para a Juventude Comunista e que falava da construção de novas cidades e novas estradas. Tinha sido alterada para acompanhamento de orquestra, transformando um hino de propaganda numa performance musical. Para surpresa de Liev, a apresentação foi além da rígida polêmica da letra. Austin tinha uma voz potente e, ao mesmo tempo, íntima. Preencheu aquele espaço imenso. Liev tinha certeza de que se perguntasse a qualquer pessoa na plateia, ela diria que Austin parecia cantar só para ela. E ele ficou encantado, pensando em como deveria ser uma voz capaz de levar homens às lágrimas, capaz de acalmar e confortar um lugar com mil operários cansados. Na primeira fila, viu Raíssa. Estava concentrada em Austin, encantada com a voz dele. Liev imaginou se um dia ela ainda o olharia com aquela mesma admiração.

Quando a canção terminou, houve um tumulto nos fundos do armazém. As pessoas se viraram para olhar. Liev se adiantou e apertou os olhos tentando identificar a origem do barulho. Surgiu um homem no escuro, de uniforme do MGB, camisa para fora da calça suja. Estava mal, balançava de um lado para o outro, perdendo o equilíbrio. Liev levou um instante para entender que o homem era Grigori, seu protegido.

Liev correu, passou pelos outros agentes e segurou o estagiário pelo braço. Cheirava a bebida. Apesar do comportamento perigoso, Grigori não pareceu notar a presença de Liev. Aplaudia Austin alto, devagar, parava e continuava. Liev tentou tirá-lo dali, mas Grigori rosnou como um cão feroz:

— Me larga.

Liev segurou o rosto de Grigori. Olhou-o bem e disse, preocupado:

— Pare com isso, o que está fazendo?

Grigori respondeu:

— Saia da frente!

— Ouça o que vou dizer...

— Ouvir você? Gostaria de nunca ter ouvido.

— O que houve com você?

— Comigo! Não, não foi comigo, Liev, foi com Polina, a artista, se lembra dela? A mulher que amo? Foi presa. Apesar de eu ter desobedecido você e arrancado a página incriminadora...

Grigori mostrou a página do diário com o esboço da Estátua da Liberdade.

— Mesmo não tendo nada no diário, ela foi presa. Mesmo eu desobedecendo e arrancando a página, ela foi presa!

Ele se repetia, enrolava as palavras, juntava as frases como se fossem um canto. Liev tentou interromper:

— Vão soltá-la e o problema vai acabar.

— Ela está morta!

Ele gritou. Quase toda a plateia passou a prestar atenção nele, e não em Austin. Grigori continuou falando, agora bem baixo.

— Foi presa ontem à noite. Não sobreviveu ao interrogatório. Coração fraco, foi o que me disseram. Coração fraco... Coração fraco! Foi esse o crime dela, Liev? Se isso é crime, você devia me prender também. Me prenda, Liev. Me prenda. Me culpe por ter um coração fraco. Prefiro ter um coração fraco a um forte.

Liev ficou transtornado.

— Grigori, você está nervoso, escute...

— Você fica me mandando ouvi-lo, mas não vou, Liev Demidov! Sua voz me assusta.

Outros agentes se aproximavam, vários saindo da plateia. Grigori se soltou rápido, subiu a escada e passou pela orquestra, na direção de Austin. Liev foi atrás, subiu a escada, mas parou à beira do palco. Se tentasse expulsar Grigori, acabariam brigando. As câmeras estavam filmando. Milhares assistiam.

*

Grigori se levantou, piscando os olhos com o clarão dos holofotes. Queria berrar a verdade. Queria dizer a todos que mataram uma inocente. Quando os rostos das primeiras filas ficaram em foco, ele viu que já sabiam: não que Polina estava morta, mas conheciam aquela história, viram acontecer muitas vezes. Não precisavam ouvi-lo. Não queriam. Ninguém queria que ele falasse. Tinham medo, não por ele, mas dele, como se tivesse uma doença que poderia infectar a vida de todos. Era um maluco, um homem que se colocou no palco e virou um alvo, um suicida. Não havia qualquer nobreza naquilo. De que adiantava falar a verdade? Era uma verdade inútil, perigosa. Virou-se para o homem que estava no palco com ele, o famoso Jesse Austin. O que Grigori esperava? Talvez que um cantor cheio de fantasias sobre o país ouvisse a verdade e passasse de defensor a crítico. Seria um golpe amargo para o regime, uma vingança adequada para o assassinato de Polina. Mas, ao ver os olhos sinceros de Austin, percebeu que aquele homem também não queria saber a verdade.

Austin colocou o braço no ombro de Grigori e avisou à plateia:

— Não sei se é um fã ou alguém querendo que eu cale a boca.

Risos. Grigori se enrolou com as palavras, bêbado, mas exausto, derrotado.

— Camarada Austin.

Grigori mostrou a folha do diário.

— O que isso significa para o senhor?

Austin pegou a folha e olhou o esboço. Virou-se para a plateia.

— Nosso amigo me mostra o desenho do símbolo mais importante do nosso tempo. A Estátua da Liberdade, em Nova York. No meu país, ela é uma promessa de um futuro de liberdade para homens e mulheres, sem distinção de origem ou raça. Aqui, a liberdade que vocês têm é real.

Grigori chorava, cercado de pessoas e, mesmo assim, sozinho. Repetiu a frase de Austin, mais alto, em direção ao fundo do armazém:

— Aqui, a nossa liberdade é real!

*

Na escada para o palco, um agente segurou o braço de Liev.

— Faça alguma coisa! Dê um jeito!

— O que eu posso fazer? Quer que eu suba no palco?

— Quero!

Liev se aproximou, mas Austin negou com a cabeça, mostrando que ele resolveria a situação. Começou outra canção. Só devia ser apresentada no final, mas Austin se adiantou, sentindo que precisava contornar a interrupção. Era "A Internacional", o hino do comunismo.

De pé, vocês marcados por uma maldição,
um mundo de famintos e escravizados!

Na plateia, muitas pessoas ficaram de pé imediatamente. Os outros logo fizeram o mesmo e Liev entendeu que Austin escolhera aquele hino para encobrir a confusão. A plateia conhecia a letra do hino. A princípio, cantou insegura por não saber se devia acompanhar. Mas Austin os encorajou a continuar, incentivando-os até cada homem e cada mulher estar cantando o mais alto que pudesse, talvez com medo de que sua lealdade ao Estado fosse medida pelo volume da voz, talvez com medo de que ficassem como Grigori, aquela figura estranha e triste, caso não cantassem até estarem roucos. Liev também cantou, mas sem muito ânimo, preocupado com seu estagiário condenado. Os olhos do jovem lacrimejavam, brilhando à luz dos holofotes. Ele também cantou:

Destruiremos este mundo de violência
até os alicerces, e então
construiremos um novo mundo!

Austin terminou a canção após a primeira estrofe. Quando os gritos por um novo mundo foram sumindo, a plateia aplaudiu com entusiasmo. Agentes subiram no palco, aplaudindo, ostentando sorrisos falsos no rosto e cercando Grigori enquanto disfarçavam suas intenções assassinas. Distraído, Grigori acenava para um ponto distante, para amigos imaginários, despedindo-se do novo mundo.

Liev sentiu outro toque no braço. Era Raíssa. Ela havia saído do lugar para falar com ele. Era a primeira vez que o tocava. Sussurrou:

— Por favor, Liev, ajude aquele homem.

Liev viu o medo nos olhos dela, por Grigori, certamente, mas também por ela. Estava com medo. O medo a levara até ele. Finalmente, Liev descobrira o que tinha a oferecer: segurança e proteção. Não era um grande talento. Mas talvez, naqueles tempos perigosos, fosse suficiente. Suficiente para ter um lar, suficiente para agradar uma esposa, suficiente para alguém gostar dele. Colocou a mão sobre a dela e prometeu:

— Vou tentar.

QUINZE ANOS DEPOIS

Moscou
Novie Cheremuchki
Cortiços de Khruschov
Apartamento 1.312
24 de julho de 1965

Ao subir a escada, Liev Demidov ficou com a camisa úmida de suor, grudada nas costas e na barriga, formando manchas transparentes. As meias pingavam a cada passo. No térreo, o elevador estava quebrado: a porta entreaberta, a luz trêmula como os olhos de um animal moribundo. Apesar de ter subido 13 andares de escada, não viu ninguém. Era estranho um bloco de apartamentos estar tão silencioso no meio do dia. Nenhuma criança brincava nos corredores, nenhuma mãe chegava com compras, nenhuma porta batia, nem vizinhos discutiam — o sexto dia da onda de calor abafava a agitação da vida cotidiana. Nos projetos habitacionais neste estilo, o concreto conserva o calor como um miserável guarda moedas de ouro. No último andar, Liev parou, tomando fôlego antes de entrar no apartamento 1.312 sem ser visto pelos demais moradores.

Deu uma olhada no apartamento constrito e arrancou a camisa como se um bando de sanguessugas estivesse se alimentando de seu corpo. Atravessou a sala em direção à cozinha e enfiou o rosto embaixo d'água. A pressão era fraca e a água estava deprimente de tão morna. Mesmo assim, foi agradável. Ele fechou os olhos sob o jato falho, deixou o líquido escorrer pelas bochechas, pela boca, pelas pálpebras. Fechou a torneira enquanto a água passava pelo rosto e serpenteava no pescoço. Abriu a janelinha e descobriu que as dobradiças estavam rígidas, apesar de o prédio ser quase novo. O ar lá fora estava parado, sem uma brisa; uma camada de calor envolvia o prédio. Em frente, uma torre residencial idêntica tremeluzia como uma miragem no deserto: linhas verticais de milhares de janelas formigavam ao sol.

O apartamento era tradicional em quase tudo. Tinha só um pequeno quarto separado e a sala era horrivelmente dividida para criar outro ambiente de dormir. Essa falsa divisão existia em muitas residências, improvisada com uma corda que ia de uma parede à outra e um lençol pendurado para dar privacidade e esconder da cozinha duas estreitas camas de solteiro. Liev ficou entre a área comunitária e a de dormir. Havia malas arrumadas, uma ao lado de cada cama, prontas para partir. Experimentou o peso. Estavam pesadas, uma bem mais que a outra. Com os anos, depois de realizar buscas em centenas de apartamentos, tinha desenvolvido uma aguda percepção para qualquer coisa fora do lugar. A casa de uma pessoa revelava segredos, da mesma forma que um suspeito mostrava sua culpa através de detalhes mínimos. Em apartamentos, a pista podia ser a poeira sobre algum objeto, pequenas rachaduras no piso, ou uma única digital cheia de fuligem numa escrivaninha. Olhou uma das camas. Com o forte calor do verão, não tinha colchas, apenas um lençol fino que permitia um exame do colchão. Nele havia uma pequena lombada, algo como um caroço, quase imperceptível, dificilmente merecedora de atenção a não ser para alguém treinado na polícia secreta.

Seguindo esse instinto, Liev foi até a cama e colocou sua mão no estreito espaço embaixo do colchão. Sentiu o contorno de um livro. Tirou-o. Era um caderno de capa dura. Não tinha nada escrito nela, nem título nem desenhos. Também não era daqueles cadernos finos e baratos, usados por crianças na escola. O papel era caro. A lombada era costurada. Virou-o, olhando quantas páginas estavam preenchidas. A metade do diário, talvez duzentas folhas. Colocou o caderno de cabeça para baixo e sacudiu para ver se guardava alguma coisa dentro. Nada caiu. Após esse exame, olhou a primeira página. A letra era clara, pequena, correta, escrita a lápis de ponta bem fina. Havia várias manchas leves onde as palavras foram apagadas e reescritas por cima. Consumiu tempo e cuidado. Ele havia examinado muitos diários na vida. As anotações costumavam ser apressadas, esparramadas, as palavras fluíam sem muita consideração. Reescrever cuidadosamente fazia crer que ele continha revelações valiosas.

A primeira anotação era de um ano antes e Liev ficou pensando se ela indicava o começo daquele volume, ou o começo do primeiro diário do autor. A dúvida foi esclarecida na frase inicial:

Pela primeira vez na vida, sinto necessidade de anotar o que penso.

Liev fechou o diário com um golpe. Não era mais agente, não trabalhava mais para a polícia secreta. Aquele não era o apartamento de um suspeito, era a casa dele. E o diário pertencia à filha.

Quando ia devolvê-lo ao descuidado esconderijo, Liev ouviu a chave na porta de entrada. Em pânico, percebeu que não dava tempo de devolver o diário, seria pego no ato. Por isso, o escondeu nas costas. Deu um passo em direção à porta, longe da cama e olhou para cima como um soldado em posição de sentido.

Raíssa, esposa dele, encarou-o do batente, segurando uma sacola. Estava só. Fechou a porta, entrou e sumiu no escuro. Mesmo assim, Liev sentiu os olhos dela o julgando. Seu rosto esquentou de constrangimento — era diferente do calor do dia, sentia uma queimação sob a pele. Raíssa tinha se tornado a consciência dele. Não podia mentir para ela e raramente decidia algo importante sem antes pensar na reação da mulher. Exercia uma força moral, uma influência sobre ele tão forte quanto a lua nas marés. À medida que a relação dos dois se fortalecera, a relação dele com o

Estado enfraquecera; Liev sempre achou que isso iria acontecer, apaixonar-se por ela seria o fim de seu casamento com o MGB. Liev agora era gerente de uma pequena fábrica, supervisionava entregas, encaminhava recibos e era tido como muito honesto pelos subordinados.

Ela deu mais um passo e saiu da escuridão para o sol. Liev a achava mais linda agora do que quando jovem. Os olhos tinham rugas leves ao redor e a pele não era mais tão firme e delicada quanto antes. Suas feições haviam suavizado. Mas Liev amava essas mudanças mais que um ideal de beleza jovem ou perfeição. Eram mudanças que ele tinha acompanhado, que ocorreram enquanto estava ao lado dela, as marcas da relação, os anos que viveram juntos. Isso o fazia se lembrar da mudança mais importante de todas: ela agora o amava. Não o amava antes.

Sob o olhar de Raíssa, Liev afastou a ideia de guardar o diário sem que ela visse e o entregou. Raíssa não o pegou, apenas olhou a capa. Ele informou:

— É de Elena.

Elena era a filha caçula deles, de 17 anos, adotada logo que se casaram.

— Por que está com você?
— Eu o vi embaixo do colchão...
— Ela o escondeu?
— Sim.

Raíssa pensou um instante e perguntou:
— Você leu?
— Não.
— Não?

Como um novato em interrogatório, Liev confessava sob a mínima pressão.

— Li a primeira linha e fechei. Ia devolver agora.

Raíssa foi até a mesa, onde colocou as compras. Encheu um copo d'água na cozinha e ficou de costas para Liev pela primeira vez desde que chegou. Tomou três grandes goles e colocou o copo vazio na pia, perguntando:

— E se as meninas tivessem chegado em vez de mim? Elas confiam em você, Liev. Demorou, mas confiam. Você ia arriscar essa confiança?

Confiar era um eufemismo para amar. Difícil saber se Raíssa se referia apenas às duas filhas adotivas, ou se estava indiretamente se incluindo também. Ela prosseguiu:

— Por que fazer com que elas se lembrem do passado? Da pessoa que você era? E da profissão que tinha? Você levou tantos anos para deixar isso para trás. Não faz mais parte dessa família. Finalmente as meninas consideram você um pai, não um agente da polícia secreta.

A reação dela tinha uma crueldade calculada ao mostrar a história deles com um detalhe desnecessário. Raíssa estava zangada. E o estava machucando. Pela primeira vez na conversa, Liev se exaltou, magoado com as observações.

— Vi alguma coisa escondida embaixo do colchão. As pessoas não são curiosas? Qualquer pai não teria feito o mesmo?

— Mas você não é um pai qualquer.

Raíssa tinha razão. Nunca fora um marido comum. Nunca fora um pai comum. Teria de se proteger do passado da mesma forma que um dia protegeu o Estado dos inimigos. Os olhos de Raíssa mostravam arrependimento. Ela falou:

— Não tive a intenção de magoar você.

— Raíssa, juro que abri este diário como um pai preocupado com a família. Elena tem andado estranha. Você não notou?

— Ela está nervosa com a viagem.

— É algo além disso, tem alguma coisa errada.

Raíssa negou com a cabeça.

— Não me venha com essa história outra vez.

— Não quero que você viaje. Não consigo ver de outra forma. Essa excursão...

Raíssa o interrompeu.

— Nós decidimos. Está tudo acertado. Sei o que você acha da viagem. Desde o começo você foi contra, sem qualquer motivo razoável. Lamento que você não vá junto. Adoraria que fosse. Ficaria mais à vontade com você. Pedi para ir, mas foi impossível. Não posso fazer mais nada. Só se eu desistir na última hora, sem dar motivo, o que seria bem mais perigoso do que ir, pelo menos na minha opinião.

Raíssa deu uma olhada no diário. Também estava tentada a ler.

— Agora, por favor, ponha no lugar.

Liev o apertou nas mãos, relutante a largar.

— A primeira anotação me preocupou...

— Liev.

Raíssa não tinha levantado a voz. Não precisava.

Ele guardou o diário com cuidado embaixo do colchão, com a lombada para a frente, mais ou menos a meio braço de distância da beirada, no lugar exato onde estava. Agachou-se para ver se o colchão parecia mexido. Ao terminar, afastou-se da cama, sabendo que Raíssa ficou olhando o tempo todo.

Dia seguinte

Liev não conseguia dormir. Em poucas horas, Raíssa estaria saindo do país. Apenas em situações excepcionais eles ficaram longe um do outro por mais de um dia. Ele havia participado da Grande Guerra Patriótica — foi herói de guerra, condecorado por bravura —, mas a perspectiva de ficar sozinho o incomodava. Virou de lado, ouvindo a respiração dela. Imaginou-a respirando pelos dois e sincronizou seu respirar com o dela. Devagar, repousou a mão na mulher. Ela não acordou, apenas reagiu ao toque, segurando a mão dele e apertando-a na barriga como se fosse um bem precioso. Liev retribuiu o aperto de leve e ela voltou a respirar ritmado. As preocupações dele com a viagem eram, certamente, por não querer que Raíssa fosse. Era provável que ele tivesse inventado preocupações, criado motivos para ficarem em casa e falado sobre proteção e segurança apenas por egoísmo. Desistiu da ideia de que conseguiria sequer uma hora de sono e se levantou.

Andando no escuro, tropeçou na mala de Raíssa. Estava fechada e pronta, aos pés da cama, como se ansiosa por ir. Ele havia comprado aquela mala há 15 anos, quando era agente e tinha acesso a lojas exclusivas. Foi uma das primeiras compras, após saber que suas funções envolveriam muitas viagens. Animado com a perspectiva, orgulhoso da importância que lhe concederam, gastou o salário de uma semana com aquela bela mala e se imaginou atravessando o país, servindo sua nação aonde quer que o dever o chamasse. Aquele jovem orgulhoso e cheio de ambição agora parecia um estranho. Os poucos objetos de luxo que juntara durante a profissão se perderam. Aquela mala, guardada no fundo do armário, acumulando poeira, era só o que restava daquele tempo. Quis jogá-la fora e esperava que a esposa aprovasse a ideia. Mas, apesar de odiar a profissão dele, Raíssa não permitiu o luxo desse gesto simbólico. Com o salário que tinham atualmente, jamais conseguiriam comprar outra.

Olhou o relógio, aproximando-o da janela para aproveitar a luz do luar. Eram quatro da manhã e dentro de poucas horas ele iria para o aeroporto com a família, onde se despediria, ficando em Moscou. Vestiu-se no escuro e, furtivo, saiu do quarto. Ao abrir a porta, teve a surpresa de ver a filha caçula sentada à mesa da cozinha, no escuro. Estava com os braços sobre a mesa, mãos postas como se rezasse, muito pensativa. Aos 17 anos, Liev achava Elena um milagre: parecia incapaz de sentir ódio ou de ser má, era tranquila, diferente de Zoia, a mais velha, que costumava ser brusca, séria e agressiva, capaz de se irritar por qualquer coisa.

Elena o olhou. Liev sentiu uma ponta de culpa ao pensar no diário, depois lembrou a si mesmo que o havia devolvido, só lera a primeira frase. Sentou-se ao lado dela e sussurrou:

— Não consegue dormir?

Ela espiou o outro lado do aposento, na direção de Zoia. Para não acender a luz e acordá-la, Liev acendeu um toco de vela, derramou a cera no fundo de um copo e a fixou em seu interior. Elena continuou calada, hipnotizada pelo reflexo da chama. Ele tinha razão ao dizer que estava estranha. Era muito difícil que ela ficasse tensa ou reticente. Se aquela fosse uma entrevista de uma investigação, Liev teria certeza de que a filha estava envolvida em algo. Mas não era mais agente e se aborreceu por ainda pensar conforme os princípios que aprendera.

Liev pegou um baralho. Não havia outra coisa a fazer nas próximas duas horas. Embaralhou as cartas e perguntou, baixo:

— Está nervosa?

Elena o encarou de um jeito curioso.

— Não sou mais criança.

— Criança? Eu sei.

Estava zangada com ele, que insistiu:

— Algum problema?

Ela pensou um pouco, fitando as mãos, e negou com um gesto da cabeça.

— Nunca andei de avião, só isso. É bobagem.

— Se tivesse algum problema, você me contaria?

— Contaria.

Liev não acreditou.

Distribuiu as cartas, tentando se convencer de que tinha feito a coisa certa ao autorizar a viagem. Reclamou bastante e só desistiu quando parecia ser contra apenas porque não teve permissão para ir com elas. A decisão de sair do KGB deixou uma marca permanente nos documentos de Liev. Não havia possibilidade de receber os papéis para viajar ao exterior. Mas não era justo que, por causa dele, elas não fossem. A chance de conhecer outros países era muito rara; provavelmente, nunca mais teriam outra.

Jogavam baralho há meia hora, quando Raíssa apareceu na porta. Sorriu, o sorriso passou a bocejo, sentou-se com eles mostrando que queria participar e resmungou:

— Eu sabia que não ia conseguir dormir a noite toda.

Ouviu-se um suspiro alto e proposital. Zoia sentou-se na cama. Puxou o pano que dividia o cômodo e encarou o jogo. Liev quis logo se desculpar.

— Acordamos você?

Zoia negou com a cabeça.

— Não consegui dormir.

Elena perguntou:

— Ouviu a nossa conversa?

Zoia se aproximou da mesa e sorriu para a irmã.

— Só para me dar sono.

Sentou-se na cadeira que restava. Os quatro, descabelados, iluminados apenas pela vela, formavam uma cena engraçada. Liev olhou cada jogadora. Viu-as pegarem as cartas. Se pudesse, congelava o tempo, parava o amanhecer que se aproximava, impedindo o sol de nascer, e adiava para nunca o momento em que teria de se despedir delas.

Manhattan
Estação de metrô da Segunda Avenida
Mesmo dia

Ao sair da estação de metrô, Osip Feinstein andou devagar, de um jeito fortuito, com ares de um cavalheiro excêntrico em má situação, o que era um bom truque, pois não estava muito longe da verdade. O passo lento era um artifício claro para conferir se era seguido, geralmente por jovens agentes do FBI intrinsecamente incapazes de parecerem displicentes; estavam sempre duros e empertigados, pareciam ter a pele engomada como as camisas que usavam. Em geral, Osip era seguido uma vez por mês numa espécie de rotina desagradável do FBI, e não numa tentativa planejada de arrumar uma acusação contra ele. Mas, no último mês, foi seguido todos os dias. A vigilância aumentou muito. Os membros do Partido Comunista dos Estados Unidos relatavam um aumento similar nas atividades do FBI. Osip teve pena deles. A maioria não era espião. Eram seguidores que sonhavam com revoluções, igualdade e imparcialidade, ativistas de algum partido político legal. Não importava que o comunismo não fosse crime. As convicções políticas deles faziam com que estivessem sob intensa vigilância. E com que fossem acusados de muita coisa. Os patrões recebiam dossiês especulando sobre as atividades de determinados funcionários fora do trabalho, dossiês que terminavam com a frase:

Uma companhia ou empresa é avaliada pelo comportamento
de seus funcionários.

Embaixo, vinha um número de telefone. Todo patrão era incentivado a investigar para o Estado. Naquele ano, até o momento, três homens tinham sido demitidos. Um deles entrou em depressão depois que família, amigos e conhecidos foram levados a interrogatório. Uma mulher não saiu mais de casa, certa de que estava sendo vigiada.

Osip parou e espiou por cima do ombro. Ninguém interrompeu a caminhada ou olhou para ele. Atravessou a rua repentinamente, depois andou devagar por uns 100 metros, então se apressou. Virou numa rua, depois em outra, e quase voltou para onde tinha saído. Conferiu as pessoas que estavam atrás dele antes de continuar seu caminho.

O local do encontro era um prédio baixo e feio, castigado pelo sol de verão, cheio de imigrantes cansados como ele. Talvez não exatamente como ele, pois não achava que fossem espiões, embora nunca se pudesse garantir. A entrada do prédio estava cheia, com pessoas no seu exterior, sentadas na escada aproveitando a tarde agradável. As roupas de Osip eram propositalmente simples; o rosto, frágil. Ninguém o notou: talvez estivesse convincente, ou simplesmente não se incomodavam com um sujeito de 57 anos completamente sem dinheiro. Entrou no prédio de apartamentos e o suor fez a camisa grudar no peito quando ele passou pelos corredores. A tarde estava úmida e o calor envolvia tudo como uma mortalha. Subiu a escada até o sétimo andar. Mesmo sem esperar muita coisa, ficou surpreso com o estado lastimável do lugar. As paredes tinham manchas, parecia que o prédio estava doente, com sintomas de problemas de pele. Bateu na porta do apartamento 63. A porta abriu uma nesga.

— Olá?

Não houve resposta. Ele empurrou a porta, abrindo-a.

O sol que se punha filtrado pelas cortinas sujas projetava sombras compridas no quarto. Um corredor apertado passava por um banheiro apertado que dava num quarto apertado. Havia apenas uma cama de solteiro, uma mesa dobrada e uma cadeira. Uma lâmpada exposta pendia do teto. A roupa de cama não era trocada havia meses e brilhava com gordura. O cheiro era opressivo. Osip puxou a cadeira e se sentou. No calor pegajoso, fechou os olhos e dormiu.

Desconfiado de que havia alguém ali com ele, acordou, empertigou-se e fechou a boca. Havia um homem na porta. O sol tinha se posto. A luz que vinha do teto era fraca. Osip não sabia se o homem a acendeu ou se já estava acesa. O homem trancou a porta da frente. Carregava uma bolsa esportiva, de couro rachado. Deu uma olhada no quarto, na roupa de cama sebosa. Pelo nojo que demonstrou, ficou óbvio que não morava ali. O homem afastou o cobertor da cama antes de sentar-se na beirada. Tinha 30 e tantos anos, ou 40 e poucos, e tudo nele era grande: os braços, as pernas, o peito, as feições. Colocou a bolsa sobre os joelhos, abriu o zíper e tirou algo pequeno: jogou para Osip, que agarrou. Ficou com um pacotinho de ópio na palma da mão. Num gesto aperfeiçoado em muitos anos, guardou-o no bolso interno do paletó que tinha um pequeno buraco por onde caía no forro. Muitos agentes eram viciados; alguns, em apostas; outros, em bebida. Osip fumava ópio quase todas as noites até desmaiar deitado e com a melhor sensação do mundo: absolutamente nenhuma. A dependência dessa droga tinha outra função. Fazia com que seus superiores e os que estavam na União Soviética acompanhando o que ele fazia ficassem menos desconfiados. O vício fazia com que achassem que o controlavam. Eram donos dele. Dependia deles. Seu codinome era Fumaça Marrom. Meio desrespeitoso, mas Osip gostava. Parecia que era um americano autêntico, o que achava uma ironia para um espião imigrante.

Era pouco provável que aquele homem fosse um agente do FBI disfarçado. Não disse uma palavra. Um agente disfarçado já teria dito uma dúzia de mentiras nervosas. Tirou mais uma coisa da sacola. Osip se inclinou para a frente, querendo ver o que era. Era uma máquina fotográfica, com teleobjetivas. Osip perguntou:

— É para mim?

Sem responder, o homem colocou a máquina na mesa. Osip continuou:

— Deve haver um engano, não sou agente de campo.

O homem tinha a voz rouca e baixa, parecia mais um rugido que uma fala.

— Se você não é de campo, o que é? Não nos dá uma informação útil. Diz que está formando espiões. Esses espiões não nos trazem nada.

Osip balançou a cabeça, fez de conta que ficou muito irritado.

— Arrisquei minha vida...

— Um risco calculado, de quem não tem nada a perder. Você é especialista em fazer o mínimo. Chegou a sua hora. Recebeu milhares de dólares de pagamento para quê?

— Gostaria de conversar sobre o que mais posso fazer pela União Soviética.

— A conversa já aconteceu. Resolvemos o que você tem a fazer.

— Então eu gostaria que minhas funções estivessem de acordo com minha capacidade.

O homem coçou o peito por cima da camisa, olhou as unhas incrivelmente compridas e limpas.

— Algo muito importante está prestes a acontecer. Para tanto, é preciso fazer duas coisas. Você recebeu uma máquina. Vou mostrar a você o que recebi.

O homem colocou um revólver sobre a mesa.

Espaço aéreo de Nova York
Mesmo dia

As nuvens que cobriam a cidade se abriram com perfeição, como se uma mão tivesse puxado uma cortina de teatro exibindo Nova York para a plateia que dava voltas no céu. O rio Hudson dividido como um diapasão em volta da estreita ilha de Manhattan, onde os famosos arranha-céus eram tantos e tão claros que a cidade lembrava uma forma geométrica feita só de linhas retas. Raíssa imaginava que Nova York fosse enorme, mesmo vista do céu, um colosso de aço, com oito vias de acesso e quilômetros de carros enfileirados como formigas. Ao ver os Estados Unidos pela primeira vez, ela prendeu a respiração, uma aventureira que tinha finalmente chegado a um lugar famoso e lendário, comparando mito e realidade. Não só era a primeira visão que tinha do país, era a primeira vez que viajava de avião, a primeira cidade que via do céu. Parecia um sonho, embora nunca tivesse sonhado em ir lá. Seus sonhos eram modestos, sempre restritos às fronteiras da URSS. Nunca lhe passou pela cabeça ir aos Estados Unidos. Claro, havia pensado na nação demonizada pelo governo de seu país, definida como a maior inimiga, uma sociedade usada como exemplo de corrupção e degradação moral. Raíssa nunca acreditou muito nisso. De vez em quando, como a professora que era, precisava repetir as acusações em tom de raiva e indignação, com medo de os alunos a denunciarem, caso moderasse os adjetivos para os Estados

Unidos. Mas, quer acreditasse ou não nas mentiras, elas devem tê-la influenciado. Aquela cidade e aquele país eram um conceito, não um lugar real, eram uma ideia controlada pelo Kremlin. A mídia soviética só podia publicar fotos de distribuição de sopa e filas de desempregados ao lado de mansões dos ricos, homens cujas barrigas se apertavam em ternos feitos sob medida. Após anos de mistério, a cidade se esparramava ali embaixo, totalmente exposta, como um paciente na mesa de cirurgia, preparada para ela sem comentários ou classificações, sem estar acompanhada de um polêmico texto de propaganda desfavorável.

Subitamente, teve medo de errar em trazer as filhas para aquele estranho mundo novo. Viu Elena, ao seu lado, que olhava pela janelinha enquanto o avião voava em círculos.

— O que acha?

Elena estava tão animada que não ouviu a pergunta. Raíssa cutucou o ombro dela, dizendo:

— É menor do que eu esperava.

Elena se virou e só conseguiu exclamar:

— Chegamos mesmo!

Voltou a atenção para a janela, contemplando a cidade lá embaixo. Raíssa se levantou e fitou a filha mais velha, na fileira de trás. Zoia também estava grudada na janela como uma criança, querendo ver cada detalhe. Raíssa sentou-se outra vez, certa de que tinha acertado em trazê-las para Nova York, era uma oportunidade imperdível.

O piloto anunciou a aterrissagem e explicou que estavam sendo esperados no aeroporto, certamente haveria alguma recepção. Na complicada cerimônia de partida em Moscou, os passageiros foram informados de que o piloto era o mesmo que levou Khruschov aos Estados Unidos, na visita ao país em 1959, e também era o mesmo avião usado pelo primeiro-ministro, um dos poucos que podia fazer uma distância tão grande sem reabastecer. Preocupado com a imagem externa do país, o Kremlin insistiu que a delegação chegasse à Nova York no avião mais avançado do mundo.

Quando o Tupolev 114 deu voltas sobre o mar, preparando-se para aterrissar no aeroporto John F. Kennedy, Raíssa viu uma ilha menor na parte inferior de Manhattan. Apertou o dedo na janela e disse a Elena:

— Está vendo lá?

Elena ainda estava com o rosto na janela, com medo de perder alguma maravilha.

— Sim, o que é?

Raíssa apertou o braço da filha.

— A Estátua da Liberdade.

Elena se virou pela primeira vez desde que a nuvem tinha passado.

— Que estátua?

Com quase 17 anos, Elena não sabia nada sobre a cidade onde estava prestes a chegar. Raíssa arriscava a vida lendo livros proibidos e revistas importadas ilegalmente, mas jamais permitiria que as filhas lessem. No conflito entre a professora e a mãe protetora, a mãe sempre vencia. Ela realmente protegia as filhas, impedindo que soubessem de qualquer coisa que pudesse ameaçá-las. Como explicação, disse apenas:

— É um lugar famoso de Nova York.

Olhou o rosto animado dos estudantes soviéticos que lotavam a cabine: tinha de admitir que estava levemente orgulhosa e ansiosa. Envolvera-se intimamente no planejamento e na execução da viagem. E não por que tivesse ligações políticas. Pelo contrário, até: precisou passar por sérios questionamentos a respeito do passado. Liev era um excluído no complexo panorama político de Moscou, ficara com a reputação arrasada ao se recusar a trabalhar para as forças de segurança do Estado. Nos últimos dez anos, manteve-se discreto, enquanto ela se destacava cada vez mais no sistema educacional. Promovida a diretora da escola secundária, fazia reuniões regulares com o ministro sobre temas como níveis de alfabetização. A escola que dirigia conseguiu melhorias que ela teria considerado mera propaganda, caso não estivesse envolvida. Era uma singular inversão da sorte. Liev, que um dia teve poder e bons contatos, agora estava isolado, estagnado, enquanto a carreira dela crescia, aproximando-a dos corredores do poder. Mas nunca houve qualquer menção a ciúme. Para ela, Liev estava mais feliz do que nunca. Amava a família. Vivia para elas. E morreria por elas, disso não havia dúvida. Raíssa sentia uma dor por Liev não estar ali compartilhando aquela experiência com elas. Não tinha certeza se ele gostaria de Nova York, certamente ficaria atento, alerta para algum atentado ou intriga, mas, mesmo assim, gostaria de estar com elas.

Levando em conta o nível de atrito entre os dois países, muitos críticos consideraram a viagem ingênua. Uma delegação de estudantes soviéticos se apresentar em Nova York e Washington, DC, para melhorar as relações entre os dois países. Parecia uma ideia estranha. Pouco antes, ocorreram graves incidentes diplomáticos: a Crise dos Mísseis de Cuba levou as duas potências à iminência de uma guerra nuclear. Comparados a este, outros incidentes pareciam simples, como a exclusão da União Soviética da Feira Internacional de Nova York, mas ajudaram a piorar a situação. Havia muita tensão. Nesse cenário, os governos dos dois lados aprovaram a ideia de uma visita escolar. Como nenhum deles podia ceder em relação aos temas militares, abriram-se algumas brechas diplomáticas. Parecia pouco, porém aceitar essas apresentações era uma das poucas concessões que os dois países se dispuseram a fazer.

Os diplomatas tinham discutido a meta oficial da viagem, que foi batizada de Excursão Internacional Estudantil da Paz:

Esperamos que as crianças de hoje só conheçam a paz.

A faixa etária dos alunos soviéticos era de 12 a 23 anos, vindos de todas as partes do país. Eles iam conviver com o mesmo número de estudantes americanos, saídos de cerca de cinquenta estados.

No palco, os dois países ficariam lado a lado, de mãos dadas, em apresentações para a mídia internacional e a elite diplomática. Era um importante exercício político e alguns preparativos chegaram às raias do ridículo: foi discutido se o peso e a altura dos estudantes precisavam ser correspondentes para evitar que um grupo parecesse mais destacado no palco. Apesar desses absurdos, Raíssa considerou as condições ótimas. Primeiro, pediram para selecionar alguns alunos que melhor representassem o país e ela se envolveu entusiasticamente no projeto. De repente, foi convidada a chefiar a excursão. A única exigência feita por ela foi que não gostaria de deixar as filhas. Elena e Zoia, então, foram incluídas. Zoia achou que representar o país era difícil, pois não gostava do Estado e tinha dificuldades para controlar seu espírito rebelde. Mas era esperta e sabia que, provavelmente, não teria uma oportunidade igual de viajar. Além disso, era impensável recusar a oferta. Queria ser cirurgiã num hospital de renome. Para isso, precisava parecer uma cidadã-modelo. Ela, a irmã e a mãe viram as consequências quando Liev se afastara da polícia secreta. Já Elena, ao contrário da irmã, ficou animadíssima com a viagem e implorou para Raíssa aceitar a chefia.

O avião começou a descer e o leve trepidar calou a animação dos passageiros por alguns minutos. Ouviram-se várias exclamações de surpresa dos estudantes e de alguns professores. E, levando em conta a inexperiência deles em viagens, ficaram incrivelmente calmos durante o voo. Ao passarem por uma nuvem espessa, Elena segurou a mão de Raíssa. Não importava o que ela achava, o fato é que aquele era um momento importante. Não só Raíssa nunca tinha pensado em conhecer os Estados Unidos, mas nunca imaginou ter uma família. Quando adolescente, sua vida foi tão difícil — refugiada da Grande Guerra Patriótica — que sua ambição era apenas sobreviver. Até hoje, achava um milagre poder adotar duas meninas às quais não só amava como admirava.

Na aterrissagem, a cabine foi tomada por um silêncio pasmo, como se não acreditasse que tinha saído do céu para a terra. Estavam em solo americano. O piloto anunciou:

— Olhem pela janela, do lado direito da aeronave!

Todos soltaram os cintos de segurança, correram para as janelas e olharam. O comissário de bordo pediu para Raíssa mandar os estudantes voltarem aos assentos, mas ela não deu ouvidos e não resistiu a dar uma olhada também. Milhares de pessoas estavam lá fora com balões e faixas escritos em inglês e russo.

BEM-VINDOS AOS ESTADOS UNIDOS!

Raíssa perguntou:
— Por que essas pessoas estão ali?
O comissário de bordo respondeu:
— Para receber vocês.

O avião parou. As portas foram abertas. Imediatamente, uma banda de fanfarra começou a tocar e o som encheu a cabine. Em estado de espanto encantado, os passageiros fizeram fila no corredor, com Raíssa à frente. A banda estava no começo da escada, tocando com muito entusiasmo e pouca destreza. Raíssa levou cutucões ao descer a escada e foi uma das primeiras a pisar no asfalto da pista. De um lado, no mínimo vinte fotógrafos explodiam flashes. Raíssa se virou, sem saber o que devia fazer ou para onde ir. Foram avisados para deixar as bagagens de mão a bordo, assim poderiam aproveitar a recepção. Um grupo de boas-vindas os saudou, sorrindo e apertando mãos.

Raíssa viu um pequeno grupo de homens separado dos demais. Usavam terno e mantinham as mãos enfiadas nos bolsos. Os rostos eram hostis. Ela sabia, sem ver distintivos ou armas, que eram da polícia secreta dos Estados Unidos.

*

O agente do FBI Jim Yates observou a delegação soviética formar três fileiras, com a menor na frente e a maior atrás. A banda, os balões, a plateia e os fotógrafos faziam as crianças parecerem astros de cinema, embora nenhuma delas sorrisse. Tinham as expressões rígidas, os lábios apertados. Eram como máquinas, exatamente como máquinas, ele pensou.

Manhattan
Hotel Grand Metropolitan
Rua 44
Dia seguinte

Se alguém perguntasse a Zoia se estava interessada nas apresentações, ela daria de ombros e diria que esperava que fossem boas, no mínimo por causa da mãe. Não se sentia envolvida nem acreditava muito no valor de tudo aquilo: conseguir boa vontade internacional cantando parecia cômico de tão ingênuo. Não queria se meter com política e ideologias. Queria ser cirurgiã, lidar com corpo, carne, ossos e sangue, não com princípios ou teorias. Buscava uma profissão na qual houvesse o mínimo de dualidade moral: faria tudo para ajudar os doentes. Sua ligação com aquelas apresentações estudantis era de ordem prática. Queria viajar, por isso foi. Queria conhecer Nova York. Tinha interesse em encontrar americanos. Falava um pouco de inglês e estava curiosa em usá-lo. E não havia possibilidade de deixar que sua irmãzinha Elena viajasse sem ir junto para cuidar dela.

Sentada na beira da cama, Zoia estava a menos de 1 metro da televisão, atenta aos programas americanos que pareciam ser exibidos sem parar. A tela estava embutida num lustroso móvel de nogueira, com a caixa de som de um lado e um painel de pequenos controles do outro. As instruções de uso estavam em cima, traduzidas para o russo. Ela mexia no dial, apertava botões e apareciam as mesmas atrações. Desenhos animados e um programa com música chamado *The Ed Sullivan Show*, apresentado por um homem de terno, Edward Sullivan, com música ao vivo de bandas que ela nunca tinha ouvido falar. Depois, mais desenhos, com cachorros que falavam e carros de corrida que caíam em precipícios, numa explosão de estrelas douradas e prateadas. O inglês que Zoia falava se restringia a poucas palavras. Não tinha importância, pois os desenhos animados do *The Ed Sullivan Show* quase não tinham diálogos, só música; mesmo quando o apresentador falava e ela não entendia nada, estava adorando. Seria aquele o programa que os americanos assistiam? Seria assim que eles se vestiam? Os shows hipnotizavam. Ela acordou cedo para ver mais. Ter um televisor no quarto, com banheiro privativo, era tão incrível que parecia desperdício passar muito tempo dormindo.

O desenho animado estava quase no fim. Zoia se esticou para a frente, animada. Ainda melhor que os desenhos e a música eram os programas apresentados no intervalo entre eles. Apareciam cenas de no máximo trinta segundos, às vezes com homens e mulheres falando direto para a câmera. Falavam de carros, prataria, ferramentas e aparelhos. Aquele ao qual ela assistia agora mostrava um restaurante cheio de crianças rindo ao serem servidas de copos grandes de sorvete, calda de chocolate e frutas. Depois, vinha outra cena mostrando casas incríveis de tão grandes para uma única família, pareciam mais uma *dacha* que uma casa. Mas, ao contrário das *dachas*, que ficavam no campo, havia muitas mansões assim, uma perto da outra, com gramados bem-cuidados e crianças brincando. E toda casa tinha um carro. Outro programa mostrava aparelhos para cortar cenouras, batatas e alho-poró e transformá-los em sopa. Havia cremes de rosto para mulheres. Havia ternos para os homens. Havia máquinas para todo tipo de tarefa, e estavam todas à venda; era propaganda, mas não de um regime político, e sim de um produto. Zoia nunca tinha visto nada parecido.

Bateram à porta. Zoia abaixou o volume da televisão, abriu a porta e se deparou com Mikail Ivanov. Era o mais jovem da equipe de acompanhantes, devia ter uns 30 anos e era um dos propagandistas da delegação. A função dele era garantir que nenhum estudante desse problema para o Estado e que os americanos não conseguissem influenciá-los. Zoia não gostava dele. Era bonito, vazio, arrogante e sem humor: um seguidor da cartilha do partido. Participou dos preparativos três meses antes da partida, deu várias horas semanais de palestras para os estudantes, destacando os problemas sociais nos Estados Unidos e explicando por que o comunismo era melhor que o capitalismo. Entregou listas do que eles deviam tomar cuidado no exterior, além de levá-las plastificadas aonde quer que fossem. A lista continha frases como:

A riqueza ostensiva de Poucos
A privação de Muitos

Zoia tinha vontade de recuar sempre que Mikail falava. Conhecia o postulado: os pobres ficavam na periferia, fora de vista, e era fácil se impressionar com símbolos de opulência no centro de Manhattan. A ênfase implacável dele nos dogmas do partido também era tediosa. Das muitas pessoas envolvidas na excursão, Mikail era aquela em que ela menos confiava.

Ele passou por Zoia, entrou no quarto e desligou a televisão, num gesto irritado.

— Já disse: nada de televisão. É propaganda. E você está engolindo tudo. Estão tratando você como tola e você está se comportando como tola.

No começo, Zoia tentou ignorá-lo. Como não adiantou, achou que era mais divertido irritá-lo.

— Posso assistir sem sofrer lavagem cerebral.

— Você já viu televisão antes? Acha que eles não inseriram mensagens nos programas para mostrar a você? Essa não é a programação que os americanos assistem, ela foi preparada para você, assim como os produtos que estão ali dentro da geladeira do quarto.

No quarto, as duas descobriram uma pequena geladeira cheia de Coca-Cola, bombons com sabor de morango e creme e barras de chocolate. Um texto, gentilmente escrito em russo, dizia que era tudo grátis, com os cumprimentos do hotel. Zoia bebeu os refrigerantes à velocidade da luz, antes de devorar o resto do chocolate. Quando Mikail apareceu para confiscar os produtos, tinham acabado. Ele ficou furioso, fez uma busca no quarto e não encontrou, pois Zoia colocou todos os bombons e chocolates no peitoril da janela. Liev ficaria orgulhoso dela.

Mikail ficou mais calmo após desligar a televisão da tomada, como se Zoia fosse incapaz de ligar de novo.

— Não subestime a força dos programas deles. Servem para entorpecer a cabeça dos cidadãos. Não se trata apenas de entretenimento, é uma arma fundamental para manter a autoridade. Os cidadãos deste país recebem um escapismo idiota para não perguntar coisas mais importantes.

No entanto, Zoia gostava de irritá-lo, pois achava engraçado quando ficava zangado, mas a graça acabou logo e ela foi para a porta, tentando fazer com que ele saísse logo. Mikail observou o quarto e perguntou:

— Onde está Elena?

— No banheiro. Está cagando. Como um insulto aos americanos, você devia gostar.

Ele ficou sem graça.

— Você só está aqui por causa da sua mãe. Foi um erro trazê-la. Você é muito diferente da sua irmã. Ensaie as músicas, a apresentação desta noite é importante.

Com isso, Mikail saiu.

Zoia bateu a porta, irritada com a comparação entre ela e Elena. Como a maioria dos agentes do partido, ele gostava de separar pessoas, membros de uma família, amigos. Ela era a pessoa mais próxima da irmã no mundo e não permitiria que um agente do Estado achasse outra coisa. Era o tipo de homem que ficava esperando, atento para saber o que as pessoas achavam dele. Como não dava para ouvir se ele havia ido embora, ela se agachou e espiou por baixo da porta do quarto. Não havia sombras, só uma linha de luz.

Ao passar pelo banheiro, ela chamou a irmã:

— Tudo bem aí?

Elena estava com a voz fraca.

— Já vou sair.

Estava demorando no banheiro. Zoia colocou a tomada novamente e voltou para a beira da cama, ligou o aparelho e abaixou um pouco o volume. Talvez os programas americanos fossem para fazer lavagem cerebral nos espectadores. Mas só quem tivesse sofrido lavagem cerebral do Kremlin não teria curiosidade de assistir.

*

Apesar de não ter mais nada no estômago, Elena sentia vontade de vomitar outra vez. Ela encheu um copo d'água e lavou a boca. Ainda que tivesse muita sede, achava que não conseguiria tomar nem um gole, então cuspiu a água. Pegou uma das toalhas, secou o rosto e se ajeitou. Ficou assustada com a palidez do rosto. Respirou fundo. Não podia demorar mais.

Ela abriu a porta do banheiro, entrou no corredor e foi até o armário, esperando que Zoia continuasse atenta à televisão. Zoia perguntou:

— O que você está procurando?

— Meu maiô.

— Você vai à piscina?

— Onde mais as pessoas podem usá-los?

Elena tentava ser insolente para esconder o nervosismo, mas não era de seu feitio e a pergunta soou agressiva. Zoia pareceu não notar.

— Quer que eu vá?

Elena respondeu, ríspida:

— Não.

Zoia se levantou, olhando bem a irmã.

— Qual é o problema?

Elena errou em ser tão ríspida.

— Nada, vou à piscina. Volto daqui a umas duas horas.

— Mamãe vem para o almoço.

— Volto antes.

Elena saiu, com a sacola de ginástica.

No corredor, se afastou rapidamente do quarto, percorrendo o local com os olhos para ver se havia alguém por ali. Não foi para o elevador, mas se dirigiu ao apartamento 844 e tentou abrir a maçaneta. Estava destrancada. Ela entrou e fechou a porta. O quarto estava escuro. As cortinas, fechadas. Mikail Ivanov saiu do escuro e a abraçou. Elena encostou a cabeça no peito dele e sussurrou:

— Estou pronta.

Ele segurou o queixo dela, levantou o rosto até encará-lo. Beijou-a.

— Eu te amo.

Manhattan
Sede das Nações Unidas
Primeira Avenida com a 42 Leste
Dia seguinte

Raíssa não estava impressionada com a arquitetura, pois a sede das Nações Unidas não era especialmente imponente ou bonita, mas simplesmente com o fato de estar lá. Era o primeiro dia que passava em Nova York e a experiência de estar no exterior, no país descrito como o Grande Inimigo, era avassaladora. Ao acordar no meio da noite no quarto de hotel, ficou desorientada, procurando Liev na cama. Quando não o encontrou, abriu as cortinas e foi surpreendida pela vista pouco gloriosa de uma ruela secundária, com uma leve silhueta de arranha-céus ao fundo, e a extremidade de um prédio de escritórios, com janelas e aparelhos de ar condicionado. Mesmo assim, ela ficou num pasmo encantamento como se estivesse de frente para montanhas cobertas de neve.

    Ela entrou no saguão do prédio da ONU, a única integrante da delegação a comparecer àquelas reuniões preliminares para inspecionar o Salão da Assembleia Geral, onde seria o espetáculo daquela noite. Ia discutir o evento com diplomatas soviéticos importantes, envolvidos nas complexas negociações com as autoridades americanas. Imaginava que a reunião seria árdua. Eles iam esmiuçar cada detalhe dos planos dela. E a apresentação daquela noite reuniria enviados das Nações Unidas, representantes de quase todos os países e era o mais importante evento diplomático da viagem. Estava marcada uma segunda apresentação para o dia seguinte, aberta ao público. Seria filmada e distribuída no mundo inteiro. A seguir, a delegação iria de trem para Washington, DC, para as apresentações finais.

As negociações pareciam um jogo de xadrez e as autoridades soviéticas insistiram para que o grupo não fizesse um passeio turístico em Nova York e Washington, DC. Os agentes em Moscou pediram também que não houvesse fotos de alunos soviéticos olhando impressionados para os arranha-céus ou para a Estátua da Liberdade, ou babando por cachorros-quentes e rosquinhas como se estivessem morrendo de fome. Tais fotos seriam exploradas. Apesar da programação de paz, os dois lados caçavam uma imagem icônica que definisse a viagem a favor de um dos países e que seria lembrada e distribuída pelo mundo. Esses temores resultaram na indicação de dois agentes para coordenar as aparições públicas do grupo, avaliando cada situação proposta pelos guias americanos. Raíssa não tinha qualquer interesse nesse jogo e ficou aborrecida por, apesar de estar em Nova York, certamente pela única vez na vida, muitas paisagens estarem fora da programação. Pensava em dar uma saída furtiva à noite com as filhas e fazer um tour não oficial. Seria difícil passar pelos seguranças e talvez seus instintos de professora predominassem. Seria arriscado. Deixou de lado a ideia e se concentrou na reunião.

Embora ela morasse em Moscou e tivesse um emprego respeitado, preocupava-se em não parecer provinciana. Como tinha um bom salário, comprou uma nova roupa. Naquele dia, estreava um vestido cor de aço. Não se sentiu bem nele, tinha a impressão de estar com os trajes de outra pessoa. Em Moscou, ela e os outros professores da excursão foram autorizados a comprar, somente daquela vez, nas lojas exclusivas, e assim garantir que estariam apresentáveis. Apesar disso, Raíssa não tinha noção de moda internacional e, mesmo que os funcionários da loja orientassem sobre como se vestiam as executivas em Nova York, ela desconfiava de que eles também não soubessem nada. Os diplomatas que ela ia encontrar conviviam com as pessoas mais importantes do mundo. Raíssa achava que, assim que entrasse na sala, seria considerada uma mulher de poucos recursos, que raramente saía de Moscou. Iriam sorrir, ser educados e compreensivos, certos de que ela saiu do isolamento, da mediocridade, para ser jogada num palco internacional. Bastava um rápido olhar para notar os sapatos simples e o paletó malcortado. Numa situação normal, não se importaria com o que um estranho pensasse de sua aparência. Não era fútil. Pelo contrário, preferia não ser notada. Mas na situação em que estava, precisava inspirar respeito. Se não confiassem nela, iam querer alterar os planos.

No elevador, Raíssa verificou sua imagem rapidamente. O guia notou a nervosa autoavaliação. O jovem educado, de cabelos repartidos de lado, usava um terno certamente caro e sapatos lustrados, e deu um sorriso condescendente para confirmar que ela estava certa em se preocupar: os sapatos eram simples, as roupas, pobres, e a aparência não era o padrão dos que trabalhavam ali. Pior foi o subentendido de que estava sendo generoso, entendia as limitações dela, e era tolerante. Raíssa ficou calada, desconfortável. Ajeitou-se, fez o possível para esquecer o fato antes de entrar no escritório da representação soviética nas Nações Unidas.

Dois homens em ternos impecáveis se levantaram. Ela já conhecia um deles, Vladimir Trofimov, um belo homem de 40 e poucos anos. Trabalhava no Ministério da Educação, onde foram acertados os detalhes da viagem. Ela o conhecera em Moscou. Esperava que fosse um político, pouco afeito a crianças, mas se mostrou gregário e simpático. Ficou um pouco com os estudantes e conversou com eles. Trofimov apresentou Raíssa ao outro homem:

— Raíssa Demidova.

Ele imitou o sotaque americano ao apresentar o outro:

— Este é Evan Vass.

Ela não esperava encontrar americanos na reunião. O homem era alto, aparentava ter 50 e tantos anos, e a olhou com tal intensidade que, por um instante, deixou-a surpresa. Os olhos dele não passaram pelas roupas, nem notaram os sapatos simples. Ela estendeu a mão para cumprimentar. Ele segurou a mão dela, frouxo, como se fosse algo horrível. Não apertou, apenas segurou. Ela teve vontade de retirar a mão. Ele pareceu não notar que a deixou desconfortável. Raíssa havia treinado inglês, mas era restrito.

— Muito prazer em conhecer você.

Trofimov riu. Vass, não. Respondeu em russo perfeito, soltando a mão dela:

— Meu nome é Evgenie Vasilev, me chamam de Evan Vass de brincadeira. Deve ser uma piada, embora eu nunca tenha achado graça.

Trofimov explicou:

— Evan vive nos Estados Unidos há tanto tempo e é tão estragado pelo estilo americano que nós mudamos o nome dele.

Mesmo essa conversa leve confundiu Raíssa: dizer que alguém era estragado pelo estilo americano não era, de forma alguma, um assunto engraçado, mas a observação pareceu apenas jocosa. Aqueles homens viviam num ambiente rarefeito, onde nem acusações graves eram perigosas. Trofimov serviu um copo d'água a Raíssa e ela concluiu que, por mais que os dois fossem gentis, ela não era do mesmo nível e as leis que não serviam para eles ainda serviam para ela.

Deixando de lado aquela desconcertante apresentação, Raíssa repetiu os planos para a apresentação, com destaque para os preparativos, da escolha das canções às dificuldades. Na noite anterior, teve um encontro com sua contraparte americana no hotel onde estava hospedada, e deveria haver outro no Salão da Grande Assembleia. À tarde seria o ensaio geral. Trofimov fumava, sorrindo e concordando com a cabeça, às vezes contemplando a fumaça do cigarro rodopiar na corrente do ar-condicionado. Vass não reagiu a nada, olhava-a com impassíveis olhos negros como carvão. Quando terminou, Trofimov amassou o cigarro.

— Excelente, não tenho nada a acrescentar. Parece que você está com tudo sob controle. Tenho certeza de que as apresentações serão um grande sucesso.

Os homens se levantaram. Era a deixa para ela ir embora. Raíssa não acreditava, insegura.

— Não vão comentar nada?

Trofimov sorriu.

— Comentar? Sim, boa sorte! Estou aguardando a apresentação. Vai ser um sucesso. Uma vitória, não tenho a menor dúvida. Veremos você à noite.

— Não vão assistir ao ensaio geral à tarde?

— Não é necessário. E pode estragar a surpresa. Confiamos em você. Completamente.

Trofimov se adiantou, indicando a porta a Raíssa. O jovem guia a esperava do lado de fora, pronto para acompanhá-la ao Salão da Assembleia Geral. Trofimov se despediu. Evan Vass se despediu. Raíssa fez sinal com a cabeça e se encaminhou para o elevador, pasma com a reação deles. Não perguntaram nada. Não impuseram nada. Comportaram-se como se a apresentação, que ela custou tanto para conseguir autorização diplomática, não tivesse a menor importância.

Tocou o braço do guia e perguntou, em inglês:

— Onde é o banheiro?

Ele mudou de direção, levando-a ao toalete. Ela entrou e conferiu se estava sozinha antes de olhar no espelho da pia suas roupas feias e fora de moda, sentindo a tensão nos ombros. As previsões de Liev sobre aquela viagem estavam certas.

Nova Jersey
Condado de Bergen
Cidade de Teaneck
Mesmo dia

O agente do FBI Jim Yates estava ao lado da esposa adormecida, olhando-a como se fosse um cadáver e ele, o primeiro policial a chegar à cena do crime. Estava enrolada num grosso cobertor no auge do verão, num quarto quente como uma sauna. Como era hipersensível a ruídos, rolos de algodão brotavam de seus ouvidos como fumaça de fogueira em acampamento. Uma grossa máscara de dormir preta perpetuava sua escuridão, protegia-a do mundo, pois desprezava até aquela luminosa manhã estival. Ele se inclinou, encostou a boca na testa dela e sussurrou:

— Eu te amo.

Ela rolou para o outro lado, de costas para ele, enrugando o rosto, irritada, afastando-o com o cenho franzido. Não tirou a máscara de dormir, nem respondeu. Yates se empertigou e pensou em arrancar aquela máscara e enfiar os dedos nos olhos dela, obrigando a mulher a abri-los e encará-lo. Então repetiu calmamente, com a voz controlada, sem gritar nem perder a paciência:

Eu. Te. Amo.

Ficaria repetindo cada vez mais alto até ela responder:

Eu. Também. Te. Amo.

Ele então agradeceria e ela daria um doce sorriso. Era assim que um dia normal deveria começar. Um marido diz à esposa que a ama, ela deve dizer que também o ama. Não precisava nem ser verdade, mas era uma fórmula a seguir. Era assim que funcionava em todas as outras casas, em cada subúrbio decente, em cada família americana normal.

Yates foi até a janela, abriu a cortina e olhou o jardim: estava abandonado, com os canteiros cheios de ervas daninhas até a altura dos joelhos, embaraçadas como cabelo de bruxa. O gramado tinha secado há tempos, a terra rachara em pedaços duros como pedra: fissuras entre os trechos de grama queimada, fina e comprida, pareciam a superfície de alguma lua inóspita. Ao lado dos jardins muito bem-cuidados dos vizinhos, aquilo era abominável. Yates havia sugerido à esposa contratar um jardineiro, mas ela recusara, nervosa com a ideia de um estranho entrar e sair da casa, fazer barulho, conversar com os vizinhos. Yates então sugerira pedir ao jardineiro para não conversar, não entrar na casa e fazer o mínimo de ruído possível, qualquer coisa, desde que a casa deles não parecesse tão abandonada. A esposa recusara.

Pronto para partir, executou a rotina de saída e conferiu se as janelas estavam bem-fechadas. Parou no telefone para ver se estava desligado. Feitas as checagens, desceu a escada. Por um alto preço, os degraus foram revestidos do mais grosso e melhor carpete, vindo de algum país exótico, para abafar qualquer som. Yates saiu de casa, após prender um recado na porta:

Por favor, não toque a campainha
Por favor, não bata à porta

A princípio, ele tinha escrito que não havia ninguém em casa. Mas tirou a frase por que a esposa ficou preocupada que o aviso atraísse ladrões. Ao voltar do trabalho, ele o tirara. Sempre que saía, mesmo que fosse por uma hora, ou até por cinco minutos, conferia tudo e colocava o aviso na porta. A esposa não admitia ser perturbada por nada.

Yates entrou no carro e segurou o volante, mas não ligou o motor. Ficou ali, observando a casa. Tinha adorado aquele lugar quando o comprara. Havia adorado a rua com seu lindo jardim, próxima a parques e várias lojas. No verão, a casa cheirava a grama recém-cortada e parecia sempre mais fresca que a cidade. As pessoas acenavam e cumprimentavam. Nada o irritava tanto quanto gente que não agradecia a sorte de viver num país como aquele. Os tumultos causados pelos negros em Jersey City, em agosto do ano anterior, foram uma desgraça, homens e mulheres destruindo o lugar onde moravam. Tais tumultos mostraram que ele tinha razão em ser contra o fim da segregação racial nas escolas públicas de Teaneck. Muitos ficaram orgulhosos com essa medida, que chamaram de desenvolvimento social. Yates não disse nada em público, mas tinha certeza de que levaria a uma onda de marginais, que por sua vez levariam a tensões. O paraíso não precisava progredir. Ele tinha se chocado com as fotos de Jersey City: vitrines estilhaçadas, carros incendiados. Talvez houvesse alguns protestos legítimos naquela parte da cidade, problemas de desemprego, havia sempre problemas, mas só um maluco, um cego, iria destruir a própria casa em vez de conservá-la. Yates faria tudo para impedir que a mesma coisa acontecesse ali.

Ele saiu da garagem e seguiu na direção de Manhattan, a meia hora de distância. Tinha ficado na cidade até tarde na noite anterior para garantir que todos os integrantes da delegação soviética hospedados no Grand Metropolitan já estivessem lá. Depois da checagem final e da certeza de que estavam todos em seus quartos, devia ter voltado para casa, para a esposa. Mas passou num bar com entrada abaixo do nível da rua chamado Flute, nos arredores da Broadway, onde trabalhava uma garçonete em meio período que ele vinha encontrando havia três meses. Vinte anos mais jovem que ele, a garçonete era linda e se interessava pelas histórias, a maioria inventada, que ele contava sobre o FBI. Ficava deitada na cama, nua, apoiando o rosto nas mãos enquanto ele, de camisa desabotoada, narrava suas aventuras. Quase tão bom quanto o sexo era a maneira como ela reagia a cada história, dizendo *In Crí Vel* no final, pronunciando como se fossem três palavras distintas. Como se *incrível* fosse o maior elogio que um homem pudesse receber.

Uma esposa de verdade desconfiaria. Ele chegara em casa às quatro da manhã e subira a escada acarpetada para encontrar a mulher, Diane, encolhida nos lençóis como um bicho doente. Os dias se passavam e ele só a via naquela posição. Estava quente demais para dormir e ele ficara por cima do cobertor, nu, ainda com o cheiro de Rebecca. Yates nunca quisera ser um cafajeste. Não achava a infidelidade romântica. Queria ser um bom marido, não havia nada no mundo que quisesse mais. Tentava não jogar em cima de Diane a culpa que sentia todos os dias. Havia momentos em que ficava tão frustrado que sentia vontade de quebrar a casa ao meio com as mãos, arrancando tijolo por tijolo, tábua por tábua. Gostaria de começar a vida outra vez: faria tudo igual, exceto por Diane.

No ano anterior, os pais dele tinham comemorado cinquenta anos de casamento. Deram uma festa no jardim. Mais de duzentas pessoas foram. Algumas de outros estados. Várias pegaram avião. Diane não conseguiu ir. Depois de duas horas implorando, depois de socar a mesa com as mãos, depois de quebrar uma garrafa de vinho de 20 anos que pretendia dar de presente, depois de dar um soco no vidro de um armário e cortar os nós dos dedos, Yates teve de ir sozinho e chegar tarde, com curativos nas mãos e já tendo bebido quase metade de uma garrafa de uísque. Ficara no churrasco como um criado mudo e idiota, vendo a carne chiar e espirrar bolas de gordura no fogo. Yates tinha o pior e mais horroroso casamento da vizinhança e todo mundo sabia. Às vezes, a humilhação era tanta que ele queria morrer, literalmente morrer, que o coração entupisse, os pulmões secassem como poeira.

Diane consultara médicos e terapeutas que disseram mais ou menos a mesma coisa. Havia algo de errado com os nervos dela. Parecia um diagnóstico feito há um século e Yates achava incrível que fosse dado agora. Algum remédio podia ajudar? Receitaram comprimidos que ela tomou, mas nenhum fez qualquer efeito. Tentando remediar a desintegração do casamento, eles planejaram ter um filho. A gravidez não vingou. Apesar de Yates rezar para não culpar Diane, não adiantou: culpou-a pelo filho morto. Ele a culpava pela existência da garçonete, culpava por tudo de errado na vida, pois o estrago vinha dela. Ele queria o sonho, o casamento perfeito, filhos, o lar perfeito, podia dar conforto material e emocional, estava disposto a isso, e ela destruíra tudo com sua maluquice. Talvez essa fosse a definição de loucura: destruir algo bom, sem qualquer motivo.

Chegou à rua 145 Oeste. Estacionando o carro, Yates fechou a janela. Era um dos quatro carros na rua, o tipo de local no Harlem onde ninguém notaria se uma casa estivesse abandonada às traças e a moradora fosse uma doida que não saía da cama. Diane era esse tipo de gente. Não merecia o lar que eles tinham. Ali não tinha jardim, não havia parques para as crianças brincarem. Meninos e meninas corriam pelas ruas, pulavam amarelinha desenhada a giz no asfalto quente de verão, como se as ruas fossem construídas para elas, não para os carros. Yates parava toda vez que via aquelas crianças. Não tinham espaço para brincar, não tinham futuro, não tinham esperança e ele ficava louco com os homens sentados nas portas sem fazer nada, quando deviam estar trabalhando, tentando arrumar um quintal para aquelas crianças, um jardim na frente da casa. Mas não faziam nada, ficavam de conversa como se tivessem grandes temas a discutir. A seriedade com que os marginais ficavam sentados, conversando, era uma piada, enquanto senhoras de até 70 anos carregavam pesadas sacolas de compras. Yates nunca os vira se mexerem para ajudar, nunca vira se oferecerem para levar as sacolas ou abrir a porta. Tinha certeza de que eles não queriam trabalhar. Trabalho era coisa inferior a eles. A explicação só podia ser essa.

Ao sair do carro, sentiu o calor opressivo. As casas de tijolos vermelhos absorviam cada raio de sol, mas o verão não era agradável como em Teaneck. Era um calor mórbido, como uma febre tropical. Se as ruas principais eram sujas, os becos eram ainda piores, com montes de entulho que pareciam esperar uma inundação para levar tudo. Não era má ideia, pensou Yates, uma inundação, um forte dilúvio que talvez levasse junto até alguns daqueles vagabundos ali. Atravessou a rua sentindo que todos o encaravam, centenas de olhos concentrados nele ao sol. As crianças pararam de brincar. Os homens pararam a conversa e o seguiram com um desprezo disfarçado, sem demonstrar muito para não arrumar problema, só o suficiente para deixar claro que o odiavam. Que odeiem! Que pensem que as ideias tinham a ver com a cor da pele deles. Na verdade, Yates não queria saber de que cor era a pele deles; ele só se importava com o tipo de homem que eram, com a cor de suas almas. E um homem trabalhava. Procurava melhorar o país. Gostaria de dizer a eles que um homem sem um trabalho não é um homem, mas tinha certeza de que não iriam entender. Eram diferentes dele, assim como aqueles comunistas soviéticos.

Desde 1956, quando a instituição fora criada, Yates trabalhava para o COINTELPRO, o Programa de Contrainteligência do FBI, e nos últimos nove anos se tornara um dos melhores agentes do programa, participando dos esforços do Comitê Nacional pela anulação do HUAC — o Comitê de Atividades Antiamericanas. Ou seja, um comitê para cancelar outro, e os ativistas não tinham sutileza nem para perceber o título ridículo, muito menos a ideia. Ficavam ocupados demais debatendo o direito de traidores, numa discussão acadêmica abstrata sobre os direitos individuais serem mais importantes que o bem-estar da sociedade. Os comunistas certamente entenderiam que as necessidades de muitos eram mais importantes que a de poucos. Eles não se interessavam pelo fato de que havia atentados reais a fim de causar prejuízos reais ao país. Consideravam boatos alarmistas. Essa complacência desagradava Yates. Ele tinha visto os atentados, os planos, sabia que o modo de vida americano era odiado por um inimigo poderoso e precisava de proteção.

Yates foi logo promovido a cuidar do CPUSA, o Partido Comunista dos Estados Unidos, cujo número de ativistas vinha diminuindo. Ele não sabia se era por que os novos integrantes eram arregimentados no submundo. Não queriam arriscar nada; a contrainformação do FBI queria simplesmente acabar com o partido. O novo líder do CPUSA, Gus Hall, fora treinado na Escola Internacional Lenin, em Moscou, e o programa não ia deixar que ele ampliasse o perfil público da organização, ou criasse uma rede secreta que poderia reduzir o alcance de medidas contra ele. O FBI tinha vários métodos a disposição: infiltração, guerra psicológica, assédio legal — como mandar a Receita Federal examinar cada papelzinho, procurando erros mínimos. Eles também podiam encarregar a polícia local e, enfim, usar de assédio ilegal. Yates não se envolvia nessas ações, que eram entregues a agentes aposentados, ou pessoas sem ligação com o FBI. Claro que ele não tinha escrúpulos quanto a isso. Segundo Hoover:

> *A ação de contrainformação tem por finalidade causar ruptura, e é imaterial, caso existam fatos que provem a acusação.*

Os agentes do COINTELPRO deviam identificar e neutralizar os desordeiros antes que colocassem em prática sua violência potencial. E Yates era um dos melhores agentes.

Ao chegar à escada de um prédio de cinco andares feito de tijolos, ele teve a impressão de que o calor aumentara. Era tanto que precisou parar, pegar o lenço no bolso e enxugar a testa. Os cheiros eram horríveis, odores de várias coisas misturadas e sobre as quais não queria pensar muito. Subiu a escada e seus poros exalavam o álcool da noite anterior. Observou a parede de gesso rachada e o piso quebrado, os canos deteriorados e as portas seguradas com tábuas desemparelhadas e papelão que, certamente, foram chutados em alguma briga. Yates notava a hostilidade das pessoas nos corredores, gente andando pelos espaços comunitários, desempregados, sem qualificação profissional, com apenas uma inata noção de justiça. Eram capazes de falar 24 horas por dia sobre como foram enganados e como o país os abandonara. No mínimo vinte por cento dos integrantes do CPUSA eram negros, bem mais que o índice de negros na população do país. Foi a solução que encontraram para não arrumar emprego, solapando os alicerces do país. Ao passar, Yates sorriu para as pessoas, sabendo muito bem que isso as deixaria furiosas. O rosto delas emanava ódio como brasas quentes emitem calor. Se achavam que ele se incomodava, estavam enganadas. Tinha vontade de perguntar ao jovem encostado na janela:

Pensa que o seu ódio interessa?

De todo o ódio existente no mundo, o deles era o que menos importava.

No alto da escada, Yates bateu a uma porta. Já estivera ali antes, embora jamais o convidassem para entrar. Teria autorizado uma busca no local, mas era impossível fazer qualquer coisa sem o conhecimento dos vizinhos, viviam todos amontoados, saindo e entrando dos apartamentos uns dos outros. Pessoalmente, Yates não se incomodava se os vizinhos soubessem. Não via necessidade de ser discreto com aquilo. De todo jeito, teve vontade de autorizar uma busca apenas como parte da guerra psicológica, sem esperar encontrar nada. O problema do racismo o impedira. Ficou sabendo que uma busca ilegal poderia inflamar as relações da comunidade com a polícia. Não podiam nem fingir um roubo, pois ninguém roubaria uma merda daquela.

Bateu de novo à porta, mais alto. Sabia que o apartamento era pequeno, de um só cômodo. O que quer que estivessem fazendo, levaria um segundo para chegar à porta. Talvez conhecessem o som da batida dele — irritada, impaciente — ou talvez ninguém no prédio batesse daquele jeito. Finalmente, a porta se abriu. O homem que estava na frente dele tinha um codinome no FBI: Vozeirão Vermelho. Yates disse:

— Olá, Jesse.

Bradhurst
Harlem
Rua 145 Oeste
Mesmo dia

O agente Yates se debruçou à porta, o máximo possível para dentro do apartamento. Como se tivesse percebido, a esposa de Jesse Austin se postou ao lado do marido tornando-se uma barricada humana para esconder o interior do cômodo. Yates achou graça. Ele sabia que não havia nada ilegal para esconderem. Nada de drogas ou objetos roubados como a maioria das famílias por ali. Era apenas uma provocação, o casal lutava por privacidade, um mínimo de dignidade, tentando lamentavelmente se colocar contra a autoridade que ele representava.

    Jesse era um homem grande, alto e largo. Tinha sido forte, porém não era mais, estava curvado, os músculos moles; a força não virara gordura, mas flacidez. A esposa, pelo contrário, havia emagrecido. Quinze anos antes ela era linda, com um belo corpo e curvas elegantes. Agora, estava magra como uma operária, com bolsas sob os olhos e rugas profundas marcando a testa. Quanto ao apartamento, não havia muito o que proteger: consistia num quarto que funcionava também como sala, uma sala que funcionava também como cozinha, uma cozinha que funcionava também como sala de jantar. Da cama para o fogão bastavam dois passos e mais dois para o banheiro. Na verdade, estava um pouco mais arrumado e com a pintura em melhor estado do que outros apartamentos infestados de ratos, em cortiços que ele havia visitado. A diferença, o único sinal de que aquele apartamento tinha uma história para contar, era possuir uns poucos móveis caros como se fossem peças de museu salvas de uma carreira que naufragara. Armários antigos deslocados e mesas laterais, gastas nos tempos difíceis, sentiam saudade de seus antigos endereços na Park Avenue.

Yates prestou atenção na esposa de Jesse, Anna Austin. Era muito séria e inteligente para perder a compostura. Admirava aquela senhora, sinceramente. Tinha sido linda, fotografada em eventos importantes, usando peles e joias como uma princesa, pendurada no braço do marido traidor. Ao ver as fotos, Yates poderia jurar que os dentes eram esculpidos em marfim, o sorriso perfeito, de um branco inexistente. Como os poderosos tinham caído, acabado assim, dos diamantes à poeira, da fama à miséria. Apesar daquela vida difícil, daquela pobreza autoimposta, aquela miséria desnecessária causada por Jesse, ela continuava de braços dados com o marido. Menos naquele momento, quando parecia mais um enfeite de Natal quebrado, uma bugiganga rachada que perdera o brilho.

Yates viu Jesse esticar o braço e segurar a mão de Anna. Seria uma forma de mostrar que estavam juntos, apesar de tudo que ele e os colegas atiraram no casal, inclusive boatos de adultério e de que ele molestava meninas brancas? Tais acusações eram fáceis de fabricar. Havia muitas fotos de Jesse após os shows, cercado de admiradores, a maioria mulheres; algumas, jovens. Era um homem que gostava de contato físico, estava sempre com a mão nos ombros das pessoas e das meninas bonitas. A acusação colou. Vários jornais publicaram o fato, várias garotas apareceram para dizer que ele tinha se comportado de forma inadequada. Claro que só fizeram isso depois de um pequeno empurrão dos homens de Yates, um cutucão, uma ameaça, temendo ser acusadas de simpatizantes dos comunistas. Anna jamais se abalou, chamou-as de mentirosas sempre que pôde, lamentando em público que não tivessem coragem para enfrentar o FBI. Se fosse uma mulher mais fraca, se tivesse largado Jesse, aí ele ficaria arrasado, sem dúvida. Mas foi fiel, firme e constante, valores que uma mulher devia demonstrar em relação ao marido. Continuava apaixonada, continuava ao lado dele, ainda segurava a mãozorra dele como se pudesse protegê-la. Mas precisava ser realista: aquelas mãozorras carinhosas não a protegeram, a machucaram mais que se tivessem batido nela. Jesse e Anna se orgulhavam tanto do amor que tinham, do relacionamento, que até parecia que alguém havia comentado com eles sobre a esposa inútil e maluca que tinha. Yates falou em voz alta o que estava pensando:

— Quem liga para isso?

Os dois o encararam como se ele fosse tão estranho quanto assustador. Yates gostava de ser assustador.

Procurou o maço de cigarros no bolso. Deixara-o no carro. Percebeu que continuava meio bêbado da noite anterior.

— Grande e velho Jesse, diga, planeja falar com seus amigos soviéticos que estão na cidade? Eles tentaram contatar você várias vezes. Mandaram cartas, convites... Nós os interceptamos, mas um ou outro sempre escapa. Ou será que mandaram alguém aqui?

O rosto de Jesse ficou impassível. Como não tinha cigarros, Yates pegou um fósforo e ficou palitando os dentes.

— Vamos lá, sem jogadas, nós dois nos conhecemos bem. Não vai me dizer que não ouviu falar de um bando de criancinhas comunistas que vai cantar hoje à noite com muita emoção na ONU? Vão cantar sobre a paz e a harmonia mundial, tudo que os comunistas adoram. Por isso dei uma passada aqui, para ver se você vai aparecer.

Anna respondeu:

— Não sabemos de nada.

Yates aproximou seu rosto do dela, o que a obrigou a recuar.

— Não sabem?

Jesse respondeu:

— Não, não sabemos. O senhor não tem o direito de interceptar nossa correspondência.

Jesse tinha respondido, mas Yates fitava Anna.

— Eu acho a senhora atraente quando fica constrangida, Sra. Austin. Podia até ter funcionado há vinte anos, quando se pavoneava por aí, com seus longos cílios postiços, em *premières* de gala e nas páginas de revistas. Poderia ter me seduzido. Adoro mulher bonita. Eu faria um pacto com o diabo e comeria você só para diminuir o facho do seu marido. Aposto que a senhora iria gostar, mas, enquanto arranhasse minhas costas, diria a si mesma que só estava fazendo isso por ele.

Yates notou Jesse cerrar o punho. A raiva estava trazendo o velho à vida. Não se mexeu, não ousou se aproximar. Yates falou:

— Anda, Jesse. Defenda-a. Seja homem. Tome uma atitude. Podia pelo menos arrumar este apartamento de merda onde a obrigou a morar.

O rosto de Jesse vibrou de ódio como uma corda de violoncelo ao ser tocada. Conseguiu manter a calma, repetindo o que Anna já havia dito:

— Não temos mais contato com as autoridades soviéticas. Ignoramos a vinda e os planos deles.

Yates concordou, condescendente.

— Não leem nem jornais? Vai ver não sabem nem onde fica a Rússia, hein? Canções soviéticas? O que poderia agradar mais a você que um grupo de lindas garotas comunistas cantando, Jesse? Estou certo ao dizer que você era cantor? Não era algo nessa linha?

— Era, Sr. Yates, mas o senhor acabou com isso.

— Não tem nada a ver comigo. Não é crime cantar. O problema é que há canções que fazem sucesso, mas as suas lindas canções comunistas não têm público hoje. Os tempos mudam, os gostos também, as pessoas esquecem, não é, Jesse? Não acha triste? Eu poderia chorar à beça, tem tanta coisa ruim acontecendo no mundo. Carreiras arruinadas, talentos desperdiçados, triste, triste, triste demais.

Anna hesitou, de olho em Jesse, achando que o marido podia dizer algo imprudente. Yates sem dúvida esperava que sim. Ela perguntou:

— Por que o senhor veio aqui, Sr. Yates?

— Eu podia ficar ofendido, porque acho que não está prestando atenção no que falo. Os soviéticos convidaram vocês para essa apresentação. Podemos ter interceptado algumas tentativas de contato, mas eles não desistem fácil. Querem que você esteja lá. Quero saber o motivo. Meu trabalho é ficar de olho em homens como você...

Jesse interrompeu:

— E que tipo de homem é esse?

Yates cansou da brincadeira.

— A que tipo de homem me refiro? Um homem que declarou que não defenderia os Estados Unidos se estivessem em guerra contra os soviéticos, um homem que mora neste país, mas mostra deslealdade sempre que pode. De que tipo de homem estou falando? O comunista.

Yates olhou os sapatos de Jesse. Eram velhos, gastos, mas de excelente qualidade, talvez italianos ou alguma coisa boa, outra relíquia dos tempos em que ganhava um monte de dinheiro, mais num ano do que Yates ganharia na vida toda. Mas quem sabia disso agora? Continuou a examinar os sapatos e perguntou:

— Jesse, sabe o que me irrita mesmo?

— Tenho certeza de que muita coisa, Sr. Yates.

— É verdade. Muita coisa me deixa com a cabeça quente. Mas, acima de tudo, as pessoas que se deram bem no país, gente como você, que veio do nada, e que ganhou muito dinheiro, teve muito sucesso, gente que vira as costas e aceita outro regime. Os soviéticos não deram nada a você. Não conseguem nem alimentar o próprio povo. Como você pode gostar deles e não de nós? Como pode enaltecê-los em canções, e não a nós? Você é o sonho americano, Jesse, não entende? Você é a porra do sonho americano. E isso é uma pena.

Yates franziu o cenho. Estava com o coração acelerado. Não tinha mais graça. Respirou fundo.

— Aqui é tão quente, não sei como conseguem dormir. Não sei como respiram, seus pulmões devem ser diferentes.

Anna respondeu, calma:

— Respiramos como o senhor, agente Yates.

Yates crispou os lábios, como se não acreditasse.

— O apartamento onde moravam antes tinha ar-condicionado? Devem sentir falta.

Nenhum dos dois reagiu e Yates se desinteressou em agredi-los.

— Bom, fiz o que tinha que fazer. Vou embora, mas antes tenho uma pergunta de cunho filosófico para nós pensarmos. Vocês acham que na União Soviética tem gente que odeia o país? Não acham que o mundo seria bem mais simples se essas pessoas vivessem aqui e vocês fossem viver lá?

Jesse respondeu, prontamente:

— Sr. Yates, pode me agredir o quanto quiser. Mas não pode dizer que este não é o meu país, tanto quanto é o seu. É...

Yates interrompeu a frase e se virou para ir embora:

— Jesse, vou dizer uma coisa a você, deixar bem claro. Garanto que é melhor você manter distância dessa apresentação. Seria muito inteligente de sua parte.

Manhattan
Mesmo dia

Elena fechou as mãos para que parassem de tremer. O coração palpitava, duas batidas por segundo. Ela precisava se acalmar. A primeira parte do plano tinha dado certo. Saíra do hotel sem ser vista. O amante, Mikail Ivanov, tinha estudado as instalações do Grand Metropolitan e descoberto uma área vulnerável: a piscina e o solário no quinto andar, que eram monitorados apenas da entrada principal. A polícia secreta americana errara ao pensar que não havia outra forma de sair do prédio.

    O táxi passou pelo trecho superior do Central Park, na direção norte da cidade. Uma parte de Elena apreciou olhar a paisagem, o parque, as torres de apartamentos, as pessoas na calçada, mas ela estava muito dispersa, incapaz de se concentrar, a cidade passava num borrão. Olhou pela janela traseira para ver se o táxi estava sendo seguido. Nunca tinha visto tanto trânsito, aquela quantidade incrível de carros. Poucos eram oficiais, a maioria parecia ser particular. Ela estaria encantada com a experiência, se não estivesse tão enjoada e tonta. Certamente, por causa do carro em movimento. Odiava pensar que era de nervoso. A vida inteira ela fora a irmã fraca, a caçula: calada e bem-comportada, a filha que nunca dava problema. Já a irmã mais velha, Zoia, era independente, cheia de vontade, marcante. Decidia tudo pelas duas. Tinha uma autoridade inquestionável. Elena sempre fora submissa, aceitara a opinião da irmã. O relacionamento das duas fora assim desde sempre. Mas Elena também era gente. Estava na hora de sair da sombra da irmã e mostrar sua identidade. Pela primeira vez na vida, tinha se metido em algo muito importante. Fora preciso alguém de fora da família para descobrir o potencial dela. Mikail a escolhera. Considerara-a adulta e igual a ele. Mesmo antes de se apaixonarem, nunca foi condescendente com ela, confiara à menina o verdadeiro motivo para ele participar daquela viagem.

Mikail trabalhava num departamento secreto do Ministério de Propaganda chamado SERVICE.A. Ele explicou a Elena que a meta era criar diferenças positivas entre comunismo e capitalismo, mostrar as injustiças institucionalizadas do capitalismo, defender o comunismo com fatos que não dependessem do poderio militar ou da ameaça. Era uma tentativa de rejuvenescer uma ideologia corrompida por excessos contra o próprio povo. Ao saber que os pais biológicos de Elena foram mortos pela polícia secreta soviética, Mikail admitira que o partido cometera erros. E que esses erros turvavam a superioridade ideológica deles. O comunismo significava igualdade racial e de gênero, o fim da dificuldade econômica de muitos e do luxo excessivo de poucos. Perseguição e preconceito eram temas pelos quais Elena se interessava. Quando teve uma chance de mudar as coisas, aceitara. Havia sofrido muitas perdas durante o domínio de Stalin (inclusive, os pais), mas acreditava que os excessos assassinos de um tirano não deviam acabar com o sonho de uma sociedade justa. Não ia deixar que isso a tornasse cética, como tinha acontecido com Liev.

O SERVICE.A cuidava apenas do que Mikail chamava de procedimentos passivos, como financiar publicações e ajudar pessoas importantes que fossem solidárias à causa. Era uma organização não violenta que estimulava a dissidência. Pediram para professores e jornalistas americanos mostrarem, sinceramente, as falhas da sociedade capitalista; fundaram uma editora que publicava textos polêmicos que nenhuma outra aceitaria. O catálogo tinha até um livro sobre o assassinato de Kennedy por membros da extrema direita, magnatas do petróleo e das armas. A editora não teve muito sucesso comercial, embora fosse bastante respeitada nos meios acadêmicos, com seus textos feministas. Mas, ao avaliar a reação aos ensaios sobre desigualdades de gênero, concluiu que era impossível pensar em mudar os Estados Unidos apelando diretamente às mulheres. Graças ao relativo fracasso nos textos feministas, que venderam apenas cento e poucos exemplares, concluiu-se que era bem improvável uma revolução ter como ponta de lança um manifesto de gênero. Por isso, o SERVICE.A mudou de direção e passou a focar sua atenção e seus recursos no tema raça. Em vez de livros, distribuía folhetos nas esquinas de cidades-alvo como Atlanta, Memphis, Oakland e Detroit. Os folhetos queriam provocar com títulos chocantes:

UM NEGRO MÉDIO GANHA 4 MIL DÓLARES!
UM BRANCO MÉDIO GANHA 7 MIL DÓLARES!
UMA CRIANÇA NEGRA TEM
TRÊS VEZES MAIS CHANCES DE
MORRER QUE UMA CRIANÇA BRANCA!
UMA FAMÍLIA NEGRA TEM TRÊS VEZES MAIS
CHANCES DE MORAR NUMA FAVELA!

Elena e Mikail eram capazes de ficar na cama conversando por horas sobre como o comunismo deixou de lado seu maior apelo, sua razão de existir. Ela ficava encantada com a paixão dele e orgulhosa por participar. Ao contrário de Mikail, os pais e a irmã dela pareciam não ter qualquer ideologia. Raíssa só falava em política quando tinha ligação direta com a escola dela. Liev não se manifestava sobre o tema, como se fosse proibido. Elena tinha pena dele: fora obrigado a trabalhar para um tirano e seu idealismo se deteriorara. Para ele, não havia volta, perdera a esperança. Liev acreditava na família e em mais nada. Mas só por que o pai se desiludira, ela não precisava se desiludir também. Acreditava em Mikail. A irmã uma vez contou como era a sensação de se apaixonar e Elena nunca entendeu direito o que ouviu até conhecer Mikail. Amor era admiração e dedicação, amor era fazer tudo por ele, pois sabia que ele também faria tudo por ela.

    O táxi tinha acabado de passar pela rua 120 Oeste. Estavam perto de seu destino, na rua 145 Oeste.

Bradhurst
Harlem
Rua 145 Oeste
Mesmo dia

Ao descer a escada, Yates passou pelos mesmos jovens vagabundos remanchando nos corredores. Perguntou:
— Muito trabalho, rapazes?
Não responderam. Yates riu. Duvidava que algum deles conseguisse citar uma única música que Austin costumava cantar. O Vozeirão Vermelho fizera shows para milhões de pessoas, mas fora esquecido tanto pelos negros quanto pelos brancos, pelos ricos e pelos pobres. Yates duvidava também que aqueles rapazes nos corredores soubessem sequer quem tinha sido o velho do último andar. Ninguém com menos de 30 anos se lembraria dele. As músicas de Jesse não tocavam mais no rádio. As lojas não tinham mais os discos. Suas declarações não apareciam mais nos jornais, nem era entrevistado pelas revistas de celebridades. Estava tão fraco que não teve ânimo nem para defender a esposa quando foi humilhada em sua frente. Uma coisa era acabar com a carreira de um homem, tarefa relativamente simples. Outra coisa bem diferente era destruir seu moral. Depois de ver como Jesse caminhava, com o corpo curvado, encostado no batente da porta, mal conseguindo reagir, Yates teve certeza de estar quase vitorioso.

Mas ficou intrigado pelos soviéticos terem tentado tantas vezes contatar Austin, implorando para assistir à apresentação daquela noite. O que esperavam que ele fizesse? Jamais conseguiriam autorização para ele entrar no prédio das Nações Unidas. Yates tinha certeza de que Austin mentia não saber de nada, havia algo errado, algo que não percebera, uma agenda que não vira. Tinha trabalhado muito durante tempo demais para deixar que Jesse desse uma cartada no palco.

A ressaca havia diminuído, ele saiu do prédio, procurou nos bolsos o maço de cigarros e lembrou de novo que os deixara no carro. Perto de Yates havia outro grupo de rapazes na escada, dois sentados e dois de pé. Para os inúteis que eram, estavam comicamente bem-vestidos, com camisas limpas enfiadas dentro das calças, coletes e paletós; dois deles usavam até gravata como se trabalhassem num banco. Estavam fumando cigarros enrolados à mão. Yates se dirigiu a eles:

— Um dos senhores poderia fazer a gentileza de enrolar um cigarro para mim?

Era fácil pegar o maço no carro, mas pedir era mais divertido. Os rapazes se entreolharam, avaliando a solicitação em silêncio. Sabiam que ele era da polícia. Odiavam-no. Mas não podiam recusar.

Repitam comigo: o ódio de vocês não interessa.

Foi emocionante olhar aqueles jovens durões totalmente impotentes, cheios de ginga e pose, mas obedientes e servis, suplicantes na frente dele como o sujeito mais bundão.

O mais jovem pegou fumo e enrolou um cigarro perfeito. Fez com cuidado para Yates não poder reclamar. Era inteligente, sabia que até a menor provocação irritaria o agente. Ao terminar, entregou o cigarro. Yates pegou, mas não tirou o fósforo que tinha no bolso.

— Prefiro que o fumo queime um pouco antes de tragar.

Outro rapaz acendeu um fósforo e segurou a chama para Yates, que colocou a ponta do cigarro nela, acendeu e tragou, sorrindo, grato.

— Faz tempo que não provo cigarro barato. Isso me faz lembrar de quando comecei a fumar, ainda garoto. Tenham um bom dia. Aproveitem o sol.

O rapaz apagou o fósforo com um gesto ríspido do pulso, o máximo que conseguiu demonstrar de emoção. Yates tragou fundo, desfrutando aquele instante: um instante sublime, num lindo dia de sol.

*

O táxi parou. Elena olhou pela janela. Devia ser aquele o lugar, 145 Oeste. Tinha um movimento bem diferente da 44. Algumas pessoas estavam ocupadas, mas muitas por ali não faziam nada. Ela ficou preocupada, podia estar chamando muita atenção, uma garota soviética de 17 anos, com roupas fora de moda, sem conhecer nada da cidade, do bairro ou dos hábitos locais. Tinha pouco tempo, pouco mais de uma hora até notarem sua ausência do hotel. O grupo de estudantes devia se encontrar no almoço, antes do ensaio final, quando Raíssa voltasse da visita ao prédio da ONU. Olhou o relógio. A corrida de táxi levou mais de meia hora, mais que o previsto. O atraso significava que tinha pouco tempo para encontrar e falar com o Sr. Austin. Avisaram que ele tinha virado um ermitão, não fazia mais shows, quase não saía do apartamento, não trabalhava, deprimido pela opressão que sofreu.

O motorista do táxi, um branco, virou-se para trás e olhou para ela, preocupado.

— Tem certeza de que quer ficar aqui?

Elena falava bem inglês, mas não entendeu direito a frase e repetiu o endereço.

— Rua 145 Oeste.

O motorista concordou com a cabeça.

— É aqui, com certeza. Mas não é lugar para uma garota como você.

Elena não entendeu. Perguntou:

— Quanto é?

O motorista mostrou o taxímetro. Ela pegou o dinheiro que Mikail tinha dado.

— Pode esperar?

— Quanto tempo?

— Vinte minutos.

O motorista ficou sem saber. Elena pagou 5 dólares. Reparou que o motorista pareceu gostar. Devia ser uma boa quantia.

— Se esperar, recebe mais.

Ele fez sinal positivo com a cabeça, pareceu mudar totalmente com o dinheiro. Elena teve nojo dele, um homem apaixonado pelo dinheiro, cuja personalidade mudava ao ver uma nota de dólar.

— Espero. Mas só vinte minutos. Se atrasar, vou embora.

Elena saiu do táxi e fechou a porta.

Na frente do táxi havia uma antiquada carrocinha de madeira, com uma lona para protegê-la do sol. Por cima estava cheia de pedaços de gelo que desmanchavam rapidamente. Em meio ao gelo havia ostras, algumas em suas conchas claras, outras sem casca, cozidas com temperos, escaldando no calor, vendidas em cones de jornal. Em vez de um monte de carros, a rua empoeirada tinha crianças jogando bola, brincando ou pedindo pedaços de gelo para o vendedor de ostras que mostrava o punho para elas, afastando-as. Elena deu uma olhada e achou as moradias ótimas, não eram altas demais, nem do horrendo concreto como nos cortiços onde ela morava. Eram de lindos tijolos, emolduradas por saídas de incêndio de ferro. Uma janela tinha uma placa dizendo:

Terminantemente proibido ficar na escada

Elena não entendeu todas as palavras. Mas viu que era para as pessoas não ficarem na escada da frente, um pedido engraçado, visto que cada degrau tinha um bando de homens.

O apartamento ficava pouco depois. Passou pelo vendedor de ostras e pelas crianças chupando pedaços de gelo que deviam ter roubado quando ele não estava olhando. Nunca tinha se sentido tão estrangeira na vida. Foi preciso esforço para continuar andando e não voltar correndo para o táxi. Não precisava andar muito. O prédio estava bem à frente.

Havia um homem na escada, um branco alto, de terno, fumando um cigarro. Elena foi avisada de que o Sr. Austin estava sendo pressionado pela polícia secreta americana. Não sabia se aquele homem era agente, mas ele obviamente não era dali, quase tão óbvio quanto ela também não. Olhou rápido, procurando onde se esconder. Tarde demais. Ele a viu. Não tinha saída. Andou mais rápido, fingiu estar com pressa. Ao mesmo tempo, ele saiu da escada para impedir que Elena passasse. Quando se aproximou, ela olhou para baixo, para o chão, sem respirar.

Os dois se cruzaram na calçada. Ela continuou andando, passou do prédio do Sr. Austin como se estivesse indo para outro lugar. Virou a esquina e se encostou bem na parede. Não tinha como entrar no apartamento do Sr. Austin. Nem como voltar para o táxi.

Mesmo dia

Para um homem que se considerava otimista, era estranho que, de vez em quando, Jesse Austin ficasse meio desesperado. Mesmo ao andar pelo apartamento a esposa mostrava estar muito alerta, um balanço pesado em vez daquele habitual passo rápido, uma exaustão maior do que a provocada pelo trabalho ou pela preocupação com o dinheiro, um cansaço entranhado nos ossos, que ficavam pesados como chumbo. Ela andava abatida. A aflição constante havia tirado o brilho dos cabelos, paralisado os olhos, descolorido a boca e até mudado o jeito de falar. Não era mais brincalhona, as palavras não soavam de um jeito inteligente e malicioso. Saíam como se cada sílaba tivesse um peso, mostrando uma fadiga que não se resolvia com uma boa noite de sono, ou mesmo com dois dias de descanso. Nos últimos anos, ele se perguntou se a força e a resistência de Anna eram mais uma maldição que uma bênção. Qualquer outra o teria largado, extenuada. Colegas e amigos se afastaram. Alguns chegaram até a depor contra ele, foram a uma audiência do Comitê de Atividades Antiamericanas apontando o dedo para ele, trêmulos de ódio como se ele fosse um assassino. Mas Anna não, nem por um momento, e não houve um só dia em que Jesse não se sentisse amparado pelo amor dela.

Anna estava certa. Ela previra que os homens que ele estava transformando em inimigos eram vingativos e implacáveis. Jesse brincou que as autoridades podiam tirar tudo dele, menos a voz; enquanto tivesse voz, teria uma carreira. Estava enganado.

Nos anos 1930, ele se apresentou para plateias de 20 mil pessoas Numa excursão feita em 1937, as plateias pelo mundo somaram mais de um milhão de pessoas. Hoje, nenhum palco o deixaria se apresentar, nem os grandes, nem os pequenos, os mais fumacentos, aqueles bares onde o barulho das garrafas era mais alto que a música. Não bastou Jesse assinar um contrato prometendo não tocar em nenhum de seus temas polêmicos, jurando cantar apenas as músicas autorizadas e consideradas inofensivas. No dia seguinte à apresentação, não dava outra: o lugar recebia uma inspeção dos funcionários de saúde e segurança, ou da polícia devido a uma suposta desordem, uma briga na rua. E o local sempre fechava por várias semanas. Não importava o quão irritados eles ficassem com o motivo, ninguém tinha condições de cometer o mesmo erro duas vezes. E se cometessem, perdiam o alvará de funcionamento. Os donos desses locais, homens que um dia foram cumprimentar Jesse após uma apresentação, com olhos cheios de lágrimas e uma caixa registradora abarrotada de dólares, não tinham nem a honestidade de dizer a verdade. Jesse não podia culpá-los por cuidarem dos próprios interesses, mas precisavam mentir? Diziam que ele estava velho, ou que aquele estilo de canção saíra de moda. Prefeririam xingá-lo a admitir que estavam com medo.

Foi uma piada de mau gosto que, em julho de 1956, a apresentação de Jesse no Comitê de Atividades Antiamericanas tenha sido a última num grande palco. Ao interrogar Jesse, os congressistas citaram declarações dele a favor do comunismo e compararam com as críticas que fez aos Estados Unidos. Ele tinha realmente dito que se sentia mais em casa na União Soviética que nos Estados Unidos? Jesse tentou explicar que a noção de *casa* significava a forma como era respeitado fora do país e desrespeitado em casa, com seu povo sofrendo com as leis segregacionistas, sem protestar. Mostraram um filme dele discursando em Moscou em 1950, na fábrica Serp i Molot, com legendas maltraduzidas no pé da tela:

JESSE AUSTIN: *A Estátua da Liberdade deveria ficar aqui, em Moscou, e não em Nova York.*

Ele ouviu o *oooooh* dos congressistas e o som das canetas riscando os blocos de anotações dos repórteres. Jesse gastou muito dinheiro com advogados e acabou sabendo que não havia defesa contra insinuações. Citações fora de contexto eram feitas sem parar. Comentou-se a recusa dele em assinar uma declaração anticomunista. Fotos de suas idas a Moscou circularam, com alguns homens com quem ele estava assinalados. Foram descritos como agentes do KGB, monstros que assassinaram e escravizaram a população civil. Jesse reclamou: o comitê não tinha provas dessas acusações. Eles revidaram dizendo que os homens indicados eram da polícia secreta, conhecida como instrumento do terror. Ele tinha chegado a negar que havia campos de trabalho escravo na URSS, campos de trabalho que eram um escárnio para aquela conversa dele de igualdade e imparcialidade? Jesse retrucou que medidas rigorosas, caso existissem mesmo, só foram usadas contra os fascistas que, deixados agir na Alemanha, causaram milhões de mortes. Ele não ia chorar por alguns fascistas mortos.

Nenhum tribunal o considerou culpado de nada, mas confiscaram seu passaporte. Não podia mais visitar a União Soviética, nem aceitar convites de países não comunistas como Reino Unido, França e Canadá. Não recebeu mais chamados para apresentações públicas. Sua carreira em disco perdeu o gás. Nenhuma rádio tocava suas músicas. Nenhuma gravadora lançava seus trabalhos. Nenhuma loja tinha os álbuns, seu catálogo fora recolhido e suas conquistas ficaram invisíveis. Parou de receber direitos autorais. E, embora pagasse impostos desde os 16 anos e tivesse trazido milhares de dólares das apresentações no exterior, o Estado impedia que ganhasse seu pão e cortara os ganhos que geravam impostos. A renda dele caiu para menos de 400 dólares ao ano. Gastou as economias com advogados, inclusive contra a gravadora por quebra de contrato. Todos os tribunais o condenaram. Demorou 12 anos, mas, finalmente, ele ficou sem dinheiro. Conseguiram o que queriam. Estava sem nada, exatamente como quando começou. Foi obrigado a vender o apartamento perto do Central Park, tendo certeza de que o FBI informou aos prováveis compradores de sua penúria financeira. A venda saiu pela metade do valor de mercado e não foi suficiente para pagar as dívidas.

Anna abriu a janela e se debruçou para ver a rua lá embaixo. Os cabelos ficaram em volta do rosto, esperando por uma brisa que não viria tão cedo. Jesse se aproximou, pôs a mão na fina cintura dela e descansou a cabeça em seu ombro, com vontade de pedir mil desculpas. As palavras ficaram na garganta.

Uma batida na porta e os dois olharam ao mesmo tempo. Jesse sentiu a tensão no corpo de Anna. A diferença entre a batida de um agente e a de um morador do prédio era o silêncio que vinha em seguida. Um amigo os chamaria. Haveria uma agitação normal no andar. Já um agente faria o prédio inteiro se calar: a escada ficaria em silêncio, todos parados à espera. Jesse foi até a porta, lembrando a si mesmo que Yates aguardava qualquer provocação. Segurou a maçaneta, tomou coragem e abriu a porta.

Não era Yates, mas Tom Fluker, um sujeito briguento, com seus 60 anos, que tinha uma pequena loja de ferragens na esquina. Ao lado dele, estava uma jovem branca de longos cabelos negros. Não a reconheceu. Antes que Jesse pudesse dizer alguma coisa, Tom fez um discurso:

— Descobri essa garota tentando entrar, furtiva, pelos fundos como um ladrão. Ela diz que está procurando você. Perguntei por que não pode entrar pela porta da frente como todo mundo. Ela se confundiu, falou que não entendeu. Primeiro, achei que estava se fazendo de boba, depois vi que não entende inglês direito. Tem sotaque, então escutei mais um pouco. Ela é russa! O que uma garota russa faz por aqui procurando você? Não precisamos de mais problemas, já temos muitos.

Jesse fitou a jovem, depois Tom, com o rosto contorcido de raiva. O FBI havia tentado isolá-lo da comunidade local. Amigos e estranhos, pastores e comerciantes fizeram declarações de repúdio às ideias comunistas dele, afirmaram que ele era uma desgraça, que não representava a vontade que tinham de trabalhar muito e construir um país mais integrado. Alguns não falaram contra ele, mas achavam que não fazia sentido aquela hostilidade trazida por Jesse. Tentavam melhorar a situação das comunidades onde viviam e conquistar direitos para o povo, enquanto Jesse os fazia andar para trás. Tom era um desses. Trabalhava duro. Tinha uma loja. Jesse era um obstáculo aos sonhos de sucesso dele, de deixar dinheiro para os filhos, de fazer com que subissem na vida. Tom não tinha tempo para ideologias. Nos fins de semana, contava o dinheiro no caixa, e gente como Jesse era ruim de negócios. Não tinha tempo para essas coisas. Foi injustiçado, mas nem assim reconsiderou o que pensava. O pior tipo de dominação é o medo de fazer o que é certo por irritar os que estão errados.

Tom se virou para a jovem e disse:

— Conte para ele que você é russa.

Ela deu um passo adiante.

— Eu me chamo Elena. Sr. Austin, por favor, posso falar com o senhor? Tenho pouco tempo.

Falava inglês, mas era evidente que não era sua língua nativa.

— Obrigado, Thomas. Vou cuidar disso.

Tom ficou sem saber se dizia mais alguma coisa. Jesse sabia que o vizinho tinha vontade de chamar o FBI e ficar longe daquilo, mas estava certo de que, por mais que discordasse de Jesse, não iria entregá-lo. Não era de seu feitio.

Tom se virou e correu escada abaixo sem olhar para trás, balançando a cabeça, incrédulo, enojado e repetindo alto, como se fosse uma velha e maldita praga:

— Uma russa no Harlem!

Mesmo dia

Anna abaixou a cabeça, tinha certeza de que aquilo ia acabar mal. Eles mentiram para o agente Yates: sabiam da apresentação nas Nações Unidas naquela noite. Os integrantes do CPUSA tentaram quatro vezes convencer Jesse a ir lá. Queriam que falasse para as centenas de pessoas que ficariam nos portões, numa manifestação pró-comunismo. Em cada tentativa usaram uma técnica diferente: enviaram um velho erudito, capaz de citar tudo o que Marx escreveu; enviaram uma linda jovem para deixar Jesse orgulhoso da atenção dela; enviaram um jovem militante comunista que exigiu, agressivo, solidariedade. Por fim, enviaram um casal de meia-idade que também tinha sofrido nas mãos do FBI ou, pelo menos, foi o que disseram. Mas Jesse recusou todos, disse que estava aposentado, velho, havia falado demais pela causa. A luta tinha de continuar com outra pessoa, alguém jovem. Quando o acusaram de derrotado, ele aceitou e pediu que não incomodassem mais um homem derrotado.

    Apressada e assustada, adoçada com inocência e idealismo, aquela garota era sem dúvida a última tentativa de convencê-lo. Foi uma escolha bem mais esperta. A garota não era cheia de teorias e citações; era iluminada por esperanças e sonhos, ela acreditava. Foi uma escolha cuidadosa, sem relação com sexo. O marido de Anna não sentia atração pela garota. Anna não era cega, acreditando na fidelidade dele enquanto a enganava sempre que podia, conforme o retrato sombrio pintado pelo FBI. Em quase quarenta anos de casamento, Jesse jamais a enganou, apesar das inúmeras chances. Era um homem bonito, com uma voz que fazia as mulheres suspirarem de admiração. No começo da carreira, quando ele viajava para se apresentar, havia fãs que faziam fila na porta do camarim capazes de tirar a roupa se recebessem um olhar sugestivo. Muita gente chamava Anna de boba e Jesse de mentiroso, bom de lábia, voz de sereia que a convencia de qualquer coisa. Ela sabia muito bem que o problema do marido era fidelidade, não promiscuidade. Era muito fiel à amante comunismo, mesmo se isso lhe custasse a vida.

Anna jamais criticou Jesse pelas dificuldades que suas crenças causaram aos dois. Os amigos dela insistiram para mandá-lo calar a boca, se retratar e se desculpar, mesmo não querendo, só para diminuir a pressão. Ela não quis. Ele era sincero e passional, as qualidades do homem por quem havia se apaixonado. A música que cantava era uma extensão daquilo em que acreditava, eram indissociáveis, ele não podia ser mudado ou adulterado. Não podia ficar mais digestivo ou menos provocativo. Por mais que ela pensasse assim até então, houve ocasiões em que a amargura subiu em suas veias como uma imensa onda. Anna tinha sido empresária dele. Havia ajudado na carreira de Jesse, mas todo aquele trabalho, todas aquelas conquistas foram apagadas como pegadas na areia. Quando pensava em tudo o que ganharam e depois perderam, às vezes Anna desanimava e imaginava como seria a vida deles sem o comunismo. Nessas horas, odiava até a palavra, cada sílaba, mas seu amor por Jesse jamais diminuiu.

Anna reparou no andar leve do marido ao fazer a jovem visitante entrar e fechar a porta. O desânimo que o abateu após falar com Yates sumiu como a bruma matinal com um novo dia de sol. A garota estava nervosa e fazia o possível para disfarçar, mas não ficou menos convincente, o gaguejar e o jeito canhestro eram encantadores. Falou em inglês, tropeçando nas palavras.

— Meu nome é Elena. Eu sou uma estudante da União Soviética em visita aos Estados Unidos, numa excursão. Nós vamos fazer várias apresentações em Nova York e Washington, DC. Esta noite, nós estaremos nas Nações Unidas.

Por mais repulsivo que fosse o agente Yates, ele não era bobo. Tinha razão: os soviéticos não desistiram. Entraram em contato. Jesse sempre se frustrou com o CPUSA, mas jamais recusou qualquer coisa que os soviéticos pedissem. A jovem russa parecia não saber a quem se dirigir, talvez não esperasse encontrar Anna em casa.

— Sr. e Sra. Austin, eu me ofereci de mensageira. Minha pronúncia do inglês não é boa, mas eu fui informada de que o senhor fala russo, Sr. Austin. Posso falar em russo? Desculpe, Sra. Austin, me perdoe. Não haveria engano se nós pudéssemos falar em russo.

Jesse deu uma olhada para Anna e disse:

— Eu traduzo.

Anna concordou com a cabeça. A jovem passou para o russo. O rosto do marido se iluminou ao ouvir a língua que, aliás, Anna jamais entendeu.

*

Jesse se lembrou do russo imediatamente e ficou impressionado com a fluência, depois de tantos anos sem falar. Não parecia uma língua aprendida, mas uma língua-mãe.

— Pensei que eu não tivesse mais utilidade para vocês.

Não tinha a intenção de mostrar autopiedade. A jovem russa balançou a cabeça.

— Há dois anos, nosso trabalho escolar foi escrever para o senhor, quando soubemos que estava com problemas com as autoridades. Milhares de alunos escreveram cartas de apoio. Eu mesma escrevi três folhas. Foram enviadas, o senhor recebeu algumas, não?

— Nenhuma.

— Temíamos que fosse acontecer isso. Foram interceptadas. A polícia secreta americana abre toda a sua correspondência.

Jesse desconfiava há muito tempo de que sua correspondência era interceptada, mas não imaginava que chegasse àquele ponto. Imaginou os jovens agentes do FBI com a tarefa de ler tudo, centenas de cartas de crianças, analisadas e passadas pelos mais sofisticados decodificadores automáticos. Elena prosseguiu:

— Também pedimos para membros do Partido Comunista dos Estados Unidos falarem com o senhor, mas eles não conseguiram convencê-lo a ir à apresentação.

Jesse ficou aborrecido ao ouvir falar no CPUSA.

— Os comunistas americanos passam o tempo brigando. Jamais conseguiram nada de importante. Por que eu faria alguma coisa por eles?

— Tentamos ligar para o senhor...

A garota russa corou, sem querer chamar atenção para a situação deprimente em que o casal se encontrava. Não tinham mais telefone. Ela continuou:

— Por isso tive de vir pessoalmente. Mas não é o único motivo. Estou aqui para dizer ao senhor que, mesmo que não vá esta noite, não foi esquecido na Rússia como foi nos Estados Unidos. Tenho 17 anos e o senhor é meu herói. É um herói de muitos russos, de todas as idades. Suas músicas são tocadas no rádio. Sua popularidade hoje é maior do que antes. Por isso eu quis vir aqui hoje, Sr. Austin, pois soubemos que seus inimigos mentem para o senhor. Queremos dizer a verdade. O senhor é admirado e amado! Nunca será esquecido e sua música jamais deixará de ser tocada.

Jesse sentiu como se estivesse saindo de um bloco de gelo, uma alegria cálida passou por seu corpo. A música dele não havia acabado. As canções eram apreciadas em outro país, apesar de nos Estados Unidos serem apagadas da lembrança. Não era mais ouvido em seu próprio país, mas ainda era no exterior. Entusiasmado, foi para a mesa, precisou sentar-se. Anna se aproximou e segurou as mãos dele.

— O que foi? O que ela disse?

— Ainda tocam minhas músicas.

Era verdade que ele se sentia abandonado pelo país e pelo partido pelos quais tanto fez. Saber que isso não era verdade foi um ótimo bálsamo para as muitas feridas que acumulou ao longo dos anos.

Virou-se para a jovem e perguntou:

— Quem mandou você aqui?

Elena respondeu em russo:

— As instruções vieram do mais alto escalão do governo soviético. Se esse encontro resultar apenas na minha mensagem de estima, já basta. Mas queremos fazer mais coisas juntos. Compreendemos que o senhor não pode mais falar em palcos, ou em shows porque não o contratam mais. Quando isso começou, soubemos que o senhor reagiu falando nas esquinas, recusando-se a se entregar, improvisando palcos, transformando um parque num auditório. Mas soubemos que o senhor não fala mais em lugar algum.

Jesse abaixou a cabeça. Ele começara a enfrentar as táticas do FBI falando nas ruas, em cima de um caixote, de uma caixa de frutas, da capota de um carro, dirigindo-se a qualquer pessoa disposta a ouvir. Mas isso era passado. Fazia no mínimo dois anos que não discursava. Não só por causa das costumeiras interrupções de policiais, ou por que era preso por perturbar o sossego. As pessoas que passavam ficavam indiferentes, algumas chegavam a ser agressivas. Ele suspirou e falou, em inglês:

— Isso é coisa para jovens.

Anna apertou as mãos dele e perguntou, com voz agitada:

— Yates viu essa menina quando ela entrou aqui? Pergunte a ela, Jesse.

Ele repetiu a pergunta em russo. Elena respondeu:

— Yates é um agente da polícia secreta? Eu o vi. Mas tomei muito cuidado, por isso entrei no prédio pelos fundos.

Jesse traduziu. Em vez de acalmar a esposa, isso a irritou mais.

— Entende o que você fez ao vir aqui? Entende o perigo? O que mais vai pedir a ele? O que mais ele pode dar a você? Olhe em volta! O que ainda tem aqui para ser levado?

Anna raramente perdia as estribeiras. Jesse se levantou e pôs as mãos nos braços da esposa. Não adiantou. Ela o empurrou, não se calou e mostrou a pilha de discos no canto da sala. Falou com a garota russa como se ela representasse o regime soviético:

— Está vendo ali? É o único jeito de ele vender discos hoje. Grava em estúdios particulares porque nenhuma gravadora o contrata. Vende por assinatura para os fãs que ainda se lembram dele. Antes, vendia milhões, hoje quanto você vende, Jesse? Quantos assinantes tem? Diga para ela!

Com o pouco de inglês que sabia, Elena só entendeu uma parte. O casal se referia aos discos que estavam empilhados num canto. Segundo Mikail, o CPUSA oferecera ao Sr. Austin ajuda direta assim que o FBI começou a minar a carreira dele. Ele recusara, repetindo que nunca aceitou do governo soviético dinheiro, gorjeta, pagamento ou presentes de espécie alguma. O Sr. Austin se agachou ao lado dos discos, de costas para Elena e Anna. Disse, em russo:

— Quinhentos assinantes. Só o que sobrou. Tenho quinhentos fãs...

Elena sabia que desses quinhentos discos, quatrocentos ficavam com o CPUSA. Foi a única maneira de ajudar Austin sem ele saber. Ela seguiu seu roteiro cuidadosamente preparado:

— Posso perguntar uma coisa? Não pediram para perguntar isso, mas eu gostaria de saber. É pessoal.

— Pergunte o que quiser, por favor.

Elena notou os olhos de Anna e passou para o inglês precário.

— Por que o senhor apoia a União Soviética? Por que dá tanto respaldo?

A pergunta causou um enorme impacto no Sr. Austin e na esposa. Eles se entreolharam e, nesse instante, o problema pareceu sumir. Não responderam. Por um momento, pareceram esquecer que Elena estava ali.

Elena olhou o relógio: tinha de voltar para o hotel. Era quase meio-dia.

— Por favor. Sr. Austin, tenho pouco tempo. Preciso falar em russo outra vez.

Voltou para sua língua nativa.

— Como o senhor sabe, esta noite faremos uma apresentação nas Nações Unidas. A imprensa internacional estará lá. Os diplomatas mais importantes estarão lá. Queremos que o senhor também esteja. Tentamos conseguir entradas oficiais para o senhor e sua esposa, mas os organizadores não quiseram dar. Então vim pedir para o senhor ficar do lado de fora, na rua e, se quiser, fazer um discurso para mostrar que não foi calado. Quando a apresentação terminar, alguns estudantes soviéticos sairão pela porta principal. Vamos rodear o senhor, com vivas e aplausos. A foto deste momento vai resumir a viagem inteira. Lembraremos aos americanos a injustiça que fizeram com o senhor. Por favor. Sr. Austin, diga que vai. É a nossa maneira de fazer alguma coisa pelo senhor.

Tocada pela força do pedido, Elena colocou a mão no braço dele.

Mesmo dia

Osip Feinstein se agachou no telhado do prédio em frente ao apartamento de Jesse Austin. Se a garota russa não tivesse vindo, a tarefa passaria para ele e achava que não conseguiria convencer Jesse. Acompanhou com a máquina os acontecimentos no apartamento e fotografou os dois juntos: a jovem e o cantor, um sujeito que podia morar numa cobertura de frente para o Central Park em vez daquele cortiço. Aquele homem era viciado numa droga bem mais tóxica e forte que o ópio: a ideologia da justiça. Osip fotografou a cena em frente. A última foto seria a mais incriminadora: a delicada mão branca sobre o grande braço negro, tendo ao fundo os lençóis amassados da cama.

Manhattan
Hotel Grand Metropolitan
Rua 44
Mesmo dia

Quando Raíssa entrou no saguão, foi observada por vinte pares de olhos: eram os agentes da polícia secreta fingindo-se de hóspedes, sentados em sofás e cadeiras, tomando café, seguindo-a pela borda das xícaras ou por cima das páginas dos jornais. Do prédio das Nações Unidas ela foi levada para o hotel e só não foi vigiada no intervalo entre sair do carro e entrar nas portas giratórias do Grand Metropolitan. No elevador, Raíssa já esperava que um dos agentes entrasse com ela. Quando viu os seguranças pelo hotel, achou um exagero que tantos homens vigiassem estudantes. As portas do elevador se fecharam. Raíssa disse:

— Vigésimo andar, por favor.

Sem virar a cabeça, o ascensorista fez um pequeno sinal de concordância. Tinha certeza de que ele era um agente, apesar de vestir o uniforme do hotel. Observou as vestes típicas, vermelhas com uma listra branca em cada perna. Não parecia espião e ela ficou pensando se as preocupações a acompanhavam, pois via agentes em todo canto.

Tentou se concentrar na realidade, não em perigos imaginários, e concluiu que os preparativos para a apresentação iam bem. As conversas com seus correspondentes americanos tinham sido esquisitas, mas contornáveis. O similar americano dela era um professor de cabelos grisalhos e grossas lentes ovais. Com ajuda de um intérprete, conversaram bastante, não por polida obrigação, mas por curiosidade sincera. Raíssa notou que ele se sentia obrigado a manter um ar de hostilidade contida para mostrar que não era simpatizante do comunismo. Os funcionários soviéticos não assistiram a essas conversas, não quiseram ver o ensaio final e se excluíram dos preparativos, apesar da exposição mundial que teria.

As portas do elevador se abriram. O ascensorista anunciou:

— Seu andar, senhora.

Ela concordou com a cabeça e saiu, desejando que Liev estivesse ao seu lado. Ele tinha um apurado instinto para subterfúgios. Sozinha, Raíssa pensou como estava dependente dele.

Antes de chegar ao quarto das filhas, Raíssa foi parada no corredor por um dos funcionários do Ministério de Propaganda; ficou na frente dela, impedindo a passagem. Era Mikail Ivanov. Arrogante, bonito e inteiramente supérfluo para a equipe. Ele perguntou:

— Como foram as reuniões da manhã?

Por mais que tivesse vontade de ignorá-lo, Raíssa respondeu:

— Um sucesso, a apresentação deve ser boa.

— Você foi fotografada? Eu disse para não fazerem fotos sem a minha presença.

— Não, não fui. Não havia imprensa.

Ele levantou o indicador, pronto para corrigi-la.

— Mas você deve tomar cuidado com falsos fotógrafos amadores. Alguém que finja ser seu amigo e diga que a foto vai ser para um álbum pessoal. Isso é truque para abaixar a guarda.

— Ninguém me fotografou.

Por que Mikail Ivanov a atrasava com perguntas inúteis? Raíssa caminhou antes que ele dissesse mais alguma coisa e bateu à porta do quarto das filhas. Zoia abriu. Ao fundo, a televisão estava ligada. Raíssa olhou o quarto.

— Onde está Elena?

— Foi nadar.

Sem querer, Raíssa olhou por cima do ombro e descobriu que Mikail a vigiava com uma concentração inexplicável.

Mesmo dia

Jim Yates entrou no saguão e fez sinal para os colegas espalhados por ali, disfarçados de hóspedes. Não se incomodava se os soviéticos sabiam que estavam sendo vigiados, não se preocupava com a suscetibilidade deles. Foi até a recepção e recebeu a atualização dos deslocamentos da delegação soviética. Segundo o registro, a única pessoa a sair do hotel foi uma mulher chamada Raíssa Demidova, professora que foi levada de carro para as Nações Unidas. Tinha voltado há pouco. Yates deixou o registro na recepção e foi para o elevador. O jovem agente do FBI que estava de ascensorista deu um sorriso sem graça, vestido naquele uniforme ridículo. Yates perguntou:

— Notou uma jovem que esteve neste elevador?
— Claro, ela acabou de sair.
— Não, jovem de uns 18 anos, por aí.
— Não, acho que não. Deve ter entrado no outro elevador.

As portas se abriram. Yates saiu, frustrado com a lentidão dos colegas. Ficavam embotados por lidarem com jovens bonitos, de aparência angelical demais para fazer alguma coisa grave. Assim que foi comunicado da viagem, Yates teve certeza de que os soviéticos iam aproveitar a oportunidade. Ele parou diante das enfeitadas portas duplas do salão de baile. Estavam fechadas, com uma placa avisando que o local passava por uma grande reforma. Ele pegou a chave que tinha, abriu as pesadas portas e entrou no salão.

O local tinha mais de trinta mesas por toda a extensão, com agentes de fones de ouvido fazendo anotações. Todos os aposentos da delegação soviética receberam aparelhos de escuta no teto dos banheiros e dos quartos, além dos *closets*, para não haver conversas privadas em lugar algum. Os aparelhos de televisão foram motivo de controvérsia: Yates achava que eram um risco, podiam ser usados para encobrir conversas. Não via vantagem em mostrar aos estudantes desenhos animados, música pop e anúncios. Mas ele foi voto vencido e os televisores foram preparados com um bombardeio de imagens do estilo de vida que os superiores dele queriam que chegassem à União Soviética como mensagem de fartura e conforto. Como concessão, Yates conseguiu que o volume dos aparelhos não desse para encobrir conversas.

Para cada quarto foram destacados dois tradutores, trabalhando em turnos de 12 horas. Os diálogos eram gravados, mas, para ter um retorno imediato, a dupla fazia tradução simultânea e anotava em taquigrafia. Qualquer coisa importante era notificada na hora. Senão, o tradutor datilografava no tempo livre, enquanto os estudantes e professores estavam fora do quarto ou dormindo. A operação era tão ampla que o FBI juntou a maior concentração de falantes de russo no país.

Yates pegou a pasta com fotos dos estudantes soviéticos que já havia olhado várias vezes. Viu-os saírem do avião, acompanhou-os ao entrarem no hotel. Não tinha certeza se a jovem que estava no Harlem fazia parte. Como conseguiu sair do hotel sem ser notada? Na confusão, viu o rosto de relance, ela passou e sumiu na outra rua, aparentemente sem contatar Jesse Austin, o mais conhecido simpatizante comunista da região. Era muito improvável uma jovem branca aparecer naquele bairro. Yates voltou para o carro, notou o táxi esperando e resolveu aguardar também. A jovem não voltou. O táxi acabou indo embora, vazio. Era impossível ver o apartamento de Jesse da rua. Quarenta minutos depois, Yates também desistiu, ansioso para confirmar no hotel o que desconfiava.

Olhando as fotos, parou. A foto da garota era em preto e branco. Ela se chamava Elena. Tinha 17 anos e estava no mesmo quarto da irmã mais velha. Yates foi até a mesa de escuta do quarto delas.

— O que elas estão fazendo agora?

A tradutora tirou os fones de ouvido e respondeu em inglês, com forte sotaque russo. Yates escondeu a desaprovação, pois lidava com uma imigrante, a linguista menos confiável.

— A mais velha está vendo televisão.

— E a caçula, Elena?

— Foi nadar.

— Quando ela saiu?

A tradutora conferiu as anotações.

— Saiu do quarto às dez horas.

— Você informou isso?

— Foi seguida até a piscina.

- Voltou?

— Não.

— Está esse tempo todo na piscina? Não acha estranho não ter voltado?

Jim pegou a caneca de café vazia da tradutora e bateu com ela na mesa. O barulho chamou a atenção no ambiente silencioso do salão. Todos olharam.

— Quero saber onde está uma das garotas, Elena, 17 anos. Foi informado que ela estava na piscina.

Um agente levantou a mão e disse, nervoso:

— Ela foi seguida até a piscina. Temos um agente lá fora.

— Ela ainda está na piscina?

— Não saiu de lá.

— O agente consegue vê-la? Neste momento... pode ver o que ela está fazendo?

Houve silêncio e uma resposta insegura.

— O agente não está na piscina, ficou fora. Mas ela não passou por ele. Tem que estar na piscina.

— Desse jeito, você está pondo a sua carreira em jogo, certo?

O homem ficou inseguro. Começou a gaguejar:

— É o único caminho para a piscina. Se não passou por ele, tem que estar lá.

Yates não se preocupou em responder; saiu do salão, passou pelo elevador e subiu a escada para a piscina, dois degraus de cada vez.

Manhattan
Quinta Avenida
Mesmo dia

Dentro do táxi, Elena verificou as horas. Estava atrasada. Os estudantes tinham de se encontrar dentro de poucos minutos. Tudo demorou mais que ela esperava: o Harlem era bem longe, levou bastante tempo para chegar ao apartamento do Sr. Austin e sair. Com medo de a polícia secreta americana estar vigiando, ela saiu do prédio do Sr. Austin pelos fundos. Acenou para ele, sem ter certeza se ia aparecer à noite. Não prometeu nada. Ela fez o que pôde.

O hotel ficava logo ali, a apenas 50 metros, mas o trânsito não andava. Sem saber como era a frase certa, ela disse:

— Eu pago.

Tirou o dinheiro, muito mais do que marcava o taxímetro e não esperou o troco. Saiu rápido e correu pela rua. Em vez de ir pela entrada principal, foi pela entrada de serviço do hotel. Havia várias escadas de ferro na parede de trás que levavam ao solário no quinto andar, era uma saída de incêndio para os que estavam fora, caso a área da piscina e o corredor não pudessem ser usados. Antes de subir a escada, Elena tirou a saia e a blusa. Estava de maiô por baixo e, quando desceu, naquela manhã, havia uma trouxa com roupas e sapatos para ela, escondida atrás dos enormes latões de lixo. Elena não fazia ideia de quem colocara as roupas lá, devia ser alguém do CPUSA. Jogou as roupas temporárias no lixo e subiu a escada. Com o rosto vermelho, ofegante, chegou ao solário no quinto andar e deu uma olhada. Fazia sol e o lugar estava cheio. Entrou e foi, segura, em direção à piscina, sem saber se alguém a percebeu entrar por aquele lugar estranho.

O homem que ela havia visto no Harlem, o agente americano, estava na beirada. Elena não podia chegar sem ser notada. Se ele já tivesse verificado o solário, desconfiaria da aparição repentina dela. Ele podia descobrir a saída de incêndio. Podia achar as roupas dela no lixo. O único lugar onde não podia entrar era o vestiário feminino, com acesso tanto pela piscina quanto pelo solário. Elena mudou de direção, se distanciando do agente. Empurrou a porta e entrou.

Ao se encaminhar para o armário de roupas, sentiu a mão de alguém em seu ombro. Assustada, virou-se. Era Raíssa.

— Onde estava?

— Na sauna.

A mentira foi um improviso genial. Elena estava com o rosto vermelho e transpirando. Raíssa pensou naquela explicação e Elena concluiu que, se Zoia estivesse no lugar dela, a mãe teria perguntado mais. Com ela, aceitou a resposta. Elena pegou uma toalha e se enrolou nela. Raíssa perguntou:

— Você saiu do quarto de maiô?

Elena negou com a cabeça e retirou as roupas do armário. Ia se trocar, mas Raíssa mandou:

— Pode tomar banho e trocar de roupa no seu quarto. Corra, estamos atrasadas.

Elena não gostou de ser tratada como criança e esqueceu qualquer culpa que pudesse ter por sua aventura secreta.

Ao entrarem no corredor, as duas ficaram cara a cara com o agente da polícia secreta americana, o homem do Harlem. Estava com os olhos injetados, suas pupilas negras tinham veias capilares vermelhas como as raízes de uma árvore, a camisa manchada de suor. Elena tentou ficar calma. Raíssa perguntou ao homem, em inglês:

— Posso ajudar?

Yates olhou para Elena, ignorando Raíssa. Esticou a mão, tocou o rosto de Elena com o dedo e pegou uma gota de suor. Segurou a gota na altura do olho, como se fosse uma prova de crime.

— Sou o agente Yates, do FBI. A partir de agora, vou vigiar as duas de perto.

Raíssa encarou Elena e depois Yates. Yates saiu do caminho.

*

Raíssa ficou calada no elevador. Quando Elena quis falar, ela fez um gesto irritado para ficar quieta. No vigésimo andar, caminharam rápido até o quarto da garota. Só falaram depois que Raíssa entrou e trancou a porta.

— Quero que me diga qual é o problema. Não minta.

Raíssa segurou com força o braço de Elena, que ficou chocada.

— Você está me machucando!

— O que está acontecendo?

Zoia se aproximou.

— O que houve?

Raíssa olhava para Elena.

— Elena, me diga agora: com o que você está metida?

Desconfortável sob o olhar da mãe, Elena se virou para a televisão. Na tela, um desenho animado bem colorido mostrava um carro caindo num precipício e explodindo numa chuva de estrelas azuis, vermelhas e cor-de-rosa. A resposta veio num sussurro.

— Nada.

Raíssa soltou o braço da filha, numa calma incredulidade pelo que ia dizer.

— Não acredito em você.

Moscou
Novie Cheremuchki
Cortiços de Khruschov
Apartamento 1.312
Mesmo dia

Liev não esperava ter qualquer notícia ou contato da família durante a viagem. O mesmo valia para todas as famílias que se despediram de um filho ou uma filha. Foram avisados de que era muito complicado telefonar, a não ser numa emergência. Passaram-se dois dias desde que Liev viu o avião decolar para Nova York e continuou no aeroporto, entre os remanescentes da despedida. Quando todos saíram do mirante, enquanto a aeronave sumia ao longe, ele permaneceu, mesmo depois de o avião não estar mais ao alcance da vista. A família ficaria oito dias fora. Para ele, parecia um tempo longo demais.

A onda de calor não dava sinais de desistência. Era quase meia-noite e Liev estava à mesa da cozinha, de camiseta e shorts, um copo de água morna sobre a mesa, as cartas do baralho espalhadas na frente, a vida em suspenso até a família voltar. As cartas eram uma distração, um anestésico que suavizava a impaciência. Concentrou-se no jogo e atingiu um estado de meditação desconcentrada. As noites eram mais difíceis que os dias. Ele conseguia se ocupar no trabalho, chegava a limpar o chão da fábrica, devia ser o único gerente a fazer isso, tentando ficar exausto fisicamente para conseguir dormir. Em casa, a estratégia era jogar cartas até estar quase dormindo e não conseguir mais abrir os olhos. Na noite anterior, dormiu à mesa; achou que, se fosse para o quarto, acordaria e perderia a chance de dormir nem que fosse por uma hora. Agora, aguardava esse momento, o ponto em que os olhos ficavam pesados e ele encostava a cabeça na mesa, o rosto sobre as cartas abertas, aliviado por mais um dia ter se passado.

Ia colocar uma carta na mesa, quando parou o braço, o dois de espadas apertado entre os dedos. Ouvira passos no corredor. Era quase meia-noite, hora pouco provável para alguém chegar em casa. Esperou, acompanhando os passos. Pararam na porta do apartamento. Ele largou a carta, correu e abriu antes mesmo de a pessoa bater. Era um jovem agente de uniforme do KGB, com a testa pingando suor por subir 13 andares. Liev falou primeiro.

— O que houve?
— Você é Liev Demidov?
— Sou. O que houve?
— Venha comigo.
— Por quê?
— Tem que vir comigo.
— Alguma coisa a ver com a minha família?
— A ordem é levar o senhor. Me desculpe. Só sei isso.

Foi preciso um esforço de disciplina para não agarrar o agente pelos ombros e sacudi-lo até responder. Mas devia ser verdade que não sabia de nada. Liev se controlou, voltou ao apartamento, correu até a cama de Elena e passou a mão por baixo do colchão. O diário não estava lá.

*

No carro, Liev ficou com as mãos nos joelhos, em silêncio, enquanto era levado para o centro. Só pensava no que teria acontecido. Não prestou atenção no caminho e só parou de teorizar o que havia ocorrido quando finalmente o carro estacionou. Estavam na frente de seu antigo local de trabalho, a Lubianka, sede do KGB.

Manhattan
Hotel Grand Metropolitan
Rua 44
Mesmo dia

Enquanto os estudantes almoçavam no hotel, Raíssa pediu para fazer uma ligação para o marido em Moscou dizendo que era a única oportunidade de falar com ele antes do ensaio final. A facilidade de mentir de forma convincente era um talento que teve de adquirir desde jovem, ao tentar sobreviver nos anos de terror de Stalin, com medo de que cada admirador cujos avanços rejeitava fosse alegar que se tratava de um comportamento antissoviético. Na situação atual, Raíssa disse que o pai idoso de Liev estava doente e ela queria saber se não tinha piorado. As autoridades americanas concordaram, ficavam bem felizes em conceder coisas. Mas foi pressionada pelos colegas, sobretudo por Mikail Ivanov, que não queria que membros do grupo ligassem para casa. Ela não deu ouvidos: era a chefe da delegação, não uma estudante com saudades de casa e um telefonema para o marido não tinha nada a ver com Ivanov, sobretudo se os americanos concordaram. Claro, ela sabia que o telefonema não seria particular, americanos e soviéticos iam ouvir tudo. Por isso, a conversa teria de ser em código. Sabia que, pelo simples fato de telefonar, Liev entenderia que algo estava errado e ela esperava que, com cuidado, pudesse contar o suficiente para ele opinar. Ele veria logo se tinha realmente alguma coisa errada ou se a preocupação era infundada.

Sentada no quarto de hotel, inclinada na beira da cama, Raíssa esperava, olhando o telefone na cabine. Se as autoridades em Moscou aceitassem a ligação, levariam Liev do apartamento até um telefone. Quando ele estivesse preparado, fariam a conexão internacional. Pensando na reação tanto de soviéticos quanto de americanos, Raíssa imaginou que estavam ansiosos para ouvir o que ela ia dizer. Se dissesse qualquer coisa que os soviéticos discordassem, a ligação seria cortada.

Ela esperava fazia quase uma hora, dali a pouco os estudantes terminariam de almoçar e o ensaio geral começaria. O tempo estava acabando. Raíssa se levantou, andou pelo quarto, sem saber se conseguiria falar. Ocorreu então a ela que nunca havia falado com Liev ao telefone.

O telefone tocou. Ela pulou até ele. Uma voz perguntou em russo:

— Estamos com seu marido aqui, a senhora pode atender?

— Sim.

Houve uma pausa, um clique e um som parecido com o farfalhar de papéis.

— Liev?

Nenhuma resposta. Ela esperou. Mas a impaciência foi mais forte.

— Liev?

— Raíssa.

A voz dele estava distorcida, quase irreconhecível. Ela apertou o fone no ouvido, com medo de perder um som. Foi preciso se controlar para não soltar a emoção: tinha de falar com cuidado e se lembrar das mentiras que contara para conseguir a ligação.

— Como vai seu pai? Melhorou?

Houve um longo tempo e foi difícil saber se Liev estava confuso ou se era a ligação. Finalmente, ele respondeu:

— Meu pai continua mal. Mas não piorou.

Ela sorriu. Liev não só tinha entendido que a mentira era um pretexto para ligar, como deixou a desculpa em aberto, caso ela precisasse ligar de novo. Sem esconder o nervosismo, ele perguntou:

— Como está a viagem?

Raíssa teve de responder indiretamente, mostrando o que a preocupava sem entrar em detalhes.

— Hoje encontrei funcionários nas Nações Unidas, onde será a primeira apresentação, e eles não perguntaram nada. Antes, se envolveram muito nos preparativos. Mas hoje aceitaram tudo sem comentar.

Mais uma vez houve um silêncio. Raíssa esperou até ele finalmente perguntar:

— Nenhum comentário?

A reação foi a mesma dela. Não era normal que funcionários soviéticos não mostrassem autoridade ou planos, não interferissem.

— Nenhum.

— Você deve ter ficado... feliz?

— Fiquei surpresa.

Raíssa não sabia quanto tempo podia falar. Era importante que tocasse no segundo ponto que a preocupava.

— Liev, as meninas estão nervosas. Principalmente Elena.

— Elena?

— Ela está diferente, fica muito sozinha.

— Conversou com ela?

— Ela diz que está tudo bem.

O fone deu de novo um estalido e Raíssa lembrou que a ligação era frágil, podia cair a qualquer momento. De repente, fora de si, deixou escapar:

— Liev, não acredito nela, o que eu faço?

A resposta demorou tanto que ela teve certeza de que a ligação tinha sido cortada. Chamou:

— Liev? Liev?!

A voz dele foi firme:

— Não deixe que ela vá à apresentação. Raíssa, ouviu? Não deixe...

Houve um clique. O fone deu um estalido. A ligação caíra.

Moscou
Praça Lubianka
Lubianka, sede da polícia secreta
Mesmo dia

Liev repetiu o nome de Raíssa, cada vez mais alto. O fone emudeceu. A ligação tinha caído.

Abriu-se a porta do escritório. Durante a conversa, deixaram-no só, numa absurda ilusão de privacidade e numa armadilha muito cínica; claro que esperavam que baixasse a guarda. Era simplesmente ridículo achar que a conversa não tinha sido gravada e analisada. Uma mulher entrou e disse:

— Desculpe, Liev Demidov, a ligação caiu.

A mulher parecia uma secretária. Não usava uniforme. Ele perguntou:

— Podemos ligar de novo para minha esposa?

A mulher apertou os lábios, num leve simulacro de sorriso solidário.

— Talvez você possa falar amanhã.
— Por que não agora?
— Amanhã.

O tom condescendente, cheio da insinuação de que ela era razoável, mas ele não, irritou Liev.

— Por que não agora?
— Desculpe, não é possível.

As desculpas da mulher eram bobas e evasivas. Liev continuou segurando o fone, mostrando-o como se esperasse que a mulher o fizesse ressuscitar.

— Preciso falar com minha mulher.

— Ela está a caminho do ensaio geral. Você pode falar amanhã.

A mentira aumentou o mal-estar de Liev. Para ter permissão de mentir, ela só podia ser uma agente. Ele balançou a cabeça.

— Ela não está indo a lugar nenhum. Está fazendo exatamente a mesma coisa que eu, segurando o fone, pedindo para falar comigo.

— Se quiser deixar recado, posso ver se ela recebe esta noite.

— Por favor, faça a ligação agora.

A agente negou com a cabeça.

— Desculpe.

Liev não desistiu.

— Me deixe falar com alguém aqui.

— Com quem?

— O responsável.

— Responsável pelo quê?

— Pelo que está acontecendo em Nova York!

— Sua esposa é a responsável pela viagem a Nova York. E está a caminho do ensaio geral. Você pode falar com ela amanhã e saber como foi.

Liev imaginou os agentes nos escritórios próximos dali, que ouviram a ligação e agora ouviam aquela conversa. Imaginou o que discutiam. Tinham conseguido uma informação importante: ele não sabia o que acontecia em Nova York, nem a mulher. Não havia jeito de falar com Raíssa até ela voltar, por mais que ele criasse problema, por mais que insistisse. Ela estava só.

Manhattan
Hotel Grand Metropolitan
Rua 44
Mesmo dia

Raíssa ainda segurava o fone, pedindo para Mikail Ivanov refazer a ligação para Liev. Mikail negou, como se controlasse o telefone. Sua noção afetada de autoridade era profundamente irritante. Querendo parecer razoável e comedido, ele falou:

— O ensaio geral é daqui a meia hora. Os estudantes terminaram de almoçar. Temos que ir, você está sendo irracional. Está aqui para garantir que tudo corra bem com a apresentação. É a sua prioridade.

Raíssa ficou surpresa com a raiva que tinha daquele homem.

— Um minuto a mais não vai fazer diferença.

— Se você achava que não podia fazer seu trabalho sem o marido, quem devia chefiar a viagem era ele, não você. É uma decepção ver a sua incompetência.

Foi um ataque esperto; qualquer outro pedido para falar com Liev seria uma humilhante confirmação de incompetência. Não falaria com ele de novo. Não iria implorar.

Raíssa colocou o fone no gancho e ficou na cabine, pensando no aviso de Liev.

— Onde está a minha filha?

— Eu já disse, os estudantes terminaram de almoçar. Estão nos quartos, esperando para se encontrarem no ônibus. Todos nós aguardamos por você.

Raíssa reparou que ele não perguntou qual das filhas, sabia que estava se referindo a Elena. Como sabia? Tinha ouvido a ligação, talvez também estivesse envolvido, mas envolvido com o quê?

Sem dizer mais nada, ela saiu do quarto e passou por Ivanov, sabendo que ia segui-la.

— Raíssa Demidova!

Ela foi até o final do corredor e bateu à porta de Elena. Ivanov correu para alcançá-la:

— O que você vai fazer?

Elena abriu a porta. Raíssa entrou e disse a Ivanov:

— Ponha os outros estudantes no ônibus. Desço daqui a pouco, minha família não é da sua conta.

Sem esperar resposta, Raíssa fechou a porta na cara dele.

Zoia e Elena estavam lado a lado, com as roupas que usariam à noite, prontas para fazer o ensaio final. Raíssa disse:

— Elena, quero que você fique no hotel. Se a apresentação desta noite for bem, você participa amanhã.

Após uma pequena pausa, chocada com o aviso, Elena se adiantou, indignada.

— Do que você está falando? Como assim eu não vou?

— Eu resolvi. Não tenho mais nada a dizer.

Elena ficou com o rosto rubro, os olhos brilhavam.

— Eu vim de Moscou até aqui para ficar no quarto!

— Tem alguma coisa errada!

— O que está errado?

— Não sei. Mas falei com Liev e ele concorda...

Assim que falou em Liev, Raíssa se arrependeu. Elena concluiu que Liev estava por trás de tudo.

— Liev! Desde o começo ele foi contra essa viagem. O que ele disse? Ele é paranoico. Enxerga intriga, falsidade e traição em tudo.

É doente. Sinceramente, doente até a alma. Não tem nada errado, juro. Não há motivo para eu ficar no quarto só por que um amargo ex-agente esqueceu que nem tudo no mundo é confuso e sinistro.

Elena se referiu a Liev como um ex-agente secreto, não como pai dela. Raíssa tinha minado a relação dele com as filhas.

Elena chorou.

— Eu sou a única a ficar trancada no quarto? Por nada? Enquanto todos se apresentam? Vou ficar aqui? Minha mãe verdadeira jamais faria isso. Uma mãe de verdade entenderia a humilhação...

Zoia se aproximou e segurou o braço da irmã, invertendo os papéis habituais, tentando controlar a raiva dela.

— Elena...

Elena se desvencilhou e olhou bem para Raíssa.

— Não, não vão me dizer o que devo sentir. Nem como me comportar. Não sou mais criança! Pode me impedir de ir à apresentação, tem poder para isso. Mas se eu não for jamais perdoarei Liev.

Mesmo dia

Yates se esforçou para entender a intérprete com seu forte sotaque russo. Morava nos Estados Unidos havia mais de 40 anos, era professora de russo numa universidade da Ivy League, mas não falava inglês direito. Ele perguntou:
— A mãe cedeu?
— A filha vai à apresentação. A mãe deixou.
— A garota falou de algum plano? Disse mais alguma coisa?
— Ela negou que fosse acontecer alguma coisa grave.
— Você tem certeza?
— Eu tenho.
— Não comentou sobre nenhum atentado?
— Eu falo russo desde que nasci.

Aquela tradutora não gostava dele e não temia mostrar, olhava por cima das grossas lentes dos óculos como se Yates estivesse abaixo de qualquer crítica. Foi a única que se recusou a colaborar na operação, disse que era professora, não espiã.
— Fala desde que nasceu? Faz tempo, então: talvez ainda goste do país. Um sentimento capaz de fazer omitir algum detalhe importante?

O rosto da mulher endureceu de raiva.
— Mande alguém conferir a transcrição da conversa, alguém em quem você confie, se é que essa pessoa existe.

Yates enfiou as mãos nos bolsos.

— Que tal responder só ao que pergunto? No momento, você não me interessa. Interessa o que aquela mãe e as filhas conversaram. Falaram sobre Jesse Austin?

— Não.

Yates se dirigiu a todas as pessoas que estavam no salão, pegou a transcrição corrida, manuscrita, da conversa de Raíssa com Liev e falou:

— A mulher russa é melhor detetive do que vocês. Ela sabe que há alguma coisa. Sente no ar. Concordo com ela e preciso que vocês trabalhem!

Pegou a pasta de Raíssa Demidova e das filhas. Dentro, havia apenas as informações oficiais fornecidas pelas autoridades soviéticas, dados pessoais, como peso, altura e diplomas escolares. Colocou no lugar de novo.

Um agente avisou:

— Os estudantes estão entrando no ônibus. Quer ir com eles?

Yates pensou.

— Mande nossos agentes ficarem de olho nessa mulher e nas filhas. Quero que vigiem cada passo delas, do ônibus até o prédio da ONU. Não deixe que fiquem fora de vista nem por um segundo.

Os agentes se ocuparam dos estudantes a caminho do ônibus. Yates percorreu as mesas dos tradutores, frustrado por não ter ideia do motivo pelo qual os soviéticos estavam tão interessados que Jesse Austin fosse à apresentação. Mandaram aquela garota, correndo o risco de sair do hotel escondida. A presença de Jesse não seria nem notícia nos jornais. Ele disse, alto:

— Quero saber se houve alguma atividade no Harlem recentemente.

Um agente de campo se aproximou.

— Uma dupla de agentes vigia um suspeito soviético que foi ao Harlem esta manhã. Normalmente, ele consegue sumir de nós no metrô, mas hoje eles o seguiram.

— Aonde ele foi?
— Rua 145 Oeste.
— Como se chama?
— Osip Feinstein.

Manhattan
Global Travel Company
Broadway, 926
Mesmo dia

No depósito atrás do escritório, Osip Feinstein revelou as fotos que fez de Jesse Austin com a garota russa, os amarfanhados lençóis de cama pareciam dar a fossilizada prova de um encontro erótico dos dois. Seria melhor que Jesse segurasse no braço dela e não o contrário. Mesmo assim, as sórdidas implicações eram chocantes. Não dava para ver a mulher de Jesse, ela ficou fora da imagem. Ninguém saberia também que a cama foi desarrumada antes de a garota chegar. Nem devia perder tempo com essas considerações passageiras: a reação imediata seria a indignação. Os papéis de vilão e vítima eram evidentes. Embora o encontro tivesse sido totalmente inocente, a foto deveria causar enorme culpa e exposição moral: uma garota branca, frágil e explorada se despede após uma suja escapada com um velho negro lascivo.

    Osip abaixou a cabeça, envergonhado, e olhou as mãos enrugadas que seguravam as fotos. Notou, surpreso, que ainda conseguia se envergonhar. Estava dopado pelo ópio, mas não completamente morto por dentro, ainda percebia as próprias fraquezas. Não era essa a vida que queria quando veio para os Estados Unidos, para incriminar um homem que ele admirava, muito íntegro.

Há muito tempo, Osip também tinha sido um homem íntegro. Embora agora fosse espião, a verdade é que não aguentava a União Soviética e gostava muito do país que traía. De certa maneira, apaziguava a contradição fumando ópio — o que ajudava muito — e racionalizando — o que ajudava um pouco. Quando chegou a Nova York, jovem, tinha certeza de que ia conseguir algum sucesso. Conseguiu, mas não do tipo que esperava. Com 59 anos, Osip tinha se tornado um dos mais antigos espiões soviéticos atuando no "grande inimigo", gíria que os espiões usavam para se referir aos Estados Unidos.

Quando jovem, quarenta anos antes, Osip era um ambicioso ucraniano de 19 anos, aluno da Universidade de Kiev que pretendia dedicar a vida à faculdade. Mas sentiu a garra do preconceito em sua nascente carreira: o rabisco na porta de seu quarto, o desenho de uma estrela de davi, o ódio que sentiu dos professores. Ficou claro que jamais conseguiria ser um deles. Sentado no quarto frio, olhou a rua coberta de neve e não conseguiu mais ver futuro em Kiev. Sem pais ou irmãos que o prendessem à cidade, resolveu ir embora, mais por medo que para se realizar. No começo, pensou em ir para a França, mas sair de Kiev era parecido com saltar no precipício e cair no mar, assolado pelas ondas, sem rumo. Acabou aportando no consulado americano em Riga, capital da Letônia, onde passou dois dias na Casa do Imigrante e sofreu a humilhação de ser examinado e desinfetado. Pagou tudo o que tinha para a empresa Sovtorgflor, especializada em conseguir viagem para imigrantes. Seis meses depois de resolver ir embora, de posse dos papéis de viagem e certificados médicos, embarcou num navio. Pela primeira vez, conseguia ver de novo um futuro e esse futuro estava em Nova York.

Chegou em 1934, a pior época para se conseguir emprego que alguém possa lembrar. Para complicar a situação, seus dons eram intelectuais. Mesmo assim, não conseguira um diploma, o que significava que só podia trabalhar como operário sem experiência, mas lhe faltava força física para competir no vasto e duro mercado de trabalho. Da janela de seu horrível quarto, compartilhado com mais cinco homens, assistiu ao Sindicato dos Desempregados marchar pelas ruas, lentas filas seguindo ao sul da Broadway. Passou dois anos numa vida miserável, desesperada, ganhando o suficiente apenas para comer, até conhecer ativistas comunistas querendo aproveitar o desencanto das pessoas sem emprego. Seu instinto de sobrevivência indicou que aquela era uma chance, procurou-os e contou sua história. Como era judeu e falava russo fluente, os ativistas acharam que simpatizava com o comunismo. Mentiu sobre os motivos para sair da União Soviética e disse que veio para os Estados Unidos no auge da Grande Depressão, certo de que o capitalismo estava em crise e querendo fomentar uma revolução. Conhecia todos os jargões, os slogans, as frases e as teses, e impressionou. O Partido Comunista dos Estados Unidos não sabia, mas estava no auge do sucesso. O candidato comunista à Presidência da República, William Foster, e seu companheiro negro, James Ford, tiveram mais de cem mil votos na eleição de 1932, garantindo serem a vanguarda da mudança: a favor do progresso social e uma alternativa radical ao sistema capitalista falido, que fez operários se suicidarem pulando de janelas de escritórios, e famílias morarem em favelas no Central Park. Quase todos os envolvidos com o CPUSA esperavam que a Depressão fosse o começo do fim do capitalismo. Todos, menos o mais novo integrante do Partido, Osip.

Osip estava morrendo de fome, doente e desempregado. Pouco se importava com o partido. O que interessava era que os comunistas tinham dinheiro. Podiam pagá-lo, pois o CPUSA recebia uma boa ajuda ilegal da União Soviética através de um sistema de entrega por correspondência. Dava para alimentar e vestir Osip. E, pela primeira vez desde que chegara a Nova York, ele comia bem, sem calcular o preço de cada garfada. Recuperou as forças. Após meses de panfletagem e serviços simples, decidiram encarregá-lo de uma empresa legal chamada Global Travel Company, que vendia pacotes turísticos para a Europa Oriental e União Soviética. Com essa fachada, Osip entrou em contato com espiões em potencial da União Soviética, professores e cientistas que poderiam se infiltrar em importantes operações militares e científicas nos Estados Unidos. As autoridades americanas aceitariam os candidatos porque eram brilhantes demais para serem recusados. Osip passou a administrar a agência de turismo, que desde então perdeu milhares de dólares.

A campainha da agência tocou. Tinha um cliente. Eram poucos os autênticos, raramente mais de quatro ou cinco por semana. Osip enxugou as mãos e entrou na agência olhando-o, um homem com seus 40 anos. Usava um terno amarrotado. O corte era ruim e os sapatos, baratos e gastos, mas tinha um porte e um jeito superior que escondia esses defeitos. Era agente do FBI e Osip tinha certeza de ser o mesmo que havia visto perto do apartamento de Jesse Austin. O agente folheou uns catálogos, sem encará-lo. Osip perguntou:

— Posso ajudar?

O agente se virou e respondeu com um formalismo irônico:

— Gostaria de saber o preço de uma passagem só de ida para a União Soviética. Primeira classe, claro, só quero conhecer o comunismo se puder viajar com luxo.

Passou a falar de um jeito normal:

— Não é assim que funcionam as arapucas como esta aqui, com gente pagando um monte de dinheiro para ver gente sem dinheiro algum?

— A intenção é mostrar aos viajantes um jeito de viver diferente. O que eles fazem com essa sociedade é com eles. Nós só cuidamos dos arranjos.

Osip estendeu a mão para cumprimentá-lo.

— Meu nome é Osip Feinstein. Sou o dono da agência.

— Agente Yates.

Yates mostrou suas credenciais, mas não apertou a mão de Osip. Esparramou-se numa cadeira como se estivesse em casa na frente da televisão. Acendeu um cigarro, tragou e não disse mais nada. Osip ficou de pé, à espera.

— Vejo que não está aqui para viajar.
— Certo.
— O que deseja?
— Você sabe.
— Sei o quê?
— Escute, Sr. Feinstein, podemos ficar indo e vindo o dia inteiro. Por que não ponho as cartas na mesa? O senhor é vigiado há anos. Sabemos que é comunista, descrito como um cauteloso e esperto manipulador. Mesmo assim, meus homens conseguiram seguir você até o Harlem. Entrou num apartamento próximo ao de um morador chamado Jesse Austin. Saiu horas depois e voltou para a agência com uma máquina fotográfica no ombro. Vimos tudo. Isso é o que me intriga. Não o seu jeito descuidado, mas tenho a impressão de que está flertando conosco, Sr. Feinstein. Se estou enganado e ofendi o senhor de alguma forma, ótimo; saio já daqui e me desculpo por ter tomado o seu tempo, tenho certeza que está ocupado na venda de pacotes de viagem.

Yates se levantou e foi para a porta. Osip gritou:

— Espere!

Não queria que a voz soasse tão digna de pena. Yates se virou devagar, com um sorriso maldoso no rosto.

Osip tentou entender rápido com que tipo de homem lidava. Esperava que fosse alguém prático. Aquele agente parecia passional e zangado.

— O senhor é bicha, Sr. Feinstein? Pelo que sei, a maioria dos comunistas é bicha, negro ou judeu. Sei que o senhor é judeu. Vejo que não é negro. Mas não sou muito bom em sacar bichas. Claro, deve ter outros tipos de comunistas, mas os que não têm coragem de levantar e dizer "Eu me orgulho de ser comunista" são sempre bichas, negros ou judeus.

Yates tragou o cigarro e soprou a fumaça no peito de Osip.

— Acompanho a sua carreira com interesse, Sr. Feinstein. Sabemos há algum tempo que essa agência é de fachada. Pensa que somos burros? Sabe aqueles espiões que o senhor nos mandou? Deixamos entrar. Por quê? Por que sabemos que, assim que chegam neste país e começam a morar numa casa boa, dirigir um bom carro e comer comida boa, esquecem o buraco comunista de onde saíram. Serão fiéis a nós porque vivemos melhor do que vocês. E sabe de uma coisa? Estávamos certos. O senhor conseguiu que, digamos, umas trezentas pessoas viessem com a família?

O número exato era 325. Yates riu, irônico:

— Quantos desses deram alguma informação confidencial? Quantos deram, digamos, uma boa dica ou uma única cópia de algo?

Apesar de suas dúvidas a respeito de Yates, Osip não tinha como voltar atrás. Teve de prosseguir com seu plano.

— Agente Yates, saí da União Soviética com medo de morrer. Não gosto daquele regime. Comecei a trabalhar como espião só porque não consegui outra coisa em Nova York. Tinha fome. Foi na Grande Depressão. O CPUSA tinha dinheiro, eu não. Essa é a verdade. Depois que você passa para o lado deles, não há como sair. Meu cartão está marcado como comunista. Eu tinha que me comportar como um. Os homens e mulheres para os quais arrumei visto de entrada nunca foram espiões. Eram pessoas que corriam perigo, cientistas e engenheiros. Tinham medo de morrer com os filhos. Nunca pensei que fossem dar uma boa dica, como o senhor diz. Usei recursos soviéticos para dar segurança a eles, com o disfarce de entrar em universidades ou fábricas, ou até em instalações militares americanas. Essa é a verdade. Meu sucesso não é medido pela quantidade de espiões que trouxe, mas pelas vidas que salvei.

Yates amassou o cigarro no cinzeiro.

— História interessante, Sr. Feinstein. Parece um herói americano, não? Eu devia dar um tapinha nas suas costas?

— Agente Yates, eu não sou mais agente soviético. Quero trabalhar para o governo americano. Ao dizer isso, minha vida passa a correr muito perigo, por isso o senhor não tem como duvidar.

Yates se aproximou de Feinstein.

— Quer trabalhar para o governo americano?

— Por favor, agente Yates, me siga. Posso provar minha sinceridade.

Osip o levou ao laboratório fotográfico improvisado mostrando as fotos de Jesse Austin. Só então Osip notou que Yates tinha sacado o revólver, com medo de ser uma armadilha. Deixou a arma de lado e perguntou:

— Por que você fez as fotos?

— Como parte de um plano do departamento soviético chamado SERVICE.A. As autoridades soviéticas querem explorar essas apresentações. Pediram para Jesse Austin falar na frente do prédio da ONU.

— Há meses tentam que ele vá. E daí?

— Ele sempre recusou, então mandaram essa garota russa, admiradora de Jesse Austin. Querem que ele discurse para as pessoas. A imprensa internacional vai estar lá.

— A imprensa vai estar lá dentro, não na calçada. Você diz que o plano é convencer um cantor apagado a falar sobre os irmãos comunistas para uma ralé na calçada? Que fale! Não me interessa.

Yates riu e balançou a cabeça.

— Feinstein, foi para isso que me trouxe aqui?

— Agente Yates, depois dessa noite, Jesse Austin vai ser mais famoso que nunca, mais do que o senhor imagina.

Yates parou de rir.

— Me conte tudo.

Bradhurst
Harlem
Rua 145 Oeste
Mesmo dia

A noite estava tão quente quanto o dia. As paredes de tijolos atingidas pelo sol forte devolviam o calor, cozinhando os moradores em fogo baixo. Por cerca de duas horas — uma antes e outra depois do nascer do sol — havia uma pausa, os tijolos esfriavam e o sol ainda não batia; era a única hora fresca e humana do dia. Jesse sentou-se no peitoril da janela sem esperar que nenhuma brisa soprasse. Lá embaixo, o barulho das crianças jogando bola e pulando corda não cortava mais o ar. Depois de vender o estoque do dia, a carrocinha de ostras foi empurrada, com suas rodas artríticas e enferrujadas rangendo ao longe. Mendigos que tinham se instalado por perto na esperança de pegar alguma sobra iam embora em várias direções, procurando onde dormir ou novos pontos para mendigar. Os jogadores de baralho levaram o jogo da sombra para a calçada, em frágeis mesas de dobrar. Os que dormiam de dia, acordavam com a noite. Havia bebida, droga e riso: o lado leve da noite, o primeiro gole, a primeira tragada era sempre divertida. Mais tarde começavam as brigas e a gritaria, as mulheres chorando, os homens também.

    Jesse observava a rua ser envolta pela escuridão enquanto o último raio de sol sumia. Aquela era a diversão dele agora, pois não tinham mais o televisor, vendido há anos. Não sentiam falta.

Não queriam ver os programas que mostravam, a música que tocavam, desconfiados das forças que os controlavam, forças que o impediriam na hora de aparecer numa televisão. Jesse ficava pensando nos homens e mulheres que poderia ter conhecido e gostado se as carreiras deles não tivessem sido engolidas por um Estado repressor. Quantos artistas, músicos, escritores, pintores se perderam por causa do medo? Gostaria de juntar todas essas almas perdidas, colocá-las numa mesa, servir um drinque, ouvir as histórias, os problemas e se deliciar com seus talentos.

Anna estava arrumada para trabalhar. Fazia o turno da noite num restaurante que funcionava 24 horas por dia. Das nove da noite às nove da manhã era um turno que nem a mais jovem garçonete aceitaria. Anna dizia que preferia, pois os beberrões da noite sempre davam gorjetas melhores do que os que vinham almoçar e jantar, além de nunca devolverem a comida para a cozinha. Ela estava à porta, pronta para ir. Jesse saiu da janela e segurou as mãos dela. Anna perguntou:

— Você resolveu?

— Não sei. Não sei mesmo. Fazer um discurso na calçada em frente às Nações Unidas? Não sou orgulhoso, Anna, mas não é igual a um convite para se apresentar no Madison Square Garden. Não é o que eu planejava para nós. Não sei o que acho de tudo isso.

— Jesse, não posso tirar folga hoje, avisando tão tarde. Tenho que trabalhar.

— Não sei nem se vou, então não adianta esperar.

Ela estava sem jeito.

— Não quero que pense que sou contra, caso você queira ir.

— Eu sei.

— Nunca pedi para você não fazer algo que queria, se achava que era certo.

— Anna, qual é o problema?

Ela parecia prestes a chorar. Por um instante, uma emoção passou pelo rosto, depois ela se recompôs. Anna jamais chorava.

— Estou atrasada, só isso.

— Então não perca mais tempo preocupada comigo.

Anna o beijou no rosto, mas, em vez de se afastar, ficou perto e sussurrou:

— Eu te amo.

Essas três palavras eram demais para ele naquele momento. Jesse fitou o chão, a voz ficou falha.

— Desculpe, Anna. Por todos os problemas, por todos...

Ela sorriu.

— Jesse Austin, nunca me peça desculpas pelo que eles fizeram, por um erro que nunca foi seu.

Deu outro beijo nele.

— Só diga que me ama.

— Às vezes, "eu te amo" parece pouco.

— É só o que eu quero.

Ela se desvencilhou, ajeitou a roupa, abriu a porta e desceu a escada rápido, sem olhar para trás e sem fechar a porta.

Jesse ficou à janela. Anna surgiu na rua, desviou dos jogos de baralho, a caminho do restaurante. Quase ao sair de vista, parou, virou-se e acenou para ele. Ele acenou também e quando abaixou a mão, ela sumiu.

Estava na hora de resolver. Olhou o relógio no pulso. Faltava apenas uma hora para falar para um grupo de manifestantes desconhecidos. Não sabia nem contra o que eles estariam protestando. Era bem provável que não o conhecessem e que teria de se esforçar para ser ouvido. A apresentação começava às nove e, segundo a garota russa, durava apenas setenta minutos. Jesse deu um tapinha no lindo relógio comprado em tempos melhores. Pensou se aceitava o convite e se lembrou de outro relógio, que nunca usou. Foi ganho bem no começo da carreira, quando fez a primeira excursão pelo país. O gerente do teatro ficou tão satisfeito com o inesperado sucesso de três sessões com ingressos esgotados na cidade de Monroe, na Luisiana, que presenteou Jesse com um lindo relógio de pulseira de couro e MADE IN MONROE gravado no verso. Jesse não lembrava muito do relógio, mas lembrava do gerente. O homem bateu à porta do camarim depois da última apresentação e entrou furtivo como uma amante. Anna estava lá e viu o gerente, nervoso, entregar o relógio como agradecimento e sair rápido. Jesse riu muito do jeito estranho daquele simpático sujeito e notou que Anna estava séria. Explicou que o homem queria agradecer, mas não queria que fosse em público. Não podia subir ao palco no final da apresentação e dar o relógio. Não podia convidá-los para jantar, pois não queria ser visto com eles num restaurante. Podia contratá-lo para cantar, podia ser visto aplaudindo, mas, assim que Jesse saísse do palco, não podia ser visto perto dele. Era um ótimo relógio, muito bonito, sobretudo para um jovem que ainda precisava ganhar dinheiro, mas Jesse o deixou no camarim com um bilhete:

Bastava um convite para jantar.

Nunca mais foi chamado para se apresentar naquele teatro.
Todo mundo gostava de alguém cantando e dançando num palco. Jesse aprendeu isso aos 7 anos. Ele e os pais moravam em Braxton, no Mississippi até resolverem mudar para o norte do país. Era o outono de 1944, numa noite tão quente que bastou dar cem passos para Jesse ficar com a camisa molhada como se uma nuvem de chuva o tivesse acompanhado. Os pais o fizeram prometer que ficaria em casa naquela noite enquanto iam trabalhar. Mas, na semana anterior, a lenha da lareira tinha acabado e o pai se zangou por ele não ajudar na casa. Jesse não queria ser repreendido outra vez e foi buscar mais lenha. Então recolheu lenha sem muita dificuldade, pois a floresta inteira estava seca como palha, sentia a casca áspera nas mãos. Os galhos estalavam sob os pés, som de madeira seca que ecoava em meio às árvores. Jamais disse aos pais, mas temia a floresta: lá, a imaginação dele se soltava, a cabeça o enganava. Jesse se considerava um bobo, chegava a repetir isso alto, às vezes.

— Jesse, não tenha medo. Esta floresta só tem besouros e insetos.
Porém, quando ficou quieto, as vozes continuaram. Ele balançou a cabeça como se estivesse com água nos ouvidos. As vozes continuavam, não uma, mas duas ou três.

— Você errou!

— Isso!

— Fique aí.

— Me ajudem!

— É isso.

— Prepare a câmera!

Ele foi numa direção, penetrou na floresta e as vozes abrandaram. Mudou de rumo, saiu da floresta, em direção à cidade. As vozes aumentaram. Devia correr para casa. Devia largar o feixe de gravetos e correr, mas acompanhou os sons.

Ao chegar no começo da floresta, perto da cidade, Jesse se surpreendeu ao ver muita gente; surpreso porque os pais haviam insistido para que ficasse em casa justamente naquela noite em que tantas pessoas faziam o contrário. As pessoas, talvez umas cem, estavam de costas para ele, formando um semicírculo como se fosse uma plateia. Os que estavam nos fundos e dos lados seguravam galhos acesos e lanternas, iluminando o palco e jogando faíscas vermelhas no céu noturno. Precisavam das lanternas, pois a noite era escura, quase sem lua, apenas um clarão esporádico, quando as nuvens saíam da frente. Jesse achou que as pessoas estavam muito bem-vestidas, considerando que estavam na floresta. Havia mulheres com vestidos elegantes. E meninas usando roupas iguais. Os homens estavam de camisa de manga comprida, enfiada na calça. Era como se tivessem se arrumado para ir à igreja, ou ao teatro. Alguns se abanavam com chapéus de palha, as senhoras afastavam mosquitos e moscas com gestos elegantes de suas elegantes mãos, mas Jesse notou que suas costas suavam; não eram muito diferentes dele, afinal de contas.

Não notaram o pequeno Jesse quieto atrás de uma árvore, carregando muitos galhos, com os cabelos cheios de folhas e roupas que pareciam ter sido tricotadas com a folhagem do chão da floresta. A plateia estava atenta ao que se passava à frente, mas Jesse não entendia o que seria tão interessante lá. Era pequeno, não conseguia ver e não ousou sair de trás da árvore, pois a plateia era só de brancos, ou seja, melhor não se meter.

Como por mágica, todos os homens, mulheres e crianças na clareira olharam para o alto das árvores ao mesmo tempo. Jesse também olhou, achando que ia ver fogos de artifício, uma chuva de estrelas. E viu o que era: uma dança, duas pernas dançando no céu, uma dança sacudida, diferente da que ele conhecia, os dois pés negros e descalços não tocavam o chão, a dança não tinha ritmo nem música, uma dança em silêncio que durou apenas um ou dois minutos.

Quando as pernas terminaram com a dança, Jesse tinha quebrado todos os galhos que segurava, os sapatos estavam cobertos de cascas. Um homem na plateia tirou uma grande máquina-caixote e estourou um flash que brilhou um instante e mostrou tudo o que a noite escondia. Jesse não entendeu por que o homem esperou o fim para fotografar. Talvez não quisesse perder nada da dança.

Naquele dia, Jesse não disse a verdade quando a jovem russa perguntou por que se sacrificou tanto pelo comunismo, se estranhos, amigos e família pediam para ele não falar em política e aproveitar o dinheiro. Por que virou comunista? Não foi por causa do ódio que a família enfrentou ao mudar para Nova York, ou dos insultos que recebeu. Não foi pela pobreza, pela luta dos pais só para conseguir pagar as contas. Na estreia da primeira grande apresentação que fez, no palco de um auditório lotado, olhando os brancos endinheirados, batendo palmas enquanto ele dançava e cantava, sabia que só gostavam dele enquanto mexia as pernas no ritmo e cantava, não discursava. Assim que o espetáculo terminasse, quando as pernas não dançassem mais, não iriam querer nada com ele.

Ser amado no palco não bastava. Cantar também não bastava.

Manhattan
Prédio das Nações Unidas
Salão da Assembleia Geral
Primeira Avenida com a 44 Leste
Mesmo dia

Os diplomatas mais importantes do mundo estavam na plateia, todos os enviados das Nações Unidas foram convidados. O Salão da Assembleia estava lotado. O espetáculo ia começar. Como uma criança antes da peça na escola, Raíssa deu uma olhada nos bastidores, ponderando se o nervosismo pela apresentação daquela noite se manifestava como paranoia. A imaginação se apossava dela, buscando inspiração em seu passado, quando cada palavra tinha peso de perigo e intriga. Não eram as roupas que mostravam que ela era provinciana, mas a forma como se apavorou, como ficou insegura por receber um palco enorme para se expor. Ficou constrangida com o próprio comportamento. O bem-sucedido ensaio geral a acalmou, conferiu uma dimensão adequada à situação e fez com que ela achasse ridícula a irritação anterior.

Examinou os estudantes soviéticos: em fila, estavam prontos para entrar no palco. A função dela era tranquilizá-los e não aturdi-los. Passou por cada um com um sorriso e palavras de incentivo; aproximou-se de Elena. Raíssa cedeu, com relutância, deixando a filha participar, temendo que, caso não fosse à apresentação, culpasse Liev e o detestasse. Mas mal se falaram depois da discussão e uma sensação esquisita pairava. Raíssa se agachou e sussurrou:

— Isso que estamos vivendo é novo para mim também. A pressão foi um pouco excessiva. Desculpe, sei que você vai se sair bem. Espero que aproveite a noite e que eu não tenha estragado nada. Jamais tive a intenção.

Elena chorou. Rapidamente, Raíssa enxugou as lágrimas da filha.

— Por favor, pare, senão eu também choro.

Raíssa sorriu para esconder que também estava prestes a chorar. Acrescentou:

— O erro foi meu, e não de Liev. Não fique zangada com ele. Se concentre na apresentação e se divirta. Aproveite.

Raíssa ia voltar para a frente dos estudantes quando Elena segurou a mão dela e falou:

— Mãe, eu jamais me envolveria em nada que faria você não se orgulhar de mim.

Usar a palavra mãe foi proposital. Com medo de não controlar a emoção, Raíssa deu uma resposta breve:

— Eu sei.

Raíssa voltou a seu lugar e se preparou para levar os estudantes ao palco. Respirou fundo, decidida a acertar. Aquele era um evento importante. Anos antes, na Grande Guerra Patriótica, quando era refugiada, sua maior meta era sobreviver. Como professora em Moscou, durante o domínio de Stalin, sua única preocupação era não ser presa. Se fosse voltar no tempo e mostrar àquela jovem medrosa um relance do futuro (uma prestigiosa plateia internacional naquele impressionante salão, ladeada por duas lindas filhas), Raíssa não acreditaria. Só queria que Liev pudesse estar lá com ela, não por conta de qualquer atentado ou traição — arrependeu-se amargamente de dar essa ideia para ele —, mas porque era a única pessoa que sabia o caminho que ela havia percorrido.

A orquestra deu a deixa. Os músicos estavam prontos. A plateia se calou. Ao lado da diretora americana, Raíssa conduziu os estudantes. Os aplausos foram discretos e ela se sentia um pouco insegura. Ninguém sabia direito como seria aquela apresentação, não havia precedentes.

*

Ao entrar no palco, Elena garantiu a si mesma que não havia mentido, pois a mãe certamente se orgulharia quando soubesse o que ela queria: uma tão necessária demonstração de amor e admiração por Jesse Austin, erroneamente perseguido devido às suas convicções, um homem brilhante oprimido pelo Estado por acreditar na igualdade e no amor. Claro, primeiro Raíssa se zangaria porque a filha manteve segredo, não avisou. Depois que a raiva cessasse, ela certamente entenderia, talvez até admirasse a coragem de Elena.

Ao olhar o salão, os enfeites, as bandeiras e a plateia de elite, a aristocracia política em belos trajes, Elena achou a apresentação artificial, desligada de qualquer problema ou tema real. Não trazia promessas de mudança ou progresso social, era esterilizada, despida de toda raiva ou afronta para não ofender os anfitriões. Os protestos na rua não eram contra nenhum tema determinado, eram globais, contra a intolerância, o ódio, a desigualdade e uma visão desumana da vida. O mundo precisava de uma segunda Revolução, desta vez, dos direitos civis. O comunismo era o melhor instrumento para essa Revolução. Como Raíssa não se orgulharia do que ela e Jesse Austin estavam prestes a conseguir? Os aplausos cessaram.

Harlem
Bradhurst
Oitava Avenida com a 139 Oeste
Restaurante Nelson's
Mesmo dia

Com preços razoáveis e sempre lotado, o restaurante levava o nome do dono, Nelson, muito querido pelos moradores da região. Ele era justo com a equipe e, em relação aos clientes, sabia quando ouvir e contar piadas, ou quando ouvir problemas. Anna nunca tinha visto alguém tão solidário. Se estava precisando muito de dinheiro, procurando trabalho, ele a socorria. Não precisava contratar uma mulher da idade dela, sem experiência, quando tinha candidatas mais jovens e mais bonitas, que podiam agradar os fregueses e fazer o lugar faturar mais. Anna retribuía não o desapontando, não se atrasando, nem saindo mais cedo. Ela disse a todos que ele assumiu um risco ao contratá-la, sem se incomodar com o que diriam. E os clientes gostavam de Nelson ter dado um emprego a ela; talvez ele soubesse disso. No fim, o FBI nunca criou problemas como fez com Jesse. Anna desconfiava que eles gostavam que ela lavasse pratos e limpasse bandejas. Mas, se achavam que trabalho duro era uma humilhação, estavam enganados.

Naquela noite, ao entrar no restaurante, pronta para a troca de turno, teve certeza de que Jesse ia aceitar o convite da jovem para discursar. Por mais motivos que tivesse para não discursar na frente das Nações Unidas, ficar na rua em meio aos manifestantes era a coisa mais parecida com Jesse que ela conseguia imaginar. Não podia deixá-lo lá sozinho.

Anna correu até Nelson e segurou no braço dele.

— Nunca fiz isso, você sabe, nem vou fazer de novo. Mas preciso voltar para casa, esta noite não posso trabalhar. Tenho que ficar com o meu marido.

Nelson olhou bem para ela, reparou na expressão, no tom da voz, e concordou.

— Algum problema?

— Não, meu marido precisa fazer uma coisa e tenho que estar junto.

— Certo, Anna, faça o que precisar. Não se preocupe com o restaurante; se for necessário, eu mesmo sirvo.

Com tal gentileza, Anna deu um beijo no rosto dele.

— Obrigada.

Ela virou as costas, tirou o avental, saiu do restaurante e voltou para casa o mais depressa possível. Correu, atravessou a rua, passou pelos jogadores de baralho, pela nuvem de fumaça de cigarros, subiu a escada do prédio. Pulando dois degraus de cada vez, notou os vizinhos a encarando. Tinham pena dela, achando que sofria por causa de Jesse. Estavam enganados. Ela era a mulher mais sortuda do mundo por compartilhar a vida com ele.

Escancarou a porta do apartamento. Jesse estava de pé em cima da cama, discursando para a janela aberta como se fosse uma plateia de mil pessoas. Em volta dele, as folhas manuscritas de todos os discursos que tinha feito.

Manhattan
Prédio das Nações Unidas
Salão da Assembleia Geral
Primeira Avenida com a 44 Leste
Mesmo dia

Jim Yates entrou, furtivo, pelos fundos do salão e assistiu à apresentação. Estudantes comunistas e americanos se misturavam, vestidos iguais: meninos de camisas brancas e calças pretas, meninas de blusas brancas e saias pretas, sem diferençar uma nacionalidade da outra. Segundo o programa, emoldurado pelas bandeiras de muitos países, as canções eram de autoria de músicos do mundo inteiro. Nem mesmo os liberais organizadores do evento permitiriam canções comunistas de propaganda, hinos soviéticos que falavam na nação mais poderosa, pronta a arrasar todos os inimigos, inclusive os Estados Unidos. Os comunistas iam deixar isso para quando voltassem para casa, assim que saltassem do avião em Moscou. Assim como russos não podiam cantar suas próprias músicas, os americanos também não, com medo de ofender os hóspedes. Não podiam cantar suas músicas no próprio país! Claro que aquele não era o país de Jim Yates, o prédio das Nações Unidas não estava sob jurisdição dos Estados Unidos, embora ficasse em Nova York. Sem dar um só tiro, a área foi entregue a uma organização internacional. Ali, Yates nem ao menos era agente do FBI, mas apenas um convidado.

Quando a música terminou e a plateia aplaudiu, Yates olhou os diplomatas. Os brancos pareciam minoria. Vários enviados internacionais se levantaram para aplaudir. De onde estava, Yates não conseguia vê-los direito, mas deviam ser cubanos ou sul-americanos. A verdade é que, enquanto os estudantes cantavam no palco, de braços dados, os dois países planejavam se arrasar. A farsa era grotesca. Ficou impressionado que pais americanos deixassem seus filhos participarem daquela apresentação. Aqueles pais e mães mereciam uma investigação.

Yates checou o relógio de pulso, bateu a unha no mostrador. A verdadeira apresentação estava prestes a começar do lado de fora.

Manhattan
Em frente às Nações Unidas
Primeira Avenida com a 44 Leste
Mesmo dia

Jesse Austin carregava um caixote de maçãs vazio que pegara na cozinha do Nelson's. Já havia discursado em esquinas e, se não subisse em alguma coisa, podia não ser ouvido, mesmo sendo alto e um experiente orador. Todo apresentador precisava de um palco e, embora um caixote de maçãs não chegasse a ser um, era melhor do que uma calçada. Ao sair do metrô, Jesse viu que aquele trecho da Primeira Avenida estava fechado ao trânsito. Em vez de desanuviar o ambiente, a falta de carros aumentou a impressão de que a manifestação era fora do normal. Ao olhar a cena, tendo ao fundo o prédio das Nações Unidas, viu centenas de pessoas, muito mais do que ele esperava. Anna segurou a mão livre dele. Estava nervosa.

A polícia se postou em semicírculo: alguns policiais usavam uniforme específico para enfrentar tumultos; outros, a cavalo, patrulhavam a frente da manifestação, os cavalos bufando como se a confusão não lhes agradasse. Os manifestantes estavam encurralados como gado e por cima da multidão apareciam faixas berrantes, feitas em casa: lençóis esticados em ripas de madeira, cores fortes, uma tapeçaria de materiais diversos. As letras foram cortadas separadamente, em tamanhos desiguais, o que dava às faixas uma ingenuidade infantil. Jesse leu o que diziam algumas e concluiu que os participantes eram de todos os matizes. Uma coisa ele nunca tinha visto em Nova York: protestos contra a Guerra do Vietnã, com violões e tambores, ao lado de homens e mulheres bem-vestidos, de camisas engomadas, atacando o Partido Comunista, alguns com faixas exigindo que a Hungria se livrasse do domínio soviético, outros usando a desgastada frase:

COMUNISTA BOM
É COMUNISTA MORTO

Tinha sido citada tantas vezes que Jesse ficou pensando por que não arrumavam outra coisa para dizer e, com isso, teve mais vontade de falar. Quanto mais o ameaçavam, mais forte ele ficava. Foi o que sempre achou.

Chegara muito tarde para conseguir ficar nos melhores pontos da manifestação, não poderia ficar perto do portão, como Elena tinha pedido. Jesse e Anna teriam de se contentar em ficar longe, perto do final irregular da multidão. Não era o ideal e ele se aborreceu por não chegar mais cedo. Percorreram o aglomerado de pessoas, quando alguém chamou:

— Jesse Austin!

Ele virou e viu um homem perto do portão fazendo sinal para ele se aproximar. Os dois obedeceram, apesar de não saberem quem era. Era um jovem, de sorriso simpático.

— Guardei este lugar para você!

Era ao lado da entrada principal, como Elena tinha pedido. O rapaz pegou o caixote que Jesse levava e o levantou por cima da barricada. Subiu nele para ver se era firme e olhou para Jesse.

— Passe por cima!

Jesse riu.

— Há trinta anos, podia ser!

Segurou a mão de Anna e entrou na multidão, abrindo caminho devagar até o caixote. O rapaz protegia o falso palco dos demais manifestantes, muitos dos quais tentavam chegar lá. Ao ver Jesse, o rapaz colocou a mão no ombro dele.

— Agora é com você. Fale tudo para eles! Não se contenha!

Jesse apertou a mão dele.

— Quem é você?

— Sou um amigo. Você tem muito mais amigos do que pensa.

Mesmo dia

Yates saiu do prédio da ONU antes de a apresentação terminar. Normalmente, uma manifestação tão próxima da sede seria transferida para o Parque Ralph Bunche ou a Praça Dag Hammarskjöld, na 47 com a Primeira Avenida, a um quarteirão da entrada principal de visitantes e a quatro da entrada usada pelos diplomatas de alto escalão. A permissão sem precedentes para a manifestação tão perto das Nações Unidas era simbólica, queria mostrar que, ao contrário da União Soviética, os Estados Unidos não tinham medo de críticas abertas. E lá estava ele, Jesse Austin, usando as liberdades concedidas por aquele país, liberdade de expressão, uma liberdade que não existia no país que ele enaltecia tanto.

Yates saiu na rua e viu um policial uniformizado se aproximar de Jesse, interromper o discurso e apontar para o caixote onde estava. Yates correu para lá, segurou o braço do supervisor de policiais e gritou mais alto que a agitação:

— Avise ao seu policial para se afastar! Ninguém mexe com Jesse Austin!

— Quem é Jesse Austin?

O nome não significava nada para aquele policial. Yates gostou.

— O negro alto, em cima do caixote! Deixem ele lá!

— Ele não pode ficar tão no alto, nem tão perto da entrada principal.

Yates se irritou.

— Não quero saber das suas proibições, ouça isso: ninguém mexe com aquele homem! Os soviéticos o convidaram para vir aqui achando que íamos expulsá-lo. Se fizermos isso, ele vai resistir e acabar na manchete dos jornais. É o que ele quer! Por isso está aqui! É um famoso simpatizante do comunismo, um negro popular. Cinco policiais brancos segurando um velho cantor negro não é a foto que desejamos. Estamos numa guerra de propaganda. Não quero nenhuma demonstração de força. Sejam quais forem as provocações. Entendeu? Ninguém mexe com aquele homem!

Mesmo dia

Jesse não acreditou quando o policial recuou, indo embora, deixando-o ficar em cima do caixote. Olhou para Anna, que também ficou intrigada, mas, com a imprensa ali, as ordens deviam ser de contenção, não atrapalhar, permitir a manifestação, tática para mostrar a liberdade de expressão americana, uma decisão cínica. Mas, se concediam liberdade de expressão, mesmo que fosse um espetáculo de uma só noite, ele ia aproveitar.

De cima do caixote de maçãs Jesse tinha uma visão geral, centenas de rostos, alguns pintados como flores, outros contorcidos de raiva e ódio. Jesse começou a falar. No começo, tímido, só a esposa conseguia ouvir, nem quem estava mais perto escutava. Não parecia discurso, e sim um velho maluco falando sozinho.

— Estou aqui esta noite...

Um começo inseguro, sem saber se lia o texto ou improvisava. Resolveu ler o que tinha escrito no apartamento, ignorar que ninguém parecesse ouvir, concentrou-se num ponto fixo na multidão, fez de conta que estava de novo num grande palco com uma plateia de milhares de pagantes. Mas a fala perdeu o ritmo devido ao incessante martelar de tambores antiguerra dos manifestantes, que não paravam. As palavras ficaram confusas, ele parou no meio de uma frase e começou outra. Interrompeu-se de novo, voltou ao começo só para chegar à conclusão de que tanto fazia falar russo ou inglês, visto que ninguém ouvia mesmo. Desanimado, sentiu Anna segurar a mão dele. Olhou-a. Ela apertou sua palma e sugeriu:

— Diga apenas o que sente, fale como faz comigo, com o coração, por isso as pessoas sempre ouviram. Por que você nunca mente, não finge, só fala o que acredita.

Jesse fez de conta que não ouvia os tambores, preparou-se, levantou a mão. Antes que dissesse qualquer coisa, um homem chamou, um dos manifestantes antiguerra, mais velho, de braços musculosos, barba suja e uma guitarra pendurada no pescoço. Estava sem camisa, o peito pintado com um sinal vermelho de paz.

— Jesse Austin!

Jesse ficou surpreso por ser reconhecido e perdeu a concentração. Ainda estava perdido, quando o homem se aproximou, cumprimentou-o e disse:

— Sempre gostei das suas músicas. Escute, Jesse, eles mataram Malcolm X por que era contra a Guerra do Vietnã? Eu tenho certeza de que foi. Vão matar todo mundo que for contra essa guerra. Malcolm X disse que todos os negros deviam apoiar os vietnamitas, não os soldados americanos. Deve ter sido por isso que o mataram, não acha? Você apoia quem? Os vietnamitas ou os americanos?

Malcolm X tinha levado um tiro no começo do ano. Jesse chegou a pensar que essa morte podia ter mais coisas por trás do que parecia. Culpar a Nação do Islã era uma explicação conveniente e, quando havia uma explicação conveniente, a verdade era outra. Ia responder, quando o homem chamou os amigos:

— Ei, é o Jesse Austin!

Ninguém havia prestado atenção nele no caixote, mas, ao ouvir o nome, viraram e olharam. A multidão anticomunista berrou, rouca de indignação:

— Como foi dizer que os Estados Unidos não são seu país!

— E que gostaria de combater as tropas americanas!

O velho manifestante piscou para Jesse.

— É melhor você prestar atenção no que fala.

Jesse respondeu, alto:

— Jamais disse nada disso! Acredito na paz, não na guerra.

A primeira acusação puxou outras, mais mentiras pérfidas, cada vez mais graves, do grupo de anticomunistas que conhecia Jesse melhor do que todos, como motivo de ódio e ridículo.

— É verdade que você seduziu um monte de garotinhas?
— Por que você não paga impostos?
— Você não esteve preso?
— Você engana a sua mulher?
— Ouvi dizer que bate nela quando está bêbado!

Jesse não conseguia ver o rosto de todos os acusadores, de vozes desencontradas. Tentou se controlar e respondeu às denúncias:

— Pago impostos, sim! Nunca passei um dia preso, só fui visitar quem precisava de ajuda. E jamais toquei em nenhuma garota branca, assim como nunca bati em ninguém, muito menos na minha mulher, a quem amo acima de tudo. Vocês estão repetindo difamações! Uma campanha de ódio e mentiras!

A voz dele tremia. Aquelas mentiras eram dolorosas e ele se lembrou de não ficar indefeso, vendo sua reputação ser destruída.

Anna percebeu que Jesse estava em dificuldade e subiu no caixote, segurando nele para se firmar.

— Será que eu ficaria ao lado do meu marido se tudo isso fosse verdade? Ficaria com ele quando o governo tirou a nossa casa? Quando tirou os nossos empregos? Quando tirou o nosso dinheiro e a comida da nossa mesa? Perdemos tudo. E vocês aceitam essas mentiras. Vou contar uma coisa a vocês. Jesse jamais machucou ninguém na vida. Nunca entrou em briga de bar ou de rua. Jamais gritou comigo! Quanto à guerra, é incapaz de pensar em usar armas contra outra pessoa. Não acredita em violência. Acredita no amor acima de tudo! Acredita na igualdade de homens e mulheres, não importa onde tenham nascido ou a cor da pele deles. Vocês podem discordar do que acreditamos. Podem dizer que somos bobos, mas não digam que não nos amamos.

Quando Anna desceu do caixote, Jesse percebeu que aquelas palavras fizeram a multidão se voltar para ele, prestar mais atenção. Lamentou ter deixado de falar em público. Permitira que insinuações preenchessem o silêncio. Era obrigação sua mostrar a verdade, mesmo se os melhores lugares para fazer isso tivessem se fechado para ele. Era obrigação sua enfrentar os inimigos por mais que as chances fossem contrárias. Chegou a achar que a verdade não tinha valor. Mas tinha: era mais forte que as mentiras e a plateia viu sua franqueza. Animado, tentou passar da conversa para a polêmica. Era hora de dizer o que foi fazer lá.

— Após rebatermos as falsas denúncias, podemos falar do que realmente interessa? O que interessa a milhões de americanos em todo este grande país? A desigualdade, o preconceito, a intolerância e a discriminação institucionalizada, não só de americanos negros, mas de todos os americanos pobres!

Ele deixou de lado o texto que tinha preparado e improvisou. Da mesma forma que a língua russa voltara com facilidade, em ondas de palavras e frases, voltaram as palavras de indignação aperfeiçoadas em centenas de discursos, em anos de protestos. A plateia aumentou, virou de frente para ele, homens e mulheres de diferentes idades e raças. Alguns manifestantes antiguerra se juntaram, largaram os tambores para Jesse ser ouvido. Era a maior plateia que tinha em quase dez anos e não estava ali para ouvi-lo cantar, ou para se divertir, mas para mudar o mundo. A multidão continuou a aumentar, cada vez mais gente chegava, apertada atrás das barricadas de aço.

Uma mulher gritou, irritada:

— Se gosta tanto da União Soviética, por que não vai viver na Rússia?

Mais confiante, Jesse rebateu:

— Por que eu iria para outro lugar, se esta é a minha terra! Vivi aqui a vida inteira. Meus pais estão enterrados aqui! Meus avós estão enterrados aqui! Sou tão americano quanto vocês, talvez mais, com certeza mais, pois realmente acredito na liberdade de expressão, na igualdade, acho que vocês nem pensam nesses conceitos. Estão preocupados em agitar a bandeira americana sem pensar no que ela representa!

Um grupo de anticomunistas se juntou à mulher e passou a incomodar Jesse, gritando acima do barulho. Alguns de seus comentários sumiam, outros conseguiam ser ouvidos.

— Mora nos Estados Unidos, mas xinga o nosso país!

— As únicas pessoas que já xinguei foram gente parecida com vocês, que não entendem que todo homem e toda mulher é humano. Vocês podem não entender, mas a esperança de uma vida melhor é entendida no mundo inteiro. O desejo de ser tratado igual é o mesmo, seja onde for, ou que língua se fale.

Jesse mostrou o prédio das Nações Unidas.

— Esse prédio simboliza o mundo sob o mesmo teto. Essa é a verdade. Moramos sob um céu. Respiramos o mesmo ar. Recebemos calor do mesmo sol. O governo não cria os direitos humanos. Esses direitos vêm antes! Os governos existem para apoiar e proteger os direitos humanos básicos. Esses direitos não têm nada a ver com como se vota numa eleição, onde se mora, a cor da pele ou o dinheiro na carteira. Esses direitos são inalienáveis. Lutarei por eles enquanto tiver ar nos pulmões e sangue no coração!

Jesse sabia que a apresentação terminaria dali a pouco. A delegação soviética ia sair na rua, os jovens estudantes entrariam na multidão, cercando-o. Ao pensar nisso, a única coisa que conseguiu fazer foi sorrir.

Global Travel Company
Broadway, 926
Mesmo dia

No escuro, encostado no aquecedor do escritório dos fundos, Osip Feinstein perdera a noção do tempo. Transpirava devido à abstinência, pois, normalmente, àquela hora estaria fumando ópio. O desejo do corpo pela droga era maior do que tudo, inclusive do que o sentimento de qualquer pessoa normal naquela situação: o medo. Estava com as calças molhadas como se tivesse urinado nelas. O pulso doía porque o metal entrava na pele. Não conseguia mais mexer os dedos. As fotos de Jesse Austin e da garota russa foram levadas e a primeira impressão que tivera do agente Yates foi certa: o sujeito era muito perigoso.

No torpor em que se encontrava, percebeu alguém fora do escritório. Aos poucos, a porta se abriu. Ele piscou com a luz. Lá estava o detetive soviético que tinha lhe entregado a máquina. Quando os olhos de Osip se adaptaram à luz, viu que o homem estava armado.

— Confiar no FBI foi uma má decisão, um julgamento ruim, considerando como você foi esperto no passado.

Osip não teve forças para resistir, não teve forças nem para se defender.

— Fujo de você há trinta anos.

— Não precisa mais fugir, Osip.

O homem pegou uma garrafa de hidroquinona, um dos produtos químicos usados para revelar filmes, altamente inflamável, e derramou nas roupas e no rosto de Osip, espalhando pelo pescoço e pelos olhos. Era um alvejante forte e a pele de Osip ardeu como se estivesse queimando, antes mesmo de o homem atear fogo nele.

Manhattan
Sede das Nações Unidas
Salão da Assembleia Geral
Primeira Avenida com a 44 Leste
Mesmo dia

A apresentação tinha terminado. A plateia aplaudia. O jovem estudante americano ao lado de Zoia estava tão animado por ser aplaudido de pé que apertou a mão dela. O garoto devia ter apenas 12 ou 13 anos, e sorria. Naquele momento, não se importava se ela era russa; os dois eram amigos, faziam parte de um time vencedor. O sucesso era de ambos. Com atraso, ficou satisfeita pela mãe ter pensado não só na qualidade da apresentação. Foi ideia de Raíssa todos os estudantes usarem a mesma roupa, americanos e soviéticos, e cantarem músicas novas de compositores internacionais. A elite do mundo diplomático aplaudia a apresentação por não ter caído nas muitas armadilhas, não agredir ninguém e incluir todos. Raíssa havia atingido sensibilidades diversas com a calma de uma diplomata e seus pares mostravam aprovação.
 Ainda sob aplausos, Zoia deixou o palco com o jovem americano. Ao chegarem no corredor, os alunos saíram da fila e se abraçaram, encantados com o sucesso. Raíssa conversava com o diretor americano, os dois riam, em contraste com as conversas cautelosas que tiveram durante o ensaio geral. Zoia ficou contente pela mãe.

Merecia se orgulhar do que conseguiu e Zoia se arrependeu por ter acreditado tão pouco no evento, gostaria de ter dado mais apoio, como fez Elena.

Olhando os estudantes, Zoia não viu a irmã. Estava a pouca distância dela na fila, mas tinha sumido. Começou a procurá-la, entrou no meio das pessoas que agora se misturavam à plateia, saindo do auditório principal. Cada vez mais gente entrava no corredor para cumprimentá-los, homens que ela não conhecia apertavam sua mão. Viu Mikail Ivanov, o funcionário do Ministério de Propaganda, passando pelos estudantes. Parecia não ter qualquer interesse neles, apesar de estarem sendo fotografados.

Zoia foi atrás dele.

*

Feliz pelo sucesso, Raíssa procurou logo as filhas. Era difícil encontrá-las, pois os corredores estavam lotados. Ficou parada, olhando ao redor, devagar, buscando na multidão. Não estavam em lugar algum. Uma ansiedade formigou das pernas ao estômago; ela não deu atenção aos cumprimentos que recebeu, ignorou os muitos homens e mulheres que havia sido enviada para impressionar. Empurrando, viu Zoia e sentiu alívio. Correu para ela.

— Onde está Elena?

Zoia a olhou, pálida de preocupação.

— Não sei.

Zoia levantou a mão e apontou à frente.

Raíssa viu Mikail Ivanov e os estudantes de costas, olhando a manifestação na rua pelas enormes janelas do saguão. Atrás dele, os estudantes eram fotografados e Mikail não se incomodava, concentrado no que acontecia lá fora. Raíssa foi até ele, agarrou-o pelo braço e o virou, olhando seu belo rosto com tal ferocidade que ele recuou, mas ela não soltou o braço.

— Onde está Elena?

Ele ia mentir, Raíssa viu com tanta clareza quanto se olhasse o mecanismo de um relógio.

— Não minta, ou começo a gritar na frente desses convidados tão importantes.

Ele não respondeu. Raíssa olhou a manifestação e sussurrou:

— Se acontecer alguma coisa com ela, mato você.

Manhattan
Em frente às Nações Unidas
Primeira Avenida com a 44 Leste
Mesmo dia

Elena saiu das Nações Unidas sem ser impedida. Foi tudo planejado, marcaram o caminho, a passagem pela segurança, o ponto cego no prédio levando a uma saída onde ela passou sem questionamentos. Assim que chegou à rua, recebeu um casaco vermelho escuro com capuz para esconder o rosto. Tudo sob controle. Foi retirada do grupo principal assim que a apresentação terminou. Mikail não ia acompanhá-la. Era importante que ele não aparecesse em fotos, pois a presença de um funcionário do Ministério de Propaganda minaria a autenticidade da imagem. No ensaio final, os planos mudaram. Mikail argumentou que um pequeno grupo de estudantes não poderia participar da manifestação, só ajudar Elena a sair. As autoridades americanas ofereceram um ônibus para levar os estudantes de um ponto a outro, das Nações Unidas para o hotel. Os agentes do FBI iam dirigir o ônibus. Elena teria de ir só. A operação ficou sob responsabilidade dela: uma chance de redefinir o comunismo para o mundo, de criar uma imagem moderna e progressista representada na foto de uma jovem russa de mãos dadas com um americano mais velho, dois países, duas gerações conectadas. A foto formaria uma imagem forte de uma ideologia inclusiva, lembrando ao mundo a capacidade da União Soviética de envolver raças e culturas diversas num imenso espaço geográfico. Finalmente, Elena sairia da sombra da irmã e mostraria a Mikail que merecia o amor e a confiança dele.

A porta por onde ela saiu do prédio das Nações Unidas dava na rua, longe do centro da manifestação. Para chegar a Jesse, teria de passar por uma fila de policiais. De capuz na cabeça, Elena correu para os manifestantes, com medo de ser parada. Ficou de cabeça baixa, coração palpitando, de olho em Jesse no caixote. Ele não notou a aproximação, absorto no discurso. A forma mais rápida de chegar até ele era subir na barricada, mas, com medo de ser presa pelos policiais, ela ficou no meio da multidão. Cercada de pessoas, respirou fundo, tirou o capuz e se sentiu mais segura que na rua. Seguiu, aos poucos, envolvida pelos manifestantes e notou que não era uma multidão caótica, mas uma plateia atenta, olhavam todos na mesma direção, ouvindo Jesse Austin, o orador mais alto e o mais notável, que projetava sua voz para a multidão. Não tinha microfone, nem consultava anotações. Era uma pessoa totalmente diferente do senhor calmo e educado que ela vira no apartamento. Ao se dirigir à multidão, estava zangado, forte. Elena ficou encantada com isso: protestar era algo inerente a Austin, tão natural quando respirar.

Comparada à apresentação boba lá de dentro, com canções inofensivas cuidadosamente escolhidas, despidas de qualquer provocação ou desejo real de mudança, aquela era barulhenta, animada e melhor. Elena nunca havia participado de uma manifestação. Nunca vira nenhuma em Moscou e não conseguia imaginar um protesto assim ser autorizado, sem a milícia atuando. Os policiais nova-iorquinos se concentravam na rua, não na calçada, pareciam ter se rendido à multidão, patrulhando, mantendo distância, estranhamente desligados. Austin não parecia preocupado com a presença maciça da polícia. Elena ficou na ponta dos pés olhando os braços dele se mexerem no ritmo de cada frase, a mão pontuando as palavras. Estava de camisa branca com mangas arregaçadas como se falar fosse um ato de grande esforço físico. A forma dele se comunicar ia além das palavras: era mágica. Comparada à introspecção taciturna e ao cinismo de Liev, Jesse Austin era a pessoa mais intensa que já tinha visto.

Seguir em frente era como nadar contra a corrente, seu corpo miúdo era jogado de um lado para o outro, empurrado por uma plateia que não estava disposta a abrir espaço. Ninguém queria perder o lugar perto de Jesse. Elena tinha pouco tempo. As autoridades logo notariam a ausência dela e, quando a encontrassem seria punida. Não importava, desde que conseguisse sair na foto com Jesse. Tirou do bolso a bandeira soviética. Era a chance de fazer a diferença: mostrar a Jesse que seus esforços eram admirados e que ele jamais seria esquecido. Elena o abraçaria, com a bandeira desfraldada atrás deles, conseguindo a foto que queriam: os dois juntos. Esquecendo a civilidade, empurrou, afastando as pessoas. Jesse a viu chegar à primeira fila. Estendeu a mão e a puxou para o caixote. Para um homem da idade dele, era bem forte. Só então Elena viu a esposa dele. A Sra. Austin fez algo que não tinha feito antes: sorriu.

Ao ver Elena em cima do caixote, a multidão fez uma série de comentários. Elena não entendia o que diziam, mas sabia exatamente o que tinha de fazer. Desfraldou a bandeira, que se abriu atrás dela. Jesse a segurou. Por um instante, os olhos dele mostraram medo, entendeu a provocação. Elena pensou se ele chegaria a dobrar a bandeira, mas a soltou, atrás deles. A multidão veio para a frente como uma onda e bateu no caixote. No meio das pessoas, vários flashes estouraram, jornalistas fizeram perguntas, manifestantes furiosos e simpatizantes felizes. Jesse cortou o ar com um gesto, como se o braço fosse uma foice.

— Quero apresentar a vocês uma amiga, jovem estudante da União Soviética!

Teve de falar mais alto quando a multidão rugiu, alguns a favor, outros contra. As pessoas estavam pasmas, não acreditavam no que viam. Elena só conseguiu rir. Austin levantou a mão dela, que ainda segurava a bandeira.

— Nós dois temos origens muito diferentes. Mas estamos unidos pelo desejo de igualdade. Nascemos em continentes diferentes, mas acreditamos nas mesmas coisas! Igualdade! Justiça!

As máquinas continuavam fotografando. Elena estava eufórica com seu sucesso. Aquilo era tudo o que ela queria.

Um barulho ensurdecedor fez Jesse Austin e a multidão silenciarem, parecia um trovão, tão alto e súbito que dava a impressão de que a ilha de Manhattan tinha se partido ao meio. O caixote sacudiu. A perna dela estremeceu. Quando o barulho cessou, fez-se um silêncio de espanto, foi tão chocante e estranho como o sol aparecer à noite. O silêncio não durou mais de um segundo, substituído por uma campainha forte que parecia cada vez mais alta até os ouvidos doerem. Elena sentiu cheiro de fumaça. Cheiro de metal. Alguns manifestantes estavam desnorteados, paralisados. Outros, boquiabertos. Elena abaixou os braços devagar: a bandeira soviética tinha caído na calçada, aberta como uma toalha de piquenique. Austin estava ao lado dela com a mão no peito, como se estivesse ouvindo o hino nacional. Ele se aproximou e se inclinou como se fosse dizer um segredo. Mas não disse nada, tombou como uma árvore, um enorme e velho carvalho. Os dois caíram na calçada, cada um para um lado. Austin bateu nas barreiras de aço, Elena caiu sobre os manifestantes, com a cabeça no peito de alguém, agarrando-se em roupas para retardar a queda.

Elena ficou aos pés dos manifestantes, chutada quando houve pânico e a multidão estourou. Protegeu a cabeça com os braços e viu, em meio a pés e pernas, a Sra. Austin se abaixar junto ao marido. A multidão saiu da área reservada para a rua, derrubando quase todas as barricadas. Uma faixa feita à mão caiu no chão perto dela. Ela se levantou, mas foi derrubada outra vez. Tentou de novo, com os ouvidos ainda zunindo e conseguiu se levantar. Do outro lado, a polícia se adiantou, cassetetes na mão, manifestantes chocando-se contra eles.

Elena mancou antes de cair ao lado de Jesse. A camisa branca dele estava vermelha, a cor se espalhava rapidamente, dominando todos os espaços brancos. Em meio ao zunido nos ouvidos, ela ouviu a Sra. Austin gritar:

— Nos ajudem!

A polícia cercou a cena do crime. Poucos manifestantes ficaram. Alguém segurou o rosto de Elena e a encarou.

— Elena! Você está ferida?

A mulher falava em russo.

*

Olhando a filha, Raíssa não viu sangue na blusa, nem ferimentos. Tirou o casaco vermelho que ela estava usando e que Raíssa nunca tinha visto. Tinha algo pesado no bolso. Pegou, segurou numa alça de metal frio. Era um revólver.

Na hora, ela teve a mais absoluta certeza de que aquele era o revólver que tinha matado Jesse Austin.

Manhattan
Bellevue Hospital Center
Primeira Avenida, 462
Mesmo dia

Anna segurou-se nas laterais da pia sabendo que, se soltasse, cairia. Sua respiração estava curta, fora do ritmo natural, mas dilacerada, enquanto repetia as seis palavras sem conseguir aceitar que fossem verdade.

Jesse está morto.
Eu estou viva.

Experimentou tirar a mão direita da pia, esticou-a e abriu a torneira, saindo água fria. Colocou a mão em concha, encheu-a e a levou ao rosto, a água escorrendo pelos dedos. Quando alcançou a face, a mão tinha apenas algumas gotas, que ela esfregou na testa. As gotas entraram nos olhos como lágrimas, se ela fosse capaz de chorar.

Tentou falar as seis palavras em voz alta, pensando se assim tudo se tornaria real.

— Jesse está morto. Eu estou viva.

Era impossível imaginar a vida sem ele, impossível pensar em acordar no dia seguinte sem ele ao lado, ir trabalhar e voltar para o apartamento vazio. Eles haviam vencido adversidades juntos e desfrutado o sucesso juntos. Tinham viajado o país juntos e morado num lugar apertado no Harlem. Fizeram tudo unidos.

As autoridades levaram quase cinquenta anos, mas finalmente o pegaram. Podiam não ter amarrado uma corda no pescoço de Jesse, nem tê-lo matado no fundo da floresta e, embora os assassinos não pudessem aparecer nem trocar tapinhas nas costas, orgulhosos, aquilo foi um linchamento com fotos e plateia. Ela não ia chorar, por enquanto. Não ia lamentar a morte dele como uma viúva soluçando ao lado da sepultura. Jesse tinha lhe ensinado a ser melhor do que isso. Jesse merecia mais que isso.

Ela sentiu no corpo algo semelhante a controle, empertigou-se, tirando a água fria do rosto. Foi até a porta do banheiro e abriu-a. No corredor, ao longe, viu os policiais aguardando para interrogá-la. Foi na direção contrária, sabendo exatamente o que fazer.

Manhattan
17ª Delegacia de Polícia
Rua 51 Leste, 167
Mesmo dia

Raíssa tinha previsto o perigo, falado com Liev, confirmado que era real, depois o deixou de lado. Por muitos anos ela não confiara em nada, duvidara de todas as promessas e achara que as relações se baseavam em interesse e falsidade. Foi uma vida cansativa e desgastante, mas funcionara: ela sobreviveu enquanto o regime assassinava muitos milhares de pessoas. Mas não queria esse comportamento, nem esse tipo de vida para as filhas. Ensinou-lhes a não mentir quando um estranho perguntasse seus nomes. Não inculcou prevenção e desconfiança. Não queria que duvidassem de todas as provas de afeto e questionassem cada amizade. Com isso, falhou como mãe e falhou como professora. Só porque Liev tinha deixado o passado para trás, não significava que aquelas forças sombrias não existiam mais. Ele tinha mudado. Mas ela errou ao pensar que o mundo também mudara.

 Vigiada por uma policial, Raíssa não quis se sentar, ficou no canto da cela, encostada na parede, de braços cruzados. Não teve notícias de Elena. Foram detidas em carros separados, afastadas durante o caótico pós-assassinato. Nos poucos segundos em que abraçou a filha, Elena voltou a ser uma menininha, aquela que ela havia adotado 12 anos antes, perdida e confusa, buscando proteção num mundo que não entendia. Enfiou o rosto no ombro de Raíssa, as mãos úmidas do sangue de Jesse Austin, e chorou como uma criança. Raíssa teve vontade de dizer que tudo ia dar certo, mas dessa vez não ia, não conseguiu nem uma mentira consoladora, chocada demais com os fatos para dizer a Elena que a amava muito. Seria a primeira coisa que diria assim que se encontrassem, mesmo que fosse por um segundo. Raíssa não sabia os detalhes do atentado em que Elena estava metida. Seja como for, só podia ter sido atraída pela promessa de um mundo melhor. Com seu calmo otimismo, era igual a Liev, uma sonhadora que acabou com as mãos ensanguentadas. Raíssa ficou de coração partido ao pensar que sua menina idealista nunca mais seria a mesma, não importa o que dissessem, ou por mais que fosse tranquilizada. Liev a ajudaria. Tinha passado pelo mesmo processo, saberia o que dizer. Elas só precisavam voltar para casa.

A porta se abriu e o agente que estava no hotel, Yates, entrou na cela. Para um homem que havia chefiado um total fracasso da segurança, ele parecia bem satisfeito. Só podia haver uma explicação: tinha algum envolvimento. Uma mulher mais velha estava ao lado dele, sem uniforme. Ela falou primeiro, em russo perfeito.

— A senhora vem conosco.

— Onde está a minha filha?

A mulher traduziu para Yates. Ele disse:

— Está sendo interrogada.

Raíssa foi atrás deles e disse, em russo:

— Minha filha não matou ninguém.

A mulher traduziu, Yates ouviu, mas não disse nada, levando-as para a sala principal, onde havia mesas, cadeiras e muita gente, a maioria policiais, telefones tocando, pessoas gritando umas com as outras, se empurrando.

— Para onde estão me levando?

Depois de ouvir a tradução, Yates falou:

— Para outro lugar.

— Minha filha também vai?

Não teve resposta. Yates estava ocupado, falando com outro homem.

Esperando, desorientada e com medo, Raíssa olhou a sala, tonta. Ia pedir um copo d'água quando, no meio das pessoas, notou uma mulher, a única negra ali. Estava à paisana, ao lado de um policial uniformizado. Ele falou com ela, que não lhe deu atenção. Estava concentrada neles, encarando-os com uma incrível intensidade. Yates também viu a mulher e reagiu com raiva, gritando ordens. O policial uniformizado pegou a mulher pelo braço e tentou empurrá-la para fora. Ela se soltou e levantou o outro braço. Estava armada.

Raíssa a havia visto ao lado do corpo de Jesse Austin, clamando aos céus por ajuda e nenhum auxílio veio. Identificou amor e dor no rosto da mulher, amor que se transformou em ódio. O revólver explodiu em luzes brancas e Raíssa gostaria que a última coisa que dissesse a Elena fosse que não a culpava de nada e que a amava muito.

Harlem
Bradhurst
Oitava Avenida com a 139 Oeste
Restaurante Nelson's
Dia seguinte

Nenhum empregado trabalhava, nenhum freguês comia, todos voltados para o rádio, ouvindo as notícias. Nelson estava de pé, com a mão no volume o mais alto possível. Várias mulheres choravam. Vários homens choravam. Num contraste, a voz do locutor era concisa e sem emoção.

— Na noite passada, Jesse Austin, um cantor muito conhecido em outra época, foi morto a tiros em público. A suspeita é uma russa comunista; acredita-se que seja sua amante. Fontes da polícia nova-iorquina informaram que ela matou o Sr. Austin por não cumprir a promessa de casar e tirá-la da Rússia soviética. O Sr. Austin era casado e o trágico caso não terminou aí. Na noite passada, a mulher dele, por vingança, compareceu armada à delegacia e atirou na mulher russa. Depois de matar a suspeita, a Sra. Austin virou a arma para si mesma...

Nelson tirou o rádio da prateleira, arrancou-o da tomada e o levantou acima da cabeça. Os clientes ficaram olhando. Ele refletiu um instante e colocou o rádio de volta no lugar. Logo após, disse aos presentes:

— Quem quiser ouvir essas mentiras, pode ir a outro lugar.

Foi para seu escritório e trouxe um grande jarro de vidro, que colocou ao lado do caixa.

— Vou fazer uma coleta. Não para o enterro, não é hora de flores e, de todo modo, Jesse não ia querer. Vou contratar uma pessoa para descobrir quem matou Jesse e Anna. Preciso de advogados, detetives particulares. Não sei de vocês, mas eu preciso saber. Eu tenho que saber.

Tirou a carteira e despejou no jarro tudo que tinha dentro.

No final da manhã, o jarro estava cheio, as garçonetes deram as gorjetas que receberam, os fregueses contribuíram. Ao contar o total de doações e anotar num caderninho, Nelson ouviu uma das músicas de Jesse. Saiu do escritório e viu fregueses e garçonetes ao lado da janela, olhando para a rua, de onde vinha a música. Percorreu o restaurante, abriu a porta e saiu. Um jovem chamado William, cujos pais Nelson conhecia bem, estava em cima de um caixote, cantando uma das músicas de Jesse. Não tinha a letra escrita num papel. Sabia de cor.

As pessoas pararam ao redor do caixote, formaram uma plateia. Os homens tiraram os chapéus. As crianças pararam de brincar e ouviram o rapaz cantar.

Sou só um cantor folk
E isso basta para mim
Sou só um cantor folk
E sonho que seremos livres enfim.

Ao ver a plateia, Nelson concluiu que, com um pequeno esforço, ele podia reunir milhares de pessoas, podia falar com a multidão, tinha muito o que dizer, talvez não com a voz de Jesse, mas ia encontrar a própria voz. Lembrou-se do que Jesse respondia quando perguntavam por que ele se arriscava tanto. Finalmente, entendeu: ter um restaurante, mesmo que fosse um restaurante muito bem-sucedido, não bastava.

UMA SEMANA DEPOIS

URSS
29 quilômetros a noroeste de Moscou
Aeroporto de Sheremetyevo
4 de agosto de 1965

Frol Panin olhava a chuva forte cair na pista de aterrissagem vazia. O tempo tinha mudado e nuvens escuras substituíram o céu azul e o sol forte. As semanas de calor intenso racharam a terra às margens da pista e queimaram a grama, tão seca que a chuva escorria nela. Com o tempo piorando, o controle aéreo pensou em transferir o voo que estava prestes a chegar para outro aeroporto. Estavam sendo supercuidadosos, mas Panin foi contra a ideia. Fizeram grandes preparativos para receber os passageiros e, a menos que houvesse alguma emergência, eles iam descer ali mesmo.

Os estudantes que voltavam não imaginavam o quanto o assassinato de Jesse Austin tinha sido noticiado na União Soviética e no mundo. O fato causou uma comoção. Na Rússia, a notícia foi dada de forma mais contida e menos histérica, o *Pravda* duvidou da versão oficial, mas sem afirmar que fosse falsa. Mesmo assim, aqueles rapazes e garotas precisavam de uma cuidadosa orientação e de ajuda para se adaptarem ao choque que foram os últimos dias. O aeroporto estava cheio de agentes do KGB, psicólogos e funcionários do Ministério de Propaganda. Ao contrário da alegre despedida, não haveria festa na chegada, nada de banda de fanfarra, nem laços coloridos, nada de bebidas, só um número bem limitado de jornalistas. Apesar da insistência de pais e amigos, eles não puderam ir à chegada. O aeroporto estava fechado.

Aos 61 anos, os cabelos de Frol Panin tinham ficado de um branco-prateado imperial, como um mágico bem-barbeado. Estava em boa forma. As linhas em seu rosto não pareciam rugas, mas marcas de vitória, cada uma entalhada depois de seus inúmeros triunfos na carreira. O mais recente foi trabalhar próximo ao camarada Brejnev para afastar o idoso e cada vez mais esquisito Khruschov. No final, foi uma tarefa tranquila, pois Khruschov saiu de cena sem lutar, deprimido com o rebaixamento. O ex-camponês não morreu, mas, prudente, retirou-se para a obscuridade rural, um final conveniente, considerando que foi lá que começou. Panin era um fazedor de reis, um dos homens mais importantes do Kremlin. Mesmo assim, estava lá, numa tarefa que parecia trivial, pronto para sentar e esperar a chegada de um avião e seus passageiros, envolvido pessoalmente numa operação da qual não participou nem teve conhecimento. Enquanto aguardava, anotou um lembrete para rever todos os registros da SERVICE.A, um departamento de inteligência que ele havia negligenciado. Era evidente que a capacidade de provocação desse departamento tinha sido subestimada.

Agentes e policiais circulavam ao redor dele, dando informações, respondendo perguntas e esclarecendo dúvidas. Até os funcionários do tráfego aéreo falaram com ele, como se tivesse alguma influência sobre as nuvens. Seu guarda-costas e motorista ficou atrás, de vez em quando perguntava se queria alguma coisa e trazia xícaras de chá fresco, pois o avião estava muito atrasado. Panin estava ali por causa de um homem: Liev Demidov. Trabalharam juntos no passado e, por um curioso sentimento de lealdade, talvez até de afeição – sentimento que ele raramente tinha –, Panin resolveu se encarregar daquela tarefa.

O céu estava tão escuro e a chuva tão forte que Panin só viu o avião quando estava a poucas centenas de metros da pista. As asas balançaram ao acertar a posição, a aterrissagem foi perfeita. Panin se levantou enquanto o avião taxiava até parar. O motorista, um jovem prestativo, já estava com um guarda-chuva na mão.

Debaixo do guarda-chuva, Panin deu uma olhada no desembarque da delegação. Um dos primeiros a sair foi Mikail Ivanov, o agente do Ministério de Propaganda encarregado daquela malpensada operação. Era um jovem bonito, parecia nervoso ao descer a escada devagar, talvez esperasse ser preso assim que tocasse o asfalto. Notou Panin e, embora não o reconhecesse, temia o pior. Panin se adiantou.

— Mikail Ivanov?

Com gotas de chuva escorrendo no rosto, Ivanov concordou com um gesto de cabeça.

— Pois não?

— Eu me chamo Frol Panin. Você foi transferido e deve sair da cidade imediatamente. Tenho um carro para levá-lo à estação ferroviária, de onde partirá esta noite. Não sei para onde vai, será informado no trem. Arrumaram um novo cargo para você. Não há tempo de ir em casa, nem de fazer malas. Pode comprar o necessário quando chegar ao seu destino.

Mikail Ivanov estava com medo e exausto, sem saber se aquilo era uma prisão disfarçada ou apenas uma transferência. Panin explicou:

— Ivanov, você não me conhece, mas sei o que fez e conheço o pai de Elena, Liev Demidov. Quando ele souber do ocorrido, vai atrás de você para o matar. Tenho certeza. Você tem que sair da cidade imediatamente. É importante eu não saber onde você está porque Demidov vai me perguntar e saberá se eu mentir. Pelo mesmo motivo, se você contar a qualquer pessoa, mesmo que seja da sua família, ele vai descobrir. Sua única saída é fazer o que eu digo e sumir sem uma palavra. Claro, você decide. Boa sorte.

Panin deu um tapinha no braço dele e o deixou parado, espantado, na chuva.

Olhou os estudantes que chegavam e comparou os rostos com as imagens do noticiário do embarque. Na ida, estavam banhados no sol, sorrindo, acenando para os fotógrafos, animados por fazerem um voo transatlântico. Agora, estavam cansados e assustados. Esperou pelas garotas que deveria encontrar, que não via desde que eram pequenas: Zoia e Elena.

Ao vê-las descer, Panin se adiantou, com o motorista segurando o guarda-chuva quando ele parou as duas garotas.

— Meu nome é Frol Panin. Vocês não me conhecem. Estou aqui para levá-las para casa. Sou amigo do pai de vocês. Conheci pouco a sua mãe e lamento muito a sua morte. Era uma mulher inesquecível. É uma enorme tragédia. Mas venham rápido, vamos sair da chuva. Meu carro está aqui perto.

As duas garotas olharam para ele sem entender. Estavam muito tristes. A mais jovem, Elena, fitou a pista, piscando na chuva, enquanto Mikail Ivanov era levado para um carro, sem olhar para trás. Elena sofria. Panin ficou impressionado, pois, mesmo depois de tudo o que acontecera, ela ainda gostava dele e acreditava que o sentimento fosse recíproco.

No carro, Panin deu algumas informações às meninas, como a repercussão do que aconteceu em Nova York e como os fatos foram noticiados, corretamente ou não. A versão americana, publicada nos jornais de Nova York a São Francisco, de Londres a Tóquio, era fácil de vender, com drama e sensacionalismo. A notícia dizia que a linda Raíssa Demidova tinha um caso com o mulherengo Jesse Austin. O relacionamento começou em 1950, quando se conheceram num dos shows de Jesse. Ele esteve na escola dela e a convidou para o show no armazém de uma fábrica. Existia até um filme de propaganda soviética em que os dois apareciam juntos, com Raíssa cumprimentando-o no final da apresentação. Ela se apaixonou e pediu para tirá-la da União Soviética. Tiveram um encontro íntimo, que para ele foi passageiro, mas que mudou a vida dela. Ficou obcecada por Jesse e passou a escrever sempre, chegando a organizar uma sessão de leituras de cartas escritas pelos alunos da escola dela, quando soube dos problemas que ele estava enfrentando com as autoridades americanas. Elena interrompeu, gritando:

— É mentira!

Panin fez sinal para que ela se calasse. Ele só havia dito que isso fora noticiado no mundo todo, retratando Raíssa como uma figura romântica que se encantou com Jesse Austin, certa de que os dois tinham um caso de amor perfeito separado pelos países. Para Jesse aquilo foi apenas uma esquecida noite de prazer. Quando ela soube da delegação soviética que ia a Nova York, insistiu para ir e se encontrar com ele. Sonhava em pedir asilo, morar com Jesse e abandonar Liev, o marido a quem odiava e que por acaso era agente secreto. Quando visitou Jesse no Harlem, os dois tiveram outro encontro íntimo. Havia uma foto de Raíssa Demidova ao lado de uma cama desarrumada, lençóis amassados, pequena ao lado de Jesse Austin. Elena gritou de novo:

— Não era Raíssa, era eu!

Impaciente, Panin disse para Elena considerar que essa versão tinha sido criada pelas autoridades americanas para amenizar a situação. E continuou contando que, no encontro de Jesse com Raíssa, ele disse que jamais largaria a esposa e que Raíssa voltasse para o marido na Rússia. Enciumada e desesperada, Raíssa comprou uma arma e matou Jesse Austin na frente das Nações Unidas. Foi presa com a arma.

Elena não conseguiu mais se controlar.

— É mentira! Mentira!

Panin concordou, era mesmo. Mas era a versão dos Estados Unidos para a imprensa e que pediam para a União Soviética confirmar. Os soviéticos concordaram sem restrições. Uma única atiradora, nenhuma conspiração, nem grandes potências agindo, uma história de amor não correspondido e a fúria de uma mulher rejeitada. As apresentações posteriores foram canceladas. Frol Panin e homens do Kremlin trabalharam muito para a delegação voltar logo. Finalmente, os estudantes foram liberados e voltaram para casa. Não se sabia quando o corpo de Raíssa Demidova seria enviado.

No banco de trás da limusine, olhando as duas ouvirem a versão, Panin mudou de assunto.

— Vocês precisam entender que Liev é outro homem. A notícia da morte da esposa o...

Panin procurou a palavra adequada.

— Perturbou profundamente. Não me refiro a uma dor natural, a reação dele foi muito além disso. Não é mais quem vocês conheciam. Na verdade, espero que a volta de vocês possa ajudá-lo a se recuperar.

A mais velha, Zoia, falou pela primeira vez.

— O que podemos dizer a ele?

— Ele vai querer saber tudo. Ele aprendeu a perceber quando alguém mente. Tem certeza de que a versão oficial é falsa. E realmente é, claro. Ele não aceita de maneira alguma que não tenha acontecido um complô. Vocês precisam resolver o que vão dizer para ele. Não faço restrições quanto a isso. Talvez você, Elena, tenha medo de contar a verdade. Mas na atual situação de Liev, eu teria mais medo de mentir.

Moscou
Novie Cheremuchki
Cortiços de Khruschov
Apartamento 1.312
Mesmo dia

O elevador continuava quebrado e Elena teve de subir 13 andares. Começou a fraquejar, as pernas tremiam. Quando chegou ao último andar, viu a porta do apartamento onde moravam. Parou, não conseguiu mais andar, em pânico ao pensar no homem que estava lá dentro. Que mudança Liev tinha sofrido? Ela sentou-se na escada.

— Não posso entrar.

Liev nunca batera nelas, nunca levantara a mão com raiva, nem sequer gritara com elas. Mas Elena estava apavorada. Ele sempre teve alguma coisa que a deixava insegura. De vez em quando, surpreendia-o sentado sozinho, fitando as mãos como se pensasse se eram dele mesmo. Ou olhando pela janela, absorto. Embora todo mundo devaneasse às vezes, com ele era diferente. A escuridão se juntava em volta dele, como se fosse poeira estática. Se notava que estava sendo observado, forçava um sorriso por fora e a escuridão permanecia. Elena tinha medo de pensar em Liev sem Raíssa.

Zoia disse, baixo:

— Não esqueça de que ele gosta de você.

— Talvez só gostasse de nós por causa de Raíssa, não?

— Não é verdade.

— Talvez ele só quisesse filhos por causa dela. E se tudo o que gostamos nele fosse por causa dela?

— Você sabe que não é assim.

Zoia parecia pouco convincente. Frol Panin se inclinou e disse:

— Vou ficar com vocês, não precisam temer nada.

Chegaram ao andar. Panin bateu à porta. Apesar de não confiarem nele, nem saberem nada sobre ele, Elena gostou que estivesse ali. Era calmo e comedido. Fisicamente, não tinha nada a ver com Liev, mas achava difícil alguém não o obedecer, pois tinha autoridade. Os três aguardaram. Som de passos. A porta se abriu.

Era impossível reconhecer aquele homem como o pai delas. Os olhos estavam inchados de dor e pareciam grandes demais para um humano. O rosto estava encovado. Os movimentos pareciam insanos. Juntava as mãos por nada, como se fosse rezar, depois as soltava, caídas. Quando olhava numa direção, em vez de virar a cabeça, virava o corpo todo. Espiou por cima dos ombros o corredor e a escada, talvez na esperança de que Raíssa estivesse lá, os enormes olhos de Liev aguardando, apesar de tudo que soube. Aquela triste esperança era tão dolorosa para Elena que ela chorou, antes de dizer qualquer coisa. Devem ter ficado ali um tempo, pois Liev parecia incapaz de falar. Panin tomou a iniciativa de fazê-las entrar.

Desorientada pela longa viagem, pela diferença de fuso horário, pelas emoções da semana anterior e por aquele encontro, Elena achou por um instante que tinha entrado em outro apartamento. Os móveis estavam fora de lugar, as camas delas estavam empilhadas, as cadeiras encostadas na parede como se abrissem espaço para um baile. A mesa da cozinha foi colocada no meio da sala, bem embaixo da luz e estava coberta de recortes de jornais soviéticos sobre a morte de Jesse Austin. Havia também papéis com anotações em letra indecifrável, fotos de Jesse. E fotos de Raíssa. Uma cadeira foi colocada à mesa. O cenário era inconfundível. Estava arrumado para um interrogatório. Liev falou com voz rouca e ríspida:

— Me conte tudo.

Ficou de mãos postas novamente e ouviu com feroz concentração Elena contar o que acontecera em Nova York. Ela se emocionou, confundiu detalhes e nomes, deu explicações incoerentes. A essa altura, Liev interrompeu, pediu apenas os fatos, exigiu clareza e mostrou um desejo pedante por detalhes exatos. Não perdeu a paciência, não gritou e essa falta de emoção era perturbadora. Alguma coisa morreu dentro dele, pensou Elena, quando terminava de contar. Liev pediu:

— Me dê o seu diário, por favor.

Elena olhou, confusa. Ele repetiu o pedido:

— Seu diário, me dê.

Elena olhou a irmã, depois Liev.

— O meu diário?

— Sim, onde ele está?

— Foi tudo confiscado pelos americanos, pegaram nossas roupas, nossas malas, tudo. O diário estava na mala.

Liev se levantou e ficou andando pela sala.

— Eu devia ter lido.

Ele balançou a cabeça, irritado consigo mesmo. Elena não entendeu.

— Lido o meu diário?

— Achei o caderno antes de você viajar, embaixo do colchão. Coloquei no mesmo lugar. Devia ter informações sobre esse Mikail Ivanov, não? Você deve ter imaginado o que ele sentia por você. Devia ter detalhado o que ele pediu para você fazer. Você gostava dele, estava cega. Eu teria visto que essa relação era falsa.

Liev parou de andar de repente e pôs a mão no rosto.

— Se eu tivesse lido, teria descoberto. Teria impedido tudo isso. Não deixaria vocês irem. Raíssa estaria viva. Bastava eu ter agido como agente, simplesmente. Achei que era errado mexer nas suas coisas. Mas eu sou assim. É isso que eu faço. São os meus únicos talentos. Poderia ter salvado a vida de Raíssa.

Ele falava tão rápido que as palavras corriam umas atrás das outras.

— Você gosta desse sujeito, Mikail Ivanov, que trabalhava naquele departamento secreto? Ele disse que era movido por igualdade e justiça. Elena, ele não gostava de você. Você foi manipulada através do amor. Tem gente que quer dinheiro, tem gente que quer poder. Você queria amor. Era o seu preço e foi comprada. Foi planejado, o amor era mentira, o truque mais óbvio e mais simples.

Elena afastou as lágrimas e, pela primeira vez, sentiu uma onda de raiva.

— Você não pode garantir, não sabe o que houve.

— Tenho certeza. Planejei operações como essa. O pior é que só quem não sabia da trama poderia convencer Jesse Austin a ir ao show. Precisavam de alguém apaixonado. Cheio de amor e otimismo. Senão Austin teria percebido o golpe, teria notado que você mentia, ou que não acreditava no que estava dizendo. Jamais teria ido lá, se você não tivesse pedido.

Elena se levantou.

— Eu sei que a culpa é minha! Eu sei!

Liev balançou a cabeça e falou mais baixo.

— Não, o culpado sou eu. Eu não ensinei nada a você, deixei entrar nua e crua nesse mundo e veja o que aconteceu. Raíssa e eu queríamos proteger vocês dessas coisas: mentiras, decepção, truques, mas é o que existe. Falhei com você. Falhei com Raíssa. Só o que eu tinha para dar a ela era proteção e nem isso consegui dar.

Liev se dirigiu a Frol Panin.

— Onde está Ivanov?

— Num trem, mas não sei para onde.

Liev parou, percebendo que era verdade, mas, mesmo assim, desconfiado.

— Quem matou a minha esposa?

— Para o mundo, a resposta é Anna Austin.

— Isso é mentira.

— Não sabemos o que houve.

Liev se irritou.

— Sabemos que a versão oficial é uma mentira! Só isso.

Frol Panin concordou com a cabeça.

— É, essa versão é pouco provável. Para evitar uma crise diplomática, aceitamos a versão americana.

— Quem matou Jesse Austin? Nós? Os americanos? Fomos nós, não?

— Pelo que sei, o plano era apenas fazer Jesse Austin aparecer na frente das Nações Unidas. Era esperado que fosse preso, arrastado pela polícia e, se um dos estudantes pudesse ser envolvido no tumulto, seria útil como propaganda. Foi um atentado planejado por um departamento que está louco para tirar proveito do sentimento anticomunista que domina os Estados Unidos. Queriam consertar a carreira de Jesse Austin. Queriam que ele voltasse a ser famoso.

Liev andou de novo pela sala.

— Logo vi que era impossível vocês não tentarem alguma coisa. Não podiam apenas fazer uma apresentação. Tinham de fazer mais, ir mais longe.

— Foi um plano malfeito, que deu completamente errado.

— Me deixe ir a Nova York investigar.

— Liev, meu amigo, escute: você está pedindo algo impossível.

— Quero saber quem matou a minha esposa. Quero descobrir e matar essas pessoas.

— Liev, não vão deixar você ir. Não podemos fazer nada.

Liev balançou a cabeça.

— Não tem mais nada! É isso que me resta a fazer! Prometo, vou descobrir o assassino. Vou descobrir o responsável. Vou encontrá-los.

Mesmo dia

Liev não tinha noção do tempo em que passou sentado na cobertura do prédio: no mínimo, muitas horas. Depois que Panin fora embora, ele e as meninas arrumaram a sala de novo, de forma a parecer uma casa, com as duas camas lado a lado. Liev começou a preparar o jantar, mas, de repente, parou e largou tudo na cozinha. O único lugar onde podia ir era a cobertura do prédio.

Adolescentes às vezes iam até lá para dar beijos, se não achassem outro lugar. Naquela noite, na chuva forte, estava vazio. Liev não sentiu frio, mesmo com as roupas ensopadas. Via a cidade à noite, as luzes de Moscou borradas pela chuva. Levantou-se, foi até a beira do prédio e olhou para baixo. Ficou assim por muitos minutos, pensando por que recuar. Lembrou-se da promessa que fez. Saiu da beirada, virou as costas para a cidade e desceu para o apartamento que um dia considerou um lar.

OITO ANOS DEPOIS

Fronteira Soviética com a Finlândia
Posto de controle soviético
760 quilômetros a noroeste de Moscou
240 quilômetros a nordeste de Helsinque
Ano-Novo de 1973

A mochila pertencia a um homem que foi atingido ao tentar atravessar a fronteira para entrar na Finlândia. Apesar do inverno inclemente, as florestas com neve na altura da cintura, o homem tentou a perigosa travessia talvez esperando que o tempo e a escuridão quase permanente facilitassem não ser percebido. Naquela região altamente vigiada, desobedecer a uma ordem, intencionalmente ou não, era considerado tentativa de deserção para o Ocidente, um ato de traição. Muitos soldados patrulhavam esquiando pela floresta e todos tinham ordem de atirar para matar. Haveria uma grande repercussão se o traidor conseguisse passar e buscar asilo fora, dando informações secretas aos inimigos da União Soviética. No nível pessoal, o encarregado dessa região, Eli Romm, teria de enfrentar um tribunal, certamente perderia o emprego e talvez a liberdade, acusado de negligência ou, pior, de permitir uma sabotagem.

Eli examinou o conteúdo da mochila. Tinha alimentos básicos: água, pão e carnes desidratadas. Uma muda de roupa de cor escura, um grosso cobertor de lã, várias caixas de fósforos, remédios, uma faca de caça afiada, um copo de aço, equipamento de uso ao ar livre de pouco interesse. Eli virou a mochila de cabeça para baixo. Não caiu nada. Passou a mão pelo forro, pelas costuras, certo de que havia mais provas. Tinha razão. O pano tinha um caroço, um bolso escondido. Cortou o pano, rasgou o forro, descobriu que o bolso tinha várias finas moedas de ouro envoltas em plástico, prova de que aquela era uma séria tentativa de deserção. Houve muitos preparativos; era quase impossível um cidadão comum conseguir ouro, portanto a conclusão era de que havia envolvimento de um país estrangeiro e o homem era espião profissional.

O compartimento secreto não tinha apenas ouro. Romm achou duas fotos. Esperando que fossem confidenciais, ficou surpreso, pareciam sem valor como informação, mostravam duas mulheres de 20 e tantos anos no dia do casamento. Havia também vários papéis. Abriu-os e ficou mais intrigado ao ver que eram recortes de jornais soviéticos amarelados, cuidadosamente dobrados, com detalhes do assassinato de um homem chamado Jesse Austin, um cantor comunista que fez sucesso há tempos, que levou um tiro em Nova York disparado pela amante, uma russa chamada Raíssa Demidova. O assassinato tinha sido há anos, os recortes eram de 1965. Havia muitas anotações nos recortes, em letra pequena e clara, considerações sobre o fato, uma lista de nomes, pessoas com quem o homem pretendia falar. Pelas anotações, a intenção era chegar a Nova York, aos Estados Unidos, o grande inimigo. A motivação era tão particular que Eli ficou pensando se os papéis estavam em algum código. Ele teria que relatar o fato diretamente a Moscou, às mais altas autoridades.

O prisioneiro estava numa cela no andar de baixo, tinha sido atingido por um soldado de guarda, mas sobreviveu. Depois de atirar de longe com um rifle de precisão, o guarda perseguiu o ferido, mas não o achou. Tinha conseguido atravessar a neve. O guarda voltou à base e levou reforços para vasculhar a área. Acuado por cães, o homem teve a sorte de ser pego vivo. O ferimento de uma única bala não oferecia perigo de morte e ele recebeu um tratamento simples no acampamento. A tenacidade do homem, a forma como conseguiu fugir durante horas contra todas as possibilidades e o conteúdo organizado e disciplinado de sua mochila fazia crer que tinha formação militar. Ele se recusou a falar com os guardas ou revelar seu nome.

Eli entrou na cela e olhou o homem sentado na cadeira. Estava com um curativo nas costas, a bala tinha penetrado pelo ombro direito. Na frente dele, havia um prato de comida intocado. Estava pálido devido à perda de sangue. Puseram um pano nos ombros dele. Eli não perdoava tortura. Sua única preocupação era preservar a integridade da fronteira e, assim, a própria carreira. Com os recortes dos jornais e as fotos, sentou-se na frente do homem, colocando tudo na linha de visão dele. Isso o fez voltar à vida. Eli perguntou:

— Como você se chama?

O homem não respondeu. Eli avisou:

— Você pode ser executado. É do seu interesse falar conosco.

O homem não parecia prestar atenção, olhando os jornais, a foto do cantor Jesse Austin morto na rua de Nova York. Eli mexeu nos jornais.

— Qual é a importância disso?

O prisioneiro pegou os jornais e os segurou com força. Eli percebeu que, se não largasse os recortes, o homem arrancaria tudo de sua mão. Curioso, soltou e viu o homem juntar os papéis como se fosse um muito estimado mapa do tesouro.

icon
SETE ANOS DEPOIS

Grande província de Cabul
Lago Qargha
9 quilômetros a oeste de Cabul
22 de março de 1980

De costas para Cabul, Liev entrou completamente vestido no lago, com a água batendo na altura dos joelhos, e continuou andando, as calças cáqui deixando ondas de areia vermelha. Na frente dele, os dentes cobertos de neve da cordilheira Koh-e-Qrough mordiam um céu azul-claro. O sol de primavera brilhava forte, mas ainda insuficiente para aquecer a água gelada do rio formado por neve derretida da montanha. Ele sabia que o lago devia estar frio ao enfiar os dedos na água verde-esmeralda, mas, quando o nível subiu e chegou à cintura, ele se sentiu maravilhosamente cálido. Se confiasse no corpo, juraria que aquelas eram águas tropicais tão agradáveis quanto o sol em sua pele bronzeada e curtida. Não levantou os braços, deixou-os afundar no lago, vieram arrastados atrás dele enquanto andava. Dali a pouco, estava com água pelos ombros, no final da parte rasa, os pés na beira do recife, a partir de onde o lago afundava muito. Mais um passo e ele mergulharia, as pedras nos bolsos puxariam o corpo para baixo, para o fundo, onde ele ia descansar no leito de lodo. No limite, esperou, a água batendo no lábio superior, perto do nariz, estremecendo a cada lento respirar.

O sangue de Liev estava denso de ópio. Até se dissipar, a droga o protegeria do frio e de tudo o mais: as frustrações com a vida que levava, os arrependimentos pela vida que deixara para trás. Naquele exato momento, estava sem problemas, ligado ao mundo apenas por um fio. Não sentia qualquer emoção, só contentamento, não como felicidade, mas como ausência de dor, ausência de insatisfação, um estranho vazio de sentimento. O ópio criara um buraco, raspara a amargura e a crítica. Não se irritava por prometer vingança e justiça e não conseguir nada. Os fracassos foram apagados pela droga, um exílio temporário, mantido à distância, pronto para voltar quando os efeitos do ópio passassem.

A água batendo na altura da boca o fez prosseguir.

Mais um passo.

Por que buscar uma simulação de vazio com narcóticos, quando a realidade estava tão próxima? Mais um passo e estaria no fundo do lago, o único sinal de sua existência seria uma fileira de bolhas saindo da boca para a superfície esmeralda. As pedras nos bolsos entraram no coro de sussurros que insistiam para ele dar o último passo.

Liev não obedeceu ao que diziam, parou. Por mais tempo que ficasse ali, por mais certeza de que aquele era o dia da passagem, não conseguiu cortar o fio que o ligava ao mundo. Não conseguia dar o último passo.

O efeito do ópio começou a passar. Os sentidos se religaram à realidade, se juntando como planetas realinhados. A água estava fria. Ele estava com frio. Tremeu, enfiou as mãos nos bolsos e tirou as pedras lisas, deixou-as cair, sentiu as vibrações no lago quando atingiram o fundo. Ficou de costas para as montanhas; agitando a água, lentamente voltou à praia, andando pela margem em direção à cidade de Cabul.

Grande província de Cabul
Cidade de Cabul
Distrito de Karta-i-Seh
Avenida Darulaman
Mesmo dia

Quando Liev chegou ao apartamento, o sol tinha se posto e as roupas dele haviam secado, formando uma trilha de pingos na poeira quando voltou de bicicleta do lago. Com a concentração do ópio diminuindo como areia numa ampulheta, o sentimento de fracasso e melancolia começou a circular pelo corpo, um vírus da mente suprimido apenas temporariamente. Estava longe das filhas, sozinho na cidade tendo como única companhia as lembranças da esposa, que só vinham com a certeza de que o assassinato não fora punido. Os músculos nas costas endureceram ao pensar na humilhante tentativa de chegar a Nova York, a cicatriz da bala no ombro deu uma pontada como se o ferimento estivesse aberto; franziu o cenho ao pensar nos detalhes da história. Por que atiraram em Jesse Austin e por que o ligaram a Raíssa? Qual era a verdade por trás daquela noite? Uma inquietação perigosa começou a borbulhar dentro de Liev; não conseguia esquecer aquilo e, ao mesmo tempo, estava mais longe da verdade que nunca. O ópio tinha se tornado não uma resposta, mas uma forma de afastar aqueles pensamentos por 12 horas, mais ou menos.

Sem se preocupar em mudar de roupa, caiu na cama, um colchão fino que ficava no meio do quarto. Aquele apartamento era pouco acolhedor e pouco funcional. Ele não quis morar nas residências do governo onde os funcionários viviam seguros atrás de portões vigiados e cercas de arame farpado, nos blocos residenciais recém-construídos, com apartamentos com ar-condicionado de gerador a diesel, caso faltasse luz, o que acontecia muito. Ele nunca fez as refeições com os agentes nas cantinas que serviam comida russa importada, empacotada a vácuo, nem frequentava os bares instalados para soldados soviéticos com saudades de casa. Vivia como se fosse uma lua distante, em órbita em sua ocupação, mas raramente visto; às vezes passava perto o bastante para lembrarem que existia, antes de entrar nas profundezas do espaço numa trajetória solitária, elíptica.

Sem ligar para os canais soviéticos oficiais, ignorando o protocolo, ele mesmo procurou e achou o apartamento e combinou o aluguel direto com o proprietário. Liev teve um critério na escolha: ser impossível confundir com, ou se lembrar de alguma forma, a casa onde ele um dia morou com a esposa e as filhas. Por isso, gostava de estar próximo dos alto-falantes externos de uma casa de chá que transmitiam o chamado do muezim para a oração, um som que enchia o apartamento e que ele nunca tinha ouvido com a família. O objetivo era preencher sua vida com coisas que não lembrassem Raíssa, fazer a vida ser tão estrangeira que nada lembrasse a que tinha perdido. Os janelões abriam para a cidade e as montanhas ao redor, paisagem que não podia ser mais diferente de Moscou. Até a divisão do apartamento era diferente: um único cômodo, grande o bastante para servir de quarto, sala e cozinha. Era fundamental não haver aposentos separados. Portas fechadas pregavam peças na imaginação dele. O primeiro apartamento onde morara, em Bala Hissar, no centro da Cabul antiga, tinha sido projetado para uma tradicional família islâmica, com um quarto nos fundos para a esposa e as filhas. Enquanto morou lá,

Liev ouviu muitas vezes o som abafado da voz de Raíssa. Ele corria, abria a porta e só via um quarto vazio. Uma noite, ouviu a voz de Elena, depois a de Zoia, e correu para ver. Ainda que as chances de reunir a família outra vez fossem mínimas, o som imaginado das vozes o obrigava a conferir cômodos vazios às vezes três ou quatro vezes numa noite. Não estava longe da loucura. A solução temporária foi retirar as portas e colocar espelhos nos corredores para ver os lugares sempre vazios. Passou então a procurar um apartamento mais adequado.

Liev pegou o cachimbo, que tinha dois terços de seu fino tubo de madeira ocupados pelo fornilho de aço. O fornilho tinha entalhes ásperos na borda e o interior escuro, onde o ópio queimava. Embora jamais tivesse comentado abertamente, seu vício era do conhecimento dos superiores. Um acordo tácito permitia que soldados e oficiais desfrutassem todos os prazeres disponíveis como forma de aumentar os salários que jamais compensariam os perigos do Afeganistão. Para Liev, o ópio não tinha nada a ver com prazer, era uma continuação da lógica que usara no apartamento: tornar o corpo totalmente diferente daquele que havia dormido ao lado de Raíssa quase todas as noites durante 15 anos. Era um vício, sem dúvida, mas também era uma estratégia para lidar com a tristeza.

Ele se apressou até seu esconderijo, e quebrou, desajeitado, uma quantidade de ópio do tamanho de uma ervilha, que caiu no chão sujo. De joelhos, pegou tudo e viu que estava cheio de poeira. Soprou. A poeira não saiu, o ópio grudava. Não tinha importância. Colocou-o no fornilho de aço, acendeu uma vela e, impaciente, esperou a chama pegar. O ópio não queima fácil como o fumo e precisa de uma fonte de calor constante. Deitado na cama, de barriga para baixo, ele colocou o fornilho por cima da vela e observou o ópio, ansioso para que desmanchasse na chama e a fumaça passasse pelo cachimbo. O ópio começou a queimar, sua forma foi mudando. Ele tragou fundo, encheu os pulmões e a fumaça foi lentamente dissipando a inquietação, dissolvendo as frustrações e os fracassos.

Sedava suas emoções como uma equipe médica anestesia o paciente antes da cirurgia. Conseguia pensar de novo em Raíssa, examinando as lembranças a uma distância criada pelo ópio como se pertencessem a outro homem, habitante de um mundo longínquo. Em Moscou, ele vivia cercado pela vida que tinha constituído com ela, desde o apartamento onde moravam até a própria cidade, os parques, o rio; até mesmo o barulho dos bondes o fazia parar no meio de uma frase, sentindo uma dor física no peito. Os invernos amargos, os verões sufocantes, tudo estava marcado pela lembrança dela. Nos meses logo após o assassinato, o desejo de investigar queimava na mente com tanta força quanto o sol, consumindo todas as outras preocupações. Do momento de acordar até o de cair na cama, Liev só pensava nisso, conseguindo umas poucas horas de sono agitado. Ele fez solicitações, escreveu cartas, implorou para ir a Nova York só para ouvir várias vezes que era impossível.

O corpo de Raíssa foi devolvido a Moscou. Liev exigiu uma segunda necropsia. Para surpresa dele, concederam, talvez na esperança de que assim pudesse sofrer bastante e parar com os pedidos. Os médicos soviéticos confirmaram os legistas americanos: o tiro foi dado a cerca de 10 metros, uma única bala de arma potente, que feriu o peito e entrou por baixo da costela. Ao ler o laudo, ele insistiu para ver o corpo. A esposa foi colocada numa mesa de ferro e coberta por um fino lençol branco. Ele puxou o lençol até a cintura do cadáver — o pior tipo possível de reencontro. A pele, que foi sempre pálida, estava de um branco aquoso, com traços azuis. Ele não se incomodou com a recomendação de não tocar no corpo e abriu os olhos dela. Tinham sido tão inteligentes, perspicazes, jocosos e, ao mesmo tempo, atentos e travessos, mas aqueles olhos parados no teto não possuíam nada disso. Ele se assustou tanto com a mudança que, por um instante, pensou se aquela seria a mesma mulher, como se a vida e a inteligência dela fossem forças tão poderosas que jamais se extinguiriam por completo, tinha de restar alguma coisa.

Ele se recompôs e iniciou um exame frio como agente da polícia. Tinha levado um caderninho e uma caneta. Ao ver a primeira página do caderno, notou um rabisco feito sem querer pela mão trêmula. Empertigou-se, arrancou a folha e escreveu várias observações, conferindo-as com o médico que estava ao lado. Ela morreu por perda de sangue. Como ex-soldado, ao ver o ferimento sabia que a morte não fora imediata, mas lenta e dolorosa. Perguntou ao médico quanto tempo levou do momento em que foi atingida até o momento da morte. Ela foi ferida em Manhattan, a minutos de alguns dos melhores hospitais do mundo. O médico não conseguiu avaliar, disse que variava muito de uma pessoa para outra, não existia uma fórmula. Por insistência de Liev, calculou que de vinte minutos a meia hora, o que provava que a versão oficial era inventada. Raíssa poderia ter sido salva. Com isso, teve mais vontade ainda de ir a Nova York, com ou sem autorização do Estado.

Liev ficou cego para tudo o que não fosse o assassinato, e Zoia o obrigou a enxergar as consequências de seus esforços investigativos obsessivos. Nos meses após a volta, Elena teve uma queda em seu rendimento escolar, emagreceu e ficou fechada em casa, com medo de fazer amigos e desconfiada dos que conhecia há anos. Achava que tinha a obrigação de não deixar Liev sozinho, atormentado como estava, embora fosse doloroso de ver. Zoia observou que aquilo não era vida, eles tinham de continuar como uma família. A determinação e inteligência dela faziam-no se lembrar de Raíssa. Liev não deixou a investigação de lado, mas achou que havia pouca chance de ocorrer uma mudança repentina e aceitou mudar de foco, deixando em segundo plano a questão de Nova York, uma preocupação invisível. Assim, os três viveram juntos por sete anos, durante os quais Liev foi feliz muitas vezes, mas essa felicidade derretia assim que pensava em Raíssa, como sempre. Aprendeu a disfarçar melhor os sentimentos para as filhas. Aprendeu a mentir e fingir. Elena se recuperou. Terminou os estudos. Zoia se tornou médica. As duas encontraram o amor. Elena se casou primeiro; aos 21 anos se envolveu num romance; mais uma vez a resposta foi o amor. Zoia esperou um pouco mais para se casar. Com as duas filhas fora de casa, Liev considerou que havia cumprido a promessa. Estava só e voltou a pensar na tarefa que nunca largou.

Durante anos ele refletiu sobre o caso e mesmo assim continuou intrigado. Não sabia o que estava por trás do plano de matar Jesse Austin. Tinha resolvido que a primeira providência seria seguir o agente do Ministério de Propaganda Mikail Ivanov, o homem que enganara a filha dele. A busca não era por vingança, mas porque Ivanov teria informações importantes sobre os fatos daquela noite. Era evidente que precisava encontrá-lo antes de pensar em ir a Nova York.

Ivanov não morava mais em Moscou e foi preciso muito esforço e muito suborno para saber que foi transferido para a cidade de Perm, na região central da Rússia. Ao chegar, viajando sem autorização, Liev descobriu que Ivanov morava lá desde que voltara de Nova York, trabalhava no escritório local do governo e tinha tendência a beber muito. Vários invernos antes, ele se embriagou e andou pelo meio de um lago, o gelo se partiu e Ivanov morreu de pneumonia. Alguns achavam que foi acidente; outros, suicídio. Liev esteve no cemitério. Depois de sete anos, era muito mais difícil descobrir a verdade. Provas, lembranças e testemunhas sumiram como a tinta nos recortes de jornais que ele guardara.

Não podia perder mais tempo. Começou a ver um jeito de chegar a Nova York, economizando seu modesto salário para comprar ouro no mercado negro, necessário quando cruzasse a fronteira, tramando com cuidado um caminho para os Estados Unidos. Os preparativos tinham o brilho de uma decisão, por mais difícil que fosse concretizá-la.

*

No Natal de 1973, ele participou da ceia com as filhas e genros. Deu presentes a todos. E se despediu. Não contou os planos que tinha. No dia seguinte, começou a viagem, passando pela fronteira da Finlândia. Chegou perto, a poucos metros, quando levou um tiro e foi pego. O fracasso e a captura podiam ter resultado numa execução. Mais uma vez, Frol Panin interveio. O velho, agora frágil e doente, avisou:

Não posso salvar você outra vez.

Palavras que Liev um dia disse ao seu protegido. O Estado interpretou a tentativa de cruzar a fronteira como uma aflição, e não uma traição, e deu um ultimato a Liev: prisão perpétua ou um emprego tão perigoso que ninguém era capaz de aceitar.

Grande província de Cabul
Cidade de Cabul
Distrito de Karta-i-Seh
Embaixada soviética
Avenida Darulaman
Dia seguinte

O capitão Anton Vaschenko acordou às cinco horas, pulou da cama ao primeiro toque do despertador e, sem parar um minuto, tirou os pés das cobertas e pisou com força no chão frio. Gostava dessa disciplina e, no escuro, achou sua garrafa de aço com café forte e frio, feito na noite anterior. Tomou um grande gole e, ainda no escuro, vestiu o conjunto de corrida: calça, moletom, tênis e um coldre com sua pistola semiautomática Makarov preso perto do ombro. Ia correr cerca de 5 quilômetros pela avenida Darulaman e cruzar o rio Cabul rumo ao centro. Tinham dito a ele que, se queria fazer exercício, podia correr numa pista do aeroporto, totalmente policiada. Não aceitou a sugestão. Ia correr onde morava, como sempre. Em Stalingrado, onde viveu depois da Grande Guerra Patriótica, corria passando por prédios destruídos e bombas sem explodir, desviando de destroços; a devastação tinha sido o cenário de sua infância. Ali em Cabul, a corrida era por cortiços e prédios de ministérios esburacados por balas. Recusava-se a ficar num isolamento protegido, na segurança das guarnições militares fora da cidade. Insistiu em ter uma acomodação modesta e temporária na embaixada, o que causou certo constrangimento, além de vários protestos pela inconveniência. Ele foi encarregado da segurança de Cabul e, portanto, morar fora da cidade não fazia sentido. Se perdesse o controle daquelas ruas, daria aos inimigos uma vitória psicológica. Era essencial que agissem como se aquela cidade fosse deles. Cabul agora era mesmo, quer os afegãos gostassem ou não.

O capitão Vaschenko atravessou os portões da embaixada e correu em direção ao centro da cidade. Normalmente, se estivesse na Rússia, no primeiro quilômetro os músculos estariam pesados de sono, sensação que sumiria à medida que entrasse no ritmo da corrida e a cafeína fizesse efeito. Em Cabul, porém, ele estava alerta desde o primeiro passo, o coração batendo rápido, não pelo esforço ou pela velocidade, mas porque alguém podia aproveitar para matá-lo.

Após percorrer uns 200 metros, ouviu um tiro de revólver. Controlou o instinto de parar e se abaixar, pois o barulho viera de longe, um bairro distante. Na cidade, era comum o som esporádico de uma arma de fogo, além dos cheiros fortes: comidas preparadas na rua, a poucos metros de esgotos a céu aberto. Mesmo quando a mão buscava a arma, ele não tinha vontade de estar em outro lugar. O capitão sempre viveu em condições extremas. A vida na Rússia, com a esposa e os filhos, não o interessava muito. Depois de poucos dias em casa, ficava irritado. Não era um bom pai e aceitava o fato, jamais teria esse talento. Precisava ser testado todos os dias, era a única maneira de se sentir vivo. Não havia missão militar disponível para um soldado soviético que fosse mais perigosa do que o Afeganistão e só por isso era o lugar onde o capitão mais gostaria de estar.

Integrante da tropa de elite Spetsnaz, ele chegara há três meses, na vanguarda de uma força invasora enviada para impedir que a Revolução Comunista, ocorrida há um ano, acabasse devido a um comando ineficaz. Já havia conselheiros soviéticos baseados na cidade, mas não passavam de convidados diplomáticos de um Estado afegão independente. O capitão fazia parte da primeira invasão da União Soviética a um país estrangeiro em vinte anos, uma operação logística complexa dentro de uma vasta região. O sucesso rápido dependia da aposta de que o regime comunista afegão não reconheceria que estava sendo invadido por seus aliados, uma ousada premissa militar que o capitão adotou. No Natal de 1979, ele desembarcou no aeroporto de Cabul enquanto outras tropas Spetsnaz voaram para a base aérea de Bagram, no norte, fingindo ser uma extensão da substancial ajuda militar que o regime já recebia. O primeiro teste foi no aeroporto de Cabul, quando o capitão e seus homens desembarcaram dos aviões que aterrissaram sem permissão, violando a lei internacional, e se aproximaram das tropas governamentais afegãs postadas lá, que não sabiam da chegada deles. Vários afegãos levantaram e engatilharam suas armas soviéticas na direção de seus aliados soviéticos. Nesse momento, a invasão chegou a uma situação limite e o capitão foi o primeiro a reagir, largando a arma e se adiantando com as mãos para o alto como se fosse cumprimentar um camarada muito querido. Esperava ficar com o peito crivado de balas. Não houve tiros e a invasão prosseguiu mascarada de programa de ajuda militar. Prometeram novas munições para as 7ª e 8ª Divisões afegãs de tanques, que ficaram com os canhões sem munição e as cápsulas alinhadas na areia, à espera de balas que não chegavam. Avisaram aos batalhões que receberiam tanques novos e por isso deveriam retirar o combustível dos antigos para abastecê-los. O combustível foi retirado e transportado em latas, deixando as divisões blindadas indefesas enquanto os tanques soviéticos cruzavam a fronteira.

O capitão assistiu a essa farsa tomado de sentimentos conflitantes. Só havia uma interpretação dos fatos: os soldados afegãos não tinham experiência, não conheciam os preceitos e as normas de um Exército moderno. Eram fáceis de enganar porque foram treinados de acordo com táticas militares ocidentais, ensinados a aguardar ordens sobre o que fazer. Não percebiam quando uma ordem era descabida. Era com esses soldados que ele e seus companheiros contavam para sufocar os motins, homens que tinham ficado mais desorganizados enquanto as divisões motorizadas entravam no Afeganistão vindas do Turquistão e Uzbequistão, soldados que não deram um tiro quando cinquenta mil tropas estrangeiras dominaram o país deles. O capitão não estava preocupado com a força das tropas afegãs, mas com a fraqueza. A invasão era para capturar a máquina militar afegã, financiada e construída com generosos subsídios. A meta dos soldados soviéticos que chegavam ao Afeganistão não era lutar na guerra, mas comandá-la usando os militares locais. Porém, antes mesmo de baixar a poeira do deserto levantada pela invasão, ficou claro que não havia máquina de guerra para capturar. À medida que um anel de tropas soviéticas se espalhava pelo país, dominando as maiores cidades — Herat, Farah, Kandahar e Jalalabad — numa curva de manobra de tanques e tropas quase perfeita, as forças afegãs se dissolveram. No Ano-Novo, a 15ª Divisão Afegã em Kandahar se revoltou. Quando a 201ª Divisão Soviética entrou em Jalalabad, a 11ª Divisão do Exército afegão simplesmente desertou. Perdeu-se uma divisão inteira em poucas horas. Para o capitão, ficou evidente que a verdadeira guerra estava apenas começando.

Ele nunca foi um dos oficiais mais obstinados, que consideravam a resistência a um Estado comunista como primitiva, fragmentada e desorganizada, uma oposição tribal equipada com rifles desiguais, alguns com meio século de uso, e comandada por facções rivais. Tal avaliação, embora correta na análise material, esquecia a grande vantagem que o inimigo tinha. Ele lutava em casa. Armas melhores não garantiam vitória naquela paisagem misteriosa. Afetado pela mística do país, o capitão passou muitas horas lendo a história da resistência no Afeganistão, a derrota dos ingleses e sua lamentável retirada de Cabul. Ele se impressionou com um detalhe acima de tudo: desde que expulsaram os ingleses.

Os afegãos jamais perderam uma guerra.

Poderia haver melhor inimigo para forjar uma carreira brilhante? O capitão entrou nessa guerra com grande respeito pelo adversário, mas também muito confiante de que seria o primeiro soldado a derrotar aqueles grandes guerreiros ou, caso preferissem, podiam morrer lutando.

Ao terminar sua corrida, os primeiros raios de sol surgiram no céu. Algumas lojas estavam abertas: novas fogueiras nos aposentos dos fundos queimavam galhos e gravetos. O capitão parou, empunhou sua arma e girou sobre os próprios pés. O cano de sua arma estava bem na altura da testa de uma criança exatamente atrás dele, um menino fazendo de conta que corria para impressionar uma pequena plateia de amigos. Ao verem a arma, as crianças pararam de rir. O menino abriu a boca, apavorado. O capitão se inclinou para a frente e bateu com o cano da arma nos dentes da frente do menino, como se batesse numa porta.

Um cachorro esquelético e solitário correu no meio da rua, os olhos brilhando nos últimos minutos de escuridão, e sumiu. O dia do capitão Vaschenko estava começando.

Grande província de Cabul
Cidade de Cabul
Distrito de Karta-i-Seh
Avenida Darulaman
Dia seguinte

Liev acordou e descolou o rosto do travesseiro. Levantou-se e viu sua silhueta marcada no colchão. Os músculos doíam. O estômago estava rijo e seco como couro velho. Uma tosse curta e áspera parecia dominar o corpo inteiro. As roupas eram as mesmas que usara no dia anterior, quando andara no lago. Tinham secado, duras. Esticou as dobras da camisa e foi mancando até a porta da frente, de sandálias de dedo verdes. Desceu a escada, as solas de borracha batendo nos degraus. Abriu bem a porta da frente e a rua apareceu: do escuro do apartamento para o sol claro e a agitação da cidade, pulando de um mundo para outro. Passou um *kharkar*, um lixeiro, chicoteando uma pobre mula que puxava uma carroça de rodas rangentes, carregada de vários tipos de lixo urbano. Depois que passou, Liev respirou fundo, sentiu o cheiro de fumaça de óleo diesel e de temperos. Pensou quantas horas faltavam para a noite chegar outra vez. O sol penetrou na neblina e, apertando os olhos para o céu, Liev concluiu que passava do meio-dia. Por princípio, não fumava antes do anoitecer.

Sem mudar de roupa, tomar banho ou comer alguma coisa, ele saiu e bateu a porta sem trancar, visto que o apartamento não tinha nada de valor para ser roubado. Foi arrastando os pés pelo beco até a enferrujada bicicleta que o aguardava como um cachorro fiel. Também estava sem trancas, protegida por sua inutilidade. Ele montou, balançou precariamente sobre as duas rodas e se afastou do muro, seguindo pelo beco até a avenida. Entrou no trânsito de bicicletas e carroças puxadas por burros. Carros em péssimo estado de conservação buzinavam, canos de escapamento roncavam em resposta. Liev se esforçou para não cair, indo de um lado para o outro até encontrar um frágil equilíbrio em meio ao caos.

Fazia sete anos que era conselheiro soviético no governo comunista do Afeganistão. Era especialista em tarefas da polícia secreta, função que nenhum agente do KGB queria. Era muito perigoso. Vários conselheiros foram cruelmente assassinados e os escritórios regionais destruídos; houve decapitações públicas. Ele estava no mais odiado trabalho num lugar onde era odiado não só como agente, mas também como invasor. Sua função agora e antes da ocupação militar soviética era criar uma polícia política afegã capaz de proteger o novato Partido Comunista. Não se podia exportar o comunismo para o Afeganistão sem exportar também uma polícia política: as duas áreas andavam de mãos dadas, o partido e a polícia, a ideologia e as prisões. Depois de abandonar a profissão em seu país natal, fora obrigado a voltar ao trabalho que Raíssa desprezava tanto. Se largasse o cargo, se não cumprisse suas obrigações, se tentasse fugir, seria morto. Disciplina militar aplicada. Ele sabia que não devia se assustar com a ameaça à sua vida, mas ficou claro que as consequências para as filhas seriam graves, elas ficariam marcadas e com seus planos prejudicados, o que o prendia ao emprego. Escravo do Estado, a única saída era obedecer, sabendo muito bem que seus superiores não esperavam que sobrevivesse. Mas ele foi em frente; mesmo levando uma vida dura, já era o mais antigo conselheiro soviético baseado no Afeganistão.

O Partido Comunista do Afeganistão era novo, tinha se formado poucos anos antes de ele aterrissar no aeroporto de Cabul a bordo de um raquítico avião, em 1973. Com o pomposo nome de Partido Democrático do Povo Afegão, era liderado por um homem chamado Nur Mohammed Taraki, um agente da União Soviética de codinome NUR. Como o partido não estava no poder, não havia como Liev criar algo tão sofisticado como uma força policial oficial e, no começo, seu trabalho foi impedir que os inimigos, tanto estrangeiros quanto nacionais, destruíssem o partido. Era como se ele viajasse no tempo até os primeiros anos de Lenin, quando o comunismo era um partido minoritário, ameaçado de morte por todos os lados. Foi uma luta terrível sufocar inúmeros atentados da CIA e resolver as disputas internas. Liev foi um dos que mais se surpreendeu quando, no golpe de abril de 1978, o Partido Comunista chegou ao poder. O agente NUR se tornou presidente do Afeganistão e do Conselho Revolucionário. As tarefas de Liev então mudaram. Podia sugerir a criação de uma força secreta com uniformes e presídios, tendo como única finalidade manter e preservar os comunistas no poder.

Tentando evitar a selvageria e a brutalidade que marcaram seus primeiros anos como agente da polícia secreta, Liev propôs uma força que fosse moderada e contida. A proposta foi considerada ingênua. A força policial criada pelo novo governo comunista seguiu o modelo stalinista. Fazia *vendettas* e prendia indiscriminadamente. Após anos de cuidado e luta para chegar ao poder, o presidente mergulhou no terror. Diariamente, ele decidia quais cidadãos deviam morrer e recebia listas de nomes para marcar ou riscar. Por ironia, Liev ficou à margem do sucesso do partido. Não era mais necessário. Fez relatórios para o Kremlin e os atualizava com as atividades do monstro que havia ajudado a criar.

Livre das leis, o presidente profanou mesquitas e prendeu líderes religiosos. A campanha antirreligiosa foi tão sem rumo e, ao mesmo tempo, tão rigorosa, que Liev achou que o conceito de Deus devia irritar qualquer novo ditador, cujos poderes eram quase divinos. As tentativas de fazer o Afeganistão seguir um modelo comunista do dia para a noite também foram mal-interpretadas pelo presidente.

Com o Decreto Número 8, ele limitou a posse de terras a 6 hectares; o excedente foi confiscado pelo Estado. A população reagiu com indignação. Havia um profundo elo cultural do povo com a terra. As famílias viviam onde nasceram: sua identidade e localização estavam muito ligadas. Isso superava qualquer ressentimento dos camponeses em relação aos donos das terras onde eles trabalhavam. Houve uma revolta quando o presidente começou a mexer, não nas ideias e crenças do povo, mas nas coisas que podia controlar. A bandeira foi então redesenhada sem o *minbar* — púlpito das mesquitas — como símbolo, substituído por uma estrela de cinco pontas. No dia em que a nova bandeira foi hasteada, o presidente mandou que se homenageasse a cor vermelha. Tingiram pombos com tinta vermelha, moradores de Cabul receberam ordem de pintar as fachadas dos apartamentos de vermelho, alunos pintaram as carteiras e cadeiras de vermelho. Liev recebeu um pedido para pintar a bicicleta de vermelho. Guardou o pedido como prova e juntou ao relatório que escreveu nessa noite ao Kremlin mostrando o enorme fracasso do regime-satélite e prevendo a queda iminente do governo.

A única saída para a União Soviética foi se envolver diretamente. E invadiu o Afeganistão três meses antes, no Natal de 1979. Com a chegada de mais soldados, Liev deixou de ser um solitário soviético na cidade. Os tanques russos controlavam as ruas de Cabul. O ex-presidente foi assassinado e Babrak Kamal assumiu, servil ao comando soviético. Uma emissora de rádio denunciou os excessos do presidente anterior e prometeu apoiar a manutenção da integridade e da lei. O novo regime foi mostrado como justo, e não truculento; inclusivo, e não agressivo e repressor. Mas a boa vontade advinda pela remoção de um líder odiado foi substituída pelo ódio às tropas estrangeiras, que o presidente legitimou ao pedir sua ajuda — como se ainda fossem chegar —, usando o Tratado de Amizade e Boa Vizinhança como moldura legal. Foi uma farsa política, cínica até para o observador mais distraído. Em fevereiro, as manifestações antissoviéticas em Cabul se transformaram em tumulto. Trezentas pessoas morreram. Apesar das mortes, a violência não diminuiu e o comércio da capital ficou fechado por uma semana. Ordenaram que jatos e helicópteros sobrevoassem o país, uma demonstração de força, uma ameaça implícita de que os bairros problemáticos seriam destruídos, arrasados, caso não se rendessem.

Tornou-se mais urgente a necessidade de uma polícia secreta forte e eficiente, e ela foi rebatizada, conhecida como KhAD, a Agência de Informação do Estado — o equivalente afegão do KGB. Fizeram falsas promessas. A época de selvageria absurda terminou. Não haveria mais rios de sangue. Nem pombos vermelhos. O presidente Kamal consagrou o 13 de janeiro de 1980 como dia de luto nacional por todos os mortos pelo ex-presidente e já no dia seguinte Liev começou a dar aulas como professor dos recém-convocados agentes afegãos.

Com sua barba grisalha e áspera, o rosto envelhecido e marcado pelos quentes verões afegãos, os colegas soviéticos de Liev brincavam que o conselheiro especial Liev Demidov tinha virado afegão. Permitiram que não usasse o *salwar kameez*, o traje tradicional local, mas também não usava uniforme, não era um deles. Suas roupas eram uma mistura de estilos: camisas tricotadas, calças do Exército soviético, óculos de sol Ray-Ban americanos e sandálias de dedo fabricadas na China. Era um dos poucos conselheiros soviéticos que falava o dialeto dari com fluência, a língua das classes dominantes no Afeganistão, menos usada que o *pashto*. Dari foi a primeira língua estrangeira que Liev aprendeu e que agora falava com mais frequência que o russo. Nas horas de folga, lia sobre a história e a cultura dessa terra e descobriu que a única coisa capaz de competir com o ópio como forma de escape era estudar. Com exceção da doutrina comunista, Liev passou trinta anos sem ler um livro e agora era tudo o que fazia.

As autoridades suportavam as excentricidades e o comportamento pouco ortodoxo de Liev com uma leniência nunca vista na

União Soviética. As leis e as ordens obedecidas no país dele eram tranquilamente ignoradas ali. O conceito de disciplina foi redefinido. Cabul era uma cidade de fronteira, uma revolução à beira de um precipício que diariamente corria o risco de cair na anarquia. Muitos conselheiros pediram para voltar a seus locais de origem, renunciaram aos cargos justificando problemas de saúde, inclusive disenteria. E que jamais se aclimatariam como Liev. Mas, embora fosse o mais antigo conselheiro soviético em Cabul, ele se considerava tão afegão quanto no dia em que chegara. Quem dizia que ele tinha virado nativo eram soldados soviéticos assustados, que tinham acabado de descer do avião, muitos dos quais jamais haviam saído do país antes. Nenhum afegão que Liev conhecia o tinha como um deles. E ele conhecia muitos, mas não era amigo de nenhum. Era estrangeiro e isso valia pouco. Era visto como diferente dos demais soviéticos. Sem ter qualquer crença, fossem elas nacionalistas ou espirituais, ele não louvava seu país natal. Embora fosse agitado e inquieto, não parecia sentir falta do lugar onde nascera. Não comentava sobre nenhuma esposa. Não falava nas filhas, nem mostrava as fotos delas a ninguém. Não falava de si. Não pertencia ao país onde estava, nem ao país de onde veio. Muitas vezes, era mais fácil entender as forças soviéticas mais convencionais, de uniforme, com ideologia e meta, objetivos, estratégias e oportunidades. Tudo isso representava algo, mesmo que fosse algo a ser desprezado e derrotado. Liev não representava nada. O niilismo era uma ideia ainda mais alienada que o comunismo.

*

Liev freou a bicicleta. Na frente, um caminhão entrou com o pneu num buraco e espalhou na rua centenas de garrafas plásticas de água potável. Os envolvidos discutiram. O trânsito parou. Motoristas, com pressa, buzinaram. Liev olhou os telhados, onde estavam os espectadores. Ele já tinha visto tantos acidentes de rua em Cabul que sabia quando um era encenado para emboscada. Não havia veículos soviéticos no trânsito e ele não viu motivo para a retenção, a não ser o perigoso mau estado das estradas; abriu caminho entre as garrafas espalhadas, sem chamar atenção dos irritados participantes, e passou pelo caminhão. Olhou por cima do ombro e viu crianças enchendo as camisetas rasgadas com garrafas e fugindo com o saque. Liev passou pela cena como se ela não existisse.

Tomou velocidade e recitou um poema de Sabbah escrito séculos antes:

Sozinho no deserto,
perdi o caminho:
a estrada é longa e eu
não tenho ajuda nem companhia,
sem saber aonde ir.

Ao contrário do poema, Liev sempre soube aonde ia. O drama era não conseguir chegar lá. Sabia o que queria, mas não conseguia. Com a estrada vazia, resmungando o poema, Liev fechou os olhos, soltou as mãos do guidão e abriu os braços, fazendo a bicicleta serpentear de um lado ao outro do caminho.

Grande província de Cabul
Cidade de Cabul
Sede da polícia de Cabul
Dih Afghanan
Mesmo dia

A agente estagiária Nara Mir ficou satisfeita lendo seus livros enquanto aguardava o professor camarada Liev Demidov chegar. Estava muitas horas atrasado, o que era comum. Incerto e volúvel, ele talvez fosse o homem mais diferente que ela já tinha visto, sem dúvida o mais esquisito, bem diferente dela. Apesar disso, ela gostava das aulas, mesmo que fosse difícil imaginar que ele um dia fizera parte do mundialmente famoso KGB. Com 23 anos, Nara estava quase no fim do treinamento e dali a pouco se tornaria uma agente que supervisionaria a educação ideológica nas escolas e monitoraria estudantes, avaliando quais seriam uma boa aquisição para o regime e deveriam ser indicados para empregos no governo, e quais poderiam ser problemáticos e talvez até mesmo uma ameaça. Ela não considerava essa tarefa como espionagem, pois fazia parte do trabalho de todo professor avaliar seus alunos, quer trabalhassem para o serviço de informação do Estado ou não. Animada com as perspectivas, estava na vanguarda das mudanças sociais, tendo uma oportunidade que, até poucos anos atrás, as mulheres não tinham.

O recrutamento de Nara era recente, integrava a reforma da polícia secreta afegã iniciada há menos de três meses. A antiga organização, chamada KAM, fora desacreditada, um bando de açougueiros e sádicos, sem meta nem ideologia. Ela jamais trabalharia com eles. O sombrio tempo deles acabou. Um novo presidente prometia uma era de controle e integridade. Os soviéticos queriam transformar o país numa grande nação, tão grande quanto a própria URSS. Nara queria fazer sua parte desse desenvolvimento. A vizinha república soviética socialista do Uzbequistão podia se vangloriar de ter toda a população alfabetizada. No Afeganistão, apenas dez por cento dos homens sabiam ler e dois por cento das mulheres. A expectativa de vida era de 40 anos, enquanto no Uzbequistão era de 70. Quase metade das crianças morria antes dos 5 anos. Ninguém podia dizer que valia a pena manter isso. Eram necessárias mudanças radicais. A oposição era inevitável. Para haver progresso, pessoas como ela precisavam proteger o regime. Era preciso vigiar contra os que queriam se prender ao passado. Havia regiões do Afeganistão presas a um estilo de vida que se mantinha imutável há milhares de anos, portanto houve e continuaria havendo discordância contra qualquer reforma. Era inevitável. Infelizmente, vidas seriam sacrificadas. Isso era lamentável. No ano anterior, na cidade de Herat, houvera um levante contra a educação obrigatória das mulheres. Os conselheiros soviéticos que trabalhavam na cidade foram arrastados pelas ruas e decapitados, depois seus corpos mutilados foram exibidos numa mostra grotesca. A única solução foi o bombardeio e a morte de muitos civis até o levante ser contido. A violência era um instrumento necessário. Ela estava convencida de que aquela resistência sangrenta fora orquestrada por alguns elementos tradicionalistas influentes, homens que ficariam satisfeitos de vê-la apedrejada até a morte por aceitar um emprego e usar um uniforme. Se isolassem esses dissidentes, milhares de vidas seriam salvas e a de milhões de pessoas melhoraria muito.

Ela olhou o relógio de pulso. Como ainda não havia sinal do camarada Demidov, folheou as páginas do livro de exercício, lendo as citações:

Ideias são mais fortes que as armas. Não deixaríamos nossos inimigos terem armas, por que deixá-los terem ideias?

A revolta era sobretudo dos analfabetos, a maioria dos revoltosos não sabia ler nem escrever. Mas tinham uma ideia forte de que aquela invasão fora injusta, que o comunismo era uma abominação estrangeira e que eles acabariam vencendo, por mais soldados bem-equipados que fossem enviados para morrer lá. Alá estava com eles. A história estava com eles. O destino estava com eles. Tais ideias eram bem mais perigosas que armas antiquadas. O desafio era desmentir que a vitória era inevitável.

Ao ouvir a porta se abrir, Nara olhou. O professor tinha chegado. De cabelos grisalhos, barba acinzentada e pele bem mais escura que a dos colegas soviéticos, ele era diferente dos estrangeiros tanto na aparência quanto no comportamento. Ela nunca o vira de uniforme. Nunca o vira fazer qualquer esforço pela aparência física. Parecia sempre distraído, como em permanente devaneio, só de vez em quando a realidade exigia sua atenção. Nara o achava bonito, mas afastou a observação como irrelevante. Só então ele notou que Nara era a única aluna na sala. Perguntou, com a voz rouca e seca:

— Onde estão os outros?

Ela respondeu:

— Foram embora.

Ele olhou as carteiras desocupadas, sem se aborrecer nem estranhar, expressão vazia. Ela acrescentou como explicação, nervosa que pudesse parecer uma crítica:

— A aula era para começar ao meio-dia.

O camarada Demidov olhou o relógio na parede. Estava atrasado três horas. Virou-se para Nara e perguntou:

— Você está aqui há três horas?
— Sim.
— Quanto tempo pretendia esperar?
— Estou contente fazendo o meu trabalho. Aqui é mais calmo que em casa.

Liev foi até ela, pegou o livro de exercícios, leu a lista de citações. Nara explicou:

— Quero ter certeza de entender a sabedoria do nosso partido.

Toda vez que ela falava no partido, o camarada Demidov a olhava atento, certamente avaliando sua fidelidade. Lendo o livro, ele disse:

— Confie, mas confira.

Ela explicou, querendo impressioná-lo:

— Por mais que você confie em alguém, esteja sempre atento. Um agente não pode se dar ao luxo de achar que alguém é inocente.

— Sabe quem disse isso?

Nara concordou com a cabeça e respondeu, orgulhosa:

— O camarada Stalin.

Liev olhou a aluna falando o nome de Stalin como se fosse um sábio e adorado ancião de aldeia, amigo de todos e tirano de ninguém. Nara tinha o rosto muito delicado. Quase sem uma linha dura em volta das maçãs do rosto, um pequeno nariz redondo e grandes olhos verde-claros. O tom claro fazia com que os olhos ficassem mais marcantes, como se poucas gotas de verde tivessem sido misturadas com água. Davam a impressão de imensa curiosidade e, somados à seriedade dela, era como se tentassem absorver e compreender todos os detalhes do mundo ao redor. O rosto e o jeito lembravam a ele um pequeno cervo, um animal lutando para parecer grandioso, o guardião da floresta, mas ainda jovem e assustado. Era estranho associá-la com tanta intensidade a uma criatura que ela nunca havia visto e talvez nem tivesse ouvido falar. Só pela aparência ele era capaz de apostar que ela não tinha a personalidade de um agente. Tinha uma suavidade e uma disponibilidade que dificultavam imaginá-la tomando o que se costumava chamar de medidas necessárias. Conseguiria prender seus compatriotas? Mas Liev aceitava que as aparências podem enganar; ele mesmo tinha se enganado vezes demais para acreditar numa observação tão superficial.

Quanto à compreensão das palavras de Stalin, eram noções abstratas que ela decorara para preencher suas aspirações. Ela jamais as usara, ou vira uma sociedade inteira mudar graças a elas, uma população incapaz de confiar em alguém, mesmo que fosse alguém da família, amigos ou amantes. Para ela, *Confie, mas confira* era um aforismo do comunismo, para repetir e ser elogiada por repetir. Ela não era apenas ambiciosa, mas idealista, uma utópica que realmente acreditava numa sociedade perfeita, séria sobre a promessa de progresso, sem nada de cinismo ou uma só dúvida. Nesse ponto, lembrava muito Elena. Talvez por isso Liev suportasse sua lealdade fanática ao comunismo, no sentido de quem não pode viver sem um sonho. Talvez ele também a apreciasse porque, por baixo da segurança, havia um toque de melancolia, como se o otimismo dela estivesse esboçado sobre uma alma sofrida. Não acreditou que ela ficou na sala só porque queria trabalhar. Estava se escondendo de alguma coisa em casa. Quanto a isso, a certeza dela não era natural, era treinada. Às vezes ela caía em si e retirava um comentário ou observação, preocupada de ter ido longe demais. E da mesma forma que Raíssa achava que beleza era uma qualidade perigosa, aquela jovem fazia um esforço consciente para ser simples, usando um uniforme que era grande demais para ela, o corte feio escondendo o corpo. Os cabelos estavam sempre presos. Nem um toque de maquiagem, nem de perfume. Liev viu que ela corara ao ser observada, detestava ser olhada, talvez detestasse a própria beleza. A aparência e a tristeza dela sempre o impressionaram igualmente, como se fosse impossível notar uma sem notar a outra.

Como não havia outros alunos na sala, Liev ia mandá-la para casa quando o capitão Vaschenko entrou. Liev achava engraçado que o capitão parecia considerar que bater à porta era uma fraqueza e entrar num lugar de supetão, um ato de força, uma vitória sobre as boas maneiras. Desde a invasão no Natal, os dois tinham se falado várias vezes e Liev o achava bastante objetivo. A agressividade costumava ser mais simples de entender que a moderação. Se fosse para escolher, o capitão preferia sempre o estilo agressivo. Não fazia cerimônia. Não se interessava por privilégios, nem pelos confortos disponíveis para um agente militar. Sem ser muito alto, o capitão era fisicamente forte, bem-constituído; tudo nele parecia denso e compacto, o corpo, ombros, peito, a mandíbula. Para sua própria surpresa, Liev achava difícil não gostar dele; era como não gostar de um tubarão ou de algum outro predador mortal. Não havia escuridão exterior ou psicológica óbvia, nenhum sadismo ou satisfação perversa na violência; ele se interessava apenas na conveniência. Em resumo, ele faria tudo e jamais desistiria.

Impaciente, o capitão se dirigiu a Liev em russo:

— Na noite passada, um agente do alto escalão sumiu, do 40º Exército. Não houve falha da segurança no quartel. Nenhum sinal de perturbação. Acreditamos que tenha desertado. Falta um carro na área. Meus homens estão à procura dele. Temos postos de controle em todas as estradas. Não há sinal dele. Precisamos da sua ajuda. Ninguém conhece Cabul tão bem quanto você.

— Só os afegãos.

O capitão não tinha tempo para as bobagens de Liev e exigiu:

— Se ele estiver na cidade, tenho certeza de que você vai achá-lo.

— Qual é a importância desse homem?

— Ele é importante. E temos que mostrar que não se tolera deserção.

Era a primeira deserção de que Liev tomava conhecimento. Tinha certeza de que muitas viriam. Os verões eram longos e quentes, era comum adoecer e eles estavam longe de casa.

Só então o capitão pareceu notar Nara Mir.

— É uma das suas alunas?

— Estagiária.

— Leve com você.
— Ela não está preparada.
O capitão afastou esse detalhe com um gesto de mão.
— Se ela ficar aqui, jamais estará preparada. Veja como ela lida com uma investigação real. Precisamos de agentes, não de alunos. Leve com você.
Ao perceber que comentavam sobre ela, Nara Mir enrubesceu.

Sede do 40º Exército
Palácio Tapa-e-Tajbeg
10 quilômetros ao sul de Cabul
Mesmo dia

O palácio ficava no alto de uma montanha, com vista para um vale que, por sua vez, tinha vista para uma distante cordilheira: um cenário pitoresco para se comandar a ocupação do Afeganistão. Por padrões internacionais, o palácio era simples, estava mais para uma imponente mansão, uma casa colonial, ou uma *dacha* presidencial, nada que pudesse competir com o esplendor das moradas dos tsares. Era pintado em cores suaves, com colunas e grandes janelas em arco; tinha sido residência de verão para um rei cansado da agitação da capital. A montanha era tão íngreme que no alto havia apenas o palácio, com os jardins em terraços formando degraus. No passado tudo aquilo tinha sido cuidado e regado por um exército de empregados, lugar do lazer real, mas agora estava abandonado, dominado por plantas e assolado pelo tempo, os roseirais secos cheios de bitucas de cigarros e cartuchos de bala.

Ao lado de Nara, Liev saiu do carro, ainda com as sandálias verdes e as roupas com que havia entrado e saído do lago. Já fora chamado ao palácio antes, como sujeito depravado, e foi criticado por não usar uniforme nem fazer a barba, comentários de homens que tinham chegado há pouco, que não tinham entendido ainda a enormidade de suas tarefas, apegavam-se a leis idiotas enquanto divisões inteiras desertavam e o Exército afegão se desagregava. Não tinha se incomodado com as críticas e continuara desarrumado, achando que não iam criticá-lo de novo. Haviam se passado meses, tempo suficiente para eles se preocuparem com coisas mais importantes.

Acompanharam os dois até o palácio, onde foram feitas rápidas apresentações; o comando soviético estava muito constrangido com o sumiço de um de seus integrantes e irritado sobretudo com a implicação de que Nara poderia acertar onde eles fracassaram. O interior do palácio fora danificado pela guerra, a frivolidade real fora destronada pela batalha. Peças antigas, de função meramente decorativa, passaram a ter utilidade, servindo de apoio para enormes rádios transmissores. O equipamento do Exército era inadequado e feio: a função original do palácio — prazer, decadência e beleza — não interessava aos austeros novos ocupantes. Os lugares que um dia foram ocupados por obras de arte e retratos de imperadores agora tinham mapas do país marcados com formações de tanque e divisões de infantaria.

Nara e Liev foram levados ao andar de cima, aos cômodos em uso. O oficial desaparecido foi considerado desertor, adiantando o resultado da investigação, mas Liev não imaginava o que teria acontecido com ele. Chamava-se Fiodor Mazurov e era jovem para uma posição tão destacada; tinha 30 e poucos anos. Galgara postos com incrível rapidez. Ao ler a ficha dele, Liev notou que era a primeira vez que vivia fora e que tinha pouca experiência em combate. Era soldado de carreira e Liev pensou no choque ao chegar ao Afeganistão, tão longe do mundo que conhecia. Nara observou:

— Não sei por que viemos aqui. Sabemos que ele está em Cabul, já revistaram o quarto dele aqui e não acharam nada. O que você espera encontrar?

Liev deu uma resposta qualquer:

— Eles podem não ter percebido alguma coisa.

Nara insistiu.

— O que, por exemplo?
— Um quarto conta muito sobre o ocupante.

Nara fez uma expressão de grande concentração, pensando se era isso mesmo. Como não chegou a conclusão alguma, disse:

— Revistar o apartamento de um suspeito pode fazer sentido na União Soviética. A maioria das casas afegãs tem pouca coisa: roupas, móveis e utensílios de cozinha essenciais. Um quarto não nos diz nada sobre a pessoa. Isso não vale também para os soldados soviéticos? Eles recebem um kit-padrão. Qual é a diferença de um quarto para outro?

— Sempre há diferenças, mesmo que duas pessoas tenham exatamente os mesmos pertences. O jeito de arrumá-los interessa. E há muitas coisas que não são padronizadas: dinheiro, cigarros, garrafas de bebida, cartas, papéis, um diário...

Nara ponderou sobre o que ele disse.

— Diário? Muitos russos escrevem um diário?

— Mais mulheres que homens, mas os soldados acham útil anotar os fatos do dia.

— Eu me surpreenderia se achasse cinquenta diários em Cabul inteira, talvez até no Afeganistão inteiro. Você acha que esse soldado escrevia um diário?

— Veremos.

Fiodor Mazurov recebera um quartinho no último andar. Era uma acomodação adequada para um oficial que coordenava uma ocupação sangrenta. Em vez de um beliche de ferro como o dos militares, Fiodor Mazurov dormia numa elegante cama de dossel que simplesmente estava lá para ser usada. O quarto tinha um lustre meio quebrado que parecia uma coleção de dentes partidos e uma escrivaninha de nogueira, um dos poucos móveis do palácio que estava em perfeito estado. Um retrato de Lenin olhava de cima da cama, pendurado às pressas e pequeno demais para o espaço, e parecia ainda menor devido à mancha do quadro anterior no papel de parede.

Liev foi até o final do quarto e olhou de lá. Um homem recebera aquele pequeno espaço e, certamente, deixara alguma marca de sua personalidade ali. Nara continuou à porta, com medo de perturbar o raciocínio de Liev como observadora cética. Ele perguntou:

— O que você consegue ver?

Ela olhou o quarto, séria, sem achar que veria nada de interesse. Liev pressionou:

— Fique ao meu lado.

Ela obedeceu, fitando o quarto da mesma perspectiva e disse:

— Vejo uma cama.

Liev foi até a cama e olhou embaixo. Tinha um par de botas. Verificou as solas: eram para serviço pesado, botas de couro preto padronizadas, quentes demais para o Afeganistão, largadas lá por não serem práticas. Passou a mão embaixo do colchão, levantou-o. Não tinha nada. Foi até a escrivaninha, notou que foi limpa. Não tinha papéis. Olhou na lata de lixo. Nada no interior. Liev disse a Nara:

— Não encontrar nada pode ser uma boa descoberta, mostra que a decisão de fugir não foi súbita ou impulsiva. Foi bem-pensada. Ele limpou o quarto, esperava que o revistássemos.

Liev abriu o armário e ficou surpreso com o próprio reflexo olhando-o. Era um espelho decorado, maior do que o retrato de Lenin, um espelho de parede. Segurou-o e examinou. Era pesado, antigo, com a parte posterior de prata, com desenhos na borda. Liev observou o quarto.

— De onde tiraram esse espelho?

Nara mostrou o retrato de Lenin.

— Ele trocou o espelho pelo retrato de Lenin?

— Não, o espelho é bem menor do que o que estava ali antes.

Liev olhou a superfície do espelho: as bordas estavam cheias de digitais.

— O espelho foi bastante manuseado.

Liev passou a falar russo e se dirigiu ao guarda na porta.

— Sabe onde estava este espelho?

O guarda negou com a cabeça. Liev perguntou:

— Onde fica o banheiro?

Liev colocou o espelho embaixo do braço e seguiu o guarda com Nara até o banheiro, um aposento sombrio que sofrera com a guerra: as janelas estavam quebradas e foram substituídas por tábuas. Os espelhos haviam se despedaçado.

— Aqui não tem espelho.

Liev se dirigiu ao guarda novamente.

— Como você faz a barba?

— Eu não moro aqui.

Liev saiu do quarto, voltou ao corredor e olhou as diversas manchas nas paredes. Achou uma do tamanho do espelho. Dependurou-o lá: o espelho voltou a seu lugar de origem. Olhou Nara.

— Ele pegou um dos poucos espelhos em bom estado aqui e o colocou no quarto.

Nara se aproximou, entendendo aos poucos o processo que acompanhava, animada com o sentido da descoberta.

— O oficial estava preocupado com a aparência?

— E o que isso significa?

— Ele era fútil?

— Não, ele encontrou uma mulher.

Grande província de Cabul
Distrito de Murad Khani
Mesmo dia

Nara foi importante para avaliar a lista de mulheres que o oficial desertor conhecera. Conhecia quase todos os nomes, pessoalmente ou de ouvir falar, e identificou logo quais jamais se envolveriam no escândalo de um romance. Liev achava que sua jovem estagiária ignorava que o amor podia fazer até a pessoa mais confiável ficar imprevisível. Duvidava que Nara algum dia tivesse se apaixonado. Mas resolveu prosseguir com as primeiras observações dela, até porque não conhecia direito as mulheres na lista.

Apesar de Fiodor Mazurov estar há três meses no país, deveria ter tido poucas oportunidades para se envolver em romance. Diferente de muitas zonas de guerra e capitais, Cabul não tinha bordéis, embora Liev tivesse ouvido vários militares mais velhos dizerem que seria bom abrir um, devido à quantidade de soldados na cidade. As mulheres seriam trazidas de avião, talvez dos países comunistas aliados no Ocidente, como caixotes de bala ou cartuchos de artilharia, e os prostíbulos não seriam administrados como um comércio, mas como parte da infraestrutura militar, mantidos em segredo para não ofender a sensibilidade carola da população local. O projeto, que certamente teria algum nome libidinoso em código, ainda não tinha sido concretizado e assim o jovem oficial se apaixonou por uma afegã. A posição social das mulheres no país fazia com que não houvesse vendedoras nas lojas, nem mulheres conversando nas casas de chá e pouca chance de um homem e uma mulher se conhecerem ao acaso, na rua. Nara garantia que a mulher em questão era das classes mais altas, a única parte da sociedade onde havia uma integração dos dois sexos. Ao percorrer a lista de reuniões e deveres do oficial, destacou-se uma mulher. O jovem oficial costumava se reunir com um ministro afegão do novo governo, que tinha uma filha de 20 e poucos anos, que fez faculdade, falava russo e trabalhava como intérprete do ministro.

Com o endereço, Liev e Nara chegaram a uma casa no estilo tradicional, com muros de barro e enfeites antigos, de séculos passados. Muitas casas assim foram destruídas e aquele tipo de artesanato deixou de caracterizar bairros inteiros, passando a aparecer em exemplos isolados, únicos vestígios. A casa ficava numa rua antiga e estreita, pintada de vermelho e marrom fortes; Liev achou adequado que o romance surgisse numa das poucas áreas de bela arquitetura que ainda existiam. O bairro tinha sido opulento, refúgio das classes mais altas, embora agora fosse difícil considerar alguma parte da cidade como privilegiada. Nenhum lugar era seguro, nenhum estava livre de violência.

Liev não bateu, apenas levantou a pesada tranca de ferro da porta. Era um modelo antigo. Os enfeites entalhados eram comparáveis à perfeição do mecanismo, mais difícil de abrir que muitas trancas modernas. Nara ficou nervosa.

— E se eu estiver enganada? Esse homem é ministro.

Liev concordou com a cabeça.

— Vamos nos meter numa bagunça. Mas, se pedirmos licença para entrar, ofendemos o ministro e daremos tempo para o suspeito fugir. Portanto, o jeito é...

Liev colocou o indicador sobre os lábios, indicando que Nara se calasse. Se estivessem enganados, sairiam sem deixar rastro. Ao ouvir o clique da pesada tranca, Liev empurrou a porta.

Se estivessem certos, era pouco provável que o ministro tivesse algum envolvimento ou até mesmo que soubesse da situação da filha. Seria muito arriscado para o ministro e, pelo que Liev sabia, ele era um político muito esperto, entendia a repercussão que aquilo teria, não com os aliados soviéticos, mas com os colegas afegãos. Uma coisa era trabalhar com os soviéticos, outra muito diferente era casar uma filha com um soldado soviético. Liev não acreditava que o casal já tivesse fugido, mas, pessoalmente, esperava que sim. Ele não estava dividido: torcia pelo casal. A filha, que se chamava Ara, certamente escondera o amante e planejavam o que fazer, achavam que podiam esperar as primeiras buscas e viajar quando as atenções mudassem de foco.

Era uma casa enorme, de um estilo fora de uso, e o térreo estava deserto. Como dois ladrões, Liev e Nara subiram a escada, furtivos. Nara era tão jovem e inexperiente que a situação teve um toque teatral, como se fosse um exercício sobre interpretar um agente secreto, não uma cena real. Chegaram numa porta fechada. Liev a abriu. Ara estava de costas, numa escrivaninha, com papéis espalhados em volta. Ouviu entrarem, levantou-se e virou de frente, assustada e com medo. O único jeito para eles era admitir a busca. Após um momento para se recompor, ela perguntou, em russo:

— Quem é você? O que está fazendo na minha casa?

Ela era muito bonita, com a segurança e a dignidade que costumam ser associadas a privilégio e educação. O susto era autêntico. Mas a indignação era forçada, a voz tremia não de raiva, mas de nervosismo, um tom bem diferente. Liev teve certeza de que o desertor estava lá.

Deu uma olhada no aposento. Não havia nenhum esconderijo óbvio. Dirigiu-se a Ara no dialeto dari.

— Meu nome é Liev Demidov. Sou conselheiro especial da polícia secreta. Onde ele está?

— Ele quem?

— Ouça com atenção, Ara: há um jeito de isso terminar bem. Fiodor Mazurov pode voltar às suas funções, dizer que ficou bêbado, ou com saudade de casa, ou pensou que estava de folga. Não importa a desculpa. É possível inventar uma. Ele só está desaparecido há 18 horas. Tem uma folha militar imaculada. É a primeira vez que ele sai da Rússia. E você é filha de um ministro. Ninguém quer constrangimento ou escândalo, os soviéticos ficariam tão contentes de esconder isso quanto de pegá-lo. Podemos dar um jeito, se agirmos juntos. Preciso que você me ajude. Onde ele está?

Apesar de pronta para mentir, Ara gostou da proposta. Liev chegou mais perto, tentando mostrar que aquilo não era uma cilada.

— Temos pouco tempo. Se mentir para mim e os outros o encontrarem sem antes combinar alguma coisa, podem não fazer a mesma proposta a você. E vão descobrir em questão de horas. Não somos só nós que estamos à procura dele. Não somos os únicos a tirar as conclusões que nos trouxeram aqui.

Ara encarou Liev, depois Nara, avaliando a situação.

— Não sei do que você está falando.

A voz era fraca, mal conseguiu terminar a frase, as palavras foram sumindo. Liev suspirou.

— Então eu devo chamar os militares para revistarem a casa? Eles chegam em poucos minutos. Vão quebrar paredes e destruir todos os móveis.

Ameaçada por essa possibilidade, Ara deixou de fingir e abaixou a cabeça. Foi até a porta, virou para Liev e implorou:

— Promete nos ajudar?

— Prometo.

Ela o fitou, tentando ver algum sinal de que ele era um homem direito. Difícil saber a que conclusão chegou. O mais provável foi perceber que não tinha escolha. Levou-os ao andar de baixo, destrancou uma porta e abriu o celeiro.

O celeiro servia de depósito, com o telhado baixo e curvo tirando proveito do lugar naturalmente mais frio. Ara acendeu uma vela, que mostrou Fiodor Mazurov no canto, pasmo ao vê-la com dois agentes da polícia secreta. Liev disse, em russo:

— Fique calmo, vou ajudar. Mas precisa fazer exatamente o que vou dizer.

Mazurov ficou quieto. Liev notou que o fugitivo estava com as mãos fechadas. Era muito provável que estivesse armado. Disposto a morrer pela mulher que amava. Com uma curiosidade real, não com um cinismo zombeteiro, Liev perguntou:

— O que planejam? Fugirem juntos?

Ara segurou a mão do amante. Foi uma audaciosa demonstração de afeto para uma afegã e Nara reagiu ao gesto. Mazurov respondeu:

— Nós íamos para o Paquistão.

Falou sem convicção. Era um plano temerário. Teriam de passar não só pelos postos de controle soviéticos, como também pelas fortalezas dos insurgentes na fronteira. Mas Liev não estava em posição de criticar aventuras bizarras. Com uma forte empatia por eles, percebeu que sentia mais que compreensão ou compaixão; era vontade de ir junto. O plano deles o lembrou da própria tentativa de ir a Nova York, tão corajosa e estúpida quanto aquela. Perguntou:

— Acham que seriam felizes lá, no Paquistão?

Fiodor ia negar, mas se conteve, engoliu as palavras. Liev adivinhou o que realmente pretendiam fazer.

— Iam pedir asilo? A quem, aos americanos? Querem que eles protejam vocês?

Só isso garantiria que fossem executados. Para Liev fazer um acordo e salvar a vida de Fiodor, era fundamental que eles não contassem esse detalhe do plano. Teriam de justificar a ausência de 18 horas como uma insegurança passageira, uma noite de prazeres do amor. Liev considerou a preocupação de seus superiores militares em abrir bordéis e concluiu que aquela justificativa podia ser vista com certa simpatia.

Todos estavam esperando que Liev falasse, desse o rumo a seguir.

— Primeiro, vocês têm que me garantir que vão fazer tudo o que eu disser. Esqueçam isso de ir para o Paquistão. É loucura. Se os soviéticos não matarem vocês, os *mujahedins* matam. Segundo, você precisa voltar para o seu posto e prometer fidelidade ao Exército. Garanta a eles que isso não vai mais acontecer.

Os detalhes desse plano improvisado foram interrompidos por um barulho acima deles. Tinha alguém à porta. Liev olhou a escada e ouviu vozes procurando Ara.

— É o seu pai?

Ara negou com a cabeça. O barulho era de muitos passos. De repente, vários soldados soviéticos entraram no celeiro. Mazurov pegou o revólver. Os soviéticos levantaram as armas mirando em Ara e nele. Cercado, rendido, o jovem oficial jogou a arma no chão e levantou as mãos acima da cabeça.

Ara lançou um olhar maligno a Liev, de repreensão.

— Você prometeu!

Liev não entendeu de onde eles surgiram. Não havia contado o que ia fazer, não disse a ninguém aonde ia com Nara.

Devagar, virou-se para Nara. Estava bem atrás dele, com os braços para trás. Sob o olhar dele, ela disse:

— O capitão me pediu para mantê-lo informado de nossos deslocamentos.

Liev cometera um erro de amador. Acreditara que Nara fizera dupla com ele para aprender. Ela fez dupla como espiã. Considerando o próprio histórico, era apenas lógico que o capitão tivesse esse cuidado ao lidar com um desertor.

Fiodor Mazurov foi levado sob guarda armada. Ao ver isso, Ara se calou, sabendo que qualquer demonstração de afeto poderia ser uma provocação para os soldados afegãos. Não foi presa: isso deixaria o ministro em desgraça. O castigo para ela seria decidido e transmitido pelo pai. Se ela fosse esperta, negaria que o amava e colocaria toda a culpa nele, dizendo que se apaixonou por ela. Mas o amava e Liev achou pouco provável que negasse isso, embora com certeza fosse lhe trazer muitos problemas e desgraça.

Como último a sair do celeiro, Liev disse à sua estagiária Nara Mir:
— Você leva jeito para ser uma excelente agente.

Ela levou a sério, sem entender as implicações. Sorriu.
— Obrigada.

Grande província de Cabul
Cidade de Cabul
Distrito de Murad Khani
Mesmo dia

O bairro estava sem luz e Nara foi obrigada a terminar as orações da noite à luz de uma lamparina a gás cheia de fuligem. Pensou no desertor, o oficial Fiodor Mazurov, e na amante dele, Ara, mulher que Nara tinha admirado como uma pessoa progressista na vizinhança. Culta, trabalhadora, inteligente, foi um modelo. Nara cumpriu com sua obrigação, mas ficou pensando se foi correto informar ao capitão Vaschenko que Ara era a principal suspeita deles. Se não tivesse feito isso, Liev poderia ter salvado o casal. Mas Nara não podia ser culpada pela situação. Ela simplesmente relatou o que iam fazer. Os culpados eram eles. Sem conseguir se convencer pela própria lógica, ficou tão em dúvida que interrompeu as orações. Ara ia passar vergonha e, certamente, sofrer violência física. Por mais liberal que o pai dela pudesse parecer como ministro comunista, a questão sexual era dissociada da política e a atitude dele em relação ao romance seria conservadora. Fiodor seria julgado por um tribunal militar. Ara seria julgada e condenada pelo pai.

    Nara respirou fundo, sem a sensação de compostura e equilíbrio que costumava alcançar pela oração, e enrolou o tapete de oração. As mulheres não deviam rezar em conjunto, o culto particular era mais importante. Não havia motivos religiosos para ela não poder rezar nas mesquitas, mas as condições eram tão rígidas que rezar em público ficava complicado. Na última vez em que fora fazê-lo, acusaram-na de usar perfume e acabaram aceitando que tinha apenas lavado as mãos com sabonete, que talvez fosse perfumado. Após a humilhação de ser cheirada por um júri de homens, passou a rezar em casa.

Olhou o quarto, o tapete de oração, as roupas, o guarda-roupa, a cadeira, a lamparina e pensou na aula do camarada Demidov. Se um agente fizesse uma busca no quarto dela, as únicas coisas que mostravam algo pessoal e controverso sobre ela foram dadas pelos soviéticos: um livro de exercícios e uma caneta barata. Em geral, quando queria estudar, era obrigada a trazer os livros escondidos para o quarto. Ficavam guardados lá fora, protegidos da chuva e da sujeira em sacos plásticos, num buraco do muro da estreita rua lateral. Era difícil tirá-los sem ser vista pelos vizinhos, ou pelos meninos que brincavam no beco. Às vezes, Nara pensava se não estava sendo cuidadosa demais, se o treinamento tinha alterado sua avaliação. A precaução fazia sentido como tática. Os pais não se importaram por ela entrar na universidade, mas certamente se irritariam com sua nova atividade: trabalhar para a polícia secreta do Afeganistão.

Memar, o pai de Nara, era um dos mais importantes arquitetos do país. Líder de sua associação, foi eleito como ligação com os funcionários do Estado, tornando-se uma das principais vozes em grandes projetos feitos em Cabul. Veterano na área, reconhecido como mestre — *ustad* —, ele mantinha um programa para aprendizes do qual o irmão mais velho de Nara participava. Esse irmão desperdiçara as oportunidades que tivera: era preguiçoso e passava quase o tempo inteiro correndo pelas ruas de Cabul numa moto importada e personalizada, impressionando os amigos. Bonito e conhecido, estava mais interessado em festas que em estudos. Jamais perguntaram a Nara se ela gostaria de entrar no programa de aprendizes, ou se queria visitar um dos projetos do pai em construção. A possibilidade de seguir a carreira do pai não só lhe fora negada como jamais passou pela cabeça de ninguém. O pai não discutia nem discutiria seus negócios com ela. Para saber um pouco sobre ele, teve de investigar por conta própria, ouvindo conversas, lendo as cartas dele, numa prévia da profissão que escolhera.

Assim, Nara descobriu que, jovem ainda, o pai veio do campo para a capital, Cabul, ajudado pelo avô, que ganhou dinheiro contrabandeando peles de animal, inclusive astracã, pela fronteira do Afeganistão com a China. Chegara com a intenção de sustentar a família na aldeia, que penava com as colheitas ruins, numa das piores secas que o país já tinha enfrentado. Querendo se adaptar à classe média, achara que o conservadorismo religioso o faria parecer provinciano. Rico e crente, sua vida se baseava na religião e no comércio, duas áreas que nem sempre combinaram. Sua argúcia para os negócios permitiu que fizesse concessões. Assim, Nara frequentara a escola porque as filhas dos fregueses dele o faziam. E aceitara que a filha não usasse o véu muçulmano só porque os clientes dele também não obrigavam as filhas. Uma filha não usar o xador era um forte sinal de mudança social que vinha de 1959, quando as mulheres burguesas de Cabul tiraram o véu no Dia da Independência. Mas Nara não se iludia, ela sabia que a tolerância do pai era apenas uma estratégia comercial. No fundo, ele era rigoroso e devoto e a educação dela o envergonhava. Nos negócios, conseguira tudo o que queria. Já na família, não. Tinha um filho simplório e uma filha solteira.

Nara se preocupava com a divisão da família. Ela não só era solteira, como não namorava nem mesmo os rapazes da elite, que aceitariam o fato de ela ser instruída. Na prática, até os homens mais liberais preferiam uma esposa tradicional, certamente por isso a culta Ara correra o risco de se relacionar com um militar soviético. Nenhum outro ia gostar dela. Certamente, o mesmo valia para Nara. A diferença era que Nara se conformara com isso.

Ela podia ter se separado da família e mudado para outro lugar. Mas, apesar de todas as dificuldades, gostava dos pais e sabia que, se mudasse, podia perdê-los. Não a visitariam. Ela não conseguia aceitar que fossem tão rígidos. O pai tinha feito uma concessão, a carreira dele se baseara nisso. Concessão era o futuro do país. O novo presidente afegão percebera isso e fizera uma concessão quanto à fé. Muitos inimigos do Estado diziam ser impossível trabalhar pelo Partido Democrata do Povo Afegão e continuar muçulmano. Diziam que o comunismo consistia em bombardear mesquitas e queimar o Corão. O novo presidente tivera uma atitude conciliadora com o islamismo. Mesmo no inflamado tema da educação das mulheres, defendeu com um argumento retirado da passagem do Corão sobre a criação do homem e da mulher:

De uma única célula criou seu companheiro e os dois deram origem a multidões de homens e mulheres.

Havia uma base religiosa na noção de igualdade. Nara tinha de dar um jeito de dizer isso aos pais. A fé que tinha podia ter outra forma de culto, diferente da deles, mas era tão forte quanto. Achava que sua família era um modelo, um microcosmo do país. Se desistisse da família, como podia trabalhar pela união da nação?

Deitou-se na cama, cansada demais para ler ou continuar pensando. Queria dormir, estava exausta com os acontecimentos do dia. Ia soprar a lamparina, quando ouviu um barulho. Os pais e os irmãos não estavam em casa. Estavam fora de Cabul, visitando os familiares que moravam no campo, com quem Nara não se relacionava. Essa parte da família professava o pior tipo de tradicionalismo, não a receberia nem como visita. Subiu na cama e abriu a janela. A casa tinha sido construída na parte íngreme de uma colina. Moravam no apartamento de cobertura. Olhou o beco, onde escondia seus cadernos. Não havia ninguém. Ouviu o barulho outra vez, um rangido. Era no interior do apartamento.

Levantou-se, saiu do quarto descalça e, sem fazer barulho, foi até a porta da frente. Uma estreita escada de tijolos levava ao apartamento e, sempre que alguém subia, a moldura da porta rangia. Nara não costumava ter medo, mesmo quando estava só. Havia uma porta de segurança no alto da escada, com grossas barras de aço. A porta estava trancada. Ninguém podia entrar pela porta da frente. Foi até lá e encostou o ouvido na madeira. Esperou.

Nara caiu no chão, seja porque a porta foi derrubada ou pelo susto e viu dois homens entrarem, chutando os pedaços de madeira da porta. O corpo dela reagiu mais rápido que os pensamentos: levantou-se e correu para o quarto. Um dos homens a derrubou. Ela conseguiu se livrar dele e se arrastou até o quarto. Quando conseguiu se ajoelhar no chão, foi chutada pelo outro homem. Sentiu uma dor insuportável, uma explosão dentro do estômago. Caiu e se enroscou como uma bola, respirando com dificuldade.

O homem a olhou com ódio, era um estranho com tanta raiva na voz que parecia conhecê-la pessoalmente.

— Você traiu o seu país.

Enquanto ele falava, o outro veio para cima de Nara, segurando-a no chão. Sentou no peito dela, o peso do corpo forçando a respiração. Ele estava com os cadernos dela e os rasgou, as caprichadas folhas manuscritas, as citações de Stalin e as aulas de Liev Demidov ficaram em pedaços, caindo no rosto dela. O homem tentou enfiar uma bola de papéis rasgados na boca de Nara. Ela a fechou com força. O homem reagiu levantando-se de cima do estômago dela e caindo novamente. Quando ela abriu a boca para respirar, ele enfiou o papel. O homem que estava ao lado deles disse:

— Você queria estudar...

Nara não conseguia respirar. Arranhou o rosto do homem. Ele afastou as mãos dela e enfiou-lhe mais papel na boca. Com tanto papel entrando na garganta, ela engasgou. Debateu-se, indefesa, e segurou nos lençóis da cama, puxando-os para baixo.

Sem enxergar, a visão turva, segurou algo: era a caneta que usava para escrever. Pegou com firmeza, fez surgir a ponta e a enfiou no pescoço do agressor. Ela ficou sem forças, mas a caneta atravessou a pele o suficiente para ele gritar. Ele soltou as mãos. Livre, Nara cuspiu uma parte dos papéis e respirou um pouco. Conseguindo enxergar outra vez, entendeu o que acontecia, recuperou-se e enfiou mais a caneta, sentindo o sangue dele escorrer. Ele caiu de lado no chão.

Nara se levantou, sem acreditar que estava subitamente livre e cuspiu fora o resto do papel. Pulou na cama e se afastou o mais rápido possível pelo pequeno aposento. O outro homem estava ao lado do primeiro. Ele puxou a caneta do pescoço do ferido e o sangue esguichou. Na confusão que se seguiu, o homem tentava conter o sangramento e Nara conseguiu chegar à porta. Teria de passar bem perto dos agressores. Mesmo se conseguisse sair, seria pega na sala, ou na escada. Sentiu o frio da noite nos pés descalços, virou-se para a janela. Era a única chance de escapar. Pisou no peitoril e subiu no telhado.

Sem luz, as ruas estavam escuras. A escuridão se espalhava pelo bairro como um visgo oleoso que atingia até o vale e as colinas distantes, interrompida apenas pela luz bruxuleante de lamparinas e velas. As residências mais ricas e os prédios do governo tinham geradores a diesel e estavam muito bem-iluminados: eram guetos brilhantes.

Nara ouviu o agressor que não havia sido ferido se apoiar na laje atrás dela. Seguiu descalça pelo concreto, em direção à casa vizinha, sem distinguir a escuridão de onde pisava da escuridão do espaço vazio. Ao chegar na beira, pulou o mais alto que pôde. Sentiu-se no ar até aterrissar no outro lado. Tropeçou, se endireitou e voltou a correr. Sentiu vibrações debaixo dos pés quando o agressor pulou atrás dela. Sem olhar para trás, correu o mais rápido que conseguia, os pés no concreto duro, os olhos se adaptando. Pulou e aterrissou, ágil, no telhado seguinte. Deu uns dois passos e, de novo, sentiu o estremecer do agressor perseguindo-a. Sem coragem de espiar, notou a sombra escura a poucos metros, os braços esticados para pegá-la. Desesperada, saltou no vazio. Era uma distância grande demais. Jamais conseguiria cobri-la. Mas não tinha nada a perder.

Saltou, o corpo flutuou no ar. Por um instante, teve certeza de que ia conseguir, mas então começou a cair perto do outro telhado, batendo na lateral da casa e caindo. Agarrou-se à beirada de uma janela. Sem conseguir aguentar, com os dedos escorregando, Nara caiu novamente e bateu em algum lugar, aterrissando sem jeito.

Ficou parada, sem saber se conseguiria se mexer. Testou o próprio corpo e se levantou, dolorida, mas conseguiu andar. Esperou, prendendo a respiração. Ele não tinha pulado, senão ela ouviria. Olhou a noite estrelada e viu a forma escura do homem na beira do telhado. Ele sumiu. Procurava outro jeito de descer.

Ela se levantou, foi mancando, tropeçando, correndo, virando de qualquer jeito. A única vantagem era a falta de luz, que dificultou a perseguição. Ao chegar numa avenida, sem saber onde estava, viu uma mulher entrando numa casa. Correu até ela e implorou:

— Me ajude.

Nara estava em estado lastimável, quase nua, coberta de lama e sujeira. A mulher fechou a porta.

Com um clique, a luz voltou. A iluminação das ruas tremulou e acendeu, mostrando onde ela estava.

Grande província de Cabul
Cidade de Cabul
Distrito de Karta-i-Seh
Avenida Darulaman
Mesmo dia

Após a prisão do oficial desertor, Liev voltou para casa e fumou durante horas, tentando suprimir a inquietação quase insuportável. Ao ouvir o plano dos amantes, de fazer uma viagem impossível, lembrou-se não só do desejo fracassado de ir a Nova York, mas também das viagens que fizera com Raíssa pela União Soviética e para Budapeste. Ao ver a determinação do casal, por mais equivocada que fosse, perguntou a si mesmo se tinha desistido de resolver o assassinato de Raíssa. Lembrou-se da situação que enfrentava. Se saísse do Afeganistão, prejudicaria as filhas em Moscou. De todo modo, o aviso que deu a Fiodor e Ara era verdade: chegar ao Paquistão oferecia dificuldades insuperáveis. As estradas eram controladas pelas forças soviéticas, o espaço aéreo estava patrulhado por caças e helicópteros; as montanhas e trilhas estavam tomadas pelos insurgentes afegãos, que matariam um soviético na hora, fosse ele desertor ou não. No final, o casal não conseguiu nem sair de Cabul. Mas esse fracasso tinha algum valor. Liev não podia negar o romantismo da ideia. Pensou em Elena: era o tipo do plano em que ela se envolveria, se tivesse nascido em Cabul.

Aos poucos, em meio a tais pensamentos, notou um ruído, uma batida rápida na porta. Não tirou o cachimbo da boca, continuou esparramado na cama, curioso para saber se o ruído era real ou imaginário. Não pretendia se levantar, bastava esperar. Outra batida, mais nervosa, acompanhada de um grito. Era voz de mulher. Liev deu uma tragada forte no cachimbo e continuou parado, mantendo a preciosa fumaça nos pulmões. Não fez menção de se levantar ou abrir a porta, passivo e inerte. A voz o chamou:

— Liev Demidov!

Ele soprou a fumaça do ópio, olhou os desenhos que fazia no ar, coçou o rosto barbado e concluiu que a mulher era real e não fantasia. Meio desanimado, avisou:

— A porta está aberta.

A voz foi quase um cochicho, ela não ouviu. Bateu de novo. Liev precisou de muito esforço para repetir mais alto:

— A porta está aberta.

A porta se escancarou e uma mulher cheia de lama e sujeira entrou. Fechou a porta, trancou e caiu no chão aos prantos. Com os cabelos no rosto, soltos e despenteados, encarou Liev. Era Nara Mir, sua aluna mais promissora.

Estava a poucos passos, com o corpo coberto de lama e ferido — uma lastimável figura, que comoveria qualquer homem normal —, mas Liev se sentiu desligado de tudo. Era como estar mergulhado num tanque vendo aquela mulher. Pertenciam a mundos diferentes: o dele, tépido e calmo; o dela, frio e agitado. Não era indiferença, era um pouco-caso empedernido. Queria saber o que ela estava dizendo e o que tinha acontecido. Sentiu o efeito da última tragada, respirou fundo e concluiu que, se os deuses existissem, deviam ver os seres humanos da maneira como ele via Nara, observadores distantes dos fatos que ocorriam na frente deles.

Liev fechou os olhos.

*

Nara parou de falar. Seu mestre, o indecifrável Liev Demidov, a quem procurou quando precisava, deu uma olhada no estado lastimável em que ela se encontrava e dormiu. Não foi recebida de braços abertos, com a promessa de ser protegida. O mestre a deixou no chão, ensanguentada e machucada, sem ajudar ou sequer demonstrar interesse. Estranhamente, aquela falta de atenção teve um efeito calmante. De certa maneira, ela era a pessoa mais consciente ali.

Levantou-se, foi até a cama e olhou seu mestre com um cachimbo na mão aberta, a cabeça e o corpo largados como uma marionete cujos fios foram cortados. Ela sentiu o cheiro de ópio. Não sabia que era viciado, porém agora ficava óbvio. Era volúvel, distraído, inseguro, mas era possível achar que um estrangeiro tinha essas excentricidades por vir de outro lugar.

Nara se controlou, avaliou a situação. Estava dentro de casa e com a porta trancada. Se a iluminação de rua não tivesse voltado, poderia ter chegado ali sem ser vista. Mas foi seguida até lá, não conseguira derrubar o agressor. Correu para a janela, encolheu-se e olhou lá fora. Esperava ver só um homem, mas a rua estava agitada: havia no mínimo cinco. Não dava para identificá-los. Formou-se um grupo agitado ao pé da escada. Claro que ver uma mulher quase nua correndo à noite para a casa de um conselheiro soviético chamou a atenção dos vizinhos. O agressor ficou a segundos de distância e já estava no meio das pessoas, insuflando-as. Não ia desistir. Formava um grupo de linchamento para matar os dois, exatamente como foi em Herat, onde mataram afegãs e conselheiros soviéticos.

Nara pensou onde estava em relação às instalações do governo e onde poderia conseguir ajuda. A embaixada soviética ficava no final da avenida Darulaman, na direção sul. Ela precisava de um telefone. Saiu da janela e foi de novo até Demidov na cama. Estava frio. Deixou de lado o professor e procurou um telefone, não encontrou. Para um homem que acreditava que as posses de alguém mostravam detalhes da personalidade, era estranho que ele possuísse tão pouco. O apartamento inteiro tinha menos móveis que o quarto dela. A não ser que estivesse cega de pânico, não havia nada útil. Revistou o apartamento outra vez, achando que, na pressa, podia não ter reparado no telefone. Nessa segunda busca, achou a tomada e ficou olhando até entender que não havia telefone. Era típico dele. Não queria ser contatado nem incomodado. A única chance de fuga dos dois acabara. O pânico foi aumentando no peito, ela se abaixou ao lado do professor e o sacudiu com força. Se não tinha telefone, podia ter um revólver.

— Acorde!

Os olhos dele rolaram como duas pesadas pedras, o branco apareceu num átimo. Nara correu para a cozinha, encheu d'água fria um copo usado e despejou o líquido no rosto de Liev.

*

Liev abriu os olhos e tocou o rosto molhado. Esqueceu o que acontecera nos últimos minutos e viu sua aluna mais promissora aos pés da cama. Pensou no que ela estaria fazendo ali no apartamento, meio desarrumada. Há quanto tempo estaria ali e de onde viera? Tentou lembrar o nome dela, não conseguiu. Envolto em uma enorme sensação de bem-estar, tudo que ele queria era dormir. Foi fechando os olhos e perguntou, com voz rouca:

— Por que você está aqui?

Ela se abaixou, perto dele. Liev notou que estava com o lábio sangrando e o rosto arranhado. Tinha apanhado. A voz era estridente, alta, ele não gostou de ser perturbado. Ela falou:

— Tentaram me matar, invadiram a minha casa.

Liev percebeu que o cachimbo rolou da mão dele. Tentou pegar, fechando a mão, mas era tarde demais. A aluna gritou:

— Você não entendeu? Eles estão ali fora! Vieram atrás de mim! Estamos em perigo!

Liev fez sinal com a cabeça, sem saber direito com o que concordava. Respirou fundo e viu Nara pegar a vela acesa e colocá-la sob a mão dele. Queimou.

Aos poucos, o cérebro registrou uma sensação de dor. A pele queimada formou uma bolha. Ele tirou a mão, no movimento mais rápido que fez em horas, olhando a bolha vermelha se formar, a pele machucada. A frágil couraça de ópio começou a rachar. Sentiu enjoo, uma mistura de dor e euforia da droga, as duas em oposição. Levantou-se, inseguro, pairando sobre dois mundos: a vida opiácea e o mundo real, onde havia dor, tristeza e perda. Encostou-se na parede e sentiu mais enjoo. Foi até a pia, abriu a torneira e pôs a mão na água fria. A dor sumiu e voltou, depois voltou mais forte ainda.

Liev conseguiu controlar a náusea. Virou-se para o quarto, olhou sua protegida e concluiu o que deveria ter acontecido com ela antes de chegar lá. Estava semidespida e ele mostrou as poucas roupas que tinha, espalhadas pelo chão e numa única cadeira.

— Pegue o que quiser.

Ela mexeu nas roupas que estavam ali, enquanto ele perguntava:

— Quem fez isso com você?

Antes que ela pudesse responder, o apartamento ficou no escuro. Cortaram a luz.

Liev olhou a cidade. A casa ao lado tinha luz. Os vizinhos tinham luz, provavelmente os fios do apartamento foram cortados. Olhou a rua lá embaixo. Havia pelo menos dez pessoas.

— Quem são eles?

— Não sei. Dois homens me atacaram em casa. Feri um, o outro veio atrás de mim.

— Eles disseram alguma coisa?

— Descobriram que trabalho na polícia secreta.

Ele pensou um instante, fitando a bolha na mão. Nara se aproximou, vestindo as largas calças cinzentas de Liev.

— Você tem um revólver?

Ele negou com a cabeça, e notou que Nara desanimou, a expressão pareceu desmontar. Pela primeira vez, pareceu indefesa.

— O que vamos fazer?

Se aquelas pessoas entrassem ali, Liev sabia que todo o tempo vivido no Afeganistão não significaria nada. Elas o matariam sem pensar duas vezes, considerando-o igual aos soldados que chegaram há pouco, com uniforme do Exército Vermelho.

Bateram na porta de madeira. Outra batida pesada e surgiu uma rachadura em zigue-zague. Em segundos, eles entrariam.

Liev tirou o colchão da cama e o encostou na porta. Empilhou no chão os lençóis e todos os livros. Quebrou a única cadeira e colocou os pedaços dela por cima. Procurou mais o que queimar e viu as cartas que começara a escrever para as filhas. Eram no mínimo cinquenta folhas escritas, tentando retomar a correspondência, desanimado com a dificuldade de se expressar. O texto ficava simplório e sem emoção, devido à sua falta de habilidade para se expressar, contando como era a cidade ou como ele passara a gostar de determinada comida. Não conseguia colocar em palavras o simples fato de que sentia falta delas e lamentar o que sua ausência pudesse causar.

Nara berrou:

— Liev!

Os agressores continuavam socando a porta. Estavam quase entrando. Liev ficou com as cartas, pegou a velha lamparina a querosene de formato bojudo e a quebrou na porta. O querosene penetrou na madeira. Pegou a vela e acendeu o querosene. As chamas correram pelo chão, subiram no colchão e na madeira. O colchão estalou e chiou e, em pouco tempo, os lençóis estavam em chamas.

Liev pegou a lata de querosene que sobrou e mandou Nara ir para a janela dos fundos.

— Suba no telhado.

O telhado era apoiado em vigas de madeira. Nara sabia que ia queimar e questionou:

— No telhado?

Liev concordou com a cabeça.

— Vamos esperar que alguém nos salve antes de o telhado desabar.

Os agressores não estavam mais tentando derrubar a porta, confusos com o incêndio. Nara subiu ao telhado e Liev pegou seu cachimbo de ópio. Do peitoril da janela, ele jogou a segunda lata no meio do fogo. O plástico desmanchou rápido. Enquanto subia no telhado e sentia uma onda de calor, Liev olhou o colchão em chamas, soltando uma fumaça negra.

No telhado, ele acompanhou a fumaça subir pelo céu noturno. Dali a pouco, a polícia devia chegar. Nara estava encolhida no canto, o mais longe do fogo. Liev ficou ao lado dela. Agora só o que tinha no mundo era a roupa do corpo, o maço de cartas inacabadas e malredigidas, o cachimbo de ópio no bolso. De pernas cruzadas, olhou as chamas atingirem uma parte do telhado. Eles não tinham muito tempo. Pela primeira vez naquela noite, ele agiu como um homem normal e pôs o braço em volta de sua aluna machucada.

Província de Cabul
Distrito de Surobi
Represa Barqi-Sarobi
50 quilômetros a leste de Cabul
Mesmo dia

Fahad Mohammed pegou um punhado de amêndoas carameladas e sentou-se no alto de uma colina de onde se avistava o rio Cabul. Uma lua clara estava sobre o desfiladeiro, mas, mesmo sem sua luz, ele conseguia percorrer com os olhos as encostas que caíam abruptas no rio. Aninhada entre as colinas como uma imensa boca de concreto, ficava a represa Sarobi. Ela fornecia grande parte da eletricidade consumida na capital e tinha grande importância estratégica na ocupação. A estrada de acesso foi protegida com postos de controle e barreiras de arame farpado. Dois tanques estavam parados no alto da represa: um virado para o norte; o outro, para o sul, com os canhões apontados para cima como se temessem que as montanhas se levantassem e esmagassem a preciosa construção. Por mais que essas defesas impressionassem os planejadores soviéticos, Fahad não se preocupava muito com elas. Os *mujahedins* jamais subiriam a estrada para atacá-las. Ele gostava de dizer a seus homens:

Os soviéticos se preocupam em controlar as estradas. Este não é um país de estradas. Deixem que fiquem com nossas estradas. Nós ficamos com o resto do Afeganistão.

A represa era vigiada por uns cinquenta soldados, uma mistura de recrutas do Exército afegão comandados pelos ocupantes. Era uma ofensa pensar que aquela era uma união de iguais: os afegãos obedeciam a ordens, servis, escravos no próprio país e, para Fahad, eram desprezíveis. Embora a quantidade de tropas fosse significativa, a cautela com que se deslocavam confirmava que as minas espalhadas pelo desfiladeiro evitariam ataques, como eles acreditavam.

Fahad mastigou a última amêndoa e viu uma das minas, em forma de bulbo, a apenas 10 metros. Qualquer um poderia confundi-la com uma pedra, pois não eram minas enterradas por especialistas, mas jogadas do alto por aviões inimigos. Asas especialmente projetadas faziam com que elas girassem para amenizar a queda e aterrissassem suavemente, numa cópia grotesca das sementes espalhadas pela natureza. Eram as armas que pareciam mais inofensivas, confundidas com brinquedos pelas crianças, visto que o invólucro plástico tinha cor que variava conforme o local onde eram jogadas. Bombas vermelhas ou amarelas eram para montanhas; verdes, para plantações. Podiam ser notadas por um olhar atento, mas eram quase invisíveis pelos detectores de metais, pois continham apenas um leve detonador de alumínio. Fahad calculava que existiam centenas de milhares espalhadas por aquelas colinas, nenhuma delas para matar. Bastava uma olhada para ver que não continham explosivos letais. Eram projetadas para mutilar, pois um *mujahedin* ferido valia mais para a ocupação que morto. Um soldado ferido podia causar a retirada de uma operação inteira, com os sobreviventes carregando-o de volta. Os mortos não tinham esse problema: eram largados onde caíam.

Fahad voltou para seu grupo.

— Alá é grande.

A saudação percorreu o grupo e, quando se fez silêncio, Fahad ficou à frente, liderando a descida do desfiladeiro. O grupo era formado por mais quatro homens, inclusive o irmão caçula Samir, um jovem de delicadas feições femininas. Fahad era bem mais alto e esguio que o irmão. Parado, ele parecia estranho, mas, ao se movimentar, o corpo era elegante e ágil, um dos soldados mais rápidos, capaz de percorrer grandes distâncias sem parar, bebendo apenas água dos rios por onde passava. Fahad gostava muito dos três irmãos, inclusive de Samir, mas fazia sérias reservas quanto ao desempenho dele como soldado.

Samir era encarregado dos explosivos e naquela missão resolveu usar o *kama*, uma mistura sólida que não detonava por acaso. Só era ativada por uma carga interna. Podia cair no chão, bater, o carregador podia até mesmo colidir contra ela ou tropeçar sem matar o grupo. Samir passava quase todo o tempo livre criando novos tipos de bombas, experimentando diversos detonadores e cronômetros, testando a capacidade destruidora de pregos em volta dos explosivos, ou rolamentos de esfera, que eram bem mais difíceis de conseguir. Ele não gostava de combate corpo a corpo e não tinha liderança. Mas seu talento para fabricar bombas era muito valioso. Com a vantagem de não ter cicatrizes que mostrassem sua tarefa, nem dedos faltando nas mãos, nem olhos cheios de estilhaços. Enganados pelo rosto suave, talvez, os soldados soviéticos jamais desconfiaram dele; passava facilmente por postos de controle, enquanto Fahad era sempre detido e vistoriado, como se lessem no rosto dele suas intenções furiosas e destrutivas. Nessa missão, Fahad resolveu deixar o caçula em casa. Samir argumentou que era o mais experiente com os explosivos e precisariam dele na represa para preparar as cargas, conforme fosse a situação. Após muito discutir, Fahad concordou. Mas ficou inseguro, com uma sensação mesquinha que não o largava.

Quando terminaram de descer a colina, iam começar o serviço 1 quilômetro rio abaixo a partir da represa, sem os guardas perceberem. Não havia como reduzir o perigo das minas, mas durante o dia Fahad tinha aberto uma trilha para eles percorrerem com segurança à noite. Iam devagar, em fila indiana, sem poder usar tochas, guiados pelos passos cuidadosamente cavados no chão como marcadores. Quando a terra deslizava sob o pé, eram obrigados a parar e se equilibrar, sem esticar a mão para se firmar, com medo de explodir uma mina. Levaram quase uma hora para chegar ao pé do desfiladeiro.

O luar surgiu sobre as montanhas e iluminou o rio Cabul. O inimigo tomou boas precauções contra um possível ataque e não deu importância ao rio. O raciocínio era convencional: a ortodoxia seria a destruição deles. Fahad pôs os pés no rio e conteve a vontade de gritar, de tão fria que estava a água. Ouviu os homens respirarem rápido ao entrar no rio atrás dele. Não usavam roupas especiais. Deixaram de lado as habituais túnicas, usavam camisetas estilo americano que não prendiam na correnteza. Se molhassem a cabeça e o pescoço, eles não sobreviveriam muito tempo naquela temperatura. Precisavam manter a parte superior do peito seca passando pelo raso. Agir às escondidas era a única forma de sobreviver, preparar os explosivos para detonar e ir embora.

A finalidade da operação não era destruir a represa. Poderia produzir um belo espetáculo, mas era impossível, mesmo com todo o conhecimento de Samir. Eles queriam danificar os túneis por baixo dela, causar um desequilíbrio estrutural e assim fechar o local para reparo. Isso prejudicaria as operações em Cabul. O regime soviético teria de concentrar seus esforços na segurança elétrica, mantendo os recursos perto da capital, enquanto a resistência se fortalecia. Seria uma grande vitória psicológica: acertar no coração da origem de energia da ocupação no mesmo dia em que o irmão mais velho de Fahad, Dost Mohammed, matava toda a turma de estagiários da polícia secreta.

Eles percorreram a última curva do rio e ficaram exatamente em frente à represa. Dava para ver a sala de controle, com os encarregados nas janelas. Naquele ponto, o rio estava no auge da potência, em sua parte mais estreita, com a velocidade de descarga controlada pela vazão da represa. Ao apertar um botão, a sala de controle podia liberar água suficiente para o rio transbordar, arrastando o grupo correnteza abaixo. Vários holofotes percorriam o vale e o rio, passando bem na frente de Fahad. Ele mergulhou, ficando só com a cabeça à tona. O holofote se mexeu.

Samir começou seu trabalho à distância de um braço da íngreme camada de concreto. Os outros homens se posicionaram em volta dele. Por ficar sem se mexer, Fahad passou a tremer de frio. As mãos tremiam sem parar. Preocupado com a coordenação motora do irmão, ele se aproximou e só então viu que não estava preparando os explosivos, mas lascando o concreto.

— O que você está fazendo?

O barulho da água saindo da represa escondia o diálogo. Samir respondeu:

— Se os explosivos forem colocados a pouca profundidade no concreto, a força da explosão vai penetrar na estrutura e pode derrubar até a represa inteira!

Fahad ficou furioso.

— O plano não é esse. Temos que prejudicar a represa. Fazer um buraco é muito arriscado. Vão ouvir! Não temos tempo!

— O rio faz muito barulho, não dá para ouvir o que estamos fazendo aqui.

Fahad implorou ao irmão:

— Não precisa fazer isso para me impressionar. Coloque os explosivos e saia! Execute o plano! Isso não tem nada a ver com o seu orgulho!

Ofendido, Samir se virou e voltou a martelar o concreto, tentando abrir um buraco.

Um holofote percorreu a margem do rio até a represa. Dessa vez, o movimento foi intencional e cuidadoso. Tinham ouvido alguma coisa. Fahad fez sinal para os homens mergulharem e puxou o irmão para baixo com ele. O holofote iluminou o rio, que ficou claro como dia. Fahad rezou.

Fahad reagiu devagar ao primeiro som de tiro, esperando que não fosse verdade, impressionado com a força de sua negação, querendo voltar no tempo e mandar o irmão ficar em casa. Ainda dentro d'água, viu a água avermelhar. Levantou-se. Havia um tiroteio pesado, as balas tirando lascas do concreto e entrando na água. O corpo de um dos homens estava flutuando. O irmão estava vivo, encostado na represa, sem se mexer, paralisado de medo. Fahad esticou a mão e pegou os explosivos. Teriam de detoná-los naquele momento, morrendo juntos, mas causando o maior dano possível. Uma bala atingiu o rosto do irmão, as feições sumiram, ele soltou a sacola. Os explosivos afundaram.

Os dois homens restantes revidaram os tiros, desesperados, esvaziando seus rifles em alvos que não conseguiam ver. Fahad não deu um tiro, mergulhado até os joelhos, segurando o irmão morto. Havia fracassado. Ficou cego pelo amor que tinha pelo irmão. O rapaz não era soldado. Não deveria tê-los acompanhado.

Houve um estrondo e o nível da água de repente subiu da cintura para os ombros de Fahad. O rio inteiro subiu. O nível de vazão aumentou. A represa soltou uma massa líquida que veio batendo em torno dele. Fahad foi separado do corpo do irmão, arrastado e perdido na recém-criada cachoeira branca. Levado rio abaixo, ele não podia fazer nada. Nadava mal, mergulhou, sentindo o corpo pesado no leito do rio. Bateu as pernas com força só para ser pego por outra onda que o fez girar. Atingiu uma pedra, ficou inconsciente por um instante. Ao voltar, estava na superfície. A velocidade do rio diminuía, a súbita onda se dispersou e ele conseguiu se manter à tona.

Em segundos, foi levado por centenas de metros corrente abaixo da represa. O som de metralhadora ficou distante. Sozinho e encharcado, deixou-se carregar pelo rio e pensou por que teria sido salvo.

Grande província de Cabul
Cidade de Cabul
Sede da polícia de Cabul
Dih Afghanan
Dia seguinte

Liev e Nara foram retirados do prédio em chamas pouco antes de o teto cair. Várias pessoas na multidão tentaram subir até onde o fogo não tinha chegado. A determinação delas obrigou Liev a agir, chutando mãos e pisando em rostos. Quando o incêndio já atingia quase todo o prédio, inclusive a loja embaixo do apartamento, a multidão ficou esperando o casal morrer. Nara enfiou o rosto no ombro de Liev para não ver as chamas se aproximando. As placas de zinco do telhado se deformaram, envergaram e ficaram quentes demais para os pés descalços, obrigando-os a pular como crianças brincando. Exatamente quando tinham de decidir se pulavam nas chamas ou na multidão, um destacamento militar soviético chegou para investigar o tumulto.

    Resgatados, foram levados para a delegacia, examinados por um médico e receberam comida. Então souberam das notícias. Foram salvos por um destacamento porque a cidade estava sob lei marcial. O ataque que Nara sofrera não fora um fato isolado. Todos os estagiários de Liev foram mortos, numa série de ataques coordenados. Nara era a única sobrevivente. Os assassinatos se estenderam por quatro horas. Ao assinalar os crimes num mapa da cidade, ficou claro que um único grupo não poderia ser responsável por tudo aquilo. No total, foram 15 mortos, dos quais nove eram estudantes e seis, membros de suas famílias, por tentarem impedir ou por serem considerados cúmplices na educação dos filhos. Os assassinatos foram cruéis e com dupla intenção: matar e provocar. Algumas vítimas tiveram a garganta cortada e a língua feita em pedaços. Um homem foi decapitado e teve a testa riscada à faca com o desenho da foice comunista. Houve ataques à polícia secreta e uma guerra de propaganda, não pelas emissoras de rádio, mas pelo sangue, um horror para ser comentado na cidade inteira. Os que se aliaram ao governo infiel receberam o recado de que iam morrer. Liev não conseguiu se consolar com o fato de sempre ter sido sincero com seus alunos sobre os perigos da profissão que escolheram e avisado que conheceriam um ódio nunca antes imaginado.

Ao contrário dos outros, o capitão Vaschenko não parecia confuso ou cansado e entrou na sala com a sua habitual energia abrupta.

— Nara Mir, ótimo você sobreviver. Estamos impressionados com a sua força. Você é o símbolo de que não apanhamos tão fácil. Como única sobrevivente, você também é a chave para resolver esses crimes.

Liev levantou a mão e interrompeu o capitão.

— Nara começou a aprender russo há pouco tempo. Talvez seja melhor eu traduzir.

O capitão concordou com a cabeça, sem mostrar constrangimento pelo erro. Quando Liev terminou de traduzir, o capitão prosseguiu:

— Esses assassinatos não são surpresa. Eram esperados. Só se fala disso na cidade. Portanto temos que solucionar esse crime hoje. Não acho que seja coincidência agentes estagiários serem assassinados ao mesmo tempo que ocorreu um audacioso ataque à represa Sarobi. Se tivesse dado certo, a cidade inteira ficaria sem luz. Os dois fatos juntos solapariam a nossa autoridade, seria impossível afirmar que estamos com tudo sob controle. Felizmente, o ataque à represa fracassou. Estamos tentando identificar os corpos.

Depois de ouvir a tradução, Nara perguntou:

— E o homem que eu feri?

— Ele foi retirado da sua casa antes de chegarmos. Encontramos apenas sangue. Uma coisa é certa: isso não pode continuar. Da mesma forma que o oficial desertor vai ser executado como um recado aos nossos soldados, precisamos mostrar aos afegãos que quem ameaçar nossa operação também vai morrer.

Liev não traduziu, mas perguntou:

— Fiodor Mazurov vai ser executado?

Liev olhou Nara para ver se ela havia entendido. O choque em seu rosto mostrava que sim. Era uma aula que não podia ser dada, ela teve de passar pela experiência de causar a morte de alguém. Cego para as sutilezas dessas emoções, o capitão resumiu, animado:

— Como eu disse, o desertor precisa servir de exemplo. Pelo mesmo motivo, precisamos usar esses agressores como exemplo e fazer a vida na cidade voltar ao normal. Revoguei a lei marcial. O impacto dessas mortes deve ser reduzido e não aumentado. A vida continua. E nós vamos pegar os assassinos.

Fez-se silêncio. Nara perguntou, falando em russo precário:

— E o que vai ser de Ara, a mulher?

O capitão estava ficando impaciente com o interesse deles por assuntos que considerava resolvidos.

— É problema do pai dela. Ara foi demitida, ele foi humilhado. Imagino que a vida dela esteja complicada. E só pode culpar a si mesma.

Liev sentiu o pacote de cartas incompletas que escreveu para as filhas no bolso. Imaginou-as ouvindo aquela conversa, imaginou Raíssa ao lado dele e viu exatamente como reagiriam. Indignadas, pediriam clemência, que Vaschenko perdoasse Fiodor e Ara. Não entenderiam Liev não poder fazer nada. Achariam que era uma desculpa. Mas, mesmo imaginando a ira delas, Liev estava arrasado demais, cansado demais para enfrentar aquele veredicto; a situação era inevitável, não importava o que ele fizesse ou dissesse. Era apenas um conselheiro, um homem à margem, pago para opinar, quer fosse ouvido ou não. Tentou salvar o casal. A satisfação que poderia sentir com a ira e a indignação não adiantava para eles agora. Resmungou:

— Eu tentei.

Vaschenko e Nara olharam para ele. O capitão perguntou:

— O que você disse?

Liev voltou o assunto para a investigação e observou:

— Como vamos solucionar os assassinatos, se não temos nem um suspeito? Você mesmo disse que recolheram o corpo do agressor.

— Temos uma pista.

— Quem?

Parecendo ignorar que ela não falava russo, o capitão falou diretamente com Nara:

— Os seus pais.

Chocada, ela entendeu e repetiu em russo ruim:

— Meus... pais?

O capitão notou a reação assustada de Nara. Virou-se para Liev.

— Os pais dela foram detidos. Quero que ela converse com eles. Gostaria que você ajudasse.

O pedido era para Liev ser um interrogador. Nara repetiu, a pronúncia melhorando com a prática:

— Meus pais?

Grande província de Cabul
8 quilômetros a leste da cidade de Cabul
Mesmo dia

Liev dirigia devagar, pois não tinha o hábito de conduzir um veículo do Exército, nem outro meio de transporte que não fosse a bicicleta. O uso do UAZ-469, a versão russa do jipe americano com janelas à prova de balas e laterais blindadas, era uma tentativa de garantir a segurança deles. O porta-malas tinha sinalizadores, reserva de gasolina, estojo de primeiros socorros, água potável, rações secas, armas e munição. Mesmo assim, ele preferia chegar aos lugares em sua bicicleta. A poeira que os pneus traseiros levantavam fazia a areia subir no mínimo 20 metros, mostrando o jipe ao vale inteiro. O capitão Vaschenko insistiu para usarem o UAZ-469, sem entender que um veículo soviético aumentava muito a possibilidade de levarem um tiro. Achar que a tecnologia resolvia os perigos da revolta era bobagem. A blindagem e os vidros à prova de bala podiam proteger os dois naquele dia, mas em poucos meses o inimigo criaria novos métodos de destruição. A reação soviética seria aumentar as defesas do veículo, reforçar as portas e blindar o chassi do jipe. No entanto era sempre mais fácil destruir que proteger, por isso Liev tinha certeza de que aquela ocupação ia fracassar: havia muito o que proteger e muitos querendo destruir. Por mais tropas que fossem enviadas e por mais dinheiro que se gastasse, esse desequilíbrio continuaria.

Sentada ao lado dele, Nara mal falou desde que recebeu a ordem de interrogar os pais. Assim que o dia raiou, os pais dela foram retirados da casa onde moravam na aldeia e um grupo Spetsnaz garantiu a segurança na área. O casal foi removido da residência e levado de helicóptero. Ao saber disso, Nara perguntou se foram feridos; estava preocupada com eles, certa de que eram inocentes das acusações. Ela achava que ia ao presídio com uma finalidade: conseguir libertá-los.

Liev preferia viajar em silêncio, mas ouvia o que Nara pensava com tanta clareza quanto se ela falasse. Eram os argumentos contra a prova e em defesa dos pais.

Eles me amam.
Jamais me machucariam.
São pacíficos.
São boas pessoas.
Sou filha deles.

Sem saber como melhor provar a inocência dos dois, pensando em como justificar que, por acaso, os pais estavam fora da cidade durante os ataques, Nara não resistiu a testar seus argumentos com Liev.

— Meu pai construiu mais prédios em Cabul que qualquer homem vivo. É um criador, um visionário, não um terrorista. Pode pensar de uma forma antiquada, como a maioria dos homens. Posso tê-lo desapontado em algumas coisas, mas nem por isso ele é um assassino.

Liev tirou os olhos da estrada e se virou para aquela linda jovem de grandes olhos verde-claros. Ao contrário de Raíssa, ela era ingênua e enérgica; impossível imaginar Raíssa tão crédula. Raíssa era uma sobrevivente e a mulher mais inteligente que ele já havia conhecido. Não sabia se Nara Mir gostaria que ele a contestasse. Sem comentar nada, Liev olhou de novo para a estrada suja. Em meio a redemoinhos de poeira, surgia bem à frente a silhueta do presídio Pul-i-Charki.

Os planos e o projeto da prisão eram anteriores à Revolução Comunista, mas a construção coincidiu com a Revolução, o que deu a ideia de que uma não existiria sem a outra: um presídio político mal-afamado exigia uma revolução e vice-versa. Era estranho, mas Liev nunca tinha ido lá. Evitara o presídio, recusando qualquer tarefa que tivesse ligação com aquele lugar. Não precisava entrar lá para saber como era. As condições deviam ser desumanas. A degradação e a humilhação foram institucionalizadas. Na administração do diretor anterior, os guardas gostavam de usar garrafas de refrigerante quebradas como instrumento de tortura, com uma inexplicável preferência por uma marca americana vendida em Cabul. Era um líquido gasoso e adocicado, de sabor laranja, chamado Fanta. Havia outros métodos de tortura conhecidos, alguns trazidos direto do modelo soviético, inclusive fios elétricos, soco-inglês e cassetetes. A violência também tem seus lugares-comuns.

Os conhecimentos de Liev não se limitavam aos instrumentos de terror, mas às frases ditas por seus principais executores. Aarif Abdullah, um ex-guarda de Pul-i-Charki tinha se vangloriado dizendo-lhe:

O Afeganistão tem um milhão de comunistas e só eles merecem viver. Não precisamos do resto e vamos nos livrar de todos eles.

Essa indiferença pela vida humana, essa arrogância absurda e dura podia ser o hino do autoritarismo. Essas declarações grandiloquentes eram feitas por homens ébrios com o poder de vida e morte, sem perceber que agiam quase iguais aos guardas e diretores de presídios soviéticos que viveram há trinta ou quarenta anos, a milhares de quilômetros, rodeados de neve e gelo, em vez de poeira e deserto. Apesar de seu poder absoluto, não tinham qualquer individualidade ou personalidade, como se o poder se apoderasse de suas cabeças e os transformasse em bonecos, pretensos deuses.

Liev parou o jipe e Nara ficou ainda mais agitada, as mãos trêmulas. Abriu o porta-luvas. Tinha lá uma pistola e um pente de balas. Fechou o porta-luvas. Liev ficou pensando se ela ia vomitar. Nara olhou-o, completamente perdida:

— Mas sou filha deles.

Liev tirou os óculos escuros, notou as lentes sujas e não se preocupou em limpá-las. Tinham chegado.

Grande província de Cabul
10 quilômetros a leste de Cabul
Presídio Pul-i-Charki
Mesmo dia

Como uma ampla fortaleza no deserto, o presídio tinha muros de tijolos amarelos com o triplo da altura de um homem e percorria, desigual, todo o terreno, ligando torres de vigia quadradas e tetos em forma de pirâmide. Guardas magros como varas em uniformes desengonçados relaxavam à sombra, com velhos rifles pendurados nos ombros. A cena caberia bem num filme de faroeste americano, mostrando o posto avançado na fronteira que tinha pólvora, uísque e estrebarias. Liev viu o presídio pelas lentes sujas dos óculos de aviador, prestando mais atenção no vasto espaço em volta que na construção propriamente. Ficava no meio do nada, surgia numa planície árida e não mostrava sua intenção: era uma fortaleza sem nada a proteger, nenhum rio, vale, plantações ou gente, como se tivesse sido construída há séculos e continuasse existindo, embora o motivo de sua construção tivesse se desfeito na areia. Era claro o simbolismo daquele lugar distante: ficava geográfica e moralmente fora do alcance da civilização, era um mundo à parte. Liev ouvira falar que 1.500 pessoas foram executadas lá, mas estava indiferente a estatísticas, indiferente a provas. Pela vida afora, ouvira tantos números sobre tantos presídios, vira tantas listas de nomes, ouviu tantas atrocidades sussurradas. Seja qual fosse o número verdadeiro, era garantido que nenhum daqueles homens e mulheres mortos teve um enterro digno. Os corpos foram jogados em covas rasas fora dos muros. Talvez por isso tivessem projetado o lugar como uma fortaleza, para proteger das almas zangadas presas na areia. Era uma ideia engraçada, que Liev levaria mais a sério se acreditasse em vida após a morte.

Ele entrou na prisão-fortaleza com a impressão de passar pelos portões de um castelo medieval. E, como num castelo medieval, tudo ali dizia respeito à preservação do poder. Aquelas paredes não tinham a ver com justiça. A força de ocupação soviética reconhecera imediatamente a importância do presídio e enviara para lá um destacamento de soldados, como fez com as usinas de energia e os ministérios do governo. Era ali que se cuidava da parte suja da proteção ao regime, julgando os elementos perigosos da população. Os protestos soviéticos aos métodos usados pelo presidente anterior se basearam em princípios morais, pois não havia nada de errado com um expurgo de sangue, mas a morte precisava ser sofrida e em benefício do partido, não uma vingança pessoal. O assassinato indiscriminado era um erro tático, que solapava o regime comunista; o assassinato precisava apaziguar e não piorar; facilitar a ocupação e não complicar.

Liev não conhecia os soldados soviéticos; mesmo assim, recebeu um cumprimento de cabeça ao passar por eles, um estrangeiro saudando o outro. Não existia camaradagem entre soldados de nacionalidades diferentes: os afegãos e os soviéticos não se misturavam, separados não só pela língua, mas por uma enorme desconfiança. Até três meses atrás, o presídio estava sob controle direto de um tirânico diretor que os soviéticos mataram. Alguns guardas dele também foram mortos, mas muitos ainda estavam lá, obedecendo a um novo mandante. Em minutos, Liev percebeu três grupos distintos: as tropas soviéticas, a nova guarda afegã e os remanescentes da antiga guarda. Se pedissem para fazer um relatório, diria que o local tinha grande possibilidade de uma revolta.

Corrupção, traição e informantes do inimigo eram inevitáveis. Ele recomendaria que as forças soviéticas assumissem todo o controle do presídio. O exército e a polícia também tinham aquela inacreditável colcha de retalhos de submissão. Liev conhecia conselheiros militares que achavam que a única solução era deixar os soviéticos fazerem tudo. Integração e cooperação eram ficção, divulgadas por políticos relutantes em envolver mais tropas na ocupação.

Nara recuperou a compostura, temendo parecer fraca naquele lugar duro e agressivo. Pelo que Liev sabia, ela era a única agente. Centenas de olhares a seguiram, num misto de desejo e ódio. O casal era conduzido pelo muito simpático diretor do presídio, recém-indicado pelo regime e ansioso por agradar. Comentou as mudanças que fizera na prisão e deu detalhes, inclusive sobre a recente limpeza e melhoria das cozinhas para fornecer uma alimentação básica, porém saudável. Liev observou:

— É fácil melhorar a alimentação, já que antes os presos não comiam nada.

O diretor pareceu pasmo por Liev não só entender e falar dari como fazer piadas na língua. Riu alto.

— Tem razão: qualquer comida é melhor do que nenhuma. É verdade.

A menos que o bom humor dele escondesse uma alma sombria, o homem não tinha chance de permanecer no cargo. Liev previu que não duraria mais de um mês.

Nara ficou um pouco para trás, era o jeito de ela mostrar que queria falar a sós. Liev esperou o diretor se adiantar para destrancar uma porta, parou e se virou para Nara. A voz dela tremia de emoção.

— Eles não podem me ver assim.
— Assim como?
— De uniforme... meus pais.
— Não sabem que você é da polícia secreta?

Ela negou com a cabeça e acrescentou:

— Você não me ensinou a interrogar suspeitos. Estou treinando para ser professora, não devia estar aqui, não faz sentido. Há outras pessoas mais adequadas para esse trabalho.

— Você conseguiu prender uma pessoa. Pode fazer isso.

— Não posso.

— Não faz diferença eles serem seus pais. Sua família é o Estado.

— Estou apavorada.

Se ela não tivesse sido tão dura com o soldado desertor, Liev ficaria com pena.

— Você não está aqui para fazer perguntas, mas para provocá-los. O capitão não mandou você por achar que é uma boa interrogadora. Tem gente aqui para fazer isso. Você é apenas uma escada.

— Escada? Não sei o que é isso.

— Os interrogatórios são teatrais, escada é o ator que dá a deixa para o outro. Os escadas servem para causar efeito. Você vai ficar na frente de seus pais, só isso. Não se espera que pergunte nada.

— Não posso.

O diretor do presídio ficou por perto, tentando saber qual era o problema. A voz de Liev tinha um toque de impaciência.

— Nara Mir, você é uma agente. Trabalha para o Estado. Não pode achar uma tarefa desagradável e se recusar a cumprir. No final, você faz o que mandarem. Faz o que é preciso. Se não deixei isso claro, eu errei como professor.

Nara se esqueceu do problema; de súbito, se zangou e perguntou, ríspida:

— Você conseguiria interrogar os seus pais?

Liev pôs a mão no ombro dela, um gesto de apoio que não foi respaldado pelo que ele disse:

— Essas dúvidas são novas para você, mas para mim são velhas. Como uma música que já ouvi muito. Entender a terrível situação em que você está hoje não é importante ou anormal, é comum.

Mesmo dia

Uma ala inteira do presídio foi reservada para os presos políticos mais importantes e os interrogatórios. O piso de pedra era mais limpo, os guardas eram mais atentos e os ventiladores de teto funcionavam, sinal de que havia um grande número de agentes soviéticos por ali. Um homem os cumprimentou, era outro conselheiro enviado para o Afeganistão. A especialidade dele era lidar com os presos, extrair informações. Era um interrogador profissional.

— Me chamo Vladimir Borovik.

Altura média, cabelos grisalhos, mãos macias, Borovik era tão comum quanto um burocrata de nível médio. Devia ser mais jovem que Liev, tinha uns 40 anos e mostrava um respeito desnecessário. Liev ficou irritado com a implicação de ele ser autoridade num lugar como aquele. Era mais provável que o homem quisesse arrumar um amigo, um soviético para fazer companhia na cidade e mostrar como sobreviver nos próximos meses, onde beber, onde arrumar mulheres. Borovik ignorou totalmente a presença de Nara, apesar de ser ela o elemento crucial do interrogatório. Falou russo, rápido, sem dar tempo para Liev traduzir:

— Cheguei há poucas semanas. Me colocaram numa base militar e não posso dizer que gosto muito daqui. Mas o salário é tão bom que não pude recusar. Ganho cinco vezes o que eu ganhava lá. Espero ficar seis meses, talvez um ano, se aguentar; depois, volto para casa e me aposento. O sonho é esse. Provavelmente, acabo voltando para casa, gastando todo o dinheiro em um ou dois meses e depois venho para cá outra vez.

Nara foi obrigada a interromper a conversa e usar seu russo precário:

— Desculpe, não entendi.

Liev disse em dari:

— Ele não disse nada que valha a pena traduzir.

O diretor tinha sumido, largou-os, sem querer se envolver com o interrogatório. Quando caminharam para a cela, Borovik sussurrou para Liev, abaixando a voz como se pudessem ser ouvidos:

— Os pais da mulher não perguntaram nem uma vez se ela estava bem.

Ele mostrou Nara com um gesto de cabeça e prosseguiu:

— Eu disse que ela foi muito machucada. Não pareceram se incomodar. Tenho absoluta certeza de que estão envolvidos. O pai é orgulhoso e, pela minha experiência, um preso orgulhoso é o mais fácil de dobrar.

Nara olhou para Liev, esperando a tradução. Liev não disse nada, deixando Borovik continuar.

— O pai é um chato. Quando não está quieto e sério, faz e acontece em matéria de política. A mãe está sempre calada, mesmo quando faço uma pergunta direta. Estou ansioso para ver como reagem à presença da filha.

Olhou para Nara com atenção e acrescentou:

— Ela é gostosa. Será que topa se divertir um pouco depois? É uma das mais interessantes aqui, não? Me disseram que só podemos nos misturar com as mulheres de uniforme. Cara séria indica que não trepam, não é?

Frustrada, Nara implorou a Liev:

— O que ele disse?

Liev respondeu:

— Seus pais não estão cooperando no interrogatório.

Ao chegar na cela, Borovik deu instruções precisas sobre a ordem de entrada.

— Eu entro primeiro, depois você e por fim Nara Mir. É importante um intervalo de pelo menos um minuto entre a sua entrada e a dela, para que os pais achem que não há mais ninguém. Ela então entra e os surpreende.

A cela foi destrancada enquanto Liev traduzia para Nara. Ela se esforçou para prestar atenção. Finalmente, fez um pequeno sinal de cabeça para Liev, indicando que entendeu sua parte na encenação.

Um guarda abriu a porta de aço. Borovik entrou, Liev o seguiu. Os pais dela estavam sentados em duas cadeiras, lado a lado. A mãe não usava o véu muçulmano, tinha o rosto descoberto. Envergonhada, ela estava inclinada para a frente, olhando o piso de pedra entre seus pés. Já o pai estava com as mãos sobre os joelhos, queixo empinado. Liev não precisou perguntar. Não havia dúvida de que aquele homem tinha aprovado ou participado diretamente do plano de matar a filha. Borovik tinha razão também quanto ao orgulho. O homem emitia raios de orgulho a toda volta.

Borovik mandou o intérprete afegão sair da cela. Não era preciso, pois Liev falava dari. A mudança surpreendeu o pai de Nara, mas ele continuou calado, esperando que os dois falassem. Nessa altura, Nara parou à porta antes de entrar na cela, as mãos caídas dos lados. Parecia uma cena de teatro amador, mas foi um recurso eficaz. O pai olhou o uniforme dela, examinou os detalhes, as cores, os símbolos do novo regime. Pela reação dele, já sabia que ela trabalhava para o governo. O pai controlou a expressão e se recostou na cadeira.

Borovik se aproximou de Liev.

— Pergunte se ele não tem vergonha de mandar matar a filha.

Liev traduziu. Antes que o pai pudesse responder, Nara se adiantou.

— Pai, me deixe ajudá-lo. Houve um engano. Estou aqui para dizer que você não tem nada a ver com isso. Se você cooperar, podemos sair deste lugar daqui a poucas horas.

Uma ameaça de violência não podia atormentá-lo tanto quanto a de ajuda. Pasmo com a ingenuidade da filha, o pai perguntou:
— Você vai me ajudar?
— Pai, você com certeza está chocado com o meu trabalho.

Ela continuou, contando a fantasia de que o pai era inocente, uma ficção inventada no caminho para o presídio.

— Você e eu temos nossas diferenças. Mas sei de coisas que esses homens aqui não podem saber. Existe amor entre nós. Me lembro de segurar a sua mão. Você gostava de mim quando eu era criança. Depois que fiquei adulta, não foi simples. Eu queria contar que me alistei. Veja, você trabalha para o governo, faz projetos de arquitetura. Eu também trabalho para o governo. Vou dar aulas em universidades, talvez em algum prédio que você projetou.

O pai balançou a cabeça, constrangido com a conversa de amor da filha e a demonstração de emoção. Ele achou humilhante e a fez se calar:

— Nós encontramos os seus livros, os seus manifestos políticos e as suas anotações sobre como identificar recrutas para trabalhar no governo e os que podiam ser uma ameaça. Você ia nos delatar? Um dia, ia sim, se nós disséssemos algo errado ou criticássemos os invasores.

— Não, nunca, eu quero ajudar você.

— Você não pode me ajudar. Você acabou comigo. Nem uma puta conseguiria envergonhar tanto a nossa família quanto você.

Nara ficou boquiaberta. Liev viu que ela cambaleou; ele achou que teria de se encostar na parede. Não precisou. Sentindo fraqueza, o pai prosseguiu querendo magoá-la, a vontade de magoar era maior do que a de se preservar.

— Permiti que você estudasse e você aprendeu a ficar cega. Não consegue ver o que está acontecendo com o seu próprio país. Ele foi invadido. Foi roubado de nós e, mesmo assim, você comemora isso.

Ainda chocada, Nara se prendeu a um dos seus argumentos anteriores, do pai como um construtor, um criador e não um terrorista.

— Você trabalha com o governo, é arquiteto.

— Sabe o que aprendi sobre os prédios que nos rodeiam? Séculos atrás, os invasores britânicos destruíram o antigo bazar Charchata como vingança pelo assassinato de um diplomata. É assim que os invasores valorizam a vida de um deles em relação ao nosso país. Uma cidade inteira não vale sequer um dos seus funcionários, eles a arrasariam. Com os soviéticos é a mesma coisa, porque esta não é a terra natal deles. Por mais que destruam aqui, podem voltar para a cidade e a família deles. Nunca trabalhei para os soviéticos. Trabalhei para o povo do Afeganistão, o povo de Cabul.

Nara se adiantou, ficou a três passos do pai. Liev achou que ele podia bater nela, mesmo ali na cela. Estava com braços e pernas livres. Nara perguntou:

— Você sabia que iam me atacar?

— Se eu sabia? Fiz um mapa do nosso apartamento e marquei com uma cruz o quarto onde você estaria dormindo.

Liev não traduziu nem uma palavra. Olhou Borovik. O interrogador parecia saber exatamente o que estava acontecendo e perguntou:

— O pai confessou a culpa, não?

Liev concordou com a cabeça. Borovik prosseguiu:

— Isso foi fácil. Precisamos é dos nomes dos envolvidos.

Liev sussurrou:

— Não existe chance de ele dar os nomes.

Borovik concordou.

— O orgulho que nos ajudou agora vai ficar contra nós. Você tem razão, o pai não daria os nomes. Mas a mulher dele é outra história.

Borovik fez sinal para o guarda na porta. Ouviu-se uma cela ao lado ser aberta. Um jovem apareceu com venda nos olhos, as mãos amarradas para trás. Liev não o conhecia. A mãe de Nara se levantou, mostrando o rosto pela primeira vez, as mãos juntas, implorando:

— Não!

Foi um grito desesperado, bestial. Liev perguntou a Borovik:
— Quem é esse rapaz?
— O irmão de Nara. A mãe gosta dele. Concordou com a morte da filha. Não sei se vai concordar com a do filho.

Nara empalideceu tanto quanto a mãe. Borovik disse no ouvido de Liev:

— Aposto que consigo um nome em cinco minutos.

Como um sultão mandando vir a comida, Borovik bateu palmas. Entrou um guarda com apenas uma garrafa de refrigerante laranja numa imaculada bandeja de aço. O líquido brilhava na cela escura, com o rótulo Fanta em azul desbotado. O guarda colocou a bandeja numa mesa. Pegou um abridor no bolso com a formalidade de um garçom de hotel de luxo e abriu a garrafa. A tampa de alumínio bateu no chão. Borovik pegou a garrafa e bebeu no gargalo em grandes goles, ficou com um fio cor de laranja escorrendo do canto da boca, até beber tudo. Colocou a garrafa vazia na beira da mesa e soltou. A garrafa caiu, como ele queria, e se partiu em duas. Borovik pegou o pedaço maior pelo gargalo, que formava um punho de vidro denteado. Era uma grande ameaça, impressionante pela violência, explorando a fama do lugar. Para Liev, foi o bastante. Sem dizer nada, saiu da cela passando por Nara, que estava chocada. Borovik o chamou, mas Liev não olhou. Ao passar pelo intérprete do lado de fora, Liev disse:

— Eles precisam de você.

Com a ajuda de um guarda, Liev saiu do pavilhão, louco para ficar ao ar livre, e finalmente conseguiu chegar a uma empoeirada quadra de ginástica. Foi até o canto mais longe e sentou encostado no muro, fechou os olhos, as pernas esticadas ao sol, o resto do corpo na sombra. Não tinha dormido na noite anterior, estava cansado e, naquele calor agradável, adormeceu logo.

*

Quando Liev acordou, a sombra formava um ângulo diferente, ele estava com quase o corpo todo no sol. Passou as costas da mão na boca. Apenas então notou que não estava só. Nara estava sentada perto, no chão poeirento da quadra de ginástica, encostada à parede. Ele não fazia ideia de há quanto tempo estava ali. Apertando os olhos, reparou que ela não tinha chorado. Liev perguntou, com a voz rouca:

— Como foi?

— Minha mãe adora o meu irmão. Ela nos forneceu o nome de uma pessoa.

Nara tinha mudado. Estava diferente. Entorpecida.

Grande província de Cabul
Cidade de Cabul
Arredores de Sar-e-Chowk
Mesmo dia

Liev deu uma olhada no local, um dos cruzamentos mais movimentados da cidade. Sar-e-Chowk era mais que um cruzamento, era um mercado não só de bens materiais, mas de troca de informações e serviços. Vagões ficavam encostados à margem do trânsito, expondo produtos. Atrás deles havia salas de chá repletas de homens sentados em cadeiras plásticas vistoriando tudo como vigias na proa de navios. Nenhum deles parecia mais prudente, segurando copos de chá, com cigarros entre os dedos finos e compridos, queimando perigosamente perto das barbas que pareciam de arame e lã. Faziam-se tratos, acertavam-se ideias, as pessoas discutiam. Aquilo era uma central, uma confusão de fofocas, boatos e trocas da população como o movimento circular do trânsito, uma central completamente fora do controle do governo comunista, sem linhas telefônicas para montar escutas ou cartas para interceptar.

Com um calculado jeito distraído, Liev passou pelas carrocinhas do mercado e pelas centenas de pessoas que iam para casa no final do dia. Alguma ainda faziam compras, outras paravam para conversar, vendedores empacotavam suas mercadorias enquanto a luz do dia ia sumindo. Ele tinha pouco tempo para conseguir o que queria. O capitão Vaschenko estava decidido a prender o maior suspeito naquele dia. A mãe de Nara Mir tinha dado o nome de um jovem: Dost Mohammed. Segundo a confissão, ele era o principal organizador dos ataques. Tinha comunicado o plano ao pai de Nara e pedira que saíssem da cidade num determinado dia.

Para o capitão, o mais importante era a rapidez, não a prudência. Liev percebeu que o sentimento de culpa era secundário. Não houve qualquer investigação séria sobre a denúncia. Fizeram uma checagem de dados mínima. A polícia afegã sabia pouco sobre o suspeito, além de sua ocupação. Não conseguiram foto dele nos arquivos. A burocracia deles era terrivelmente subdesenvolvida. A informação era a espinha dorsal de qualquer regime autoritário digno de crédito; um governo precisa conhecer seu povo. Apesar das inúmeras falhas, o capitão não desistiria de prender alguém nas 24 horas após os atentados.

Liev não quis ir ao mercado sem nem ao menos conhecer a aparência física do suspeito e o capitão zombou, dizendo que ali no Afeganistão não podiam fazer como o KGB na época em que Liev trabalhou lá, prendendo às quatro da manhã, quando todo mundo dormia. O inimigo ia achar aquilo uma atitude feminina, de farsa e subterfúgio. Se eles queriam dominar o Afeganistão, precisavam mostrar bravura, coragem e audácia. Lá, astúcia e malícia eram defeitos, não qualidades. Fazer uma demonstração de justiça num dos locais mais movimentados da cidade seria uma reação forte, proporcional à violência dos assassinatos da noite anterior. Quanto ao perigo de resistência no meio da multidão, o capitão não via problema. Chegou a esperar que o inimigo se mostrasse. Que pegasse as armas. Seriam todos mortos.

Sem foto do suspeito, só sabiam que ele tinha uma carrocinha que costumava parar por ali, vendendo diversos doces afegãos típicos, frutas secas e carameladas e amêndoas com mel. Como perfil de suspeito, aquele era um dos piores que Liev já havia visto. Segundo alguns, Dost Mohammed tinha 25 anos; segundo outros, 30. Como muitos homens não sabiam contar, a idade às vezes era calculada pela aparência. Liev teria de conversar para saber se o homem era Dost Mohammed. A seguir, voltaria para o grupo que aguardava perto, que então atacaria o mercado de surpresa e prenderia o rapaz. Supunha-se que ninguém desconfiasse de um homem de sandálias de dedo verdes, com reveladores sinais de uso de ópio nos olhos e no rosto. Liev não tinha certeza.

Procurando a barraca, Liev percebeu as dificuldades da situação. Seria impossível controlar a área, pois havia inúmeras saídas, mesmo com uma equipe grande de reforço. O inimigo tinha muitas vantagens. Podia ter olheiros. O suspeito trabalhava ali havia anos. Conhecia a dinâmica do mercado, o fluxo dos fregueses, desconfiaria de qualquer coisa estranha. Liev resolveu comprar algo para parecer menos deslocado. Um velho vendia só ovos, em pilhas de caixas de papelão. Parecia muito calmo, apesar da agitação em volta ameaçar derrubar no chão seu estoque. Liev comprou romãs numa barraca e recebeu um saco plástico muito fino, que esticou com o peso das frutas, as últimas da estação. Tinha percorrido quase todo o mercado. Só faltava o lado norte.

Atravessou o trânsito e chegou nas últimas barracas em frente às casas de chá. Havia duas mesas dobráveis cheias de tigelas de aço com sementes de abóbora, lentilhas verdes, feijões e grãos. Nenhum dos dois vendedores demonstrou qualquer interesse em atender Liev. Ele foi andando e parou na carroça com cortes de carne. A cabeça de uma vaca olhava para cima, o focinho estava cheio de moscas que andavam numa corda bamba de tendões. Misturado ao cheiro de restos de carne, havia um odor doce; seguindo-o, Liev chegou a uma carroça estreita, lotada de caixotes. Pareciam pequenas gavetas cheias de coisas açucaradas: *nuql-e-nakhud*, lentilhas açucaradas, *nuql-e-badam*, amêndoas açucaradas, e *nuql-e-pistah*, pistache açucarado. Liev não olhou o vendedor, mas os produtos; escolheu um antes de examiná-lo, ao mesmo tempo que pedia:

— *Nuql-e-badam*, trezentos gramas.

O homem era jovem, não tinha mais de 30 anos, de olhar esperto. Ao contrário dos outros dois, ele se interessou por Liev. A expressão dele não mostrava nada e com isso mostrava tudo. Estava acostumado a se controlar, ao ódio contido. Encheu um saco de papel com as amêndoas açucaradas. Liev pegou a carteira e pagou, colocando as romãs na beira da carroça. O homem pegou o dinheiro e viu Liev se afastar. Não houve jeito de perguntar o nome dele nem de iniciar uma conversa sem provocar desconfiança. Liev admitiu que, muito provavelmente, aquele era o suspeito. Mas ter ódio da ocupação não era privilégio dos rebeldes.

No final da rua, a uns 500 metros dali, Liev encontrou um impaciente capitão. Nara estava ao lado dele. Liev disse:

— Tem um vendedor de amêndoas açucaradas no final norte do mercado.

— É ele? É Dost Mohammed?

— Não deu para perguntar o nome.

— Você tem um sexto sentido para essas coisas. Era ele?

Liev tinha trabalhado em muitos casos, efetuado muitas prisões.

— Provavelmente. Mas, capitão, acho melhor avisar a você que isso pode acabar mal.

O capitão concordou com a cabeça.

— Para mim, não.

*

Liev sentou-se na escada de uma casa e olhou o saco de papel com as grudentas amêndoas açucaradas. Uma mosca pousou, colou nas amêndoas, mexeu as patas, as asas congelaram no açúcar e na calda.

A tropa escondida surgiu, armas em punho. O capitão foi em frente, liderando seus homens, decidido a prender e dar seu poderoso aviso à cidade. Liev fechou os olhos, ouvindo a freada dos pneus, guinchando, o tumulto no mercado. Houve gritos, berros, uma mistura de frases em russo com dari. Tiros. Liev se levantou.

Ao lado dele estava Nara, talvez a pessoa com a aparência mais solitária que ele já tinha visto.

Juntos, foram até o local, passaram pelo bloqueio de soldados até o mercado cheio e chegaram ao mesmo tempo que um helicóptero que circulava acima deles. O vento das pás inflava a cobertura de lona das barracas como velas de barco. Algumas barracas viraram, derrubando os produtos. Liev olhou a barraca de ovos. Estavam todos quebrados, clara e gema esparramados no chão.

Liev e Nara passaram por grupos de afegãos, muitos ajoelhados, com as mãos na cabeça, um cano de revólver nas costas. O homem que vendeu as romãs o encarou cheio de ódio. Com a invasão, Liev não podia mais ficar à margem, ignorado e irrelevante, sem ser visto, levando uma vida invisível. Não era mais um fantasma, era a cara da ocupação tanto quanto o zeloso capitão.

O suspeito não estava morto. Fora encurralado pelos soldados afegãos e soviéticos perto de uma barraca de temperos. Levara um tiro no braço, escorria sangue da mão. Nara tocou em Liev, ficou atrás dele, escondida do suspeito. Liev perguntou, já sabendo a resposta:

— Foi esse o homem que atacou você?

Ela concordou com a cabeça.

O suspeito levantou a camisa. Tinha vários sacos plásticos grudados no peito como aqueles usados nas barracas de suco. Os sacos soltavam um líquido que escorria pelo corpo dele, ensopando a roupa. Então surgiu uma faísca e uma chama na mão dele, um fósforo aceso saído do nada. Ele bateu com o fósforo na calça e tudo pegou fogo, as chamas se espalharam pela camisa, os sacos plásticos queimaram. Num segundo, ele ficou em chamas. A barba pegou fogo. A pele soltou dos ossos. A dor foi demais e ele correu de um lado para o outro, os braços abertos, as chamas subindo alto. Um dos soldados levantou a arma para matá-lo. O capitão baixou o cano e disse.

— Deixe queimar.

O suspeito queimou, caindo de joelhos. As chamas diminuíram, a gasolina acabou. Ele continuou se mexendo, menos como ser humano, mais como um cadáver carbonizado animado por uma magia negra, indo parar embaixo de uma das mesas cheias de temperos. A mesa começou a queimar, os grãos estourando com o calor. Cheiro de carne queimada e pimenta de sumagre. Liev acompanhou com os olhos a incomum fumaça colorida com riscos azuis e verdes. Todas as janelas, até onde ele enxergava, tinham caras de meninos, rapazes, homens: os espectadores que o capitão tanto queria que assistissem à prisão.

Nos salões de chá, os velhos seguraram firmemente os copos, cigarros entre os dedos, calmos como se já tivessem visto tudo aquilo antes e tivessem certeza de que ainda iam ver de novo, um dia.

Fronteira das províncias de Laghman e Nangarhar
Aldeia de Sokh Rot
116 quilômetros a leste de Cabul
9 quilômetros a oeste de Jalalabad
Dia seguinte

Como Zabi tinha apenas 7 anos, tecer tapetes era considerada uma tarefa difícil demais para ela. Por isso, passava as manhãs fazendo duas das cores usadas no tingimento dos fios. As unhas dela ficavam manchadas de vermelho por triturar cascas de romãs. Ela chupava o dedo, estranhando que uma cor tivesse sabor: o vermelho tinha o gosto azedo do suco da fruta, mais azedo e forte ainda que o horrível *chai-e-siay*, o chá preto que o pai bebia todas as manhãs, tão forte que deixava uma mancha na borda do copo. O segundo recipiente tinha uma tinta marrom, feita de cascas de amêndoas trituradas, mais trabalhosas que as vermelhas. Ela precisava quebrar a casca, depois socar com uma pedra lisa, juntar um pouco de água morna e misturar. Quando terminava, ela pingava uma gota na língua. A pasta marrom tinha uma textura granulosa, mas pouco sabor. Ela concluiu que o marrom era menos gostoso e mais grosso; concluiu também que essa linha de raciocínio indicava que estava entediada.

    A mãe e suas *khaha khanda*, grupo de amigas que moravam perto, estavam sentadas em roda para conversar enquanto teciam os tapetes-padrões. Alguns eram para uso pessoal; a maioria, para ser vendida. Zabi devia olhar e aprender. Ela achou interessante fazer tinta durante um tempo, mas os braços ficaram doídos de socar as cascas e a mãe estava longe de terminar o tapete. Ela e as amigas iam tecer o dia inteiro, talvez o seguinte também e até o outro. Um quadrado de sol surgiu no chão. As nuvens tinham sumido. Ela queria sair, sabia que não iam deixar. Irritada por ter de obedecer, foi indo para a porta com a tigela de aço que usara para misturar a pasta.

— Tenho que buscar água.

Sem esperar resposta, correu, cheia de travessuras na cabeça e percorreu descalça o caminho de terra lisa e as casas, saindo da aldeia.

A aldeia ficava no meio de pomares cujos galhos e folhas balançavam para todos os lados, o vale inteiro era verde e farto, cheio de árvores frutíferas plantadas de modo a ser sempre época de alguma colheita: amêndoas, nozes, damascos, maçãs, ameixas pretas. Cada pomar tinha um sistema de irrigação. Um canal fundo, com margens de concreto, trazia água das montanhas e tomava força antes de se dividir em canais menores que se espalhavam pela plantação. Segundo o pai de Zabi, graças à engenhosidade dos habitantes, a aldeia de Sokh Rot era uma das mais ricas da região, famosa pelas frutas e uma grande fila de amoreiras que davam boas-vindas aos visitantes quando eles saíam da estrada principal para o centro da aldeia.

Apesar da beleza do lugar, Zabi era a única menina que gostava de brincar fora de casa. Laila e Sahar às vezes iam, mas tinham só 3 anos e nunca se aventuravam além dos limites de suas casas; em geral, só iam mais longe para dar comida às cabras. As outras meninas, mais velhas, viviam dentro de casa. Quando tinham de sair, vestiam roupas formais e iam sempre a um lugar determinado, nunca brincar. Zabi podia ficar com elas e a mãe, ouvindo as histórias que contavam. E concordava que às vezes, se estava frio ou chovia, era divertido ficar em casa, fazer bolo, cozinhar, costurar e preparar tinta para tapetes. Mas não sempre, não todos os dias.

Ela parou de correr, estava bem longe da aldeia, não dava para a chamarem de volta. Ainda segurava a tigela de aço e a colocou no chão, aos pés do maior damasqueiro no meio do campo, longe da aldeia. Estava sem sapatos. Não tinha importância. Não sentia frio. Andou entre as árvores e pensou no que a mãe dissera há pouco tempo:

Você já é quase mulher.

Ser chamada de mulher era quase um elogio. Mesmo assim, ficou preocupada. As mulheres da aldeia jamais brincavam fora, nunca corriam pelos pomares nem subiam em árvores. Se ser mulher era não fazer essas coisas, preferia continuar menina.

Perto do final do pomar, ela ficou à margem do canal principal que trazia água das montanhas. Era largo e profundo, com uma correnteza forte. Pegou uma folha, jogou-a na água e ficou olhando-a ir embora rápido. A desculpa de pegar água não a livrava de uma bronca. Ia levar palmadas. Não dava importância. O castigo que ela mais temia era não poder sair de casa. Voltou o rosto para cima, triste, olhou as montanhas e desejou um dia subir até o alto e olhar o vale de lá.

Zabi levou um susto com uma voz.

— Você aí!

Virou-se, com medo de ser repreendida. Um menino mais velho estava entre os damasqueiros. Com o sol forte, ela não enxergou direito como ele era. O menino perguntou:

— Por que está tão triste?

Zabi levantou a mão, protegeu os olhos do sol e focou no rosto dele. Era Sayid Mohammed, um adolescente de 14 anos bem diferente dos irmãos mais velhos, que nunca estavam na aldeia. Sem graça, Zabi tentou uma resposta.

— Não estou triste.

— Mentirosa! Eu consigo ver que você está.

Zabi não contestou, intimidada por aquele jovem, conhecido na aldeia pelas músicas e poesias. Apesar da idade, ele costumava se sentar e conversar com os homens, bebendo o mesmo chá amargo como se fosse um deles. Ela perguntou, mudando de assunto:

— O que você tem feito?

— Fiz uma poesia.

— Pode fazer poesia andando?

Sayid sorriu.

— Faço com a cabeça.

— Você deve ter boa memória.

Ele pareceu refletir sobre isso. Sayid refletia sobre quase tudo.

— Tenho uma técnica para lembrar as poesias. Canto para as pessoas. As que não são boas, esqueço logo. Você não esquece o que faz errado?

Tentando imitar a seriedade dele, Zabi concordou com a cabeça, devagar. Antes que pudesse responder, ele notou os dedos dela.

— Por que os seus dedos são vermelhos?

— Porque eu fiz tinta.

Zabi quis impressionar, então deixou escapar:

— Sabia que a cor vermelha é azeda?

Ela se surpreendeu, pois ele se interessou.

— É mesmo?

— Passei a manhã toda fazendo tinta e experimentei o gosto várias vezes.

— É feita de quê?

— Cascas de romã.

Zabi ficou satisfeita por não dizer algo idiota. Sayid coçou o rosto.

— Vermelho tem sabor azedo... Posso usar isso num poema.

Zabi ficou impressionada.

— Pode?

— A bandeira da União Soviética é vermelha, então dizer que o vermelho tem sabor azedo é uma afirmação política.

Olhou para Zabi.
— Sabe o que é a União Soviética?
— São os invasores.
Ele concordou, satisfeito.
— Os invasores! Pode ser o título do meu poema. O primeiro verso podia dizer alguma coisa sobre...
Fechou os olhos, bastante concentrado, experimentando várias ideias.
— Bandeira vermelha tão azeda quanto o quê?
Zabi sugeriu:
— Cascas de romã?
Sayid riu.
— Não fica muito simpático para o nosso inimigo? Dar a impressão de que a ideologia deles tem o sabor da fruta que é símbolo do nosso país? Não podemos comparar uma fruta que cresce aqui, no solo do Afeganistão, com a bandeira dos invasores.
Com essa declaração, Sayid foi andando, parecendo esquecer Zabi. Ela queria ouvir mais e não terminar a conversa com a sugestão idiota que fizera. Então correu até ele.
— Pode cantar uma poesia para mim?
— Não canto para menininhas. Tenho um nome a zelar. Só canto para guerreiros.
Magoada, Zabi parou. Sayid notou.
— Não leve tão a mal.
Zabi teve vontade de chorar. Detestava ser menina. Ele abrandou a voz, dizendo:
— Sabia que o meu pai desprezava os meus poemas? Batia em mim e mandava eu me calar. Dizia que canto e poesia eram para mulher, eu tinha de parecer com meus irmãos. É verdade, tem poesia que é para mulher, como os acalantos, ou o *nakhta* que as mulheres cantam para um herói morto. Isso me fez pensar que eu poderia fazer letras para os heróis, não de luto, mas de vitória, quando eles vencem os invasores. A poesia tem que ser mais que

bonita e agradável para os ouvidos. Tem que ter uma finalidade, tem que ter raiva.

Sayid pegou folhas das árvores e prosseguiu:

— Cantei esses poemas novos para o meu pai. Ele mudou de ideia, não me bateu mais. Começou a me contar coisas do nosso país para que meus poemas fossem mais precisos. Desde então, eu canto a resistência, poemas que protestam contra o tratamento dado aos nossos irmãos e irmãs afegãos. Meu pai se orgulha de mim, ele traz guerreiros das colinas que contam histórias que transformo em poemas. Estou compondo uma história da nossa guerra, com centenas de poemas diferentes. Meu pai vai me levar pelas colinas para mostrar os poemas em diversos acampamentos. Sabia que os meus irmãos são combatentes?

— Não sabia.

— Lutam contra os soviéticos. Samir me disse que ia explodir uma represa e fazer a água arrastar para longe os tanques soviéticos. Eles voltam logo para a aldeia e vou transformar a vitória deles nos melhores poemas que já fiz. Toda a aldeia vai se juntar para ouvir.

Sayid se abaixou ao lado de Zabi e falou baixo como se houvesse gente no pomar que pudesse escutar:

— Quer ouvir um que, se você cantasse nas ruas de Cabul, seria presa e morta? Vou cantar, mas não conte, ninguém pode saber. Promete manter segredo?

Zabi ficou nervosa e animada e, sem querer parecer medrosa, concordou.

— Prometo.

Sayid disse:

— Ó Kamal!

Parou.

— Sabe o que é Kamal?

Zabi negou com a cabeça. Não conhecia ninguém que se chamasse Kamal.

— Kamal é o presidente. Sabe o que é presidente?
— Um velho?
— De certa maneira, sim, é um governante, um líder, mas não foi escolhido por nós, pelas pessoas que vivem neste país. Ele chegou ao poder graças aos invasores para fazer o que eles quiserem. Imagine se o velho que nossa aldeia ouve fosse escolhido por outra aldeia a milhares de quilômetros. Estaria certo? E se esse velho não tivesse nem nascido na nossa aldeia, mas fora, e viesse aqui dizer o que podemos fazer ou não?

Zabi entendeu: não estava certo. Sayid começou a canção:
— Ó Kamal! Filho de Lenin...
Parou de novo.
— Sabe quem é Lenin?
Zabi negou com a cabeça. Que nome estranho.
— Lenin foi o homem que criou o comunismo, que é a religião dos invasores. Lenin é o deus deles, um profeta, uma figura divina, penduram fotos dele em escolas e prédios. Leem e cantam o que ele escreveu.

Sayid começou a cantar de novo.

Ó Kamal! Filho de Lenin,
Você não se importa com a religião e a fé
Você vai encarar a sua destruição e
Sofrer uma calamidade, ó filho de um traidor,
Ó filho de Lenin!

Zabi não entendeu direito a letra, apesar da explicação. Mas gostou da voz de Sayid e aplaudiu no final.

Sorrindo, Sayid ia agradecer com uma pequena reverência quando, parecendo um animal assustado, olhou o céu. Zabi só ouvia a água correndo no canal de irrigação. Sayid não se mexeu, de olhos fixos no céu azul e vazio. Zabi então ouviu o som também, diferente de tudo que já havia escutado.

Sayid pegou Zabi pela cintura e a colocou sobre o galho de uma árvore próxima. Ela subiu.

— O que você quer que eu faça?

— Diga o que você vê no céu!

Ela era leve, a árvore não era muito velha e os galhos envergavam com seu peso. O barulho aumentou. Ela sentia o tronco vibrar. Sem conseguir subir mais, enfiou a cabeça por cima da árvore.

— O que está vendo?

Vindo em sua direção, voando baixo sobre as árvores, havia duas máquinas de guerra, enormes insetos de aço com asas que pareciam tocos, cortando o ar com lâminas que giravam, manchando o céu azul. Tinham janelas na frente, um bulbo de vidro, um enorme e assustador olho de monstro. As máquinas voadoras estavam tão próximas que Zabi conseguia ver o homem dentro, o rosto do piloto escondido num capacete. Quando passaram, parecia possível esticar as mãos e tocar a barriga de aço deles. Sayid gritava alguma coisa para ela, mas não deu para ouvir, só o ronco das lâminas girando. Uma rajada de vento, uma tempestade feita pelo homem passou pelas árvores. Ela se segurou no galho com força. A árvore inteira balançava. Sayid mandou Zabi descer, mas ela olhava os dois enormes insetos de aço sobrevoarem a aldeia.

A primeira explosão foi tão forte que arrancou Zabi da árvore, uma força a atingiu no peito e ela caiu de costas, com os galhos abaixo de seu corpo. Ela ia bater no chão, mas Sayid a segurou. Sentia o calor forte de um incêndio. Uma nuvem de fumaça fez um cogumelo acima deles, que subiu até o céu, um mau espírito à solta. A parte do pomar que ficava mais perto da aldeia estava em chamas, o cume das árvores queimava. Houve uma segunda explosão, um vento forte, o calor dobrou os cílios da menina. Sayid correu, carregou-a embaixo do braço como um tapete enrolado. Pedaços de terra despencaram em volta deles.

Ela olhou para trás e viu uma fumaça preta passando pelas árvores e vindo na direção deles como uma nuvem diabólica. De repente, a nuvem se abriu e um bando de pôneis da montanha saiu do meio da fumaça. Tinham olhos enormes, estavam com as crinas em chamas, o pelo escuro e queimado. Alguns estavam cegos, ou cegos de pânico, batendo a cabeça nos estreitos troncos dos damasqueiros, as árvores rachando, os pôneis caindo no chão. Os cascos deles rasgavam a terra. Um pônei continuou correndo mesmo com a barriga aberta, passou por eles, enquanto outro caiu perto, com as patas escoiceando sob o corpo, a língua pendurada.

O barulho surdo e mecânico voltou. Uma das máquinas voadoras entrou na nuvem preta e ficou bem acima deles. Sayid correu mais, os olhos apavorados, com o mesmo pânico dos pôneis que caíam ao seu lado. Não tinha onde se esconder.

Zabi viu o canal de irrigação à frente. Antes de conseguirem chegar lá, houve uma terceira explosão, o chão se abriu, cada pedaço de terra, cada folha vibrava. Sayid a jogou para a frente. Ela ficou um instante no ar, depois caiu no canal, bateu na água e mergulhou na correnteza gelada. Rolou, enxergando dentro da água. Não havia sinal de Sayid. Um pônei queimando pulou, os cascos bateram nas paredes de concreto. O céu azul sumiu e foi substituído pelo fogo. A água gelada começou a borbulhar e ferver.

Grande província de Cabul
Cidade de Cabul
Distrito de Jada-e-Maiwand
Complexo residencial Microrayon
Três dias depois

O apartamento era recém-construído pelo governo. O interior cheirava a tinta fresca e cola. Liev tentou abrir a janela, mas estava fechada com pregos, talvez para dar segurança a ele, pois o vidro fabricado pelos soviéticos não estilhaçava, cada vidraça importada custava mais que um soprador de vidro afegão ganhava num ano inteiro. Ele se encostou na janela, viu a luz do anoitecer passar pela densa neblina misturada à fumaça e transformar uma camada de poluição e poeira em luzes vermelhas e laranjas. Estava no quinto andar, uma cobertura que, se fosse nos arredores de Moscou, seria um anônimo conjunto de apartamentos de concreto que não mereceria atenção. Mas em Cabul a mesmice dos prédios era incrível, uma anomalia estrangeira baseada em projetos arquitetônicos soviéticos totalmente diferentes das tradicionais construções de estuque. Construído às pressas, sem usar qualquer especialista local ou artesão tradicional, esses blocos de apartamentos subiram como se germinassem no distrito de Jada-e-Maiwand após a invasão. Aquele prédio especialmente, terminado na semana anterior, tinha uma cerca de arame farpado com holofotes de segurança e patrulha de soldados soviéticos, não afegãos, o que mostrava a desconfiança entre os dois exércitos. Temendo represálias após o brutal espetáculo público do assassinato de Dost Mohammed, os soviéticos, inclusive os conselheiros, foram transferidos para conjuntos habitacionais seguros. As reclamações de Liev não foram ouvidas: não haveria exceção. Em questão de horas, criaram um gueto da força de ocupação, exatamente a herança de divisão e suspeita que Dost Mohammed queria apagar.

Assim que se mudou, Liev desparafusou as quatro portas dos cômodos e as colocou no chão. Sem elas, podia ver da sala o apartamento todo, confirmar que estava vazio, evitando que a imaginação o atormentasse com lembranças da família. Mesmo assim, a disposição era muito parecida com o apartamento onde morou com Raíssa e as meninas, cópia de uma típica residência soviética, mobiliada facilmente com estantes e guarda-roupas de compensado. Liev não tinha malas para desfazer. Tudo o que possuía estava sobre a mesa de centro: o pacote de cartas incompletas para as filhas e o cachimbo de ópio. Resolveu não trazer as cartas enviadas por Elena e Zoia por não conseguir parar de lê-las, examinar tudo várias vezes até as palavras e frases perderem o sentido. A cada leitura, ficava mais inseguro sobre o verdadeiro sentido e se obrigava a ler novamente, num ciclo obsessivo. Comparava as cartas e pensava por que dessa vez Zoia escrevera apenas oitocentas palavras, quando normalmente escrevia mais de mil, ou se Elena tinha ficado mais fria e a frase final — *Com amor* — era sincera ou mera obrigação. Era impossível ter certeza do tom. Numa quente noite de verão ele lera centenas de vezes a carta de Elena, de apenas uma folha com letra pequena e clara. Teria lido outras centenas, se o ópio não o obrigasse a dormir. Depois disso, passou a ler as cartas apenas três vezes antes de queimá-las, mas fazia meses que não recebia nada. A falta de comunicação podia ser pela entrega falha, às vezes chegavam três ou quatro de uma vez, mas era mais provável que fosse porque não respondera a última carta. Estava cada vez mais difícil colocar em palavras as coisas e ficava frustrado com as tentativas, começava cem vezes e detestava tudo o que escrevia.

Andou de um lado para o outro no áspero carpete sintético, um absurdo naquele país, pois em poucos dias ficavam entranhados de poeira e sujeira. Liev precisava fumar, urgentemente. Enquanto preparava a droga escondida, ouviu uma música leve vinda do apartamento ao lado, de sua nova vizinha, Nara Mir.

Após a tentativa de prisão de Dost Mohammed, Liev acompanhara a única aluna sobrevivente à casa dos pais para pegar seus pertences, sendo os mais importantes os livros marxistas, escondidos do lado de fora, na inútil esperança de os pais não acharem. Dois soldados soviéticos deram proteção a eles. Quando iam sair da casa, uma multidão se juntou em volta do carro. Os soldados deram tiros para o alto na tentativa de dispersar as pessoas, enquanto Liev empurrava Nara para o interior do carro. Quando o veículo deu a partida, um pequeno saco plástico bateu no para-brisa. Soltou um ácido, o vidro queimou e derreteu. Liev mandou os soldados continuarem, não saírem do veículo, sabia que aquela provocação era uma emboscada. Nara, desprezada pela comunidade à qual um dia pertencera, não se alterou. Em resposta ao exílio, ela estudava russo.

— Não falo russo direito, gostaria de melhorar. A partir de agora, temos que falar mais em russo.

Pelo resto da viagem, enquanto o ácido no para-brisa borbulhava e chiava, ela lera o livro de frases em russo como se nada estivesse errado.

Curioso com a música, Liev conseguiu deixar para depois o cachimbo de ópio. Calçou as sandálias de dedo, saiu no corredor e bateu à porta do apartamento ao lado. Nara abriu, depois de destrancar as diversas fechaduras pesadas. Apesar de estar de folga, usava o uniforme. Teve o privilégio de uma acomodação de nível soviético principalmente por ser um símbolo importante do fracasso dos insurgentes em matar todos os estagiários, e não por um gesto de igualdade entre as duas forças. Era um talismã da ocupação e queriam protegê-la. Sem a cerca de arame farpado e os guardas, ela não duraria mais que algumas horas.

Na mesa da sala tinha um toca-fitas grandalhão. Nara perguntou, em russo:

— A música está muito... grande?

Não conseguiu lembrar a palavra certa e falou em dari:

— Está muito alta?

— Não.

A música era um pop ocidental pirata, vendido em mercados, exposto em cima de xales, com capas xerocadas. As fitas vinham de outros países, vendidas com imenso lucro e tendo como público-alvo a força de ocupação. Liev não conhecia aquela música, nem o cantor. A letra era em inglês, com sotaque americano. O homem tinha uma excelente voz. Nara perguntou, sinceramente nervosa:

— É errado uma comunista comprar música de um cantor americano?

Liev negou com a cabeça.

— Acho que ninguém se incomoda.

— O capitão me deu uma indenização. Eu nunca tive dinheiro meu. Gastei tudo numa tarde. Comprei coisas que não preciso até o dinheiro acabar. Foi errado?

— Não.

— O cantor se chama Sam Cooke. Conhece?

— Não acompanho música.

Ouviram mais um pouco e Liev disse:

— Uma vez, conheci um cantor americano. Era comunista e esteve em Moscou há muitos anos, quando eu era jovem. Fiz a segurança dele. Ele se chamava Jesse Austin. Tinha uma voz meio parecida com a desse cantor. Só que Jesse Austin não cantava música pop.

Nara pegou uma caneta e um bloco na mesa da sala e anotou o nome JESSE AUSTIN como se fosse um suspeito que ela precisasse investigar.

— Vou procurar discos dele no bazar amanhã.

Liev nunca pensara em procurar um disco dele.

— Se você achar, me avise. Podemos ouvir juntos.

Liev olhou o apartamento dela, os livros comunistas que agora estavam nas estantes e que um dia tivera de esconder nos tijolos de um beco, livros que irritaram os pais dela e quase a mataram. Nara possuía pouca coisa, o apartamento era quase tão vazio quanto o de Liev. A música terminou, a fita deu um estalido. Começou outra música. Ela falou:

— Sua vida em Moscou era muito diferente daqui?

Liev concordou com a cabeça, constrangido com o rumo da conversa.

— Era.

— Sente falta da sua família?

Ela nunca havia perguntado sobre sua vida pessoal, e Liev não gostou. Ia se despedir e voltar para o apartamento quando ela acrescentou:

— Eles vão matar o meu pai.

A irritação de Liev sumiu. Ele disse:

— É, eu sei.

— A minha mãe vai ficar presa. O meu irmão também. Eu nunca vivi longe da minha família.

— Vai ser difícil.

Ela olhou bem Liev com uma triste mistura de solidão e decisão.

— Com o tempo melhora?

Liev negou com a cabeça.

— Você aprende a lidar com isso.

Liev não tinha entrado no apartamento, ficara na porta, não queria atrapalhar o senso de propriedade dela. Não foi convidado a entrar. Seria inconveniente sob o ponto de vista de hábitos da cultura afegã. Mas percebeu que ela não queria que fosse embora, queria que ele pedisse licença para entrar. Ela também não conseguiu perguntar. Finalmente, Liev sugeriu:

— Tente dormir um pouco.

Virou-se e foi embora, se esforçando para não olhar para trás e conferir se ela o estava observando.

Ao chegar à porta do apartamento dele, Liev parou. Pensou nela sozinha naquele local novo, recém-pintado, sem vivalma. Era ridículo voltar para o apartamento dele. Ela havia perdido a família. Claro que queria companhia. Seria exatamente por ser sozinha que ele queria ficar? Os dois estavam na mesma situação, sozinhos, estrangeiros. A situação não precisava ficar estranha. O que tinha de errado em se tornarem amigos? Liev se virou, devagar.

Nara continuava no mesmo lugar. Não tinha fechado a porta, mas não olhava para Liev. O capitão Vaschenko vinha no final do corredor, com um mapa enrolado embaixo do braço, na direção deles.

— Preciso falar com vocês dois. Vamos para o apartamento de Liev.

Nara esperou o capitão passar por ela, saiu do apartamento e entrou atrás dele. Liev não conseguiu ver a expressão dela.

Na sala, o capitão abriu o mapa na mesa, sem dar atenção enquanto Liev escondia o cachimbo de ópio. O capitão pegou o revólver e o usou para segurar o mapa que mostrava montanhas e um vale próximo à cidade de Jalalabad, perto da fronteira com o Paquistão. O capitão explicou:

— Achei que havia uma ligação entre os assassinatos em Cabul e o fracasso de explodir a represa Sarobi. Eu tinha razão. Dost Mohammed estava por trás dos assassinatos em Cabul. Achamos o corpo de Samir Mohammed na represa, era um conhecido preparador de bombas. Os dois eram irmãos. Segundo as nossas fontes, são quatro irmãos, um menino chamado Sayid e um soldado muito temido, Fahad. Essa família é uma célula de insurreição. O alvo deles é abalar a estabilidade de Cabul. Há três dias mandamos uma equipe na casa deles na aldeia, perto de Jalalabad. A equipe em terra era para receber apoio aéreo de helicópteros. Soubemos que os aldeões abriram fogo. Os helicópteros Hind revidaram e o conflito aumentou.

Fez uma pausa e encarou Liev.

— Centenas de pessoas morreram, inclusive mulheres e crianças. Nós agora temos um problema diferente. Boatos do massacre se espalharam pela região. Tememos que aumentem a insurreição, não só na província onde ocorreu, mas em Cabul também. A notícia do massacre já chegou à capital. As pessoas nos acusam de arrasar a aldeia por vingança. Muitos dos nossos aliados afegãos estão preocupados. Consideram descabida a nossa reação.

Liev adivinhou aonde o capitão queria chegar.

— Vocês têm militares para cuidar de assuntos internos, deixe que eles investiguem. Mostre justiça.

— Essa investigação não é para o nosso pessoal. Ele está cumprindo suas tarefas. Isso é um exercício de relações públicas. Precisamos ir à região e fazer uma espécie de gesto conciliatório. Você é o nosso conselheiro mais experiente, conhece esse povo. Esses terroristas estão causando mais problemas mortos que quando vivos. Quero que você consiga algum tipo de paz, alguma compensação.

Considerando a ideia absurda, Liev coçou a barba.

— Capitão, vou ser sincero com você. Ir a essa aldeia é perda de tempo. A única coisa que eles querem de nós é que saiamos do país deles. Eu não tenho autorização para oferecer isso, não é?

O capitão pegou o revólver, mas deixou o mapa na mesa e, sem registrar a recusa de Liev, acrescentou:

— Sairemos amanhã bem cedo. Preciso de gente para negociar, gente em quem confie, por isso quero que Nara Mir vá conosco. Ela mostrou ser uma promissora agente. Seria bom ter pelo menos um afegão entre nós para manter as aparências.

Saindo tão rápido quanto chegou, ele parou na porta e olhou para trás.

— Você traduz para ela tudo o que eu disse?

O capitão fechou a porta e deixou os dois sozinhos.

Estrada de Cabul para Jalalabad
100 quilômetros a leste de Cabul
25 quilômetros a oeste de Jalalabad
Dia seguinte

Liev estava no banco traseiro do jipe UAZ blindado, ao lado de Nara, cada um olhando em sentidos opostos, os dois corpos afastados. Ficaram assim durante quase toda a longa e desconfortável viagem, calados, evitando se olhar, observando a vista enquanto o comboio saía de Cabul e entrava numa das estradas mais perigosas do mundo, a caminho de Jalalabad. A estrada, modesta em meio à paisagem afegã, era obrigada a contornar as montanhas e passar pelo desfiladeiro Sarobi, onde serpenteava por declives de centenas de metros e encostas marcadas por carcaças de carros queimados. Aquela região era de emboscada, tão letal quanto a saída da passagem Salang, onde os rebeldes se escondiam nas montanhas para pegar os comboios que transportavam gasolina. Um agente militar dirigia o jipe, com o capitão no banco ao lado. Havia outro veículo de apoio com mais quatro soldados soviéticos, um comboio militar simples, com rádios prontos a pedir apoio aéreo, caso preciso. De vez em quando, o capitão virava para trás e comentava alguma coisa com Liev; suas feições duras, inescrutáveis, não davam pista se sabia o que tinha acontecido na noite anterior. Estaria de acordo com o protocolo soviético se os recém-construídos blocos de apartamento tivessem escuta.

A noite anterior tinha sido um erro, um erro impulsivo, de cabeça quente, ao estilo mais adolescente. Os dois não deviam ter se beijado. Nara certamente concordaria que não. Estavam sozinhos, duas almas perdidas nos seus vazios e gélidos apartamentos novos. Ele não lembrava exatamente como ocorrera o beijo. Estavam conversando, próximos, estudando o mapa aberto sobre a mesa. Ela mostrara a aldeia de onde vinha a família e onde jamais foi bem-vinda. Mostrou também a estrada por onde o avô contrabandeava lã tosquiada para a China e contou que muitos contrabandistas morreram nas passagens da montanha. Como se isso só tivesse lhe ocorrido naquele momento, Nara concluíra que o avô devia saber do atentado para matá-la e, provavelmente, tinha aprovado. Ficou nervosa explicando o motivo. Nesse ponto, é provável que Liev tivesse tocado nela, apenas para consolá-la, ou raspado a mão, sem querer. Não tinha certeza. O preâmbulo não estava claro na cabeça dele, mas o beijo sim, era o desejo sexual que o ópio reprimira durante tanto tempo, ou a tristeza, ou ambos. Por um instante, sentiu um prazer simples como não tinha há muito, um desejo incontrolável, certo de que nada mais fazia sentido exceto obedecer àquele impulso. Mas, ao agarrar a cintura dela, sentiu o corpo da mulher tremer, tomado de emoção, nervosismo e inexperiência. Liev recuara. Nara ficara na frente dele, a boca um pouquinho aberta como se quisesse dizer algo e não conseguisse juntar as palavras. Ficaram assim pelo que pareceram vários minutos. Podem ter sido apenas segundos até ela finalmente se afastar e fechar a porta em silêncio.

Após Nara sair do apartamento, Liev fumara, enchera os pulmões de ópio, seu substituto para o contato humano. Exausto, encostou a cabeça no vidro à prova de bala do jipe e fechou os olhos.

*

Liev acordou e viu que o jipe estava parado. Nara não estava ao lado. Não havia motorista. Abriu a pesada porta blindada e saltou. Ao lado da estrada, via as águas azuis esverdeadas de um lago. Do outro lado, uma montanha íngreme. Estavam na represa Darwanta, perto de onde iam, a aldeia de Sokh Rot, que ficava no vale do outro lado da montanha. O capitão estava com seus oficiais, vários dos quais fumavam. Nara estava à margem do largo, olhando, separada de todos. Liev foi até ela. Indeciso e sabendo que o capitão os observava, ele não sabia o que dizer. Tocou na água, o que fez o reflexo dela ondular.

— Isso não precisa virar um problema.

Ela ficou calada. Liev acrescentou:

— Eu assumo... a responsabilidade. Você não teve culpa.

Ele não queria falar mais, porém explicou.

— Foi um erro que podemos esquecer. É o eu que acho.

Ela não disse nada. Liev prosseguiu:

— É melhor continuar como estávamos antes. Como se nada tivesse acontecido. Vamos nos concentrar na próxima tarefa. Já estamos próximos.

Rápido, ele explicou de novo:

— Quero dizer, estamos próximos da aldeia, não um do outro por causa da noite passada. Não digo que não possamos ser próximos, no futuro, como amigos. Eu gostaria de ser seu amigo. Se você quiser...

Liev gostaria que o capitão tivesse exigido um helicóptero, assim a viagem levaria minutos, e não horas. Mas, considerando a situação, um suposto massacre feito por dois helicópteros Hind, seria insensível entrar na região pelo ar, aumentando a afronta, ou causando pânico. Liev achou estranho o capitão querer lidar pessoalmente com a situação. A informação de que o massacre estava aumentando a revolta em Cabul parecia vaga. Também era vaga a ideia de que se podia comprar o perdão com um projeto de melhoria, a construção de um centro médico, uma escola, um poço artesiano e a cessão de rebanhos de animais gordos. Ou por que o capitão ia perder tempo com isso. Liev tinha levado apenas o cachimbo e uma modesta quantidade de ópio, prevendo que ficariam perto de Jalalabad até o problema ser resolvido.

Pouco antes de chegarem ao destino, o capitão Vaschenko ficou muito falante, o que não era comum. Perguntou:

— Sabe qual é o meu maior desapontamento desde que cheguei nesse país?

A pergunta era retórica e ele seguiu em frente sem esperar, ou querer, resposta.

— Durante a invasão, cuidei do cerco ao palácio do presidente, onde fica a base do 40º Exército. Era onde o desertor estava morando. Você esteve lá.

Nara tinha ouvido o suficiente para saber do que ele falava.

— Tapa-e-Tajbeg.

O capitão concordou com a cabeça.

— O plano era prender o presidente. Esperamos que a guarda pessoal se entregasse. Mas, diferente de todas as divisões afegãs, ela resistiu. Tivemos de invadir. Foi a primeira vez que lutei num palácio real. Havia cristais caros estilhaçados no chão, candelabros despencavam dos tetos, quadros e obras de arte ficaram em pedaços.

O capitão riu.

— Imagine lutar dentro de um museu; foi parecido. Você se esconde atrás de antiguidades que valem mais do que eu vou ganhar na vida inteira. Considerando que não havia a menor possibilidade de vencerem, aqueles guardas foram corajosos. Acho que sabiam que iam morrer. Nós tomamos o palácio aposento por aposento. Queria que fosse eu a prender ou matar o presidente. Que prêmio seria! Desconfiei que ele estava escondido no quarto. Não é para onde todo mundo vai, quando se sente ameaçado? As pessoas ligam quarto à segurança, ou a lugar mais adequado para morrer. Eu me enganei. Outro membro da minha equipe encontrou o presidente no bar. Ele tinha um bar particular, estava sentado numa cadeira, de costas para a porta, bebendo um uísque de 50 anos. Foi atingido nas costas, com cuidado para não quebrar o decantador. Tomamos o uísque para comemorar. Mas não me senti como se estivesse comemorando. Até hoje me aborreço por ter errado o lugar.

O capitão balançou a cabeça, arrependido.

— Nunca matei um ditador.

Liev observou:

— Vocês colocaram outro no poder. Talvez você tenha uma nova chance.

Para surpresa de Liev, o capitão achou graça.

— Se houver oportunidade, vou direto ao bar particular dele.

Virou-se, um sujeito inexpressivo que se permitia um modesto sorriso.

— Que tal você traduzir isso para ela?

Foi a última coisa que o capitão disse antes de deixar Liev e Nara a sós na noite anterior. Ele sabia que os dois se beijaram. Liev estava certo. Os aposentos tinham escuta.

Fronteira das províncias de Laghman e Nangarhar
Aldeia de Sokh Rot
116 quilômetros a leste de Cabul
9 quilômetros a oeste de Jalalabad
Mesmo dia

Quando o jipe se aproximou do local do massacre, a paisagem começou a mudar. As árvores não estavam mais salpicadas de flores, mas carbonizadas — os galhos negros e secos, troncos inteiros queimados, reduzidos a silhuetas de carvão como um lápis de criança. No epicentro do ataque, a estrada sumira, substituída por uma série de crateras acinzentadas, rodeada de tocos que pareciam dentes de monstros, onde antes ficavam as árvores.

O capitão mandou o motorista parar o jipe. Liev saltou e sentiu imediatamente o forte cheiro de produtos químicos que vinha do chão. O vento soprou e uma poeira fina fez espirais negras ao redor deles. Os pés pisavam em cinzas. Olhou Nara. Ela nunca tinha visto a guerra fora de Cabul. Estava chocada. Liev imaginou quanto tempo ele levaria para explicar aquela destruição, racionalizar e criar argumentos sobre a necessidade do ataque. Sem dúvida, o processo tinha se iniciado.

As casas de paredes de barro não estavam em ruínas; elas simplesmente sumiram. Em alguns casos, nos arredores da aldeia, havia restos, montes de barro seco ou rachado pelo calor. Liev perguntou:

— Qual foi o motivo disso?

O capitão estava de óculos de sol e Liev viu nas lentes o próprio reflexo distorcido.

— Estas aldeias parecem tranquilas, o típico remanso de casas feitas de estrume e barro, crianças correndo atrás de cabras, muitas panelas, cântaros e sacos de arroz. Mas era um paraíso terrorista. Os irmãos que saíram daqui tinham explosivos suficientes para causar uma destruição como essa, ou pior. Iam explodir uma represa inteira. Sabe quantas pessoas teriam morrido? Não só soldados, mas civis também. Qual foi o motivo disso? As pessoas que viviam aqui. Fizeram isso com elas mesmas. Nossos helicópteros ficaram sob fogo cerrado.

Liev não sabia os detalhes técnicos dos helicópteros Hind de ataque, mas eram bem protegidos: as pás tinham pontas de titânio. Rifles e metralhadoras não conseguiriam derrubá-los.

— Como foi o combate?

O capitão chutou a terra.

— Não viemos aqui para ver se nossos pilotos tomaram a decisão errada. Na minha opinião, as bombas termobáricas foram uma escolha certa. Estamos aqui para convencer essa gente de que há opções melhores e mais inteligentes que nos combater, pois lutar contra nós vai trazer miséria a milhões de pessoas.

Liev se fixou em duas palavras ditas pelo capitão, que para ele não significavam nada.

— Bombas termobáricas?

Nunca tinha ouvido falar naquilo. O capitão olhou rápido para Nara. Apesar de ter espionado Liev, apesar de ter delatado os desertores, ela continuava sendo estrangeira e o capitão só confiava nela até aquele ponto. Falou então baixo e rápido, em russo, para que ela não entendesse:

— Essas bombas causam explosões mais prolongadas, o que torna muito mais difícil sobreviver à sua onda de compressão. Elas chupam o oxigênio do ar. Os explosivos normais contêm uma grande quantidade de oxidação; já as armas termobáricas contêm, sobretudo, combustível.

Ao ouvir isso, Liev entendeu por que os estrategistas militares tinham tanta certeza de que venceriam aquela guerra. Tinham armas tão sofisticadas que seria ilógico perder. Ele perguntou:

— Para garantir que não haja sobreviventes?

— Elas são projetadas para atuar em labirintos de cavernas. Se a bomba não consegue destruir a caverna toda, pelo menos suga o ar e transforma uma base segura numa armadilha mortal.

Liev acrescentou:

— São projetadas para aldeias também?

Liev não esperava uma explicação, o capitão já estava se afastando, mas entendeu o uso daquelas bombas. Eram armas que garantiam matar todos, reduzindo as cicatrizes visíveis sem mostrar a intenção letal.

Nara se abaixou. No chão, havia uma panela de aço que ficara preta, mas em perfeito estado. Ela esfregou com a mão e limpou uma parte.

Fora do antigo centro da aldeia estava se formando um lago raso de cinzas. A superfície tóxica cobria os pés de Liev. O ataque destruíra a rede de canais de irrigação que regava os pomares: a água continuava sendo trazida das montanhas, mas não tinha mais para onde ir. Ele colocou as mãos em concha na água, que escorreu pelos dedos, e a mão ficou suja. Limpou com o polegar. O capitão estava ficando impaciente.

— Precisamos ir para as colinas falar com o povo e saber o que querem. Claro que vamos replantar os pomares, limpar a água e distribuir a terra pelos parentes dos mortos. Você faz as negociações.

Liev ficou ao lado de Nara.

— Vamos só Nara e eu. É melhor você e sua equipe ficarem aqui.

O capitão negou com a cabeça, sem sequer pensar na proposta.

— Seria perigoso.

— Mais perigoso é você ir conosco.

O capitão pegou um binóculo e olhou a aldeia mais próxima.
— Eles vão ter um centro médico ou uma escola. Não precisamos deixar muito definido.

*

A aldeia mais próxima ao local do massacre se chamava Sau e consistia num amontoado de casas na encosta da montanha, bem acima do vale. De lá, os moradores puderam ver os helicópteros passarem sobre seus vizinhos, soltarem mísseis, jogarem bombas, o fogo destruindo as árvores e as casas. Embora a aldeia parecesse perto, ficava a quase uma hora a pé, atravessando a terra esturricada e chegando aos terraços nas encostas, acompanhando o canal de irrigação, andando pelas margens de concreto. O capitão não só insistira em acompanhá-los, como levara seus cinco soldados. Liev ficara confuso com a aproximação dele. O capitão estava certo, era perigoso. Mas era pouco provável haver uma emboscada na vila. A tática dos *mujahedins* era atacar os soviéticos quando não pudessem revidar às forças que se dissolviam nas montanhas. A intenção deles não era retomar cidades, pois tal vitória dava às tropas soviéticas um alvo para atacar. Ao se recusarem a entrar numa guerra convencional, eles fariam cortes na ocupação; alguns, profundos; outros, mais superficiais. Eles iam sangrar os soviéticos enquanto estes jogavam bombas no deserto e na montanha ou, como ali, nos damasqueiros.

Com a testa úmida de suor, Liev passou a mão no rosto e avaliou a aldeia próxima. Sau era pequena. Enquanto a aldeia de Sokt Rot ficava num pomar que um dia foi fértil, essa tinha como única fonte de subsistência o rebanho, bandos de cabras que se dispersavam à medida que eles se aproximavam. A aldeia era pequena, mas havia muita gente no centro, centenas de homens, muito mais do que seria normal num lugar daquele tamanho. Liev emparelhou com Nara e o capitão e perguntou:

— O que você acha disso?

Mostrou os homens. Mais gente chegava, caminhando pelas trilhas da montanha e pelo vale. O capitão olhou tudo, observou a multidão. Indecifrável, disse, sério:

— Querem ver com os próprios olhos o que foi destruído.

Liev balançou a cabeça, mostrando o outro lado do vale.

— Por que atravessam o vale? Podem ver a destruição de lá mesmo. Por que eles vêm para cá?

O capitão não respondeu.

*

Inquieto, Liev subiu os poucos metros que faltavam, entrou no centro da aldeia e ficou rodeado de pessoas.

Aldeia de Sau
118 quilômetros a leste de Cabul
7 quilômetros a oeste de Jalalabad
Mesmo dia

Num cálculo aproximado, a pequena aldeia não tinha mais de quarenta casas, porém estava com uma multidão tão compacta que muitos homens ficaram lado a lado, o centro da aldeia movimentado como um mercado de Cabul. Havia meninos, homens adultos e idosos. Mais homens vinham pelas trilhas da montanha, tantos que muitos ficaram na parte mais alta, agachados num terraço, enfileirados como corvos num fio de telefone. A aldeia tinha se transformado num local de peregrinação, atraindo gente de todo canto. Alguns traziam presentes: jarros de leite de cabra e tigelas de frutas secas, amêndoas e frutas frescas, como se houvesse ali um festival religioso, ou uma festa de casamento. O clima festivo da reunião deveria deixar o capitão Vaschenko calmo. Mas ele parecia agitado. Os soldados Spetsnaz colocaram as armas em posição de defesa, sem chegar a apontá-las para ninguém, o que seria uma provocação sem perdão.

Ao perceber que a situação podia facilmente ficar violenta, Liev tomou a dianteira e levantou os braços para mostrar que estava desarmado. Falou em dari:

— Estou desarmado. Viemos aqui para conversar.

Dizer que estava desarmado era pouco, considerando que tinha perto soldados especiais fortemente armados. Foi impossível saber se os homens entenderam o que ele disse, pois formavam um muro de expressões indecifráveis. O sotaque de Liev era fácil para um afegão urbano entender, mas talvez fosse mais complicado para um camponês. Virou-se para Nara e pediu:

— Fale com eles, tranquilize-os.

Nara se adiantou, ficou ao lado de Liev.

— O ataque à aldeia de Sokh Rot foi um erro enorme. O governo não tem essa intenção. Queremos discutir a reconstrução dessa área. Queremos replantar os pomares e limpar a terra. Queremos que as frutas voltem a crescer nesses campos. Estamos aqui para ouvir vocês, queremos trabalhar juntos, orientados por vocês.

Ela falou com sinceridade, com um arrependimento verdadeiro por aquela destruição e queria reconstruir a comunidade perdida. A tentativa de reconciliação era a meta da visita, mas o capitão estava evidentemente pensando em outra coisa. Olhava de um lado para o outro, preocupado, sem pedir tradução do que Nara dizia, nem dar qualquer instrução.

Houve uma discussão acalorada no meio da multidão, um toque de discordância. Levantavam-se vozes, os argumentos se justapunham. E tão de repente quanto começaram a discutir, ficaram em silêncio. Liev aproveitou para retomar o assunto do início. Observou bem os diversos aldeões e parou ao lado de um velho de barba incrivelmente ruiva. Seus olhos brilhavam tão desafiadores quanto a barba vermelha. Orgulhoso, o homem estava louco para falar, dizer alguma coisa. Ficar calado era um esforço para ele. Liev achava que qualquer coisa provocaria o velho. Disse então:

— O ataque a Sokh Rot foi uma afronta. Ajudem. Sugiram. Como podemos consertar isso?

Como era de se esperar, o homem não se conteve. Apontou a paisagem destruída, onde ficava a aldeia.

— Ajudar vocês? Vou mostrar como vamos ajudá-los. Vamos vencer vocês. Vamos botar vocês para fora daqui. E vão nos agradecer, porque vocês não são daqui. Têm armas poderosas, mas nenhuma arma feita pelo homem se compara ao poder de Alá. O amor de Alá vai nos proteger. Ele nos deu uma prova disso.

A multidão reagiu. Pessoas gritaram para o homem se calar. Liev perguntou:

— Que prova?

Houve mais pedidos para ele se calar, mas o velho estava ansioso.

— Uma criança sobreviveu! Um menino milagroso! Veja todas essas pessoas que vieram ver o milagre! Veja como o menino os inspira. Saiam da nossa aldeia, não queremos a ajuda de vocês. Vamos reconstruir o país sem vocês!

Vários repetiram o grito do homem:

— Vão embora!

Parte da multidão se agitou, alguns batiam palmas e gritavam, enquanto os mais prudentes fecharam a expressão, irritados, pedindo que o homem ousado se calasse. Liev foi rápido:

— Um menino sobrevivente?

O velho foi afastado de Liev, que tentou segui-lo, mas outros homens se colocaram no caminho, impedindo.

O capitão Vaschenko entrou na multidão, queria saber mais.

— O que houve?

Liev explicou:

— Não morreram todos os habitantes, um menino sobreviveu ao ataque. Eles consideram que foi milagre.

O capitão não pareceu surpreso. Liev perguntou:

— Você sabia disso?

O capitão não negou:

— Ouvimos falar. Primeiro, do massacre; depois, de um menino. Eles acham que o menino é a prova de que vencerão o comunismo. Nossas fontes em Cabul dizem que em poucos dias a imagem de um menino milagroso foi boa propaganda para a rebelião. Estão declamando poemas sobre o menino protegido pela mão de Alá. Ridículo. Mas só ontem as deserções no exército afegão aumentaram trezentos por cento. Também perdemos cinco agentes mortos por um deles. Dá a impressão de que o milagre é mais importante que o massacre.

Liev começou a entender o interesse do capitão: uma aldeia bombardeada não merecia atenção, mas um milagre, sim. Nara se aproximou e, sem saber o que se passava, disse:

— Acho melhor irmos embora, há gente demais. Não podemos negociar.

A multidão não se acalmava. O capitão negou com a cabeça.

— Diga a eles que quero ver o menino.

Liev ficou pasmo.

— Não vão deixar. Seria uma ofensa. Nara tem razão, temos que ir embora. Podemos voltar quando os ânimos estiverem menos exaltados.

O capitão repetiu, como se Liev não tivesse dito nada:

— Diga a eles que quero ver o menino. Traduza.

Liev insistiu:

— Podemos voltar quando houver menos gente.

O capitão se virou para Nara.

— Quero ver o menino.

Sob ordem, Nara se dirigiu à multidão, elevando a voz:

— Com a permissão de vocês, queremos ver esse menino milagroso.

O pedido provocou irritação. Alguns homens levantaram os braços, outros gritaram; centenas de recusas ao mesmo tempo. Jogaram uma pedra, que atingiu o rosto de Nara. Ela caiu, com a mão na face. Antes que Liev pudesse se aproximar da mulher, ouviu-se uma rajada de metralhadora. A arma do capitão apontava para o céu. Os soldados miravam suas armas na multidão. Liev se aproximou do capitão.

— Se formos embora, ninguém morre. Se ficarmos, a situação vai ficar violenta.

O capitão estava calmo. Não deu atenção a Liev e ajudou Nara a se levantar.

— Você está bem?

Ela concordou com a cabeça.

— Repita para me mostrarem o menino.

Nara repetiu a ordem em dari. Assim que falou, o capitão deu mais uma rajada de tiros para o alto. Abaixou a arma e apontou para a multidão. Um dos soldados pegou uma granada, tirou o pino e a colocou no chão. Apesar das ameaças, ninguém se mexeu, nem mostrou onde o menino estaria. Liev disse:

— Não vão mostrar o menino!

Achando que era verdade, o capitão foi até a maior casa e olhou as pessoas amontoadas em volta. Liev foi atrás. Quando o capitão entrou na casa, ordenou aos soldados:

— Fiquem na porta, ninguém entra. Fiquem atentos.

Liev e Nara entraram. Os soldados ficaram do lado de fora, armas em punho.

O interior da casa estava escuro e uma tênue camada de fumaça se juntou no teto, ondeando como uma nuvem presa. Havia incenso aceso e velas arrumadas numa espécie de semicírculo. O cheiro era forte, opressivo. No meio do quarto, num estrado coberto com um lindo tapete como se fosse um palco, estava o menino. Vestia xales brancos e não tinha mais de 14 anos, embora fosse difícil garantir, visto que a figura dele era impressionante. Estava completamente careca, sem sobrancelhas nem cílios, vestido e arrumado como um santo. Não tinha marcas de queimaduras ou estilhaços na pele, parecia não ter se ferido. Havia dois velhos sentados, um de cada lado do menino, mas não no estrado, para mostrar como ele era importante: um menino de 14 anos ficava mais alto que dois anciãos. Liev olhou bem o rosto do menino e viu que estava apavorado.

O capitão se virou para Nara:

— Pergunte a eles como o menino sobreviveu.

Nara traduziu. Um dos anciãos falou baixo, gesticulou com a mão, deixou a outra no colo:

— Vocês jogaram bombas e queimaram as árvores, os campos e as pessoas. Suas máquinas foram embora e deixaram os mortos, alguns com o corpo preto como cinza, outros que pareciam vivos, mas com os pulmões mortos. As casas queimavam. As árvores queimavam. Então, quando a fumaça diminuiu, vimos esse menino. Todos os pelos dele se foram. Estava nu, mas sem qualquer marca no corpo. Foi protegido, andando descalço pelo massacre feito pelos aviões de guerra de vocês.

O ancião terminou e Nara virou-se para Liev, sem conseguir traduzir. O capitão gritou:

— Traduza!

Liev fez um rápido resumo. O ancião olhou para o capitão, desafiador, e disse em dari:

— Este menino vai nos fazer derrotar vocês.

O capitão não esperou que Liev traduzisse. Levantou a arma e atirou na cabeça do garoto.

Mesmo dia

Liev ficou parado, esperando que existisse mesmo um milagre e o menino se levantasse ileso, mostrasse que não podia ser morto com balas ou bombas e era realmente protegido por uma força divina. O garoto ficou esticado no lindo tapete estampado, no estrado, sem sangue nos xales brancos. O capitão Vaschenko abaixou a arma. Condecorado por bravura e coragem, aquele soldado tinha matado um menino para mostrar uma coisa: que não havia Deus ou, se havia, não costumava se meter em guerras. Os afegãos não tinham qualquer força sobrenatural ao lado deles. E lutavam contra uma força que faria tudo o que fosse preciso. Tudo isso foi mostrado com uma única bala.

Liev se adiantou, aproximou-se do estrado, inclinou-se e colocou o dedo no pescoço do menino para saber a temperatura do corpo. Não tinha pulso. O capitão disse:

— Terminamos por aqui.

Liev não conhecia aquele menino. Não sabia seu nome ou idade. Em sete anos de Afeganistão, tinha visto comunistas afegãos, soldados rebeldes, fanáticos religiosos e comunistas fanáticos cometerem atrocidades: decapitarem, assassinarem, executarem em pelotões de fuzilamento. Tais mortes continuariam, não importava o que ele fizesse ou dissesse. O capitão diria, com razão, que o menino tinha idade para lutar, para carregar um AK-47, para atirar num comboio, para levar explosivos. Se não tivesse morrido ali, ia morrer num ataque aéreo, ou pisando numa mina. Ninguém precisava da indignação de Liev, muito menos os afegãos, que tinham suas próprias indignações. Aquela era uma operação militar. O capitão não perdera a paciência, não fora movido pelo ódio ou por um prazer sádico, ele pesara a situação. O menino era um trunfo do inimigo, como uma pilha de rifles. A missão dele havia sido simples: desmentir o milagre. Liev estava muito ocupado pensando no beijo de Nara para perceber que a meta da missão tinha sido o pretexto para um assassinato. Estava cego, entorpecido pelo ópio e pela falta de sono.

Dois soldados olharam o menino morto e conferiram se o capitão estava bem. Eles sabiam qual era o alvo da missão. Impaciente, o capitão empurrou Liev e Nara para a porta.

— Vamos embora!

Ninguém na multidão vira a execução, mas todos ouviram o tiro.

Como uma estátua assumindo vida, um dos anciãos no casebre deu um grito de dor, um berro de angústia atrasado. Assustado, Liev se virou, achando que fosse o pai do menino. Ao mesmo tempo, do lado de fora, os soldados deram rajadas de metralhadora. De onde Liev estava, ainda ajoelhado no chão com o dedo no pescoço do garoto, viu a multidão se separar, correndo, vários homens caindo. O capitão foi para a porta, levantou a arma e deu tiros.

Na confusão, Liev não se lembrou de vigiar o ancião. Ele tinha se levantado e vinha com uma adaga, a lâmina saindo da mão como uma garra. Levantou a adaga acima da cabeça, pronto para investir. Liev esqueceu tudo o que sabia sobre luta, seus instintos de combate falharam, e ficou indefeso diante do homem.

O braço do velho girou como se fosse acionado por uma mola. O capitão atirou de novo, atingindo o idoso no ombro e na barriga. O velho soltou a adaga. Mais um tiro o jogou ao chão, perto do corpo do menino. Liev ficou na mesma posição, esperando a adaga entrar no pescoço. O capitão virou a arma para o segundo velho, que tinha ficado quieto, de pernas cruzadas no chão. Mirou no peito e o matou, depois prestou atenção na luta lá fora.

Liev se levantou devagar e pensou que fosse cair, as pernas pesavam como chumbo. Achou que estava delirando. As velas bruxuleavam, a fumaça rodopiava. Uma explosão o fez voltar à consciência. Apesar de, ao chegar, não ter visto nenhum afegão armado, claro que conseguiram algumas armas. O capitão ficou na cabana, apoiado num joelho, recarregando a metralhadora e atirando da porta, sem se incomodar com o menino morto atrás dele.

Uma saraivada de tiros entrou pelo telhado e as balas ficaram marcadas no chão de barro. A fumaça passou pelos buracos e deixou penetrar a luz do dia. Os aldeões estavam atirando de um lugar no alto. O capitão revidou na direção dos terraços e gritou ordens para os soldados. Saiu no descampado. Outra saraivada de balas entrou pelo telhado e atingiu o corpo do velho morto. Liev não se preocupou em se proteger. Alguém o agarrou pelo pulso. Era Nara, que o puxou para os fundos da casa.

Estavam na cozinha. Havia um fogão de barro; ao lado dele, quatro mulheres encolhidas junto a uma pilha de pães *nan* prontos para oferecer às visitas do menino milagroso. Um pão ainda estava no fogo, queimado. As mulheres estavam assustadas demais, não conseguiam se mexer, deixavam o pão queimar. Estavam cercadas de metralhadoras. Liev se agachou ao lado do fogão, empurrou o pão para fora do fogo e observou as quatro afegãs pela primeira vez. Uma era apenas uma menina, de 7 ou 8 anos, quase completamente careca, exceto pelos estranhos chumaços de cabelo enrolados pelo calor. O couro cabeludo era vermelho, em carne viva. Tinha marcas de queimaduras no rosto e nas mãos. Aos poucos, Liev começou a pensar nas coisas que tinha visto. Como o cabelo do menino podia ter queimado e a pele não sofrer nada? Milagres à parte, a aparência do menino não fazia sentido. Liev tinha visto muitos homens, mulheres e crianças que sobreviveram a destruições, e nenhum parecia com o menino, mas com aquela menina. Concluiu que rasparam a cabeça do menino. A aparência dele foi alterada. Foi vestido de acordo. Se houve apenas um sobrevivente, não era o menino, mas aquela menina. Ela foi substituída pelo menino que, certamente, os aldeões achavam que seria um guerreiro, ou um símbolo a ser exibido de uma aldeia a outra. Eles não conseguiriam usar uma menina. O milagre tinha de ser num menino para poder explorá-lo. Liev virou para Nara. Ela havia chegado à mesma conclusão.

O capitão os chamara lá de fora. Liev levou um dedo à altura dos lábios. À luz fraca do fogão, Nara não respondeu, parada, o rosto escondido pela fumaça do pão queimado. Claro que ela sabia que o capitão ia matar a menina como matara o menino. O sexo era irrelevante.

O capitão berrou:

— Vamos embora!

Liev foi até a porta e fez sinal para Nara ir também. Ela não se mexeu e disse, em russo precário:

— Capitão Vaschenko, o senhor precisa ver uma coisa.

Mesmo dia

Sem saber por que foi chamado, o capitão entrou atento na cozinha, arma em punho, esperando uma armadilha. Assustado com a ideia de Nara e certo de que ela não sabia as consequências de seus atos, Liev tentou apressar as mulheres, dando a Nara uma segunda chance de salvar a menina.

— Vamos.

Liev havia subestimado a ligação de Nara com o partido. Ela preferiu o Estado a ele, ignorou o aviso, ignorou a própria moral, que ele sabia que tinha. Não ia deixar que ela cometesse os mesmos erros que ele como agente. Já tinha errado uma vez, quando não se compadecera do casal desertor. Mas daquela situação não haveria volta, ela mudaria como plástico deformado no fogo, jamais voltaria à forma anterior. As forças conflitantes eram poderosas. Ela era fiel ao partido, fiel ao Estado. O Estado agora era a família dela e o beijo de Liev na noite anterior tinha confirmado o que ela já sabia. Nenhum afegão jamais se casaria com ela. Ficaria só, odiada pela comunidade a que pertencia, protegida apenas pelo capitão e por homens como ele. A vida dela dependia da ocupação. Se os soviéticos perdessem a guerra, ela morreria junto. A situação de Liev, que não era nem soviético nem afegão, não oferecia nenhuma vantagem para Nara.

Liev pegou a mão dela e repetiu:

— Nara, vamos.

Ela arrancou a mão, mostrou a menina e disse ao capitão, numa língua russa muito estranha:

— A menina.

A impaciência do capitão sumiu e ele encarou a menina, foi até ela e em poucos segundos percebeu o que significava. Liev gritou:

— Deixe a garota em paz!

Liev pôs a mão no ombro do capitão, que se empertigou, ríspido e encostou o cano da metralhadora em Liev.

— Por que você acha que eu vim aqui pessoalmente, Liev Demidov? Por que acha que não confiei em ninguém para essa missão? Por que sou o único preparado para fazer o que precisa ser feito. Outro homem podia até ver essa menina e não entender o perigo que ela representa. Um inimigo embotado por superstições continuará lutando, mesmo tendo certeza da derrota. Esta menina pode custar centenas de vidas soviéticas. Milhares de afegãos. A sua compaixão ia resultar em mais derramamento de sangue.

Ele pegou a menina e a levou para fora da casa. Nara foi atrás. Liev ficou na cozinha com as três mulheres, os rostos escondidos pelas sombras, a fumaça do fogão rodopiando em volta deles. Três estranhas à espera de sua decisão. Liev não tinha por que se importar com o que pensassem. Nunca mais ia vê-las. Era irracional ficar inquieto por causa dos olhos delas que ele não via. Porém, no escuro, elas se tornaram as três mulheres da vida dele: as duas filhas e Raíssa. E nada interessava mais a Liev que a opinião delas. Não importava que ele nunca mais fosse segurar a mão de Raíssa, nunca mais fosse tocá-la ou beijá-la. Era bem provável que também nunca mais visse as filhas. Mesmo assim, elas estavam ali naquele lugar, julgando-o. A fumaça do fogão tinha se tornado a nuvem de ópio onde ele se escondia. Não havia como se esconder naquele momento. Era hora de resolver se ia falhar com a família como tinha jurado nunca mais falhar.

Liev voltou ao aposento principal, inclinou-se sobre o corpo do velho e pegou a adaga dele.

Mesmo dia

A aldeia estava em chamas. Muitos homens estavam caídos no chão. Alguns, desesperados, apertavam os ferimentos como se quisessem consertar os corpos. Outros, perdidos, se arrastavam, deixando uma trilha de sangue na areia. Liev andava em meio a eles, devagar, segurando a adaga nas costas.

Tinham destruído uma casa; jogaram uma granada, a parede ruiu, saía fumaça do telhado de madeira. Três soldados da Spetsnaz estavam mortos. Um quarto levara um tiro e não conseguia segurar uma arma, então ficara encostado no ombro do único soldado ileso. Ele tinha duas armas e atirava nos pontos acima deles, as balas batendo no alto. Falava rouco, gritando, furioso com a demora:

— Vamos!

O capitão obrigou a menina a se ajoelhar no meio da aldeia e fez um desafio às montanhas e aos esconderijos onde estavam os sobreviventes e os atiradores.

— Vejam a sua menina milagrosa! Olhem a garota imortal!

Encostou a arma na cabeça dela.

Por trás do capitão, Liev deu passos largos e puxou a adaga, imitando o ataque do velho e mirando no pescoço. Não era mais tão rápido quanto antes, a idade e o ópio diminuíram sua agilidade. O capitão ouviu os passos, virou-se e levantou o braço para impedir que a adaga o atingisse. A lâmina era afiada e cortou tão fundo o antebraço do capitão que ele teve de soltar a arma. Liev levantou a adaga, pronto para atacar de novo. O capitão, sem se importar com o ferimento, deu uma rasteira em Liev, que caiu para trás, soltando a adaga, olhando para o alto.

O soldado Spetsnaz se aproximou de Liev e abaixou o revólver. Liev rolou até a menina que continuava ajoelhada e disse, em dari:

— Corra!

Ela não se mexeu. Sequer abriu os olhos. Houve uma rajada de metralhadora. Mas Liev não foi atingido. Sem entender como o homem errara os tiros, Liev olhou para cima e viu o soldado soviético tombando com o colega ferido.

Vários aldeões armados aproveitaram para avançar atirando. Sozinho, o capitão recuou, desarmado e sob fogo. Entendeu a própria situação e, sem poder pegar a menina, correu colina abaixo, perseguido por tiros. Liev verificou como a garota estava. Continuava de olhos fechados. Ele se abaixou e engatinhou até ela. Tocou seu rosto. Ela abriu os olhos, os cílios enrolados. Ele disse, em voz baixa:

— Você está salva.

Os aldeões se aproximavam, armados. Eram liderados por um homem alto, magro, estranho, com uma AK-47 soviética. Foi até o soldado ferido e atirou na cabeça dele. Virou-se para Nara, imóvel, segurou o braço dela e a jogou no chão, ao lado de Liev. A menina milagrosa foi levada. O líder olhou para Liev, irritado e confuso.

— Por que você atacou a sua própria tropa?

— Não sou soldado. Não tenho ligação com homens capazes de matar uma criança.

— Como se chama?

— Liev Demidov, conselheiro especial da ocupação soviética. E você?

— Fahad Mohammed.

Liev conseguiu disfarçar que o conhecia de nome. Nara, não. Era o irmão do rapaz que eles prenderam e mataram em Cabul, irmão do rapaz que fez a bomba e foi morto na represa e irmão do menino morto na aldeia. Fahad se virou para Nara:

— Você me conhece, traidora?

Vários homens apontaram as armas para ela.

Mesmo dia

A uma distância segura da aldeia, o capitão Vaschenko parou para retomar o fôlego. Estava pálido, tonto. O pedaço de pano que tinha amarrado no ferimento estava ensopado de sangue, que escorria para a mão. Não havia ninguém por perto e ele tinha certeza de que conseguiria chegar aos jipes. Virou-se para trás e olhou a aldeia de Sau. Era muito provável que matassem Nara Mir e Liev Demidov. Mas a menina milagrosa ainda vivia. O fato de ter sobrevivido confirmava que estava sob proteção divina e que os soviéticos iam perder a guerra. Vaschenko piorara tudo. Cinco soldados morreram, seus corpos seriam bicados como carniça, os uniformes virariam troféus, as armas seriam exibidas, armas que não mataram uma menina.

O carro tinha um rádio transmissor. Ele ia pedir ataques aéreos em toda a montanha. Ia transformar aquelas viçosas colinas verdes em preto carbonizado. Ia arrasar cada casa. Ao pensar nisso, se sentiu um pouco melhor.

Província de Nangarhar
Distrito de Rodat
15 quilômetros ao sul de Jalalabad
3.100 metros acima do nível do mar
Dia seguinte

Liev não foi morto, mas nem por isso estava salvo. Encolhido no chão da caverna, apertou o estômago. A dor vinha em ondas. Precisava do ópio desesperadamente como se estivesse submerso, sem respirar: como impedir a necessidade que o corpo tinha de subir à tona? O ópio era tão natural para ele quanto o ar para os pulmões. Sem a droga, o corpo não sabia mais funcionar, física e psicologicamente. Ele tinha esquecido como uma pessoa comum vive, como lida com as frustrações e ansiedades do cotidiano. Através do narcótico, ele tinha acabado com a dor e a tristeza. Durante sete verões opiáceos, ao final de cada dia, ele só precisava inalar a fumaça e atingir um estado de torpor para não cometer imprudências. Tinha largado os planos grandiosos de ir aos Estados Unidos e a vontade de descobrir quem matara a esposa. Não chegava a admitir isso, fingia que estava apenas adiando a viagem, mas, na verdade, havia abandonado a investigação, vivia apenas para o vício e a rotina diária do esquecimento. Sem a droga, voltava à dura verdade do fracasso. Não tinha conseguido o que mais queria: fazer justiça para Raíssa, a única coisa que podia dar a ela. Em vez disso, era um adulto que se transformara em bebê, aninhado num ventre de ópio.

Quando Fahad Mohammed os levou para fora do vale, os sintomas da abstinência surgiram aos poucos. O corpo lembrava a ele que era um viciado. Se o aviso fosse ignorado, os sintomas pioravam. Enquanto seguiam, o corpo de Liev tremeu de frio, embora andassem bem rápido. Fahad ia tão depressa, com as pernas longas e ágeis, que de vez em quando precisavam correr para alcançá-lo. Liev e Nara se revezavam para carregar a menina milagrosa, que se chamava Zabi. Em choque, confusa, não reclamou de nada nem perguntou nada. Quando Fahad ficava mais distante, Nara queria falar com Liev, mas ele não estava em condições de conversar. Ao anoitecer, piorou muito. O corpo todo tremia a cada passo e ele precisava se concentrar mesmo para continuar andando, um passo na frente do outro, a testa pingando suor. Os primeiros ataques aéreos ocorreram no meio da escuridão, um brilho forte e ardente, um alvorecer de fogo químico. Pararam um instante para olhar o incêndio varrer as colinas, as rajadas de luz, as casas destruídas e os campos se transformando em cinzas, aldeias sendo jogadas para o alto. À medida que os ataques se aproximavam deles, Fahad mandou correrem. Com a ajuda da escuridão, continuaram a fugir noite adentro. Ouviam e sentiam o cheiro das bombas; a certa altura, explodiu uma tão perto que a trilha ficou coberta de fumaça. Os aviões de caça riscavam o céu escuro, miravam nos caminhos por onde tinham acabado de passar, fazendo a paisagem vibrar como se aquela guerra fosse contra a terra e as montanhas do Afeganistão.

Liev implorou que parassem à margem de um rio, fingiu que ia beber água. Tirou o pacotinho de ópio e, embora o cachimbo estivesse quebrado, tentou fumar, mas Fahad pegou a droga, amassou-a e jogou no rio. Louco de angústia, como se tivesse perdido a razão de viver, Liev se atirou na água, tentando achar qualquer resto da droga, aos prantos.

Soluçando como uma criança, com água até a cintura, Liev se virou e viu os três o encarando. Estava mal demais para sentir humilhação. Fahad seguiu sem dizer nada, carregando a menina. Nara esperou um instante e foi atrás, deixando Liev. Foi bom, pois Liev tinha perdido o controle do corpo, se agachando no rio e vomitando ao mesmo tempo em que tinha uma diarreia. Ao sair da água, cambaleou atrás dos outros, curvado, sem conseguir endireitar a postura, se arrastando mais que andando, achando a cada passo que ia cair e nunca mais levantar.

Quando tiveram permissão de descansar, ele delirou, sem entender direito o que se passava ao redor, sem saber onde estavam ou para onde iam. Receberam abrigo numa aldeia, mas ele não dormiu, vomitou várias vezes até não restar nada no estômago, cuspiu bile e voltou à posição fetal, deitado no colchão de juta. De madrugada, depois de comerem pão árabe com chá, Fahad os apressou. Liev não quis comer, só tomou um pouco de chá, incapaz de manter algo no estômago.

O segundo dia de caminhada foi pior que o primeiro. Liev não estava apenas doente, mas fraco e exausto. Fahad não parava nem ia mais devagar, exigia sempre que fossem mais rápidos. Houve uma segunda investida de ataques aéreos, mas os bombardeios soviéticos estavam sempre uma cordilheira atrás. Liev cambaleava, pensava apenas no ópio sob o rio. Quase caiu na subida íngreme de uma trilha de montanha. E não se alegrou quando Fahad avisou que tinham chegado. Apenas largou as pernas e caiu à entrada da caverna.

*

Febril, encolhido no frio piso de pedra, Liev percebeu aos poucos que havia a mão de alguém em seu ombro. Virou o corpo e viu que traziam uma xícara de aço com chá preto adocicado. Ao segurar a xícara, sentiu o calor nas palmas das mãos e viu a mulher que a tinha entregado. Sentou-se, derramou chá nos dedos e ignorou a dor, surpreso quando Raíssa enxugou sua testa com um pano frio. Teve vontade de tocá-la, mas temia que fosse um fantasma e o contato a fizesse tremeluzir e desaparecer. Tonto de alegria, observou-a falar, cada palavra era um milagre. Ela disse:

— Beba o chá enquanto está quente.

Liev obedeceu e tomou o chá preto e adocicado, sem tirar os olhos dela um segundo.

— Sonhei com o dia em que nos conhecemos. Lembra?

— Quando nos conhecemos?

— Saltei na estação errada do metrô só para saber o seu nome. Você disse que era Lena. Passei a semana inteira dizendo a todo mundo que estava apaixonado por uma mulher chamada Lena. Depois, falei com você de novo no bonde. Não sei por que fui tão decidido, pois era óbvio que você não queria companhia. Mas eu tinha certeza de que, caso pudesse falar com você, ia gostar de mim e, se gostasse, talvez um dia me amasse. E, se isso acontecesse, se alguém como você me amasse, como eu podia ser uma pessoa horrível? Quando descobri que mentiu seu nome, não me importei. Fiquei animado ao saber seu nome verdadeiro. Contei a todo mundo que estava apaixonado por uma mulher linda chama Raíssa. Riram de mim porque numa semana era Lena, na outra, Raíssa. Mas sempre foi você.

Liev não ousava piscar, forçando os olhos a ficarem abertos como se um piscar pudesse fazê-la sumir. Segurou com força a xícara de chá para evitar pegar as mãos dela. E disse:

— Me desculpe por eu não ter ido a Nova York. Tentei. Se você estivesse comigo, tenho certeza de que faríamos essa viagem. Na verdade, nunca consegui nada sem você. Amar você foi a única coisa que me deu orgulho na vida. Depois que você morreu, fui um pai displicente e, pior, voltei a ser agente, um trabalho que você despreza.

Começou a chorar e a imagem de Raíssa virou um borrão. Ele gritou:

— Espere!

Liev enxugou as lágrimas. Viu então que a mulher na sua frente não era Raíssa, mas Nara Mir.

Nara ficou calada um pouco e perguntou:

— Sua esposa se chamava Raíssa?

Liev fechou os olhos. Imerso no escuro, respirou fundo.

— Minha esposa se chamava Raíssa.

Durante todos os anos em que fumara ópio, nunca fora premiado com uma visão da esposa, nunca tivera uma alucinação, nunca a vira, nem sentira sua presença por um segundo que fosse. E agora, sem qualquer droga, ela estivera ao seu lado. Era errado chamar isso de síndrome de abstinência, era o contrário, o ópio é que tinha sido uma abstinência do mundo. Aquela era a síndrome de alguém voltando à vida.

Devagar, ele se levantou. Apoiou a mão na parede da caverna e saiu. Era noite. A lua brilhava. O vale descia, abrupto, e, ao longe, as montanhas pareciam a espinha dorsal de um monstro pré-histórico adormecido. Na aldeia, fogueiras bruxuleavam como estrelas cadentes enquanto brilhavam as que estavam no céu, tantas como ele nunca tinha visto. Liev não estava mais atordoado e teve um encantamento infantil pela paisagem. O mundo não estava acabado. Ele não só sentia o mundo, mas acreditava nele.

Dia seguinte

Nara ficou à entrada da caverna vendo o amanhecer. As montanhas pontudas cortando a luz em raios desiguais prometiam um dia perfeito. Ela não sentiu alegria nem esperança por ver o sol. Fugindo, perseguida pelas bombas dos aviões soviéticos, exausta, não tinha tempo nem força para pensar. Ao chegar a um lugar seguro e se proteger na caverna, Nara só pensava na decisão de chamar o capitão Vaschenko. O som das palavras ecoava em sua cabeça: a voz horrível, cheia de orgulho, da vã sensação de que estava prestando um serviço importante ao Estado.

O senhor precisa ver uma coisa.

Ela o chamara para ver uma menina ferida, sabendo exatamente o que o capitão ia fazer. Ia matá-la com um tiro como fez com o garoto. Nara não podia se desculpar dizendo que não sabia. Estava preparada para assistir à execução de uma menina de 7 anos.
Nara tinha mudado e não havia como desfazer essa mudança. Mesmo quando a família planejara matá-la e ela vira o ódio nos olhos do pai, jamais duvidara do próprio caráter. Sabia que era uma boa pessoa. Fora mal-entendida e mal-interpretada. Tinha uma nobre intenção. Não era como os homens que a atacaram, não era como o pai planejando a morte dela, ou a mãe ficando ao lado, calada.

Nara não se definia pelo ódio ou pela raiva. Seus princípios eram a esperança, o idealismo, e temia afirmar isso. Sim, a consequência foi ficar sozinha e sem amor. Melhor se isolar do que comprometer suas crenças, querendo ser aceita por quem ela não respeitava. Amor fingido não vale nada. Desde que se entendera por gente, ela fizera a coisa certa, por mais difícil que tivesse sido sua vida. Isso não era mais verdade.

A conclusão era inegável. Depois de perder uma família, não estava preparada para perder outra, o Estado. Ela era covarde. Isso provava que seus valores foram nada mais que ambição pessoal disfarçada de ideologia. Da mesma maneira que não conseguira resistir à decisão do capitão, não conseguira aguentar a resistência de Liev, ficou ao lado, incapaz de insistir. Para o Estado comunista e aos olhos do povo afegão, ela era uma traidora. Para Liev, era moralmente fraca. Tinha estudado tanto para depois arrumar justificativas para o assassinato de uma menina? Fora para isso que lera tantos livros? Estava muito envergonhada. Era parecido com tristeza, era como se não tivesse mais identidade. Pensar que a menina Zabi ia acordar e pedir café sem saber que Nara tinha pedido sua execução fez com que tivesse dificuldade de respirar. Sentou-se, engoliu em seco.

Nara se levantou, saiu da caverna e desceu a trilha. Como não havia chance de fugir, não estavam sendo vigiados. Mesmo com muitas horas de vantagem, não havia onde se esconder. Seriam perseguidos e mortos. A poucos passos dali a estreita trilha da montanha descia verticalmente 30 metros ou mais. Ao chegar na beirada, Nara olhou para baixo. Sem qualquer pena de si mesma, aceitou que aquela era a única saída. Não sabia mais como viver. Não sabia mais o seu lugar no mundo. Não podia voltar para o regime comunista, nem para a menina. Fechou os olhos, pronta a saltar para a morte.

— O que está fazendo?

Assustada, Nara se virou. Zabi estava perto. Com voz insegura, Nara respondeu:

— Você não estava dormindo?

Zabi levantou os braços, mostrando as queimaduras.

— Minha pele dói.

O suave unguento que tinha sido usado nas queimaduras saíra. A crosta leve das feridas e a pele machucada estavam expostas. Havia partes vermelhas, em carne viva. Nara mandou que ela voltasse para a caverna.

— Vá para lá. Por favor, volte.

— Não consigo dormir.

— Vá para a caverna!

Ao ouvir Nara falar alto, Zabi se virou lentamente e obedeceu.

Nara ficou sozinha novamente e contemplou o precipício. Em vez de pensar na morte, pensou em fazer outro unguento. Senão, Zabi ia coçar as feridas, que poderiam inflamar. Nara conhecia um pouco as propriedades da flora da montanha, que aprendera com o avô quando pequena. Ela gostava muito daquelas lições. Ele conhecia todas as plantas das montanhas afegãs. No tempo em que fora contrabandista, sobrevivera graças a elas em diversas ocasiões. Em vez de pensar em suicídio, lembrou que o junípero podia ser usado como bálsamo calmante, sobretudo quando misturado a óleo natural de amêndoas e sementes.

Virou-se de costas para o precipício e correu para alcançar a pequena figura de Zabi. Chamou:

— Espere!

Zabi parou. Nara se inclinou para examinar a pele da menina.

— Você não deve coçar.

Zabi choramingou.

— Mas coça.

A reclamação da menina fez Nara chorar sem parar.

— Vou fazer outro curativo que não vai mais coçar. Prometo.

Confusa com as lágrimas de Nara, Zabi parou de chorar e perguntou:
— Por que você está chorando?
Nara não conseguiu responder. Zabi perguntou:
— Sua pele também dói?
Nara enxugou as lágrimas.

Mesmo dia

Depois de dormir pela primeira vez em três dias, Liev sentou-se, desajeitado, o corpo dolorido. As cólicas ainda eram fortes. As mãos tremiam por desidratação, falta de alimentação, cansaço extremo. Os lábios estavam rachados, a pele, seca. As unhas estavam negras de sujeira. Os cabelos, despenteados. Começou a se ajeitar sem espelho. Usou um fósforo queimado para remover a sujeira das unhas, uma por uma; o fósforo ficou com uma grossa camada de imundície e foi limpo no chão. Usou uma xícara de água fria e tentou lavar o rosto, tirando a pele ressecada dos lábios e arrumando os cabelos.

    A voz dentro de si pedia ópio. Era um pedido constante, em vez de uma exigência ensurdecedora — a voz estava mais calma, parecia um sussurro distante. Ele se sentiu forte para ignorá-la. Outra voz voltou, a dele, que exigia que se concentrasse no assunto em questão: a fuga não da prisão do ópio, mas da situação em que se encontravam. Primeiro, precisava avaliar a situação, saber quantos soldados tinha aquela base. Não sabia nem onde estavam.

    Ao pensar na possibilidade de fuga, surgiu uma pergunta: fugir para onde e para quê? Durante anos sua vida não teve direção; era difícil lembrar uma época em que tivesse sonhos e planos próprios. Não podia mais ficar à deriva dias e semanas, numa névoa de fumaça de ópio. Precisava tomar decisões. Tinha uma nova família para cuidar. Pensou de novo nos planos do desertor soviético, de atravessar a fronteira do Paquistão e pedir asilo aos americanos em troca de dados sobre a ocupação do Afeganistão. Isso teria duas finalidades: sobreviver e chegar a Nova York. Mas, ao mesmo tempo que desertar protegeria Nara e Zabi, colocaria em grave risco as filhas em Moscou. A cabeça dele tinha ficado relaxada com uma preguiça opiácea, desacostumada de tais dilemas. Ao perceber a imensa estrada que tinha pela frente, Liev sentiu fome, o que no dia anterior jurou que nunca mais teria.

Nara e Zabi estavam sentadas na entrada da caverna. Ele se aproximou e observou discretamente a região e a quantidade de soldados. As duas comiam *shlombeh*, coalhada com pão árabe e temperos. Liev se sentia melhor, mas não quis coalhada, preferindo pedaços de pão quente. Comeu devagar, mastigou com cuidado. A massa era grossa e bem-temperada com sementes moídas de cardamomo. Ele partiu mais um pedaço e o azeite amarelou a ponta de seus dedos. Ao vê-lo comer, a menina perguntou:

— Está melhor?

Liev terminou de mastigar e respondeu:

— Muito.

— O que você tinha?

— Estava doente.

Nara disse a Zabi:

— Deixe ele comer.

Mas Zabi continuou a perguntar.

— Doente de quê?

— Às vezes, a pessoa adoece porque desistiu. Não está com uma doença. Não sabe para onde ir, nem o que fazer e o desespero faz com que adoeça.

Zabi pensou no que ele disse como se fosse a sabedoria de um velho mestre. E observou:

— Para um invasor, você fala muito bem a minha língua.

Zabi era sincera, observadora e corajosa para uma menina sem família, tão longe de casa, casa que ela vira ser destruída. Liev respondeu:

— Vim para cá convidado. Na época, aqui não tinha exército soviético, nem tropas militares. E me dediquei a aprender a sua língua. Você tem razão. Agora que meu país invadiu, não sou mais hóspede.

— Len-In é o seu deus?

Liev sorriu com o jeito de ela pronunciar o nome. Balançou a cabeça.

— Não, Lenin não é o meu deus. Quem falou dele para você?

Zabi comeu mais uma colher de coalhada.

— Um amigo. Ele ia fazer uma poesia. Mas morreu no ataque. Minha família também.

— Eu sei.

Zabi não comentou mais da família, nem do ataque que a matara. Comeu a coalhada sem demonstrar qualquer tristeza. Tinha uma introspecção que não era comum numa criança. Talvez fosse um jeito de se distanciar do horror que tinha presenciado. Precisaria de ajuda, estava em choque. Naquele momento, era como se os fatos fossem bem normais. Sem saber o que dizer, Liev observou as queimaduras nas mãos, nos braços e na cabeça de Zabi: estavam com curativos novos. Perguntou:

— Posso pegar no seu braço?

Pegou o braço dela e cheirou o unguento.

— O que é isso?

Zabi respondeu:

— É para não coçar. Assim não arranho e pode sarar. Foi o que Nara disse.

— Onde você achou unguento? Os soldados deram?

Nara respondeu:

— Nós preparamos enquanto você dormia. É de óleo de amêndoa, juníperos e flores fervidas na água. Os soldados nos deram o óleo; o resto, nós achamos. Zabi fez questão das flores.

Zabi acrescentou:

— Não conhecíamos essas flores. Eu nunca tinha visto elas, nem nunca estive num lugar tão alto. É a primeira montanha que subo.

Nara passou a mão nos cabelos de Zabi.

— Expliquei que só por uma coisa ser bonita, não significa que não faça mal.

Zabi retrucou:

— Ela comeu uma flor para ver se não fazia mal, antes que eu usasse como remédio. Ela pôs na boca e engoliu. As pétalas eram azuis.

Zabi parou e olhou os dedos.

— Sabia que a cor vermelha tem sabor azedo?

Sem mais, sem qualquer motivo, ela chorou sem parar. Nara a abraçou com cuidado para não encostar nas queimaduras. Qualquer coisa que Liev pretendesse fazer teria de ser com elas. As duas o acompanhariam. Ele não as deixaria.

Mesmo dia

Após o café da manhã, Liev aguardou uma chance de falar com Nara a sós. Quando Zabi aplicou de novo o unguento, ele aproveitou.

— Vamos andar.

Saíram da caverna, seguindo a trilha montanha abaixo até a descida íngreme. Apesar da urgência de Liev, Nara parecia distraída. Tocou o braço dela, querendo chamar a atenção, sem saber quanto tempo tinham.

— Nara?

Ela olhou, dizendo:

— Você acha hipocrisia minha cuidar de Zabi como se nada tivesse acontecido. Tentei fazer com que a matassem e agora cuido dela. O que acha que eu devia fazer?

— Nara, você cometeu um erro terrível. Eu fiz a mesma coisa, cometi erros parecidos achando que servia a um deus mais poderoso. Mas as pessoas com as quais errei morreram. Você tem uma chance. Talvez ela seja mesmo um milagre, pois sobreviveu.

— Vou lembrar sempre do que eu fiz, mesmo que ela não lembre.

— É verdade. Precisa achar um jeito de conviver com isso. É possível, difícil, mas Zabi precisa de alguém para cuidar dela. Ela está sozinha. Você podia gostar dela, se ela deixar.

Nenhum guarda foi procurá-los e Liev ficou satisfeito pela segurança parecer relaxada. Nara ainda pensava na decisão, quando ele passou a falar na fuga.

— O que os soldados vão fazer conosco? Disseram alguma coisa?

Nara negou com a cabeça.

— Falaram muito pouco. Mas nos trataram bem, deram comida. Deram também o óleo de amêndoas que usamos.

— E Fahad Mohammed?

— Está aqui, por isso não deixaram que entrássemos no fundo da caverna. Quando chegamos, nos deram um cobertor e disseram para não fazermos fogueira. Tinham medo que vissem.

— E Zabi, como está?

— Nervosa...

Liev interrompeu:

— Quero dizer, ela está em condição de correr?

Ele olhou a trilha, avaliou o local e a altura. Um homem montado num pônei montanhês subia a trilha, o animal gemia com o esforço, carregado de provisões. Nara se surpreendeu com a pergunta.

— Correr para onde?

— Não podemos ficar aqui.

— Vamos fugir?

— Sim.

— Para onde? Eles conhecem essas trilhas. Conhecem todas as aldeias daqui até o Paquistão. Não temos chance. Por que acha que não nos vigiam? Nem nos amarraram.

— Já fiz viagens perigosas, mas não vou sem você.

— Não sei o que você fez antes. Este é o meu país, você tem que me ouvir. Não tenho medo da morte, mas você propõe algo impossível.

Antes que Liev pudesse insistir, um grupo de *mujahedins* saiu da caverna. Entre eles, a figura alta de Fahad Mohammed. Não pareceu preocupado por estarem do lado de fora.

— O *jirga* está reunido.

Jirga era um conselho de anciãos. Liev perguntou:

— Quer que eu me apresente ao conselho?

— Vocês três vão ficar na frente deles. Me sigam.

Ao entrar no emaranhado de corredores da caverna, Liev se impressionou com a sofisticação: lá dentro havia uma escada de alumínio de pelo menos 10 metros que levava a uma passagem, isto é, um estreito corredor aberto com dinamite e sustentado por andaimes. Havia muita munição e comida dos dois lados do corredor. No final da passagem, mais degraus para baixo, levando a um aposento natural, com uma enorme cúpula, como se uma grande bolha de ar tivesse ficado presa na rocha quando a montanha se formou. Tinha água corrente, um riacho de montanha. O lugar era frio e úmido. Tinha de haver uma fonte natural de ventilação, pois estavam muito no interior da montanha para o ar circular. Havia uma criativa mistura de ambiente natural e artificial, fazendo com que o aposento central pudesse ser habitado bem no meio da montanha, embaixo de 300 metros de pedra e neve.

Liev contou seis homens. Como anciãos de uma aldeia, não usavam uniforme e tinham armas diferentes, alguns com pistolas tão antigas que só podiam ser vistas como símbolos de guerra. Outros tinham rifles e todos estavam sentados de um jeito característico, com as pernas sob o corpo, e usando o grosso *pattu*, um pano enrolado no corpo como se fosse uma casca. A luz na caverna era elétrica para não poluir o ar com tochas. Um sistema de fios pelo chão ligava as baterias. Era uma luz fraca, eles viviam no escuro como morcegos e Liev demorou um instante para adaptar a vista e ver os rostos. Foi apresentado aos anciãos enquanto Nara e Zabi ficavam na entrada do aposento. O homem no meio, que devia ser o chefe, se levantou:

— Os *khareji* passaram três dias bombardeando o vale e atirando em qualquer um que andasse nas trilhas. Mandaram centenas de soldados procurarem você. Você é importante para eles. Diga o motivo.

Khareji significava estrangeiro e a palavra foi dita com desprezo. Liev não sabia por que os soviéticos enviaram tantas tropas ao vale, mas, em vista da situação, era melhor aceitar que ele era importante. Disse:

— Não sou soldado, nunca usei arma neste país. Sou conselheiro. Moro no Afeganistão há anos, mais que qualquer conselheiro. Conheço melhor os interesses soviéticos neste país do que qualquer um. Fiz relatórios para o Kremlin...

Um homem o interrompeu.

— O que disse nos seus relatórios?

— Avisei sobre diversos assuntos. Cheguei a recomendar que não invadissem o país.

— Seu aviso não adiantou. Você não deve ser importante.

— Muitos relatórios meus foram ouvidos, muitos foram ignorados.

O conselho fez uma discussão acalorada. Finalmente, o chefe falou outra vez.

— É o que pensamos. Você é um refém valioso. Fahad Mohammed fez bem em não matá-lo.

Fez sinal para Liev se colocar de lado e chamou Zabi.

— Decidimos. Um menino vai fingir ser o único sobrevivente da aldeia de Sokh Rot. O milagre da sua sobrevivência, menina, será útil para nós. Soubemos que serviu de grande inspiração. Você vai para longe, vai ter uma nova família. Vamos salvar você dos soviéticos.

Ele então fez sinal para Nara.

— Finalmente, chegamos à mulher. Traidora. Pior do que um *khareji*. É afegã, mas escrava da ocupação, uma assassina. Vai morrer. A sentença será executada imediatamente.

Mesmo dia

Não houve discussão. As decisões foram tomadas e, antes que Liev pudesse protestar, o conselho tinha terminado e todos se levantaram. Os soldados levaram Nara. Liev tentou segui-los, mas um rapaz, com o rosto quase todo escondido, parou na frente dele, impedindo a passagem. Nara e Zabi foram retiradas da caverna. Indefeso, Liev viu os membros do conselho subirem a escada e gritou:
— Esperem!
Eles não lhe deram atenção e saíram do aposento, um a um. Liev gritou de novo:
— Ela tem valor para vocês!
O último da fila parou.
— Ela tem valor para nós morta, para mostrar o que acontece com afegãos que traem o país.
O conselheiro fez sinal para o guarda.
— Traga-o. Ele pode assistir à execução.
O soldado esperou todos saírem para deixar Liev descer a escada. Preso no final do grupo, tentou se adiantar, mas o homem à frente não tinha pressa.
Liev foi o último a chegar na entrada da caverna e viu o final dos preparativos. Amarraram as mãos e as pernas de Nara. Uma corda juntou-lhe os punhos e foi presa ao pônei cansado que ele tinha visto. O pônei não veio trazer provisões, como pensou, mas ajudar na execução. Ficou na entrada da caverna, inquieto com a

agitação, chutando a trilha poeirenta e relinchando. Nara seria arrastada até morrer.

Zabi estava na frente de todos, fosse por acaso ou de propósito. Teria de assistir junto aos soldados, que eram cerca de cinquenta, reunidos para aquele espetáculo. Liev se adiantou. Uma arma foi apontada em sua direção, obrigando-o a ficar atrás. Ele gritou para os membros do conselho:

— Tenho uma proposta!

O chefe recusou com a cabeça.

— Você acha que somos cruéis? Mas o que os comunistas fazem com os inimigos? Torturam. Matam. Milhares de afegãos morreram. Milhares vão morrer. Seus soldados matam famílias inocentes para acabar com um homem. Você não tem como defendê-la. Não existe defesa. Ela é uma traidora. Não há acordo. Sua proposta não nos interessa.

Um dos velhos chicoteou o pônei, que andou. Nara caiu no chão, com o rosto virado para o piso da caverna, sem poder gritar, amordaçada. Liev perguntou o mais alto que conseguiu:

— Quantas armas valem a vida dela?

O pônei ia mais depressa, chicoteado pelos outros velhos. Nara foi arrastada para fora da caverna, puxada pela trilha de pedras, enchendo o nariz de terra. Ninguém ouviu Liev, nem lhe deu atenção. Ele perguntou de novo:

— A vida dela vale quantas armas?

O chefe do conselho riu.

— Por dez mil metralhadoras e mil morteiros você fica com a mulher.

Os velhos riram. Liev disse:

— Está combinado. Então parem com isso!

Os velhos não riram mais. Eles olharam Liev, para ver se falava sério. Ele acrescentou:

— Dez mil metralhadoras, até mais.

O chefe levantou a mão.

— Quero ouvir o que ele tem a dizer.

Por ordem do conselho, o pônei parou. Nara tinha sido arrastada pelo menos 20 metros. Não se mexia. Zabi tinha coberto os olhos com as mãos. O chefe foi até Liev. Tinha cheiro de tabaco. De perto, Liev percebeu que era bem mais jovem do que parecia. Sua pele era enrugada, a barba, grisalha, porém era mais jovem que Liev.

— Se o que tem a dizer não nos interessar, você atrasou a morte dela em segundos.

Era a última chance de Liev.

— Você disse que a União Soviética quer me ver morto. É verdade. Você me considera um refém valioso. Concordo. Qual seria a pior coisa para eles?

O chefe deu de ombros.

— O pior já aconteceu: nós prendemos você. Vai nos contar o que sabe.

— Poderia dar as especificações das metralhadoras dos helicópteros Hind. Podia marcar nos mapas o deslocamento das tropas. Podia informar quase tudo em algumas horas. Mas isso não dará as armas, os morteiros ou a munição de que vocês precisam. Mas pensem: o que aconteceria se o conselheiro da União Soviética desertasse para os Estados Unidos, se me levassem à fronteira com o Paquistão?

O homem balançou a cabeça, avaliando.

— Isso é um truque.

— Não, é uma proposta séria. Imagine o que aconteceria se eu convencesse os americanos a apoiarem a luta de vocês.

— Como faria isso?

— Contando a verdade sobre a guerra. Explicando o que está em risco para a União Soviética, que é o maior inimigo deles.

— O que está em risco?

— Aqui no Afeganistão, eles podem dar um golpe na máquina militar soviética sem causar uma guerra nuclear. Os militares soviéticos sabem disso, é o que eles mais temem. Contam com a indiferença dos americanos por um país tão distante. Esperam que a experiência do Vietnã os faça avaliar com cuidado o potencial desta guerra. Mostrarei aos americanos que não podem perder essa oportunidade.

Liev era um herói de guerra que arriscara a vida várias vezes para defender a União Soviética do avanço das tropas fascistas. E agora traía seu país, colocando as tropas soviéticas em perigo, mas ele não tinha lutado para depois seu país bombardear aldeias e queimar campos.

Os membros do conselho se juntaram, discutiram a ideia, os murmúrios da conversa ecoaram pela caverna. Os jovens soldados ficaram em silêncio, neutros, como fizeram antes, sem opinar. Liev não conseguia olhar para Nara. Estava com o rosto para baixo, as roupas rasgadas. Tinha cortes nas pernas. Ele não sabia se estava consciente. Por fim, o conselho deu atenção a Liev e tentou ver a deserção sob o ponto de vista ideológico.

— Não entendemos direito a proposta. Por que você iria se humilhar? Seria um traidor.

— O motivo para eu fazer isso não é da conta de vocês.

— Temos que acreditar que é sincero.

— Perguntem a Fahad Mohammed. Ele me viu atacar com uma faca o meu superior. Eu o feri, já sou um traidor.

— Isso podia ser um truque.

— Para quê? Perguntem se ele acha que foi uma armação.

O conselho se virou para Fahad Mohammed.

— O que você acha?

— Se foi uma armação, eu não notei.

Uma resposta cuidadosa, mas não um endosso, e Liev precisava falar mais para convencer.

— Farei o que prometi. Vou desertar. Digam o que acham da proposta.

— Temos interesse nela.

Liev insistiu.

— Vocês precisam de apoio americano. Precisam das armas deles, novas, não dos rifles antiquados que não atiram direito. Não das pistolas enferrujadas que carregam nos cintos. Precisam de mísseis. Precisam atacar helicópteros e jatos.

O velho concordou, pensando.

— Como você conseguiria isso? Os americanos não vão confiar em você.

— Nos levem até a fronteira com o Paquistão. Sei que recebem apoio da polícia secreta paquistanesa. Eles devem ter contatos dentro da CIA.

— Devem mesmo.

— Então vocês têm como contatar a CIA. Podem usar os paquistaneses para combinar uma reunião.

— E depois? Como vamos confiar na palavra de um traidor?

— Não precisam confiar. A CIA não me protegeria se eu não valesse nada. Vou contar tudo a eles, senão me largam por conta própria.

O velho perguntou:

— O que você quer em troca?

— Que Nara Mir e a menina venham comigo.

O pedido causou irritação. Antes que discutissem, Liev prosseguiu:

— Meu pedido fere o que vocês acham certo ou errado. Mas sei que tomarão uma decisão prática. Muitos de vocês odeiam as drogas, mas trocam drogas por armas. Odeiam ter o apoio americano para derrotar os seus inimigos, mas sabem que, sem o apoio deles, esta guerra será muito mais difícil. Minha deserção para os Estados Unidos será não só um golpe psicológico para a União Soviética, mas um golpe de propaganda para vocês. Vou dizer aos Estados Unidos o que eles precisam ouvir. É a única oportunidade de lutarem sem enviar um único soldado. Podem causar muitos problemas para a União Soviética parecendo neutros. Acha que acreditariam em vocês, se dissessem a mesma coisa? Eles sabem que vocês querem dinheiro e armas. Eles acreditariam em mim? Eu não quero nada.

— Todo mundo quer alguma coisa. Você quer a mulher. Os estrangeiros vêm aqui e levam as nossas mulheres. É assim que funciona, não? Quer casar com ela?
— Minha esposa morreu.
— Então quer outra? Quer ficar com ela?
— Ela é minha amiga.
— Amiga?
O conselho achou graça.
— Todos precisam de amigos.
O chefe parou de rir e, sério, pensou.
— Vamos colocar sua proposta em votação.

Cordilheira Hindu Kush
Fronteira afegã-paquistanesa
Passo Khyber
100 metros acima do nível do mar
180 quilômetros a sudeste de Cabul
30 quilômetros a noroeste de Peshawar
Dia seguinte

Eles iam atravessar a fronteira à noite. Fahad Mohammed se oferecera para acompanhá-los ao Paquistão. Foi inflexível. Liev ficou surpreso. Fahad não disfarçava a hostilidade que tinha por eles e pareceu satisfeito quando teve a chance de assistir à morte de Nara. Em três dias, ele perdera três irmãos nas operações soviéticas. Não sabia exatamente qual era o envolvimento de Liev e Nara na captura e na morte em Cabul do irmão mais velho, Dost Mohammed, mas os dois eram agentes de uma ocupação assassina e infiel. Fahad os odiava tanto quanto odiava os pilotos dos helicópteros que incendiaram sua aldeia e mataram mulheres, crianças e velhos. Apesar desse ódio, ele se oferecera para a missão depois que o conselho de anciãos aprovou a proposta de Liev. O conselho ficou dividido: uma pequena maioria acreditava que o apoio americano poderia influenciar o futuro da guerra, os demais achavam uma ofensa pedir ajuda. Mas aceitaram a decisão e insistiram em enviar um de seus melhores soldados, adequado para uma missão de tal importância

Fahad Mohammed ia levá-los à cidade paquistanesa de Peshawar, onde discutiria a proposta com seu maior aliado, a ISID — Agência de Informação Paquistanesa —, com a qual trabalhavam, recebendo armas e propondo estratégias. Se os paquistaneses aceitassem a proposta, e o apoio deles era fundamental, contatariam a CIA, que aquela facção nacionalista de *mujahedins* não conhecia e com a qual jamais tinha tratado. Fazer uma ponte com eles através da deserção de Liev podia ser importante, e o conselho enxergava a relevância de seus homens serem os primeiros a receber apoio americano — se algum dia houvesse apoio — considerando o perigo de um grupo rival ser armado enquanto eles não recebiam nada. Não queriam apenas vencer os soviéticos, o que tinham certeza de que conseguiriam, mas lutar pelo poder entre eles mesmos, uma batalha longa que vinha desde a ocupação.

Quando chegassem a Peshawar, Liev ia cuidar da deserção. Não seria fácil. Ele via uma forte resistência dos americanos a envolver-se com o Afeganistão, sobretudo depois do Vietnã, o que os soviéticos aproveitavam, certos de que o povo americano não ia querer mais uma distante e dispendiosa campanha militar. O presidente Carter ameaçara boicotar as Olimpíadas de Moscou se as tropas soviéticas não se retirassem. O prazo dado fora fevereiro. Quando o prazo se esgotara, um anúncio oficial confirmara que os atletas americanos não participariam da competição. Mesmo esse protesto simbólico foi muito controverso e, se essa medida passiva foi questionada pelo povo americano, era difícil que apoiasse uma ação militar. O Afeganistão ficava distante geograficamente e distante como importância estratégica. Talvez a CIA não se interessasse muito pela deserção dele, ou achasse politicamente provocadora, no atual clima de tensão. Se a CIA não aceitasse a proposta, Fahad certamente os mataria, uma ameaça silenciosa que pairava sobre a missão. Mas esse problema estava longe. Ainda não tinham chegado a Peshawar.

Para sair do país, eles percorriam a Rota da Seda, uma das estradas comerciais mais antigas do mundo, disputada há milhares de anos. O passo Khyber era ladeado de montanhas e só os alpinistas mais experientes conseguiam atravessá-lo. Era uma saída estratégica para exércitos, aventureiros, mercadores e exilados. Como levavam uma menina, o desfiladeiro era a única solução para eles, não podiam enfrentar as montanhas. Havia duas estradas: uma para as tradicionais caravanas e carroças; outra para os caminhões. Ambas estavam nas mãos das forças soviéticas e o desfiladeiro era bem fortificado, com patrulhas e postos de controle. O plano de Fahad era contornar a estrada, levando-os pelas encostas dos dois lados. Em alguns lugares o terreno seria fácil, mas em outros havia despenhadeiros abruptos. A viagem dependia do equilíbrio entre manter distância das forças soviéticas e vencer os perigos do terreno. Quanto mais longe do passo, mais perigosa era a subida. Quanto mais perto, mais chances de serem capturados.

O céu estava escuro, sem lua nem estrelas, devido a uma violenta tempestade que surgira de repente, com nuvens escuras se enroscando perto deles e passando rápido. Os raios forneciam uma luz passageira, como faíscas de pedras em atrito. O vento forte era frio e eles andavam curvados, enfrentando-o. Avançavam devagar. Perto das posições soviéticas, tiveram de andar escondidos no escuro. Helicópteros de ataque percorriam as montanhas de dia e davam saraivadas de metralhadoras nos homens nas trilhas. Fahad disse que apenas no começo da invasão ele viu tantas forças soviéticas preocupadas com a fronteira. Liev se perguntou se os helicópteros estavam à caça deles. Talvez o capitão Vaschenko tivesse adivinhado o que eles pretendiam fazer. Com tanta pressão militar, era fundamental que atravessassem a fronteira antes do amanhecer.

Após muitas horas andando e subindo, apoiados nas mãos e nos joelhos, passaram por uma colina coberta de arbustos. À direita, a montanha descia abruptamente até a estrada controlada pelos soviéticos, dando para ver as fogueiras das tropas. Felizmente, o vento escondia qualquer barulho que fizessem. Mas, por medo de serem vistos, não podiam usar tochas; até a chama de um fósforo seria notada. Fahad ia à frente, parecendo conhecer a trilha por instinto e todos dependiam inteiramente do conhecimento que ele tinha da região. De repente, parou e olhou o céu agitado.

— A tempestade vai aumentar.

Liev perguntou:

— Dá tempo de alcançarmos um abrigo?

— Não há abrigo antes de entrarmos no Paquistão.

— Nós deveríamos voltar?

Acostumado ao estoicismo dos *mujahedins*, Liev esperava que a ideia fosse recusada na hora. Mas Fahad avaliou-a seriamente.

— Já estamos muito longe. É tão difícil voltar quanto continuar.

— Então continuamos.

Prestes a seguir, Liev sentiu um toque na mão. Era Zabi. No escuro, não dava para vê-la, apenas a ouviu:

— Escute.

Ele ouviu a tempestade. E, em meio ao barulho, o som de motores a jato. Embora a escuridão fosse total, Liev olhou o céu na direção do jato, esperando que os raios iluminassem o inimigo. O passo Khyber era um alvo óbvio por sempre ter contrabandistas de armas e drogas ou, como eles, refugiados políticos.

— Vamos correr!

O grito de Liev sumiu na tempestade. Não tinham para onde correr, nenhum abrigo na planície. O som dos motores aumentou. Liev se agachou e protegeu Zabi quando os aviões passaram bem acima deles.

O barulho chegou ao máximo e foi sumindo, engolido pela tempestade. Não houve bombas nem explosões. Provavelmente, tinha sido um avião de transporte. Mais calmo, Liev se levantou e olhou o céu escuro. Raios lampejaram nas nuvens e ele viu, num relance, centenas de gotas escuras. Era uma tempestade de neve, os flocos caíam sobre eles. A luz sumiu e, no escuro, Liev continuou olhando, à espera de outra faísca. Quando ela finalmente veio, os flocos de neve ficaram a poucos metros do grupo, mas não eram neve e sim objetos do tamanho de punhos rodopiando no ar, na direção deles. Fahad gritou:

— Não se mexam!

A primeira mina-borboleta caiu perto. Liev não a viu, mas ouviu um som surdo na areia; depois veio outra e mais outra, algumas próximas, outras distantes. Não explodiam, ficavam no chão em volta deles. Um raio faiscou e Liev viu uma mina girando no ar bem acima. Ia cair na cabeça dele, mas deu um passo atrás, carregando Zabi junto. A mina passou na frente de Liev, quase raspando seu nariz, e ficou no chão, entre ele e Fahad, no lugar exato onde ia pisar.

Num instante, o planalto inteiro ficou intransitável. Não podiam seguir. Não podiam voltar.

Mesmo dia

Estavam numa armadilha. Mesmo de dia, o avanço seria lento, teriam de andar com cuidado em volta das minas, que eram de plástico colorido para se confundir com o amarelo e vermelho do terreno. Nara falou:
— De manhã, a luz vai nos ajudar a contornar as bombas.
A incerteza na voz dela era uma condenação. Liev resmungou:
— Estamos a poucos metros das patrulhas de fronteira soviéticas.
— Talvez dê tempo.
— Aqui é o primeiro lugar que vão vasculhar ao anoitecer.
Fahad gritou, finalizando a conversa:
— Temos que esperar amanhecer. Não há outra opção. Cuidado para não arrastar os pés ou dormir, o único terreno seguro é onde vocês pisam. Precisaremos andar bem rápido de manhã, assim que houver luz. Descansem agora.
Liev se encolheu, girando nos próprios pés, com cuidado para não sair do lugar. Colocou os braços ao redor de Zabi para aquecê-la. No outro lado, Nara fez a mesma coisa. As mãos dos dois se encontraram nas costas de Zabi e os dedos se entrelaçaram. Ele pensou em retrair o braço, mas segurou a mão de Nara. Aconchegados, esperaram a manhã chegar.

*

Difícil saber quanto tempo tinha se passado. No escuro, exaustos, quase loucos de frio, era complicado calcular as horas. O vento soprava furioso, formando redemoinhos em volta como se quisesse obrigá-los a pisar no campo minado. Descansavam, mas eram assolados pelo frio. Era bem provável que, ao amanhecer, tivessem alguns minutos até os helicópteros de ataque chegarem, mas também era provável que a pequena vantagem não bastasse. Esgotados pela noite difícil, se esforçariam para chegar a um abrigo.

Liev sentiu algo úmido cair no pescoço. Tocou: era gelo. Olhou o céu. Outro floco caiu nos olhos, mais outro na testa. No escuro, a neve pareceu aumentar; ficariam encharcados em segundos. Pensou um pouco no desafio agora impossível de ficarem quentes até de manhã. A chuva se transformou em granizo, que caía tão forte que machucava. Sentiu Nara apertar a mão dele, desesperada. A viagem estava acabada.

De repente, ao lado, a poucos passos, houve uma pequena explosão como de uma granada luminosa. Liev gritou:

— O que foi isso?

Fahad respondeu:

— Uma mina!

Outra mina explodiu, também perto. Liev sentiu o cheiro de fumaça e o deslocamento de ar. Mais uma explosão, dessa vez a centenas de metros. Estavam detonando devido ao granizo acumulado sobre os sensores de pressão. Em instantes, o planalto parecia um ser vivo, explodindo em luzes e fumaça. A tempestade aumentou junto às explosões, tantas que pareciam estar sob fogo inimigo. Zabi gritou, aterrorizada com o barulho.

Lembrando-se da mina bem à sua frente, Liev soltou Zabi e Nara e virou rápido, obrigado novamente a não sair do lugar. Se algo explodisse por ali, os três seriam feridos. Ele esticou a mão e tentou adivinhar onde estava a mina para protegê-la do granizo. As mãos foram arranhadas pelo gelo que caía. Em segundos, não conseguia mais senti-las, com o corpo dormente do cotovelo para baixo. O granizo ainda caía e a tempestade era interrompida por detonações por todos os cantos. Os braços de Liev tremiam. Não podia continuar na mesma posição por muito tempo, protegendo o artefato jogado para matá-lo.

O granizo diminuiu e voltou a cair uma chuva de gelo. As explosões também reduziram até parar. Sem conseguir manter os braços esticados por mais tempo, Liev os abaixou. Bateu as mãos, como se fossem dois pedaços de carne morta, para recuperar a circulação, sem sentir os dedos. Estava com muito frio para pensar nas consequências da tempestade de granizo. Fahad gritou da frente:

— A trilha vai ficar limpa.

Será que todas as minas foram destruídas, ou as explosões cessaram porque a tempestade de granizo acabou? Liev conseguiu mexer os dedos de novo e perguntou a Fahad:

— Como você sabe?

Fahad respondeu:

— Porque esta missão é abençoada.

Para Liev, a ideia não fazia sentido, mas não se podia negar que morreriam se continuassem ali, gelados de frio, esperando amanhecer. Liev falou:

— Temos que aproveitar agora.

Nara foi mais cuidadosa.

— Não sabemos se a trilha está limpa. Algumas minas foram destruídas, mas nem todas, certamente.

Fahad gritou, zangado:

— Você não tem fé! Não entende o significado do que aconteceu!

Furiosa, Nara retrucou:

— Minha fé não me torna idiota. Não acredito que eu seja invulnerável.

Liev interrompeu:

— Não interessa se acreditamos ou não. Não podemos ficar aqui! Amanhã cedo estaremos fracos demais para correr e fugir. Temos que seguir. É um risco calculado. Vou na frente.

Fahad retrucou:

— Você é o motivo dessa missão, a pessoa que a CIA quer. Se morrer, a missão fracassa. A garota tem que ir primeiro.

Nara disse:

— Concordo, vou na frente.

Fahad corrigiu:

— Você, não. A menina milagrosa vai encontrar um caminho. Não é coincidência ela estar conosco quando isso aconteceu. Temos que confiar nela.

Exceto pela chuva caindo, fez-se silêncio quando Liev tentou recusar a sugestão de Fahad. Ele acreditava mesmo que Zabi estava sob proteção divina. Não foi por covardia que Fahad sugeriu a menina ir na frente, mas por fé. Liev tinha certeza de que o orgulho de Fahad faria com que ele preferisse morrer a dar a impressão de se proteger atrás de uma menina. Para ele, fazer outra coisa seria uma ofensa a Alá. Nara foi a primeira a falar e seu cuidado mostrou sensibilidade diplomática:

— Vou na frente. Se isso desagradar Alá, eu morrerei; se não, precisamos discutir mais o assunto. Mas, Fahad, Zabi jamais irá na frente. Pelo menos enquanto eu estiver viva.

Como era de se esperar, Fahad se sentiu agredido.

— Não tem nada a ver com coragem, eu iria primeiro...

Nara não o deixou terminar a frase.

— Sem você, todos nós morremos. Sem Liev, a missão fracassa. Eu sou a única pessoa que podemos arriscar. Não se trata de teologia ou bravura, é bom senso. Vou na frente e vocês me seguem.

Liev reclamou:

— Não, Nara, você tem que carregar Zabi. Eu vou primeiro.

Nara não aceitou.

— A CIA não vai se interessar por mim. Sem Fahad como guia, nós vamos nos perder. Tem que ser eu. É um absurdo continuar discutindo isso. Você carrega Zabi.

Sem esperar resposta, Nara passou, se apoiou na cintura dele e ia dar o primeiro passo quando Liev gritou:

— Espere!

Lembrou-se da mina que tinha caído exatamente em frente. Esperou, com a chuva escorrendo pelo rosto, até um raio faiscar nas nuvens. A mina continuava lá, intacta. Nara também viu. Tirou a mão da cintura dele, contornou a mina e ficou na frente de Fahad.

Liev pegou Zabi no colo e disse a ela:

— Se segure no meu pescoço.

Enfraquecido pela chuva de granizo, ele se esforçou para carregá-la, embora a menina fosse leve. Contornou a mina, as pernas tremendo de cansaço. Nara ficou fora de vista à frente, no escuro. Ouviu a voz dela.

— Fahad, pise exatamente na minha pegada. Ponha a mão na minha cintura: é o único jeito! É a única forma de sobrevivermos.

Liev pensou se ele ia recusar, mas Fahad disse a ele:

— Você também tem que fazer isso.

Liev colocou uma das mãos na cintura de Fahad e segurou Zabi com a outra.

Como um estranho comboio humano, eles seguiram, às cegas, guiados apenas por raios esporádicos. A tempestade tinha cessado, deslocou-se para as montanhas do Paquistão. Liev ouvia a respiração pesada de Fahad e os sapatos dos três pisando. Cada passo que entrava na terra úmida dava a sensação de alívio. Liev sentiu Zabi apertar o pescoço dele, com medo. Foi o mais próximo que ele chegou de rezar.

Paquistão
Fronteira noroeste da província de Peshawar
43 quilômetros a sudeste da fronteira afegã
Dois dias depois

O caminhão atolou num buraco, um dos muitos da estrada ruim, e Liev acordou. Tinha dormido na cama mais cara do mundo, forrada de pacotes de heroína que valiam vários milhões de dólares, escondidos em sacos de farinha com o rótulo de uma instituição de caridade ocidental. A voz do vício continuava pedindo para ele fumar, mas cada dia com menos força. Ficar rodeado de drogas era um duro teste de força de vontade e o ópio sempre fora apenas uma maneira de controlar o desejo de desertar, de anular a inquietação e a esperança de investigar o assassinato de Raíssa. O que um dia foi inacessível, estava agora ao alcance dele: chegar aos Estados Unidos era o caminho para Nova York.

    Entraram no Paquistão pouco depois de passarem pelo campo minado. Como andaram quase na escuridão completa, não tinha certeza se todas as minas haviam explodido. A dúvida ficou sem resposta: foram abençoados ou foi o acaso? Liev não perdeu muito tempo pensando nisso. Como soldado da Grande Guerra Patriótica, tinha visto companheiros acharem que foram salvos por milagre: uma bala que entrou em qualquer coisa religiosa que usavam na roupa e tentavam entender o sentido daquilo só para morrerem semanas depois. Apesar do ceticismo, Liev ficou contente, pois o guia se tornara menos agressivo. Quando o sol surgiu, afastando o resto da tempestade, os quatro estavam no alto de uma colina paquistanesa. Olharam para trás e viram os helicópteros de ataque soviéticos ao longe, voando sobre o passo Khyber. Se tivessem esperado amanhecer, teriam sido capturados. Seja como for, parecia um milagre.

Com frio, sujos e exaustos, chegaram a Dara, pequena cidade na região tribal do norte do Paquistão e que funcionava como capital de um país não oficial. Desacreditada como um Estado tampão sem lei, era governada pela lei da sobrevivência e do comércio. Liev achava que os quatro — um cidadão soviético, uma mulher, uma menina muito queimada e um guerreiro *mujahedin* — fossem chamar atenção, mas a cidade era totalmente não convencional, dominada não por preceitos religiosos ou governo, mas por descaradas necessidades materiais. Como se fosse um bazar das três principais mercadorias do mundo: drogas, armas e informação. Os habitantes só estavam preocupados com o que se queria comprar e o que se queria vender. Havia fábricas de heroína espalhadas pela cidade como casas de chá, sacos de ópio puro vendidos em dólar e transportados no lombo de mulas. As armas eram testadas e examinadas, levadas para fora da cidade e experimentadas em tocos de árvore. Caixotes de balas eram vistos como se fossem arcas do tesouro repletas de rubis e esmeraldas. Levantavam-se fundos de guerra. Roubavam-se fundos de guerra. Comprava-se e descartava-se obediência. Vendia-se informação. Inventavam-se vitórias e desmentiam-se derrotas. Levas de refugiados afegãos chegavam do norte, muitos bastante feridos, as pernas arrebentadas por estilhaços, fugindo do conflito. Do sul pingavam viajantes e jornalistas ocidentais; alguns, usando a tradicional túnica larga; outros, de calças cáqui de grife e acessórios sofisticados. A julgar pelo pequeno número de jornalistas e apesar de aquele ser o acesso mais fácil ao Afeganistão, Liev concluiu que a guerra ainda não tinha chamado a atenção do Ocidente. Essa falta de interesse era mau sinal para a deserção dele.

Os quatro não estavam mais no Afeganistão, mas continuavam correndo perigo. Os soviéticos eram uma presença ativa na região tribal, atravessavam a fronteira com uma assiduidade que mostrava o pouco caso que dispensavam à soberania paquistanesa. Liev tomou conhecimento de uma série de operações secretas para desestabilizar a área e pressionar o Paquistão a patrulhar toda a fronteira, fechando-a. Planejavam-se atos de provocação como castigo por ajudar o *mujahedins*, mesmo que a política do país fosse de neutralidade. Esses agentes comunistas deviam ser afegãos, talvez disfarçados de refugiados. Alguns eram até *mujahedins* corruptos. Fahad não acreditava que um soldado *mujahedin* pudesse ser comprado pelos soviéticos. Liev disse a ele que tinha visto muitos nomes na folha de pagamento soviética, identificados por códigos e que sempre haveria homens que podiam ser comprados e gente de pouco caráter que podia ser explorada. Fahad negou com a cabeça, enojado, e disse que Liev falava como ocidental. Esses sim não se comprometem, são falsos.

Fahad não perdeu tempo e levou os três para uma *chai-khana* onde ocuparam um quarto de fundos, enquanto ele arrumava transporte para Peshawar, a capital da região. Só lá poderiam contatar os agentes de informação paquistaneses ou, mais precisamente, o ISI — o Diretório de Interserviços de Inteligência —, conhecido por sua ideologia muito ligada ao fundamentalismo islâmico. A organização era um dos mais poderosos aliados dos *mujahedins*.

Assim que Fahad saiu, os três dormiram, aquecidos por uma pequena fogueira, deitados num colchão áspero, com apenas um cobertor fino por cima. Pareciam personagens de um conto de fadas. Quando Liev acordou, viu Fahad tomando chá ao lado da fogueira, o corpo comprido e desajeitado enfiado sob um cobertor. Era um verdadeiro soldado, parecia não descansar ou baixar a guarda. Sua força não era para impressionar, não era bravata, não queria saber o que Liev achava dele. Ao ver que Liev estava acordado, ofereceu chá verde adocicado, que foi aceito. Os dois ficaram ao lado da fogueira em silêncio, dois aliados improváveis, mas que seriam necessários novamente, se o ISI aceitasse colocá-los em contato com a CIA.

*

Já era noite quando chegaram. Liev desceu do caminhão e se surpreendeu com a agitação em Peshawar. Ele tentou se adaptar àquele movimento depois dos remotos dias escuros que passaram nas montanhas e regiões tribais. A heroína que valia milhões de dólares, e em cima da qual dormiram, só teria esse valor nas ruas dos Estados Unidos e Europa; naquelas ruas barulhentas, os sacos não valiam mais que alguns milhares de dólares cada. O caminhão roncou, soltando fumaça escura pelo cano de descarga barulhento e decrépito. Liev pensou se a droga chegaria aos Estados Unidos com mais facilidade que eles.

Seguiram Fahad por ruas estreitas cheias de vitrines, com esgotos a céu aberto, entupidos de papéis coloridos de bala como flores caídas após uma tempestade. A cidade era diferente de Cabul, com bastante arquitetura colonial: as avenidas arborizadas tinham construções enfeitadas, de tijolos rosa avermelhados e torres de relógio. Como em Cabul, havia um enorme contraste entre o novo e o antigo. Majestosas mesquitas construídas há séculos ficavam ao lado de prédios modernos que pareciam se esforçar para sobreviver por mais um ano. Os postes de telefone surgiam como mato, em lugares esquisitos, centenas de fios que pendiam tortos de um lado a outro das ruas. Decadência e opulência conviviam em círculos concêntricos. A guerra situada a pouca distância dali tornou aquele posto avançado perdido importante e deu a ele uma nova e muito lucrativa indústria: a espionagem, a fraude profissionalizada.

Fahad os levou a um hotel feito para a clientela ocidental, com uma placa de madeira pendurada na lateral dizendo, em inglês:

BOA NOITE
HOSPEDARIA

Uma lâmpada bruxuleava no corredor estreito. A recepção vazia era usada para estocar barris de óleo de cozinha. Fahad não se preocupou em tocar a campainha para ser atendido. Seguiu direto, sob um ventilador de teto quebrado e torto que parecia um inseto seco pendurado numa teia de aranha. Entraram num pequeno restaurante. Várias mesas quadradas estavam encostadas na parede como se esperassem ser executadas por um pelotão de fuzilamento. Tinham toalhas de plástico xadrez vermelho e branco, guardanapos de cor amarela e talheres usados, com muitas marcas de dedos. Os fregueses eram uma mistura de turistas perdidos, almas penadas fugindo de casa, aventureiros e mercenários. Diferenciavam-se pela força física — ou pela falta dela — e pelas roupas: usavam coturnos de cano médio, presos com cadarço nos tornozelos, ou sandálias de dedo com esmalte forte nas unhas. O alto comando soviético estava preocupado que os *mujahedins* enchessem suas fileiras de mercenários ocidentais comprados com dinheiro da droga. Achavam que só os ocidentais sabiam lutar, quando na verdade os *mujahedins* eram os melhores combatentes do mundo no gênero. Lutar para eles era uma questão pessoal, de princípios, e não de lucro, não tinham tempo para mercenários. Não acreditavam nos motivos que davam para lutar, não eram pessoas confiáveis. Os grupos estavam nas mesas, fazendo planos por cima de travessas de batatas fritas gordurosas. Não havia bebidas alcoólicas e, pelo jeito, nem garçons. Alguns fregueses se viraram, curiosos com os recém-chegados, enquanto outros estavam dopados demais para se incomodarem. Fahad entrou na cozinha e uma barata passou, insolente, correndo como se ele fosse o único garçom do estabelecimento. Em seguida, Fahad saiu com uma chave.

No último andar havia cinco quartos, três de um lado e dois do outro. Ficaram com o último, no canto, com janelas abrindo para duas ruas. Tinha uma cama e o banheiro era no andar inferior. O piso rangia. O gesso da parede estava manchado. A roupa de cama não fora lavada, só esticada depois do último hóspede. Fahad jogou a chave sobre a cama.

— Vou encontrar os agentes do ISI. Se eles não quiserem nos ajudar, a missão fracassa. Não tenho contato na CIA e não podemos nos aproximar dela sem autorização do ISI.

— Podíamos ir direto à embaixada e sairmos para Islamabad.

— Não podemos fazer isso sem autorização dos paquistaneses. Agora estamos no país deles. As ordens são rígidas. Eles decidem. Se você for à embaixada americana sem mim, descubro e o mato.

Após o aviso, Fahad saiu do quarto.

Liev pegou Zabi e a colocou na cama. Ela perguntou:

— Nós vamos morrer?

— Não.

— Mas ele disse...

Nara interrompeu:

— Não pense no que ele disse.

Liev acrescentou:

— Não pudemos conversar sobre o que está acontecendo. Deve ser bem confuso para ela. Entende por que é perigoso morar no Afeganistão?

Ela mordeu a unha e não disse nada. Liev continuou:

— Os soviéticos têm muito medo da derrota.

— Por quê?

— Acham que vão parecer fracos. São capazes de fazer tudo para não perderem. Têm muitas armas e vão usá-las em qualquer um, seja homem, mulher ou criança. O país não é seguro para você, nem para mim e para Nara.

Zabi perguntou:

— Onde vamos morar?

— Vamos achar outro lugar.

— Podemos morar aqui?

— Acho que não.

Nara sentou-se ao lado dela.

— Aqui tem muita gente do nosso país que perdeu a casa e a família, como você e eu. Ficaram sem nada. Moram em campos de refugiados, milhares dormem em lençóis de plástico e não têm água potável. É uma vida dura. Seria perigoso ficarmos, talvez tão perigoso quanto a guerra.

Zabi tinha uma inteligência precoce e entendeu a explicação.

— Para que outro lugar podemos ir?

Liev respondeu:

— Talvez para os Estados Unidos. Já ouviu falar desse país?

Ela negou com a cabeça.

— Fica longe e é muito diferente do que você conhece. Não tem guerra, tem água limpa, comida, é mais seguro e lá temos oportunidades. Aqui, não temos. Viveríamos só lutando para sobreviver.

Zabi, esperta, perguntou:

— Que problema a gente teria lá?

— Desafios. O lugar vai ser totalmente estranho para você. E lá seremos estrangeiros, intrusos. Falam outra língua, você teria que aprender a viver de outro jeito. Mas, se conseguir se adaptar, poderá ser aceita.

Zabi perguntou a Nara:

— Lá tem montanhas como aqui?

Nara ficou sem jeito. Perguntou a Liev:

— Não sei, tem?

Ele concordou com a cabeça.

— É um país muito grande. Tem montanhas, desertos, florestas, praias. Você pode nadar em lagos ou no mar.

Zabi perguntou:

— O que é mar?

Ela não conhecia o mar, não sabia como era. Liev pensou um instante e entendeu a magnitude da viagem para aquela menina. Pensou como explicar.

— O mar é uma grande área cheia de água, como um país. Em vez de terra, tem água, tão profunda quanto montanhas são altas. É cheio de animais, como um lago, e alguns são grandes, do tamanho dessa casa.

Zabi ficou encantada com a ideia. Exclamou:

— Um peixe do tamanho de uma casa!

— Baleias. Não são peixes, respiram o ar como nós.

— Se respiram o ar, por que vivem na água?

Liev parou, lembrando-se das perguntas parecidas de Elena, quando pequena. Ela era fascinada pelo mundo, queria sempre saber mais. As perguntas sem fim, parodiadas pela irmã, mostravam, além de curiosidade, proximidade e confiança. O mesmo ocorria com Zabi: recorria a ele enquanto conhecia esse novo mundo. Porém, para ele, esse novo mundo seria sem as filhas. Se saísse do Paquistão como traidor, nunca mais veria Elena e Zoia. Essa possibilidade lhe pareceu insuportável, como a de jamais solucionar a morte de Raíssa. Na verdade, voltar para a União Soviética como desertor conhecido seria a morte. Mais grave ainda: as filhas seriam castigadas se as autoridades descobrissem que ele fugira do país. A segurança delas dependia da suposição de que ele morrera nos ataques aéreos, ou fora executado pelos *mujahedins*. O segredo era da maior importância. Liev não poderia escrever para elas, nem telefonar. Se ficasse doente, estaria só. Se elas adoecessem, ele não poderia ficar ao lado delas.

Triste, não conseguiu responder a Zabi e se levantou. Ela apertou a mão dele.

— Fale mais do mar.

Liev negou com a cabeça.

— Depois, agora chega.

Passou a mão pelos cabelos dela e Zabi insistiu:

— Você já foi aos Estados Unidos?

— Tentei uma vez, mas não consegui.

— Nós vamos conseguir?

— É bem possível.

Zabi notou a incerteza e segurou a mão de Nara.

— Mesmo se a gente não conseguir, você fica comigo?

Nara concordou com a cabeça.

— Nunca vou deixar você, aconteça o que acontecer. Eu prometo.

A voz dela era firme. Nara era capaz de morrer por aquela menina. Liev esperava que não fosse preciso tanto.

Dia seguinte

Liev aguardou ao lado da janela, olhando a rua lá embaixo. Atrás dele, Zabi e Nara dormiam. Queria deixá-las descansar, mas estava muito ansioso. Fahad tinha saído da hospedaria há dez horas. Dentro de pouco tempo ia amanhecer e não tinham notícia dele. Se Fahad falhasse, a saída era ir à embaixada americana sozinhos, e então a Islamabad, pedir asilo sem que o serviço de informação paquistanês fosse intermediário. À parte os desafios logísticos da viagem, Liev achava que não conseguiriam nada sem autorização paquistanesa. A outra saída era fugir.

Ele abriu a porta e olhou o corredor. Vazio. Bateu na porta do quarto em frente. Sem resposta. Ao olhar a fechadura, viu que era tão frágil que bastou empurrar com o ombro para arrombá-la. A busca no quarto mostrou que não havia malas ou pertences. Olhou a janela. Ao contrário do quarto anterior, aquele tinha uma saída para a rua. Era difícil usá-la, mas não impossível. Voltou rápido e acordou Nara.

— Quero que você fique no outro quarto. Não acenda a luz nem faça barulho. Se acontecer alguma coisa comigo, fuja. Não vá a Islamabad. Não procure a embaixada americana. Não confie em ninguém. Apenas fuja.

Nara não discutiu. Ela pegou Zabi no colo, meio adormecida, e a levou pelo corredor. Ficou na porta do quarto, deu um beijo no rosto de Liev, entrou e fechou a porta.

Liev voltou para o quarto dele e sentou-se na beira da cama. Procurou alguma coisa em volta que pudesse servir de arma. Sem conseguir achar nada, viu-se de relance refletido no espelho. Estava sujo e desgrenhado, não era a imagem que gostaria de dar como valiosa fonte de informação. Ajeitou os cabelos, rápido, e ia descer para o banheiro quando bateram à porta.

Liev se levantou e perguntou:

— Quem é?

— Fahad.

Abriu a porta. Fahad entrou com dois homens de terno. O agente de inteligência paquistanês era o mais velho, com aparência de 60 e tantos anos, cabelos ralos e olhar esperto. O agente da CIA tinha a mesma idade de Liev. Rosto magro. Tinha o branco dos olhos meio amarelado. Era alto e esguio, muito magro. Enquanto o corpo musculoso de Fahad dava a impressão de força e destreza, o do agente da CIA indicava uma vida de livros, bebidas e intrigas. Houve uma identificação imediata entre os dois viciados, uma comunicação silenciosa. Ao contrário de Liev, os agentes se vestiam com esmero e estavam arrumados, de camisa engomada e paletó, embora não usassem gravata. O agente da CIA dava a impressão de que o cuidado no vestir servia para esconder pequenos sinais do vício. Já no agente paquistanês a roupa parecia uma indicação ortodoxa de seu poder e status. O agente da CIA apertou a mão de Liev, cumprimentando-o.

— Eu me chamo Marcus Greene.

Falava russo com perfeição, depois continuou em dari fluente:

— Vamos falar uma língua que todos nós entendemos.

O agente paquistanês cumprimentou Liev, também em dari.

— Abdur Salaam. Não é o meu verdadeiro nome, mas serve para esta reunião.

Greene sorriu.

— Marcus é o meu nome verdadeiro. Não sou tão cuidadoso quanto o meu amigo.

Abdur Salaam retribuiu o sorriso.

— Você não tem agentes soviéticos querendo matá-lo. Não que eu ache que o nosso anfitrião queira me matar. Fahad garante a sinceridade dele e raramente faz isso, muito menos com um soviético.

Greene foi até a janela, observou as ruas parecendo despreocupado. Um olhar indolente antes de se encostar no peitoril e esticar as pernas para a frente, acertando a barra das calças. Perguntou:

— Pretende desertar, Sr. Demidov?

O tom da pergunta era irreverente. Com ceticismo e relutância. Além de pouco interessado, o que era mais grave. Liev respondeu, cuidadoso:

— Em troca de asilo não só para mim, mas...

— Sei, para a menina e a mulher. Aliás, onde estão?

— Em um lugar seguro.

Greene se calou, notando a desconfiança. Liev acrescentou:

— Nós três gostaríamos de ter uma vida nova.

Greene retrucou com um rápido aceno de cabeça, como se tivesse ouvido a frase milhares de vezes, e voltou logo para a informação que lhe estava sendo oferecida.

— Não é militar, é? É um civil a serviço do governo afegão, um conselheiro. Que tipo de informação tem?

Liev explicou:

— Trabalhei sete anos para o governo afegão.

— Em que função?

— Treinamento da polícia secreta. Antes de o regime comunista assumir o poder, eu os ajudava a sobreviver. Depois, continuei fazendo isso. As ferramentas e os recursos mudaram, mas o trabalho era o mesmo.

Greene acendeu um cigarro.

— O que fazia antes de vir para o Afeganistão, Sr. Demidov?

— Trabalhava para o KGB.

Greene deu uma tragada e manteve a fumaça na boca. Fahad ficou impaciente, um soldado não estava acostumado com as sutilezas das negociações diplomáticas. Disse, ríspido, a Liev:

— Fale das operações soviéticas no Afeganistão, não do KGB. É isso que queremos de você.

Como uma criança nervosa, Liev enumerou logo os pontos de interesse:

— Tenho conhecimento específico sobre equipamento, tanques, helicópteros, tudo o que está em uso ou prestes a estar. Conheço o tipo de deslocamento do 40º Exército. Posso dar o índice de mortalidade projetada antes da invasão e a alteração do índice a partir da invasão. Idem quanto aos custos. Sei o nome de quase todos os agentes importantes e o que pensam da guerra. Conheço nossos limites, quantos soldados podemos perder, quanto dinheiro estamos dispostos a gastar. Posso informar a que altura a União Soviética será obrigada a recuar.

Greene jogou o cigarro no carpete, olhou-o queimar e o amassou com o sapato.

— Vou explicar a situação do nosso ponto de vista. Supostamente, não devemos nos envolver nessa guerra.

Salaam interrompeu:

— O Paquistão também não.

A observação fez Greene levantar uma sobrancelha, como se isso só pudesse ser ironia. Prosseguiu:

— Os Estados Unidos não têm interesse em se envolver nesse conflito. Se concedermos asilo a você, arriscamos iniciar uma cisão com os soviéticos e causar uma luta política cujos resultados podemos não controlar. Eles exigiriam a sua volta. Nós recusaríamos e assim por diante. Quem sabe onde isso ia acabar?

Liev corrigiu logo:

— Concordo. É fundamental que os soviéticos não saibam da minha deserção. E não há motivo para saberem. Eles certamente acham que morri num dos bombardeios aéreos. Há pouca possibilidade de eu conseguir ir para o Paquistão, não conseguiria sem a ajuda de Fahad. Os soviéticos jamais imaginariam que os *mujahedins* me ajudassem. Fahad pode até avisar que eles me sequestraram e, a certa altura, dizer que me executaram.

Liev não falou das filhas em Moscou, não queria complicar ainda mais a situação. Greene tragou novamente o cigarro, parecendo gostar do respeito que Liev tinha pelo plano.

— Sua sugestão é inteligente. Claro que não íamos informar a sua deserção, mas eles podem descobrir.

Liev esperou, percebeu que Greene ia dizer qual era a posição dele.

— Tenho certeza de que você tem muita informação que nos interessa. Tenho uma proposta diferente. Podíamos interrogar você aqui, pagar uma quantia em dinheiro...

— Não adianta. Nós precisamos de uma casa nova, um país novo. Aqui, seríamos encontrados, perseguidos e mortos.

Abdur Salaam olhou Marcus Greene. Os dois agiam em conjunto para obter informação sem dar nada em troca. Greene deu de ombros.

— Se os Estados Unidos tivessem interesse em se envolver nesse conflito, mesmo que de maneira clandestina, então seria vantagem. Mas não têm, estão indecisos. Por isso, acho que não podemos conceder asilo a você.

Mesmo dia

Greene e Salaam desceram rapidamente a escadaria, desejando terminar logo a reunião, pois não podiam fazer como queriam. Liev foi atrás, implorando, com a negociação à beira do fracasso:
— Deve haver alguma coisa que os convença. Alguma informação que eu possa dar agora para provar que valho a pena.

Greene respondeu sem olhar para trás:
— Preciso do máximo de informações possível.
— Não vou dar tudo para depois ser rejeitado.
— Então estamos num beco sem saída. Falarei com meus superiores. Pode ser que tenham outra perspectiva. Espere aqui, são poucos dias.
— Vai recomendar que recusem o meu pedido de asilo? Vai dizer que as minhas informações não valem a pena?
— A última palavra não é minha.

Liev não conseguia mais esconder o desespero.
— Vão ouvir você! Vão aceitar o que você disser. Só você me conheceu!

Greene ia responder quando parou tão de repente que Liev quase tropeçou nele. O capitão Vaschenko estava ao pé da escada.

O capitão estava entre dois afegãos que eram detetives especiais e guias, visto que ele não falava dari nem urdu. Vaschenko estava vestido como viajante, com roupas ocidentais. O disfarce não ajudava muito — ele estava esquisito à paisana. Apesar da noite úmida, usava uma jaqueta cheia de bolsos que, certamente, escondia uma arma. No degrau abaixo de Liev, Fahad pegou seu revólver. Greene recomendou que ficassem calmos, queria evitar uma troca de tiros na escada. Houve um impasse desagradável até o capitão dizer, em russo:

— Não podemos deixar você levá-lo.

Vaschenko achava que a CIA ia aceitar Liev com prazer. Greene poderia ter dito que não se interessava por Liev, o que acabaria com o impasse na hora. Mas fez sinal para o restaurante.

— Por que não discutimos isso lá?

O agente paquistanês foi menos educado. Como não falava russo, dirigiu-se a Greene em urdu. Liev não entendeu o que foi dito, mas observou os gestos. Greene concordou e tentou conter o colega, com medo de violência. Respondeu a Salaam em urdu, antes de acrescentar em russo:

— Vamos conversar.

Liev estava mais impressionado que surpreso por Vaschenko encontrá-lo. A presença militar no passo Khyber dava a entender que ele adivinhara as intenções de Liev. Afinal, já havia tentado ir para os Estados Unidos antes. Mesmo se não soubesse que Liev ia tentar desertar, ficara em Peshawar certo de que passariam pela cidade. A presença não autorizada do capitão no Paquistão foi audaciosa. Se fosse descoberto e preso, causaria um enorme incidente diplomático. Liev achava pouco provável que o Kremlin tivesse deixado o capitão atravessar a fronteira. Os detetives afegãos podiam ser rejeitados, mas não havia como confundir um agente militar soviético. Podia estar agindo só, por interesse pessoal, decidido a corrigir o erro que cometera na aldeia de Sokh Rot.

Sentaram-se em uma das espalhafatosas mesas, ainda cheia de pratos servidos. Liev, Greene e Salaam ficaram de um lado; o capitão, do outro. Fahad e os dois soldados afegãos ficaram de pé, segurando as armas como vigilantes num encontro de reis. Greene falou em inglês com os clientes que ainda restavam. Liev imaginou que os mandou sair, ordem que obedeceram na hora. Só os mercenários não tiveram pressa, achando que ali havia mercado para os serviços que ofereciam. Quando o restaurante esvaziou, Greene acendeu outro cigarro e se postou como um mestre cordial pronto a ouvir a apresentação de um aluno. Vaschenko falou direto com Liev.

— Ninguém pensou que você tivesse sobrevivido. Só eu. Li a sua ficha, você participou de missões perigosas. Eu sabia que ia tentar chegar ao Paquistão. Vim aqui para convencer você. Liev, você é um herói de guerra, serviu ao país por vários anos. Não podemos deixá-lo desertar. Além do mais, não acredito que queira.

Liev não respondeu, esperando Vaschenko terminar. O gentil convencimento seria com certeza seguido de uma ameaça.

— Liev, nós erramos em relação à menina. Eu errei. Você quis apenas protegê-la. Entendo por que agiu assim. Também tenho filhos.

A emoção era digna de riso, mas Liev tomou cuidado para não mostrar qualquer reação.

— Eu sinceramente acreditava que a morte dela salvaria milhares de vidas, ou não teria feito o que fiz. Eu podia estar certo ou errado. Não interessa. A lenda de uma criança milagrosa se espalhou e isso não depende dela. Matar a menina não adiantaria nada. A lenda tem vida própria. Eu não entendi isso. Volte comigo, sem acusações. Vocês três podem viver na União Soviética, se quiserem. Nara e a menina não iam gostar? Você ficou no Afeganistão tempo demais. Tem um bom salário. Viveria com conforto, na sua terra, perto das filhas. Devia pensar nelas. Como se chamam?

Vaschenko sabia muito bem o nome delas.

— Se você continuar com isso, elas nunca mais vão ver o pai. Podem até ser investigadas, interrogadas sobre fidelidade política.

A ameaça tinha alvo definido. A oferta era tentadora. Liev pensou na possibilidade de voltar para Moscou. Ficaria junto das filhas. Nara e Zabi estariam seguras. Mas podia confiar na proposta, acreditar que o capitão cumpriria a promessa? Podia ser morto assim que chegasse a Cabul. O desertor Fiodor, que fugira apenas por se apaixonar, fora executado. A traição de Liev era bem mais grave.

Vaschenko deixou Liev pensar no misto de estímulos e avisos e se virou para Greene, centrando seu ataque no país que estava prestes a aceitá-lo.

— Você deve pensar bem se esse homem é um trunfo ou um problema.

Antes que Liev pudesse interromper, Greene respondeu em russo fluente e elegante:

— Avaliamos bem o assunto e já acatamos o pedido de asilo. Além do mais, ele não está no Afeganistão controlado pelos soviéticos, mas no Paquistão, e você não tem qualquer controle legal sobre ele aqui. Meu colega Salaam está irritado por você entrar no país dele sem autorização. Não podemos permitir que fique com Demidov.

Liev se conteve para não expressar em voz alta o que pensava, ou olhar para Greene pasmo de surpresa. Tentou reagir como se aquela mentira fosse verdade, uma verdade óbvia, aliás. Greene brincou com o maço de cigarros.

— Devo dizer que, se um agente soviético, e você deve ser um, fosse preso no Paquistão, o governo paquistanês ficaria indignado. Você seria considerado espião. Poderia causar problemas piores do que os que você veio resolver aqui.

Greene se apressou em traduzir os comentários em urdu para o agente paquistanês, que concordou com a cabeça. Liev sabia não haver possibilidade de o capitão Vaschenko se deixar prender vivo. E, se fosse encontrado morto em Peshawar, o governo soviético negaria que estivesse a serviço e daria uma série de desculpas.

Um jovem e tímido garçom chegou à mesa trazendo uma bandeja de aço com quatro garrafas de refrigerante. O capitão entrelaçou os dedos e colocou as mãos na mesa.

— Os paquistaneses fornecem ajuda e armas aos afegãos. A União Soviética não aceita o pretexto de neutralidade. Não nos incomodamos que se irritem.

Greene voltou-se para Salaam e fez uma tradução resumida e perguntou ao capitão:

— Qual é a conclusão? É bom acrescentar que matar um agente da CIA no Paquistão mudaria muito a opinião americana sobre a guerra.

O capitão sorriu.

— Ninguém precisa se ofender. Só queremos o nosso homem. Simples. Acredito que ele não seja útil para vocês. Os Estados Unidos não seriam tão idiotas a ponto de mandar tropas ao Afeganistão. Por que se meter num conflito num lugar tão distante? As informações que Demidov tem não interessam a vocês.

A expressão de Greene não mudou, mas mostrava uma intensa antipatia pelo capitão.

— Desculpe, ainda não sei o seu nome...

Liev informou:

— Ele é o capitão Anton Vaschenko.

Fez-se silêncio por um tempo, enquanto cálculos e opções eram feitos. Greene continuava fumando, batendo a cinza na garrafa de refrigerante ainda cheia. O capitão estava ficando impaciente. Voltou a falar com Liev.

— Demidov, volte para o Afeganistão comigo. Você não é americano. As duas pessoas que quer proteger não correm perigo mais. E a deserção deixaria suas filhas numa situação muito ruim.

Liev abaixou a cabeça, considerando o perigo que Elena e Zoia enfrentariam se ele desertasse.

A julgar pelo movimento dos olhos, o capitão Vaschenko avaliava discretamente o grau de ameaça. Fahad era seu único sério opositor. Greene parecia absorto ou despreocupado, tragava o cigarro e expelia a fumaça pelo nariz. Liev estava convicto de que a próxima frase do capitão seria a última antes de recorrer à violência. O capitão disse:

— Não se meta com o Afeganistão. Eles odeiam vocês tanto quanto a nós. Se vocês não se meterem nos nossos negócios, se recusarem a dar armas aos *mujahedins*, implantaremos a lei e a ordem em questão de meses. Vamos abrir escolas, reconstruir estradas, consertar a infraestrutura. Vamos dar educação ao povo. Se os Estados Unidos entrarem nessa guerra, vocês vão condenar o país a anos de caos. Não vão encontrar um aliado, no final das contas. Vão criar um regime que vai pagar com desprezo o apoio que vocês deram.

Greene enfiou o cigarro no refrigerante, que chiou.

— Vou transmitir seu recado aos meus superiores.

Greene traduziu a conversa. Salaam ouviu atento, depois falou com Greene, que traduziu:

— Salaam deixa você sair daqui sem ser preso. É tudo o que pode fazer. Deixe a guerra para outro dia. Ele não tem interesse em aumentar a hostilidade com os soviéticos.

Liev ficou calado durante a conversa. Estavam terminando sem chegar a uma conclusão. A única saída dele era agir.

Bateu o joelho na mesa, que balançou e derrubou no chão de pedra uma das garrafas de refrigerante. A garrafa se espatifou, e, enquanto os homens observavam a fonte do barulho, Liev pegou uma faca suja na mesa e a enfiou no pescoço do capitão. Com ajuda da surpresa e sem estar com os sentidos embotados pelo ópio, Liev adquiriu uma boa rapidez e Vaschenko não conseguiu impedir o ataque. A faca entrou em seu pescoço. Os dois agentes afegãos olharam, horrorizados; não pensavam que Liev fosse uma ameaça. Fahad reagiu primeiro, sacando o revólver e matando os dois afegãos. Não executou Vaschenko, deixando-o sentado. Liev pegou as mãos do capitão e as abaixou. Mesmo mortalmente ferido, o homem era muito forte e tentou tirar a faca do pescoço. Liev segurou os braços dele com força. O capitão chutou, agitado, e se inclinou para a frente quase tocando o rosto de Liev. Por fim, enfraqueceu e fechou os olhos. Mesmo assim Liev não o soltou. Ele segurou as mãos dele até depois de o capitão parar de se mexer.

Liev o soltou e o deixou cair. Então se levantou e disse:

— Ele jamais me deixaria vivo. Jamais se deixaria ser preso. Não haveria acordo.

Fazia tempo que Liev não matava um homem. Ainda sentado, Greene tomou cuidado para não pisar no sangue com seus elegantes sapatos, e observou:

— Os soviéticos fizeram tudo para calar você. Você vale mais para eles do que pensei.

Salaam olhou os corpos. Abaixou-se e mexeu nos bolsos do capitão. Liev perguntou a Greene, baixo:

— Vai me dar asilo? Vai atender ao meu pedido?

Greene pensou um instante.

— Vou.

*

Liev subiu devagar a escada, sem saber se ficava satisfeito ou preocupado. Não podia ter certeza de que a deserção fosse continuar ignorada. Mas, finalmente, podia ir para os Estados Unidos e, de algum jeito, Zabi e Nara teriam uma nova casa. Pensando nisso, teve pressa e subiu dois degraus de cada vez. No corredor do último andar, correu para o quarto e entrou. As cortinas estavam abertas e o suave brilho laranja da rua se espalhava pela roupa de cama. Nara e Zabi não estavam lá. Entrou no quarto, contornou a cama e encontrou as duas sentadas, de pernas cruzadas no chão, escondidas no canto. Sentou-se ao lado delas, sem conseguir contar o que tinha ocorrido lá embaixo, que podiam ter uma nova casa. Apesar do sorriso, notou que Zabi e Nara olhavam assustadas as mãos dele. Na pressa, esquecera-se de lavá-las. Estavam cheias de sangue. Pensou em escondê-las nas costas. Mas talvez fosse melhor que vissem. Ter sangue em suas mãos foi o preço que pagara pela liberdade delas.

… ☐ SEIS MESES DEPOIS

Manhattan
Prédio das Nações Unidas
Primeira Avenida com a 44 Leste
15 de novembro de 1981

Liev ficou na Primeira Avenida, em frente ao portão principal do Prédio das Nações Unidas, no lugar onde, 16 anos antes, mataram Jesse Austin. Pesquisou fotos e artigos de jornais, passou muitas horas na Biblioteca Pública de Nova York à procura de provas após a morte de Raíssa, viu o local exato onde ficou o caixote que Austin trouxe do Harlem, palco de seu assassinato. Não havia nenhuma placa, tabuleta ou estátua indicando o lugar. Era uma calçada como outra qualquer. Não dava aos pedestres nenhum motivo para refletir sobre o que aconteceu ali, as vidas que se perderam naquela noite.

    Liev ia sempre lá, ficava com as mãos nas costas como se estivesse na frente de uma lápide, não num meio-fio. Ia para pensar sobre os vários ângulos do caso que ainda não tinha entendido. Para começar, não entendia por que mataram Austin, nem por que parecia que os governos soviético e americano colaboraram para acobertar o assassinato. Por que colocaram a arma na jaqueta de Elena só para ligar Raíssa ao assassinato? Dava a entender uma mudança de planos e um posterior improviso. Acima de tudo, uma pergunta continuava sem resposta:

Quem matou a minha esposa?

As respostas nos livros de história eram mentiras que um leitor comum não notaria, num relato de adultério e paixão proibida, um caso fantasioso, que escondia uma série de fatos importantes.

Liev fechou os olhos e se sentiu transportado até aquela noite, no meio da multidão e do dia quente de verão. Podia se ajoelhar ao lado do corpo de Austin na rua e olhar a camisa branca ficando vermelha de sangue. Podia ver a expressão no rosto de Anna Austin, boca aberta, gritando. Podia ouvir o desespero da voz dela, o medo presciente de que ninguém viria ajudar. Podia ver as pessoas assustadas derrubarem as barricadas, o metal ressoando ao bater no chão. Liev podia ver a esposa e ficar mais perto dela, tão perto que ouvia o coração dela batendo ao abraçar Elena, a respiração rápida e curta da filha enquanto seus sonhos por um mundo melhor se despedaçavam aos seus pés.

Como uma ilusão de ótica, ele via a cena e, mesmo assim, não entendia. Existiam centenas de fotos daquela noite, mas era curioso que Elena não aparecesse em nenhuma. Pelo que ela relatou, estava no meio da confusão. Segurava uma bandeira soviética atrás de Jesse Austin. Mesmo assim, não havia prova, nenhum jornal citava o que ela fez. Contaram uma história diferente, ao lado de uma única foto icônica, que não foi publicada na União Soviética e que Liev nunca viu, de Raíssa ao lado do corpo de Austin. Para Liev, ela estava atendendo ao pedido de socorro. Para o povo americano, era uma assassina enlouquecida, cheia de ciúme. Outra foto mostrava Raíssa no apartamento de Jesse Austin, a mão do cantor tocando o braço dela e, ao fundo, lençóis amassados. Liev sabia que a foto era falsa, Elena contou que ela foi à casa de Austin, não Raíssa. Até chegar aos Estados Unidos, Liev ignorava a culpa que puseram em sua esposa, a ponto de a imprensa supor a existência de um trágico triângulo amoroso soviético-americano. A mulher mais perspicaz que ele conheceu, a única que realmente amou, ficou para a posteridade como ingênua e amante enganada. O homem mais idealista que ele conheceu e um dos poucos que realmente admirou foi descrito como lascivo e mentiroso, tão amoral que muitos acharam que uma bala no peito era um fim adequado para ele.

Em suas visitas, Liev nem sempre ficava só do lado de fora. Havia visitas guiadas ao interior do prédio e ele entrou, ouviu os guias, mas entendeu pouco do que falavam em inglês. Viu o salão onde os alunos de Raíssa se apresentaram, não por ser útil à investigação, mas por que gostava de pensar no sucesso dela ali: uma refugiada de guerra que sobreviveu aos expurgos de Stalin chefiando um evento assim, a elite diplomática aplaudindo-a de pé. Zoia contou que a apresentação foi melhor do que se esperava, tudo o que Raíssa planejou funcionou à perfeição. Mas, enquanto ela programava esperança, música e canção, outros programaram morte.

Vinte minutos se passaram e ele não saiu do lugar, parado no mesmo ponto, as mãos nas costas. Os guardas das Nações Unidas olharam, desconfiados. Motoristas de táxi diminuíam a velocidade para saber se ele queria ir a algum lugar. Mas não precisava ir a lugar nenhum. Não precisava mais viajar. Agora sua tarefa era apenas investigar. Olhou os arranha-céus e achou que eles eram guardiães dos segredos da cidade, gigantes mudos, as respostas trancadas em aço, concreto e vidro. Não colocou uma flor no lugar. Não queria nenhuma homenagem a não ser pegar o assassino de Raíssa.

Recomendaram que ele não fosse lá por motivo de segurança. Seria uma tarefa simples para os soviéticos o acharem, se desconfiassem da deserção. Aquele seria o primeiro lugar aonde iriam. Como de hábito, ele não deu ouvidos às recomendações. Foi até a estação de metrô certo de que estava sendo seguido. Ele sabia, sem precisar parar e virar, sem olhar o agente no encalço, ou vê-lo com o canto do olho. Liev apurou os instintos durante anos. Não culpava a polícia secreta americana por tentar controlá-lo. Em geral, deixaria que o seguissem para se acalmarem. Mas naquele dia, não. Tinha um trabalho a fazer e não queria a companhia do FBI.

Bradhurst
Harlem
Rua 145 Oeste

Liev passou em frente ao prédio onde Jesse Austin morou. Resistiu a entrar, temia o lugar como se restasse alguma coisa do passado, alguma marca do dia em que a jovem Elena chegou, com sonhos de igualdade e justiça. A persistência dele ainda não tinha sido recompensada: as perguntas foram recebidas com reações que iam da hostilidade à incompreensão. Não havia ninguém no prédio que ele não tivesse procurado e ainda ficou com fama de inconveniente entre os moradores. Ao bater no apartamento que foi de Austin, falou com os atuais inquilinos, um jovem casal, e usou seu inglês rudimentar para perguntar se sabiam algo sobre Jesse Austin. Negaram com a cabeça, dando a impressão de que procurava alguém que ainda morava lá. Sem conseguir explicar sua verdadeira intenção, mostrou os recortes de jornais sobre o assassinato. Pela confusão do casal, concluiu que não sabiam do fato, não sabiam quem era Austin e certamente ignoravam por que aquele estrangeiro esquisito perguntava pelo homem 16 anos depois do assassinato. O casal foi mais educado que as outras pessoas, mas a porta fechada e trancada.

Liev saiu do prédio e caminhou pela rua segurando os recortes que tinha mostrado a quase todos os moradores, sobretudo homens e mulheres com idade para serem adultos na época dos assassinatos. Enquanto estava na União Soviética e no Afeganistão, achou que chegar a Nova York era o maior obstáculo que enfrentaria. Estava enganado, pois subestimara a dificuldade de um estrangeiro para resolver um caso de 16 anos atrás que ninguém queria lembrar.

No outro lado da rua havia um café que estava sempre cheio. Era uma espécie de ponto de encontro do bairro, frequentado pelos moradores mais antigos. Ele atravessou a rua e entrou. Estava cheio de gente barulhenta e animada almoçando em pequenas mesas quadradas e tão próximas que as garçonetes precisavam passar de lado, o que faziam com certa agilidade. Usavam aventais com listras azuis e brancas e traziam pratos cheios de uma comida linda de olhar e pouco sofisticada. Do salão dava para ver a cozinha, com panelas fumegantes. E um barulho quase ininterrupto de pratos. Muitos homens e mulheres que estavam ali tinham pelo menos 50 anos. Certamente alguém conhecera Jesse Austin e a verdade sobre a morte dele, mesmo que fosse apenas um boato. Liev ouviria com interesse até a especulação mais absurda.

Aproximando-se da mulher no caixa, Liev ficou frustrado com o inglês restrito, a dificuldade verbal que tornaria árduo o acesso a pessoas já desconfiadas.

— Queria fazer umas perguntas. Sobre este homem... Jesse Austin.

Quando abriu os recortes, a mulher inclinou a cabeça de lado, com a mesma expressão confusa que ele tinha visto inúmeras vezes. Ela gritou em direção à cozinha:

— É melhor o senhor sair daqui!

Apareceu uma mulher mais velha. Assim que viu Liev, ela negou com a cabeça. Estava sem sorte, já tinha pedido ajuda a ela antes. Ela disse que não sabia.

— O senhor tem que sair!

— Por favor...

— Já disse. Eu não sei!

Liev resolveu pronunciar alto o nome do homem, para ver se alguém reagia.

— Quero falar sobre Jesse Austin.

— Saia, já!

A ordem foi dada em voz alta e silenciou todo o restaurante. Os fregueses olharam para ele, as garçonetes também, todo mundo querendo entender o que acontecia. Liev notou algo interessante: por mais que a incomodasse, por mais que a irritasse, a mulher jamais ameaçara chamar a polícia. Ele mostrou os recortes aos fregueses e repetiu o nome.

— Jesse Austin, por favor, alguém sabe. Fale comigo.

Esperou do lado de fora, apostando na pequena possibilidade de alguém atender ao pedido. Ninguém. Ele suspirou. Esperava que aquela mulher não trabalhasse todos os dias. Ele ia tentar de novo. Ia conseguir.

Nova York
Praia de Brighton
Mesmo dia

Era meio de tarde e o metrô estava quase vazio ao se aproximar da praia de Brighton. Liev sentou-se e olhou um anúncio de uma linda jovem de biquíni segurando uma garrafa de refrigerante com o rótulo:

FANTA

Nenhum outro passageiro conhecia a fama daquela marca, nenhum outro sabia como a garrafa era usada em Cabul, o medo que causava na cabeça dos presos aguardando interrogatório. Ali, em Nova York, era uma bebida símbolo de frivolidade e diversão, nada mais. Ao olhar o anúncio, Liev se sentiu um visitante de outro mundo.
 Um passageiro lia o jornal, com sacolas de shopping murchas aos pés. Outro estava de pé, embora houvesse assentos vagos, segurando na barra, perdido em pensamentos enquanto o metrô emergia de dentro da cidade. Uma mãe estava com a filhinha que balançava as pernas na beira do banco, sem alcançar o piso do vagão. Liev se lembrou das filhas na Rússia. Não havia um só dia, ou até uma hora, em que não pensasse nelas. Fazia oito anos que não as via e não tinha ideia de quando veria. O preço daquela investigação era

alto. Pensar que Elena e Zoia não sabiam nem se ele estava vivo doía. Não podia entrar em contato com elas. Não podia correr o risco de o governo soviético descobrir que estava vivo. Se isso acontecesse, as meninas certamente ficariam visadas. Da mesma maneira que não acreditava que o assassinato de Raíssa ficaria sem solução, não aceitava que não ia vê-las de novo, mesmo sem racionalizar quando ou como isso poderia ser.

Com a exceção do anúncio, Liev chegou à conclusão de que o metrô era o único lugar onde a vida em Moscou e em Nova York se pareciam. O transporte público era um grande nivelador de pessoas. Ele sempre olhava com interesse quando as portas se abriam e uma nova onda de passageiros entrava. O sutil cruzar de olhares era um eco suave do encontro casual entre ele e Raíssa no metrô de Moscou. A lembrança não o perturbava, mas o fazia pensar se aqueles estranhos iriam se separar e nunca mais se ver, ou se tentariam transformar aquela ligação fortuita em algo mais.

Ao sair na estação da praia de Brighton o sol apareceu e Liev desabotoou o casaco. Sentia calor, apesar de ser final de outono. Olhou ao redor meio encantado, sem se acostumar com o fato de aquele estranho novo mundo ser o lugar onde vivia. A ideia continuava esquisita para ele. Talvez por causa das filhas na Rússia, não conseguia se sentir realmente em casa. Após chegarem aos Estados Unidos, ele, Nara e Zabi passaram semanas em endereços temporários em Nova Jersey, o que foi uma experiência incoerente e perturbadora, mas que ele achou menos peculiar que receber um endereço fixo. Insistiu para ficar em Nova York e disfarçou a intenção dizendo que a cidade tinha muitas vantagens. Havia muitos imigrantes soviéticos, então o inglês precário que ele falava não era problema; e ele não chamaria tanta atenção como estrangeiro quanto numa cidade pequena. Foi pouco notado, usando um novo nome e dizendo aos mais curiosos que tinha fugido de uma perseguição.

Zabi e Nara moravam num apartamento ao lado do dele, também com nomes novos e histórias falsas. Fingiam ser paquistanesas em vez de afegãs para que fosse mais difícil identificá-las, caso fossem procuradas. Queriam que Liev morasse com elas, mas isso atrapalharia as novas identidades. Assim, eram duas residências de imigrantes amigos. Oficialmente, Nara retornara mãe de Zabi. Tinha documentos provando e Liev viu-a decorando os dados, como se não conseguisse acreditar nas palavras. A menina que ela condenara à morte agora era legalmente sua filha, contradição sobre a qual ela pensava todos os dias. Mas, longe de isso ser um fator negativo, fez de Nara uma mãe dedicada. Como era jovem, ter uma filha de 7 anos provocava perguntas de estranhos, respondidas com um silêncio gélido, dando a entender que o motivo era muito triste o que, aliás, não deixava de ser verdade.

Assim, a quarta casa de Liev foi na rua 6, em Brighton, num apartamento no terceiro andar. Não conseguiram uma vista para o mar; na verdade, não tinham vista nenhuma, mas o apartamento era confortável, com ar-condicionado, geladeira e televisão. Ao contrário dos apartamentos em Cabul, ele não retirou as portas. Aquela inquietação insuportável acabara. E não precisava mais do ópio: havia voltado a ser um agente.

Liev abriu a porta do apartamento e entrou na sala. Sentiu que havia alguém ali. Se fosse um agente soviético, certamente estaria morto antes de acender a luz. Pensando nisso, pôs a mão na tomada.

Mesmo dia

Impecavelmente vestido, Marcus Greene pegou um cigarro e sentou-se como se estivesse na casa dele. Disse:
— Você parece nervoso.

Liev não respondeu. Não gostava da falta de cerimônia com que invadiam o apartamento dele ou punham escuta no telefone, e como revistavam tudo quando saía, o que percebeu por não colocarem as coisas de volta no lugar certo. Mas não se iludia: ele pertencia aos americanos, era propriedade intelectual deles, que fariam exatamente o que quisessem. Por isso, foi quase cômico Greene perguntar:
— Posso fumar?

Liev concordou com a cabeça, então tirou o casaco e o pendurou no corredor. Voltou à sala e ficou na frente de Greene.
— Por que não está no Paquistão?
— Estou de licença, visitando minha família.

Greene tragou o cigarro com aquela sofreguidão que só os viciados conhecem. Liev sentou-se em frente e se inclinou com as mãos nos joelhos. Greene disse, sem pena de si mesmo:
— Não tenho sido um bom pai. Lamento minhas falhas, mas não fiz muito para melhorar. Então não sei do que adianta esse arrependimento, pelo menos para minha mulher e meus filhos. Digo isso por que é parte do motivo para eu estar aqui. Sei o quanto sua família representa para você. Não só a que você trouxe para Nova York, mas a que deixou em Moscou.

Liev perguntou, a voz repleta de tensão:

— O que houve?

— Os soviéticos desconfiam que você está vivo. Achamos que matar o capitão confirma isso. Mas eles podem estar jogando verde. Quando eu estava em Peshawar, eles deram algumas informações sobre as suas filhas. Zoia e Elena...

Liev se levantou, como se pronto para sair imediatamente. Greene fez sinal para ele sentar. Liev ignorou o sinal e Greene acabou se levantando também.

— Não temos como confirmar esses boatos. Podem ser mentira para obrigar você a aparecer. Insistiram para eu não contar, mas sei que você gostaria de saber. Acredite na história que quiser.

— Que história?

— Por causa da sua deserção, suas filhas passaram por interrogatórios. Os maridos delas também. Foram soltas, mas não se sabe como será o futuro delas. O passo seguinte seria serem presas. Não aconteceu, mas poderia. É uma isca, mas vejo pela sua expressão que funciona.

— Se eu não voltar, elas serão presas? É essa a ameaça?

— Liev, não temos como saber se isso é só uma encenação. Eles não podem ter certeza de que você está vivo.

— Eles têm algum informante americano?

— É pouco provável. Os soviéticos nunca conseguiram penetrar na CIA. Se você não fizer nada, se não reagir, vão achar que está morto e nada vai acontecer com as suas filhas. Tenho certeza.

Mas Liev sabia como o KGB funcionava, como era a cabeça deles. Pensou no que faria quando era um jovem e ambicioso agente secreto. Balançando a cabeça, tonto de medo pelo perigo em que colocara as filhas, falou:

— Tenho pouco tempo.

Mesmo dia

Liev comeu em silêncio o jantar que ele mesmo preparou. As filhas continuariam correndo perigo mesmo sendo inocentes. No governo de Stalin, o filho sofria com a culpa do pai. Um único crime, uma única acusação poderia acabar com uma família inteira, o veneno da suspeita ficava no sangue. As coisas mudaram, mas não tanto. O KGB continuava pensando assim, uma organização que sempre preferiu que agentes casassem com agentes, como se pertencessem a uma dinastia diferente do cidadão comum. Em parte por isso eles sempre foram contra Liev se casar com Raíssa. Agora, se ele não se apresentasse, as filhas seriam presas, mantidas nas piores condições. A maldade do KGB seria impessoal, processual e terrivelmente previsível. Da mesma forma que não interessava as filhas serem inocentes, não interessava não saberem se Liev estava mesmo vivo. A rede de informação soviética nos Estados Unidos era fraca, comparada às células de agentes europeus. Mas tinha meios de fazer Liev aparecer. Muita coisa dependia da suposição de que estava morto. Esse plano falhara.

Liev colocou o prato de lado. Nara e Zabi sabiam que havia algo errado e se entreolharam. Ele não podia contar o que era, pois não tinha resolvido o que fazer. A incerteza seria um sofrimento inútil. Zabi tinha acabado de chegar da consulta com uma psiquiatra. Os ferimentos no corpo sararam, mas estava em tratamento, duas sessões por semana, o que foi adiado por meses, enquanto ela e Nara tinham aulas intensivas de inglês. Liev faltava a quase todas as aulas, concentrado nas investigações. Mas sempre arrumava tempo de acompanhar Zabi à psiquiatra, surpreso pelo fato de o consultório não ser num hospital, mas numa agradável sala muito bem-decorada na casa da terapeuta. Após a terceira ou quarta sessão, ele ficou mais calmo com as consultas Zabi não tinha medo do tratamento. Nem é preciso dizer que o governo americano pagava todas as despesas deles. Em troca, Liev encontrava agentes e informava sobre o Afeganistão. O conhecimento que tinha da União Soviética estava ultrapassado, sobretudo em relação ao KGB e à polícia secreta. Tais informações interessavam principalmente a historiadores e universitários, alguns dos quais receberam autorização para entrevistá-lo. Apenas os relatos sobre o Afeganistão eram sigilosos. Era difícil avaliar o impacto dessas informações na política americana: não confiavam em Liev para contar nada, só para perguntar. Algumas perguntas mostravam a maneira como eles pensavam. Era evidente que havia elementos na CIA dispostos a financiar a rebelião, a fornecer armas. Se estavam fazendo isso, Liev não sabia.

No final do jantar, Liev tirou os pratos da mesa e voltou com uma caixa de sorvete que comprara na mercearia de uma ucraniana, uma das poucas pessoas no bairro com quem ele conversava. Continuava tão pouco sociável em Nova York como tinha sido em Cabul. Ao servir o sorvete em três tigelas, Liev falou:

— Vou amanhã para Washington. Lembram do trabalho que falei? Lá tem um arquivo sobre espionagem soviética nos Estados Unidos. Querem que eu dê uma olhada para ver se posso ajudar em alguma coisa.

Nara ficou surpresa.

— Pensei que fosse ficar sem fazer isso uns meses.

— Querem que eu vá imediatamente.

— Por quê?

O motivo era simples: achavam que Liev não ia ficar muito tempo no país. Liev não contou isso e apenas deu de ombros.

— Não sei.

E acrescentou, baixo:

— Faço o que mandam.

Zabi perguntou:

— Vai nos deixar?

Liev não conseguia olhar a menina. Brincou com uma colher cheia de sorvete.

— É por poucos dias.

Washington, DC
Sede do FBI
Edifício J. Edgar Hoover
Avenida Pensilvânia, 935
Dia seguinte

Liev deveria ficar alguns dias em Washington, DC, dependendo de como o trabalho rendesse. Estava conformado com o fato de sua permanência nos Estados Unidos ter sido súbita e dramaticamente reduzida. Ficou ansioso para voltar a Nova York, pois agora havia uma pressão muito grande na investigação. Era bastante provável que levasse semanas e não meses para a União Soviética fazer alguma coisa com as filhas dele. Se chegassem a prender Zoia e Elena, ele não aguentaria, por isso ia tomar providências para voltar a Nova York naquele mesmo dia. A ida ao arquivo, que antes era uma coisa boa, passou a ser uma interrupção cara.

Um homem simpático chamado Simon Clarke o esperou no aeroporto e se apresentou como arquivista. Era um sujeito parecido com uma coruja, na casa dos 50, de óculos redondos de aro dourado e barriga levemente protuberante, que fazia uma curva como uma colina suave. Falava russo com fluência, gramaticalmente perfeito, mas com sotaque americano, e Liev imaginou que ele deveria ter conversado com poucos russos natos. Gentil e tranquilo, Clarke esperava que Liev conseguisse explicar inúmeras descobertas que estavam juntando poeira, mistérios que eles não conseguiram resolver sobre a espionagem soviética em relação ao seu grande inimigo, os Estados Unidos. Clarke usou a gíria dos espiões soviéticos — *o grande inimigo* — para mostrar que conhecia o código secreto deles.

Num giro rápido pela cidade antes de ir para o arquivo, pararam em frente à sede do FBI. O prédio era moderno, sólido, bem diferente de seu correspondente russo, o Lubianka, com sua imponente fachada histórica no centro de Moscou. A arquitetura do Edifício Hoover parecia não ter a intenção de impressionar, mas de parecer inquebrável. Não tinha nenhum enfeite ou decoração: era um híbrido de estacionamento com usina hidrelétrica como se o FBI estivesse no mesmo nível utilitário. O arquivo, que não aparecia em mapa nem registro oficial, ficava a três quarteirões do Edifício Hoover, na rua 8. Não tinha placa nem recepção, apenas uma porta sem nada de extraordinário, que abria direto na rua como uma saída de incêndio. A entrada ficava ensanduichada entre dois grandes prédios de escritórios: era uma porta sem número nem caixa de correio, como um portal mágico por onde todo mundo na rua passava indiferente aos segredos que guardava.

Clarke pegou suas chaves, abriu a porta e acendeu as luzes. Surgiu então uma escada estreita. Ele fez Liev entrar e trancou a porta antes de a descerem. O ar era seco, refrigerado. Ao pé da escada ficava um pequeno escritório sem graça onde Clarke desligou o sistema de alarme. Na parede lateral havia uma porta de aço, hermeticamente fechada como um cofre de banco. Após digitar um código, ouviu-se um leve sibilar e a porta se abriu. As luzes fluorescentes se acenderam automaticamente em rápida sucessão, mostrando todo o grande arquivo.

Bem maior do que Liev imaginava, o arquivo se estendia por centenas de metros, com filas e filas de estantes de aço. Ao contrário de uma biblioteca, as estantes não abrigavam livros. Tudo estava guardado em caixas iguais, de papelão marrom, lado a lado, centenas delas, com o mesmo intervalo entre uma e outra. Liev olhou Clarke:

— Tudo isso?

Clarke concordou com a cabeça.

— Setenta anos de material, a maioria decifrada, mas uma parte não.

Liev se adiantou. Clarke pôs a mão no ombro dele.

— Antes de começarmos, quero que siga algumas regras. Recebi ordem de revistar você na saída. Por favor, não se ofenda: é o procedimento padrão com todos os visitantes. Você precisa usar essas luvas para tocar em qualquer coisa. De resto, pode olhar o que quiser. Não pode usar caneta tinteiro, nem tinta de espécie alguma. Tem canetas com você?

Liev negou com a cabeça, tirou o paletó e o pendurou no escritório. Clarke observou:

— Talvez seja melhor você ficar de paletó, o ar condicionado é frio para preservar os documentos.

Setenta anos de refrigerados segredos de espiões, milhares de tentativas de traição, enganação e assassinato, preservados como se fossem os melhores feitos da humanidade.

O pé-direito não era muito alto, mas a sala era enorme e, graças a essa proporção surreal, parecia uma caixa de sapatos esmagada. O arquivo todo era de concreto, por isso tinha duas cores dominantes: o cinza e o marrom das caixas de papelão. Havia o zunido do ar-condicionado e, de vez em quando, leves vibrações causadas pela passagem do metrô. Um corredor atravessava o arquivo pelo meio, de uma ponta a outra. Cada corredor lateral tinha um número. Não havia placas nem nada escrito. Clarke deve ter adivinhado o que Liev pensou, pois disse:

— Não se preocupe! Não queremos que olhe todas as caixas. Separei as que achei que você podia ajudar a interpretar, mas, se tiver interesse em alguma coisa, pode olhar. Não é melhor fazer uma visita ao arquivo antes de sentarmos com o material que selecionei?

Apesar de dizer que Liev podia procurar o que quisesse, Clarke não saiu de perto dele.

Constrangido, Liev parou num dos corredores laterais e pegou uma caixa ao acaso. Cada uma tinha uma etiqueta com número, um comprido código, que parecia sem sentido para quem olhasse distraído. Cada caixa tinha uma tampa, portanto era impossível ficar mexendo nela. Clarke comentou:

— O escritório tem um catálogo de códigos que descreve o conteúdo das caixas. Mas nem tudo está nas caixas: alguns objetos esquisitos, ou grandes demais, ficam separados lá no fundo, perto do final do arquivo. Vou trazer um catálogo. Vai ajudar.

Clarke se virou e foi rapidamente até o escritório. Liev deu voltas, inquieto, pensando na investigação. Abriu ao acaso a caixa mais próxima. Estava cheia de dinheiro, cédulas de 5 e 10 dólares, valores pequenos, mas novas, sem uso, uma pequena fortuna. Liev desconfiou que fossem notas falsas feitas na União Soviética. Um maço de cédulas estava num saco plástico com o aviso CUIDADO. As notas deviam conter algum produto químico, talvez até veneno. Liev tampou a caixa e foi para o corredor seguinte, escolheu outra e retirou a tampa. Estava cheia de aparelhos científicos, um microscópio e outros objetos que ele não sabia o que eram. Eram obsoletos, deviam ter uns 50 anos. Também não havia explicação, nada escrito. Depois da terceira e quarta caixas, Liev concluiu que grande parte do arquivo devia ser banal. Dava a impressão de que os americanos tinham juntado tudo o que tivesse uma vaga ligação com documentos de espiões soviéticos.

Liev estava prestes a virar as costas e esperar Clarke voltar, quando viu os objetos grandes. Foi até o fundo do arquivo e achou uma bengala de madeira entalhada. Brincou com ela por um instante, pensando se teria uma parte secreta com alguma função secundária, um lança-veneno, talvez. Desistiu, colocou-a de volta na estante. Tinha um antiquado aparelho de recepção e transmissão do tamanho de uma televisão, que deve ter sido usado para comunicações secretas. Ao lado, estava uma mala.

Liev se abaixou, as mãos trêmulas ao apoiá-las na mala. Com o passar dos anos, as mãos dele mudaram muito, mas aquela mala, não. Era antiga, com alça de couro e fechaduras de aço enferrujado. Apesar de não vê-la há 16 anos, não tinha dúvida de que era a mesma, comprada quando era um jovem agente secreto.

Era a mala que Raíssa levara para Nova York.

Mesmo dia

Liev se levantou e olhou por entre as caixas para ver se Clarke estava por perto. Não havia sinal dele. Voltou à mala, com as mãos ainda trêmulas de nervosa ansiedade, abriu as fechaduras e olhou o interior.

Foi um enorme desaponto. Estava vazia. Liev se recompôs, respirou fundo. Passou os dedos pelo forro, procurando um bilhete, uma carta escondida. Não tinha cortes de faca nem compartimentos costurados. Olhou dentro, virou-a de cabeça para baixo, apalpou o fundo e os cantos. Ouviu os passos de Clarke no piso de concreto.

— Sr. Demidov?

A mala não tinha nenhuma pista. Observou os objetos próximos: eram, no mínimo, vinte malas. Não reconheceu nenhuma. Certamente, os pertences de Zoia e Elena também estavam ali. Foram confiscados; as meninas voltaram para a Rússia com a roupa do corpo, o resto foi levado. Liev decorou o número de identificação da mala. Ouviu os passos de Clarke se aproximando, estava a poucos metros. Quando ficou à vista, Liev se levantou e saiu de perto da mala de Raíssa.

Clarke sorriu para ele.

— Achou alguma coisa?

— Nada, não.

Era uma negação indefinida. Clarke não percebeu, carregava um livro grande, de lombada dura, encapado com plástico.

— Este é o catálogo.

Liev o pegou sem dizer nada da descoberta, tentando ficar calmo. Ele abriu o livro e o folheou. Clarke colocou uma mão amistosa no ombro dele.

— Tomei a liberdade de juntar caixas sobre as quais gostaria de saber a sua opinião.

A seção de leitura era próxima ao escritório, dentro do arquivo, afinal nada podia ser retirado dali. Tinham arrumado uma mesa pare ele, com abajur, cadeira e várias caixas cheias de coisas para olhar. Clarke conversou um pouco com Liev, explicando o que lhe interessava no conteúdo delas. Liev mal ouviu, torturado pela demora, louco para olhar no catálogo o número de referência da mala. Finalmente, Clarke o deixou sozinho e pôde checar os verbetes. O sistema de numeração era complexo. Liev anotou o número da mala que ele havia memorizado. Achou o verbete. A descrição era:

INVESTIGAÇÃO VOZ VERMELHA
1965 NY

Conferiu as três palavras no dicionário. A palavra VERMELHA devia se referir a comunismo, uma importante voz comunista: certamente, Jesse Austin.

Liev olhou os códigos, tentando descobrir como identificar os outros documentos da mesma investigação. Sem conseguir decifrar o sistema e sem querer pedir ajuda, o jeito foi olhar todos os verbetes, percorrendo com o dedo as descrições. Chegou ao meio do catálogo, de vez em quando conferindo se Clarke vinha. O dedo parou nas palavras:

INVESTIGAÇÃO VOZ VERMELHA

Anotou a localização da caixa — código 35 / 9 / 3.3 —, fechou o catálogo e guardou o papel no bolso.

Levantou-se e seguiu em frente, sem tirar os olhos de Clarke, ocupado no escritório. Liev aproveitou a distração e foi rapidamente até o corredor 35, virando à direita, as mãos percorrendo os números até encontrar a estante nove. A caixa estava na terceira estante, no alto. Pegou-a, com os braços tremendo de emoção. A caixa era pesada, foi difícil retirá-la. Como se segurasse a caixa de um tesouro precioso, levantou a tampa devagar.

Dentro havia muitos documentos, detalhes da apresentação nas Nações Unidas, um programa, cartas oficiais escritas pelo Kremlin sobre a viagem, discutindo a Excursão Estudantil da Paz, as sugestões e os recibos. Como ex-agente, Liev aperfeiçoou um senso de avaliação em anos de busca em papéis e pertences pessoais. Aqueles eram documentos formais de Estado. Mostravam apenas o verniz da excursão. Tocou o fundo da caixa e sentiu algo duro, a lombada de um livro: era um diário.

Liev leu a primeira linha, lembrando-se tão bem das palavras que era como se ele as tivesse escrito.

Pela primeira vez na vida, sinto necessidade de anotar o que penso.

Harlem
Bradhurst
Rua 145 Oeste
Três dias depois

No banco traseiro de um táxi, Liev apertou a agenda onde copiara os detalhes mais importantes do diário de Elena. Não podia roubar o diário, então leu as páginas no arquivo toda vez que ficava só. O espaço de tempo coberto pelo diário ia até a tarde anterior à apresentação, o dia em que Raíssa morrera. Depois de encontrar Jesse Austin e voltar para o hotel, Elena foi acompanhada até o quarto. Aprontou-se para o ensaio geral, enfiou-se no banheiro e escreveu a última anotação. Aquela página escrita às pressas era sem dúvida a mais importante. Liev arrancou-a do diário e a enfiou na meia com outras anotações que fez e levou escondido.

Quase todo o diário falava de coisas que Elena já havia contado a ele ao voltar para Moscou, inclusive a forma como o funcionário do Ministério de Propaganda, Mikail Ivanov, se aproximou dela e como a relação evoluiu. Era de cortar o coração e, ao mesmo tempo, de indignar qualquer um acompanhar as emoções dela, as descrições de como acreditou no amor do homem que a traiu, com suas nobres e sublimes intenções. Ela realmente acreditava que sua missão era mostrar ao abandonado e difamado Jesse Austin que a Rússia comunista ainda o amava. A grandeza do idealismo de Elena só tinha paralelo na sua adoração por Ivanov. Tudo o que ela fizera, todos os erros que cometera, foram por amor. Liev teve de concluir que ela foi escolhida e selecionada para a operação devido à sua capacidade de amar. Ao ler as palavras melosas que Ivanov usou para seduzir a filha, Liev se perguntou onde foi que ele errou como pai. Foi incapaz de proteger as filhas do mundo de falsidade que era sua profissão. Se havia uma coisa que podia ter ensinado a elas, era reconhecer a mentira.

Elena sabia que fazer um diário era arriscado, principalmente porque seus objetivos eram secretos, então inventou um código simples, com números para os nomes e uma descrição em taquigrafia. Se não fosse pai dela, Liev teria dificuldade em entender o sentido, mas, em quase todos os casos, conseguia substituir os números pelos nomes. O funcionário do Ministério de Propaganda Ivanov era o número 55. Jesse Austin era 71; o inverso, 17, era a esposa dele, Anna Austin, um código que mostrava bem o romantismo de Elena. Havia alguns números que Liev não conseguiu identificar o nome, e ele tinha certeza de que eram os mais importantes:

AGENTE 6

Na letra corrida, ela o descreveu apenas dizendo:

Ele me assusta.

O código era para um detetive do FBI que Elena vira sair do prédio de Austin, no Harlem, e que a seguira na volta para o hotel.

Dessa vez, Liev não ia sozinho ao Harlem. Nara estava sentada ao lado dele. Quando estagiária em Cabul, ela só havia se envolvido no caso da prisão do desertor apaixonado que acabou executado. Parecia adequado Liev dar a ela a chance de fechar sua breve carreira de detetive com um caso de alguém que merecia ser capturado. Deixando de lado essa generosidade, a verdade é que precisava dela. Nara dominava mais o inglês que ele. Tinha se dedicado muito a melhorar, interessada em fazer Nova York ser a sua cidade e em encontrar trabalho. Ela podia convencer as pessoas a falar, pois, além do inglês fluente, era linda e atraente, enquanto ele era agressivo e magrelo. Claro que Liev devia ter pedido ajuda desde o começo, mas não sabia se seria sensato. Ela se sentiria obrigada a apoiá-lo, mesmo se não concordasse com a investigação. Buscar informações delicadas era uma violação dos termos do asilo, por isso ele não queria envolvê-la.

Na volta de Washington, DC, ele admitiu que não podia perder tempo, nem fazer o trabalho sem ela. Nara ouviu-o contar tudo, desde a pesquisa na biblioteca às fracassadas tentativas de entrevistas no Harlem. Ficou surpresa que as horas que ele passou fora de casa não servissem para conhecer a cidade, mas para pesquisar o passado. Como ele esperava, Nara ficou preocupada em não irritar os anfitriões americanos. Afinal, ela agora tinha uma filha e precisava pensar no futuro de Zabi. Mas se sentiu na obrigação de ajudar Liev. Devia a vida a ele. Foi com emoções conflitantes, de ameaça e relutância, além de dever e curiosidade, que ela aceitou participar da busca pelo assassino de Raíssa.

O táxi parou. Liev saltou e segurou a porta para Nara sair. Enfiou a mão no bolso para pagar a corrida. Junto ao dinheiro estavam as anotações que fizera do diário e a página que arrancara. Naquela crucial e derradeira anotação, Elena comenta que um homem tinha mostrado a ela o apartamento de Jesse Austin, um velho mal-humorado ao qual ela se referia com o número 111. Austin justificou para Elena o comportamento do homem dizendo que ele tinha uma loja de ferragens por ali e achava o comunismo ruim para os negócios e para a comunidade. Essa descrição não chegava a ser uma grande pista.

Liev resolveu ir ao número 111 da rua 145, esperando que fosse uma loja de ferragens, mas era um bloco de apartamentos. Depois de conseguir entrar, furtivo, nas áreas comuns, bateu à porta do 111. Ele e Nara falaram com o proprietário, um velho que morou ali quase a vida inteira, nunca teve loja de ferragens e não entendeu por que perguntaram. Aproveitando, Liev perguntou se ele por acaso conhecera Jesse Austin. O velho olhou Liev de um jeito estranho. Era óbvio que o conhecera, talvez até bem, mas negou e fechou a porta. Olhando para Nara, Liev falou, exasperado:

— É assim, ninguém quer falar. Se lembram dele, mas não querem falar.

Ela apenas observou.

— Deve haver um motivo.

Liev não estava disposto a fazer concessão.

— Também há um bom motivo para querer que eles falem.

Andando pela rua, Liev indicou com a mão uma loja de ferragens velha e malconservada. A vitrine era atravancada e escura. Nara olhou para ele.

— Como sabe que é essa a loja?

— Eu não sei.

Liev mostrou uma placa com a frase pintada à mão. *Um negócio de família há 30 anos!*

Abriu a porta e um sininho de bronze tilintou. O lugar cheirava a mofo. O balcão estava empoeirado e os produtos, arrumados de qualquer jeito. Na parede atrás da caixa registradora havia várias gavetas de plástico que subiam até o teto cheias de objetos: pregos, parafusos, dobradiças.

O proprietário era jovem, 30 e poucos anos, e saiu de uma sala nos fundos com óculos de leitura na ponta do nariz, olhando seus clientes desconhecidos. Fixou o olhar em Liev e ficou agressivo.

— Você já esteve aqui?

Nara se adiantou, falando inglês fluente, depois de ter discutido o assunto em casa com Liev.

— Procuramos informação sobre um cantor famoso que morou por aqui. Ele se chamava Jesse Austin.

Ao ouvir o nome, o homem tirou os óculos e os colocou sobre o balcão.

— Isso mesmo, você é o homem do Jesse Austin. Aliás, quem é você?

— Meu nome é Liev Demidov.

Constrangido com o inglês que ele falava, o homem se virou para Nara, que acrescentou:

— Eu me chamo Nara Mir. Ele é meu amigo e conheceu Jesse Austin há muito tempo. Estamos procurando informações.

O homem olhou bem Liev e perguntou:

— Conheceu Jesse Austin? Não acredito.

— Conheci.

— Você não é de Nova York, é?

— Não, sou da Rússia.

— Rússia? E conheceu Jesse?

— Nos conhecemos em Moscou.

— Em Moscou?

O dono da loja tinha a mania de passar para interrogação tudo o que Liev dizia. Liev ficou inseguro sobre como responder e o homem se dirigiu a Nara:

— Quem é você? Tradutora dele?

— Amiga.

— O que querem?

Liev falou em dari com Nara:

— Quero saber a verdade sobre a morte de Austin, não o que os jornais disseram.

Nara traduziu. Liev olhou a reação do homem. Ele balançou a cabeça e indicou a porta.

— Não sei de nada. Agora saiam, estou falando sério. Não me incomodem mais. Isto é uma loja. Se quiserem comprar alguma coisa...

Antes que o homem voltasse para os fundos da loja, Liev aproveitou e disse:

— Seu pai conheceu Jesse Austin.

O proprietário da loja se virou, lançou um olhar acusador a Liev e, de repente, se zangou.

— Como você conhece o meu pai? Por que o envolve nisso? Espero que tenha uma boa resposta.

Liev respondeu através de Nara:

— Seu pai esteve com Jesse Austin no dia em que ele foi morto. Levou uma jovem russa ao apartamento dele. Os dois homens discutiram.

Ela traduziu. O homem estava pasmo. Recuperou-se em parte e perguntou:

— O que você quer?

Liev percebeu que o homem estava tirando conclusões e aproveitou.

— Os jornais disseram que uma russa matou Jesse Austin. Os jornais disseram que a russa se chamava Raíssa Demidova. Os jornais se enganaram. Ela não o matou, é mentira.

Liev foi além.

— Seu pai sabia que era mentira.

O homem ouviu a tradução e se virou para Liev.

— E como você sabe disso?

Liev tinha decorado a frase em inglês.

— Porque Raíssa era a minha esposa.

Harlem
Bradhurst
Oitava Avenida com a 139 Oeste
Restaurante Nelson's
Mesmo dia

O homem que Elena identificara no diário como o número 111 era Tom Fluker, já falecido; o filho dele, William, ficara com a loja de ferragens, como Liev deduzira. Após se estabelecer uma confiança mútua, William conseguiu se lembrar da época da morte de Austin. Contou o que o pai falava sobre o cantor e como se zangou com ele por deixar a comunidade da região vigiada e sob suspeita.

— Jesse irritava muito o meu pai, que o chamava de criador de casos. Mas na noite em que o mataram, meu pai não disse que já previa aquilo nem nada e fez uma coisa que jamais imaginei: ele chorou. Me lembro de pensar que era estranho, afinal, ele nunca tinha dito nada de bom sobre Jesse e depois chorou quando atiraram nele. Eu era menino e, na época, achei isso uma contradição.

Depois de fechar a loja, William foi com Nara e Liev a um restaurante chamado Nelson's para mostrar o caminho. Em sua longa peregrinação pelo bairro, Liev tinha passado pelo restaurante, mas, como ficava a vários quarteirões de onde Austin morava e parecia novo, nunca entrara. Elena não o citava no diário e nenhum dos recortes de jornais sobre Austin se referia ao local. No caminho, William ficou mais simpático, certamente por causa de Nara.

Interessou-se por ela e Liev tinha certeza de que estava lisonjeada. William era um homem bonito.

Ao contrário da loja de ferragens, que parecia não ter sido arrumada ou reformada durante trinta anos, o restaurante o fora. Como um guia de excursão, William mostrou a fachada.

— Não se iludam, este restaurante é mais velho que eu. Nelson o abriu e era amigo do meu pai. Os dois começaram do nada. Este foi o restaurante mais famoso do bairro até que...

A voz de William sumiu e ele acrescentou:

— Não sou eu quem deve contar isso.

No interior, a equipe fazia uma pausa após servir o almoço, limpava as mesas. Restavam poucos clientes, homens mais velhos que pareciam não ter pressa de tomar o café. William segurou o braço de uma garçonete.

— Podemos falar com Yolande?

A garçonete olhou Liev e Nara, avaliou-os antes de se virar, entrar na cozinha e passar para um escritório. Minutos depois, voltou acompanhada de uma mulher de uns 30 anos, de terninho. Era alta e bonita. Observou bem Liev e Nara antes de se aproximar e cumprimentá-los. William tinha telefonado antes. Ela os esperava.

— Prazer em vê-lo, Willie.

Ela estendeu a mão a Liev.

— Meu nome é Yolande.

Liev apertou a mão dela, depois Nara. Liev se apresentou.

— Meu nome é Liev Demidov e esta é minha amiga, Nara Mir.

Ela sorriu.

— Melhor conversarmos no meu escritório.

Em contraste com a roupa impecável, o escritório era uma bagunça. A mesa tinha pilhas de papéis e documentos. As paredes estavam cheias de fotos e recortes de jornais emoldurados. Liev nem pediu licença e ficou, por instinto, olhando as fotos. Depois percebeu que Yolande estava ao lado. Recuou, enrubescendo, constrangido pela falta de educação. Ela fez um gesto para ele continuar.

— Pode ir em frente.

Um homem estava em quase todas as fotos, no meio de outras pessoas. Não era Jesse Austin, mas alguém que Liev não conhecia. Yolande disse:

— Esse é o meu pai, Nelson, no tempo em que fazia campanha.

Ela apontou uma das fotos, passando o dedo do pai para as outras pessoas e parando no rosto de uma adolescente.

— Essa sou eu.

Liev reparou que ela não parecia tão envolvida na passeata quanto os demais, era uma menina perdida na confusão. Yolande perguntou, curiosa:

— Você era o marido de Raíssa Demidova?

Liev concordou com a cabeça.

— Ela não matou Jesse Austin.

Yolande sorriu gentil como uma professora bondosa.

— Eu sei, assim como todo mundo que mora por aqui. Ninguém no Harlem acha que a sua esposa matou alguém, Sr. Demidov. Esse bairro deve ser o único lugar no mundo onde ela é inocente. E com certeza meu pai também não acreditava, nem por um minuto. A imprensa disse que a sua esposa era amante de Jesse. A mentira virou verdade. Houve muita fofoca e difamação apresentadas como jornalismo; talvez eles soubessem a verdade e tivessem medo de publicar. Não se pode culpar ninguém por isso. Por outro lado, a coisa toda foi esquecida alguns meses depois e agora é um escândalo que quase ninguém conhece. O estranho é que sua esposa recebeu muito apoio. As pessoas diziam que ela não era culpada. Que foi enganada, só queria fugir da Rússia soviética, prometeram trazê-la para os Estados Unidos. Ficou perturbada quando viu que tinha de voltar. Essa mentira deixou os Estados Unidos lisonjeados. Acho que foi uma mentira inteligente.

Nara traduziu. Yolande ficou satisfeita de sentar-se e ver a reação de Liev. Quando Nara terminou, Yolande pegou uma foto do pai trabalhando no restaurante e deu a Liev.

— Eu tinha 14 anos quando Jesse foi morto. Isso mudou a minha vida não por conhecê-lo, mas porque mudou o meu pai. Até então, ele tinha este restaurante e ia bem. Era comerciante até a alma, mas depois da morte de Jesse ele virou um ativista. Organizava comícios e passeatas, imprimia folhetos. Eu quase não o via mais. O restaurante teve problemas. Virou um lugar de debates. Muitos clientes pararam de vir, com medo de serem rotulados de radicais. Os que não tinham medo, os funcionários que trabalhavam com o meu pai, levavam comida de graça como pagamento. O dinheiro encurtou. Os políticos criaram problemas legais para o meu pai e quase fecharam o restaurante. Mandaram fiscais que consideraram a cozinha suja, o que era mentira, porque eu mesma limpava tudo.

Liev interpretou de forma correta a foto: Yolande era uma menina surpreendida nos protestos e não à frente deles. Ela gostava do restaurante, não da política da época. Tinha raiva também. Ela via o restaurante como herança: limpava-o e aprendera a administrá-lo só para depois outros ameaçarem fechá-lo. Uma de suas maiores raivas era da injustiça dos fiscais, mas tinha um pouco de raiva do pai também.

— Meu pai acabou adoecendo, então assumi o restaurante. Mudei tudo, menos o nome, e voltou a funcionar como um restaurante. Nada de política. Nada de querer mudar o mundo. Nada de comida grátis.

Enquanto Nara traduzia, William participou da conversa dizendo:

— Meu pai costumava dizer que o melhor ativismo é ter um bom negócio, pagar os impostos e fazer o lugar ser você.

Yolande deu de ombros.

— Jesse pagava muitos impostos, pagava mais por ano do que eu paguei na vida toda. Mas isso não deu a ele qualquer vantagem. Eles continuaram a detestá-lo.

Ela abriu uma gaveta, pegou o maço de cigarros e um cinzeiro de vidro em forma de folha. Pela relutância dela, parecia ser um hábito que tentava largar. Liev perguntou:

— Quem o matou?

Yolande acendeu um cigarro.

— É isso o que importa para você? O responsável? Ou as coisas que estavam por trás?

Liev conferiu com Nara se ela havia entendido a pergunta. Não pensou muito na resposta.

— Só quero saber quem foi. Não quero brigar com nenhum sistema.

Yolande tragou.

— Não sabemos direito quem matou Jesse. Meu pai dizia que foi o FBI. Eu nunca desmenti, mas não parecia verdade. O FBI já tinha acabado com Jesse. Havia tirado tudo o que ele tinha: a carreira, o dinheiro, manchara o nome dele. Não fazia sentido matá-lo. Talvez eles tivessem tanto ódio que não precisavam de motivo, mas, como comerciante, acho difícil engolir isso.

Uma garçonete trouxe café e serviu todos, o que permitiu a Nara terminar a tradução. Liev pegou as anotações que tinha copiado do diário de Elena e disse a Nara:

— No dia do assassinato de Jesse, minha filha foi ao Harlem falar com ele, convencê-lo a discursar na frente das Nações Unidas. Ela encontrou um agente do FBI vindo do apartamento de Austin. Ela se refere a ele no diário como Agente 6. Pergunte se sabem quem pode ser esse homem.

Yolande agradeceu à garçonete, que saiu do escritório.

— Um agente do FBI no apartamento de Jesse. Havia um homem rondando por aqui. Não lembro o nome dele. Anna, a esposa de Austin, costumava falar dele com o meu pai. Essa mulher tinha muito amor, raramente falava mal de alguém, mas detestava esse homem.

Yolande passou a mão na cabeça, sem conseguir lembrar o nome. Tomou um gole de café, aborrecida pelo nome não vir. Ficaram em silêncio por um tempo. Liev esperou, olhando-a.

Apesar de o primeiro cigarro estar aceso no cinzeiro, Yolande acendeu outro e tragou, soprando fumaça.

— Desculpe. Não lembro.

Era mentira. Liev notou a mudança de expressão. Ela tentara esconder isso fumando, ao trazer à memória o preço que o pai pagara por se envolver. Quando se lembrou do nome do Agente 6, ela se recordou também do tipo de homem que ele era. A descrição que Elena escreveu no diário voltou à mente de Liev:

Ele me assusta.

Yolande estava assustada.

Liev se virou para Nara.

— Explique a Yolande que entendo por que ela não quer se envolver. Prometa que jamais direi o nome dela. E que vou descobrir o que houve naquela noite, com ou sem a ajuda dela.

Ao ouvir a tradução, Yolande se inclinou para a frente, perto de Liev.

— O assassinato de Jesse é um segredo enterrado faz tempo. Nem todo mundo quer que você desenterre a verdade. Nem mesmo as pessoas por aqui. Os tempos mudaram, nós mudamos.

Ela encarou Liev.

— Vejo a mesma determinação que meu pai tinha. E meu pai não me perdoaria se eu não ajudasse você.

Ela suspirou.

— Tenho quase certeza de que o Agente 6 é um homem chamado Yates, agente Jim Yates.

Nova Jersey
Dia seguinte

Nara ficou calada durante quase toda a viagem de ônibus de Nova York, prestando atenção na paisagem da janela. Ao entender as profundas implicações, ficou mais convencida ainda de que a investigação era uma séria ameaça ao asilo político e questionava se era sensato expor aquele caso controverso, uma vez que a vida deles dependia da boa vontade dos anfitriões americanos. Era muita provocação, uma insensatez numa hora em que deveriam levar uma vida discreta. O que Liev esperava conseguir 16 anos depois? Não haveria julgamento, nem detenções, não limparia o nome da esposa dele, os livros de história não seriam reescritos. Nara não disse o que pensava, nem tentou dissuadir Liev, mas ele percebeu as dúvidas nela. Talvez ela não fosse contra os planos porque sabia o que ele pensava: era inevitável um encontro com o agente Yates.

Após a conversa no restaurante Nelson's, Yolande levou Liev e Nara para a casa dela e deixou que olhassem a enorme coleção de recortes de jornais da época do assassinato, desde a noite do crime até a repercussão das mortes. Yolande guardava os recortes como se fossem um álbum de família. De certa maneira, era, pois continha as únicas fotos do pai nos anos de ativismo político. Liev havia lido quase todos os artigos na biblioteca pública, exceto alguns que eram de jornais locais e panfletos de protesto. Um deles mencionava o agente Yates, do FBI. Yolande achava que o fato de

Yates não ser citado na cobertura dos jornais mais importantes certamente provava o envolvimento dele — não tinha muita lógica o pouco destaque de um agente tão importante que esteve com Austin no dia do assassinato. A única matéria onde ele era citado foi enviada a Nelson por um amigo ativista de Nova Jersey, dois meses após o crime. Era um artigo pequeno, num jornal local, dizendo que o morador de Teaneck, Jim Yates, tinha se aposentado do FBI para cuidar melhor da esposa, que estava doente. Havia uma foto. O artigo falava como se o homem fosse um herói. Nelson tinha anotado uma pergunta ao lado do texto:

Qual foi a verdadeira razão de sua aposentadoria?

Pelos comentários de Nelson e as anotações rabiscadas nos recortes, Liev concluiu que ele achava mais importante o sistema do qual faziam parte que o autor do assassinato. Nelson centrava suas forças numa mudança social mais ampla, era um sonhador, exatamente como Elena e Jesse Austin. Já Liev tinha desistido de metas ideológicas há muito tempo. Elas quase acabaram com ele, da mesma maneira que quase levaram Nelson à falência. Sonhar com um mundo melhor tinha seus riscos.

Quando o ônibus se aproximou de Teaneck, Nara se virou para Liev, respirou fundo e perguntou, em dari:

— Você vai nos deixar, não é? Não minta. Diga a verdade. Não vai ficar nos Estados Unidos. Algo mudou.

Liev se arrependeu de não ter contado antes a ela. Não era mais uma ingênua jovem estudante. Queria e tinha todo o direito de participar e saber a verdade.

— Os soviéticos sabem da nossa deserção ou, pelo menos, desconfiam. Estão incomodando as minhas filhas. Até agora foi só um aviso, mas, se eu não aparecer, vão prendê-las. O único jeito de protegê-las é desistir.

— Quem disse isso a você?

— Marcus Greene.

Nara olhou a palma das mãos como se a resposta estivesse escrita nelas.

— Então você vai voltar?

— Que escolha me resta?

— Voltar para a União Soviética não acrescenta nada.

— Meu país não é mais o mesmo. Eles não têm interesse em prejudicar as minhas filhas. Eles só se vingam com uma meta. Se eu voltar, minhas filhas ficarão em paz. Não posso garantir...

— Vai ser considerado um traidor.

— Eu sou um traidor.

— Vão matar você?

— Trabalho para os americanos. Tenho dado informações que vão causar a morte de soldados soviéticos.

— Esses soldados estão morrendo porque foram enviados para o Afeganistão, e não por sua causa.

— Isso é irrelevante. Eu sou um traidor. Não existe argumento.

— Sua vida vale tão pouco para você?

Liev pensou um pouco.

— Minha vida depende das pessoas que amo.

— Você gosta de nós?

— Claro.

— Mas vai nos deixar?

— Nara, eu não tenho escolha.

Nara se esforçou para controlar a emoção. Era mãe, portanto, precisava avaliar a situação com uma lógica fria.

— Ponha na cabeça que, se você encontrar o agente Yates, estará indo embora daqui. Nós duas, não. Vamos ter que ficar e o que você fizer pode ter consequência para nós.

— Eu jamais deixaria acontecer nada com você e Zabi, da mesma maneira que não deixaria com Zoia e Elena.

— Procurar Yates não vai ajudar suas filhas.

— É verdade.

— Então por quê?
— Não faço isso por elas.
— Faz por sua esposa?
— É.
— Não acredito. Ela morreu, Liev.
— Prometi a ela. Não posso explicar.
Nara balançou a cabeça.
— Não está fazendo por ela, mas por você. Sua vida não depende só das pessoas que ama, mas das que odeia também.
Liev se zangou.
— É, tem razão. Quando a pessoa que mais se ama é assassinada, passa a ser sobre o ódio. Espero que você nunca enfrente isso.
Nara se virou para a janela. Estava zangada. Liev também. Será que a busca pelo assassino da esposa era um ato de puro egoísmo, cheio de ódio e amargura? Não parecia, mas ele não sabia quem mais iria se beneficiar de suas ações. A investigação era vital, como se ele não tivesse escolha. Ele olhou para o outro lado e os dois ficaram em silêncio até o ônibus chegar ao destino: a cidade de Teaneck.

Nova Jersey
Condado de Bergen
Cidade de Teaneck
Avenida Cedar
Mesmo dia

Em Teaneck, os pés de Liev eram envolvidos por folhas de outono vermelhas e amarelas enquanto Nara conseguia respostas dos donos de lojas na avenida, com inteligência e graça, provando que seria uma ótima agente. E ficou pensando que profissão ela acabaria tendo. Achava que seria uma ótima professora, parecida com a esposa dele. De repente, teve vontade de gritar, triste por pensar no futuro dela sabendo que não participaria dele.

Nara saiu de uma mercearia e foi até Liev. Ele se aprumou, perguntando:

— Teve sorte?

— Yates ainda mora aqui. A esposa morreu há alguns anos.

— Deram o endereço?

Ela ficou indecisa.

— Liev, vou repetir, não se zangue: não seria vergonha alguma largar isso como está.

— Nara, não há um só dia em que eu não pense no que aconteceu com Raíssa. Só vou ter sossego quando descobrir a verdade. Estou cansado, Nara. Penso nisso faz tanto tempo. Quero fazer o que você diz, descansar. Quero dormir sem acordar suando frio, pensando no que aconteceu. Preciso terminar isso.

— O que você vai fazer quando ficar cara a cara com ele?

— Não sei o que ele vai dizer, portanto não sei o que vou fazer.

Nara ficou mais preocupada. Liev sorriu e pegou a mão dela.

— Você parece achar que estou atravessando uma linha moral sem volta. Precisa lembrar que isso para mim era rotina. Prendi muitos homens e muitas mulheres inocentes. Eu perseguia pessoas para o Estado, boa gente, batia em portas sem saber nada sobre o suspeito a não ser que o nome dele estava numa lista.

— Você ainda é capaz de fazer isso?

— Não, mas vou perseguir quem matou a minha esposa.

Liev parou, pensando se Nara ia desistir de participar.

— Deram um endereço a você?

Ela olhou para cima.

— Deram.

*

O jardim da frente estava crescido, tinha moitas na altura dos joelhos e mato cerrado, um espaço completamente deslocado numa rua de jardins cuidadosamente limpos e podados. Ao seguir pela trilha com moitas raspando as canelas, Liev chegou à frente da casa com Nara. Não havia carro na entrada da garagem. Ele bateu à porta e olhou pela janela. As luzes estavam apagadas. Experimentou a maçaneta. Trancada. Rápido, pegou no bolso uma gazua e clipes de papel. Nara olhou, pasma, sem conseguir acreditar que ele era um agente secreto profissional e tinha invadido a casa de inúmeros suspeitos. Em segundos, a porta se abriu. Liev guardou as ferramentas e entrou. Em seguida, Nara entrou e fechou a porta.

Yates morava numa casa grande, de três andares, com porão e quintal, modelo da normalidade suburbana. Mas, em vez de simpático e acolhedor, o lugar tinha um clima inquietante. Tudo era decadente e largado, do jardim aos poucos confortos do interior, decorado em cores neutras, com falsas antiguidades e uma cristaleira cheia de quinquilharias de porcelana. Os carpetes eram felpudos, os mais grossos que Liev já tinha visto, como os pelos de um animal ártico, e combinavam com a cor do papel de parede. Mas o sol os desbotou durante anos. Era uma casa de família sem qualquer sinal de família: não tinha fotos, a não ser uma solitária foto de casamento, um homem bonito com uma linda mulher, ambos bastante empoeirados.

Cada passo deles levantava uma nuvem de poeira que subia antes de pousar nos sapatos. Só a cozinha mostrava que fora usada recentemente. O contorno dos azulejos era negro de sujeira. A louça estava empilhada na pia, com xícaras de café e pratos usados. Liev olhou a geladeira. Vários pacotes de leite. No freezer, uma pilha de comida congelada — contou sete embalagens.

Liev tinha certeza de que a curiosidade de Nara fora atiçada, num misto de vontade de continuar e ansiedade. Era a segunda busca que faziam como professor e aluna na casa de um suspeito. Liev disse:

— Acho que o agente Yates não é do tipo que mantém um diário.
— Que tipo de pessoa ele é?

Mais uma vez, Liev se lembrou do que Elena escreveu no diário:

Ele me assusta.

Aquela casa não teria aplacado esse medo. Liev pensou se investigava o andar de cima ou descia para o porão. Escolheu a escuridão do porão, pois achou que Yates devia gostar dela.

Retângulos de carpete tinham sido pregados nos degraus da escada do porão, sem preocupação com o efeito e deixando uma dúvida sobre o motivo para fazer aquilo. A resposta estava no teto, coberto com espuma de plástico preto à prova de som. O chão de concreto também fora acarpetado numa colcha de retalhos de materiais, sobras dos carpetes do andar de cima. Não se tratava de estética ou conforto, mas de barulho, fazer um lugar silencioso, um casulo isolado do mundo.

Uma cadeira velha estava na frente da grande televisão que ficava em cima de uma mesinha lateral. O porão tinha outra geladeira, com garrafas de cerveja enfileiradas, os rótulos arrumados para a frente. Havia também uma pilha de jornais lidos há pouco, com as palavras cruzadas completadas. Liev observou a estante feita em casa. Tinha várias biografias de heróis do esporte, enciclopédias e um dicionário para auxiliar nas palavras cruzadas que Yates parecia gostar. Além de revistas sobre pesca. E pornografia. A sala parecia a toca de um adolescente instalada numa decadente e respeitável casa de família.

A escada acarpetada e o teto à prova de som significavam que Liev e Nara não ouviriam Yates chegar. Só quando Liev se virou para falar com ela foi que viu o homem no alto dos degraus.

Mesmo dia

Yates um dia tinha sido bonito, Liev pensou, lembrando-se da foto do casamento, com os cabelos negros e volumosos e o terno bem-cortado. Porém não era mais: a pele estava enrugada sob os olhos manchados de amarelo. Compensando a aparência relaxada, os lábios eram firmes e duros, finos como um varal. Usava gel para alisar os cabelos grisalhos, como quando jovem, embora agora parecesse uma imitação doentia, um pastiche de juventude. O terno também devia ter sido moda um dia, mas ficara velho e gasto, o tecido estava puído e o corte sobrava no corpo. Ele tinha emagrecido. Pelo conteúdo da geladeira, Liev concluiu que o corpo emagrecera devido à bebida. Mas a fragilidade inerente à velhice não amenizara a aparência, as vulnerabilidades físicas não diminuíram sua presença agressiva. Fosse lá o que tivesse feito de errado, fosse qual fosse a parte que lhe coubera nos acontecimentos daquela noite, aquele era um homem sem arrependimento, olhando-os com uma confiança atrevida e sem um pingo de remorso. Os dois foram à procura dele e invadiram a casa, mas foi ele quem falou primeiro, assumindo uma posição de poder, satisfeito por não terem conseguido pegá-lo de surpresa.

— Estava à sua espera.

Retomando a compostura, Liev disse a Nara em dari:

— Ele sabe quem somos?

Ela não teve tempo de traduzir, Yates adivinhou a pergunta e respondeu:

— Você é o Sr. Liev Demidov.

Liev tinha conhecido muitos agentes corajosos, indômitos e brilhantes no KGB, capazes de avaliar na hora qual era o ponto fraco de uma pessoa e, em seguida, como tirar vantagem disso, sem qualquer escrúpulo moral ou ético. Era a certeza absoluta deles que os tornava tão valiosos para organizações como a polícia secreta, onde a dúvida nunca foi considerada uma vantagem. Yates era um desses homens. Elena tinha razão de ter medo.

Liev perguntou a Nara:

— Como ele sabia que estávamos nos Estados Unidos?

Yates desceu a escada, à vontade, abriu a geladeira, pegou uma cerveja e, de costas para eles, perguntou:

— Que língua é essa?

Nara respondeu e o tremor na voz mostrava que, como Elena, ela também estava com medo.

— É dari.

— Falada no Afeganistão?

— Uma das línguas de lá.

— Deve ser por isso que o seu país é uma confusão. Um país deve ter uma língua só. É um problema que temos aqui: muitas línguas aparecendo, confundindo as pessoas. Cada país, uma língua: mas você não imagina como as pessoas ficam irritadas quando se sugere isso. Eu acho muito lógico.

Yates abriu a garrafa com um clique, deixando a tampa cair silenciosamente no chão de grosso carpete remendado. Ele tomou um gole, lambeu os lábios úmidos de cerveja e ouviu Nara traduzir com atraso as perguntas de Liev: como sabia quem eram e que estavam nos Estados Unidos? Ele dava a impressão de estar se divertindo, sendo o centro das atenções e importante como não era há anos.

— Como soube que ia aparecer? O FBI me avisou que você recebeu asilo, o marido de Raíssa Demidova.

Liev ficou ainda mais nervoso ao ouvir o nome da esposa sendo malpronunciado. Foi como um xingamento. Com incrível sensibilidade, Yates percebeu e repetiu o nome:

— Raíssa Demidova. Era sua esposa, não era?

Liev respondeu em inglês:

— Raíssa Demidova era minha esposa.

Liev não conseguiu controlar o tom da voz e a expressão. Deixou claro o que pretendia.

Yates tomou mais um gole de cerveja, os lábios finos grudados no gargalo da garrafa, a garganta mexendo quando engolia, mas sem tirar os olhos de Liev. Por fim, largou a garrafa e disse, a voz cheia de ódio:

— O FBI não achou que você fosse me procurar. Foi o que disseram, mas eu tinha certeza de que você viria. Não achava que você tinha acabado nos Estados Unidos por acaso. Disseram que era coincidência, que não havia plano algum, que o destino fez você vir para o país onde sua esposa morreu.

Yates balançou a cabeça, devagar.

— Os agentes hoje são tão idiotas que dá vontade de gritar. São delicados. Têm que frequentar escola de etiqueta, aprender a usar quatro diferentes garfos e facas. Andam de primeira classe e participam de maratonas, mas não conhecem o mundo real. São meninos de escola que andam armados. Eles me demitiram, sabia?

Aguardou a tradução para avaliar a reação de Liev, que concordou com a cabeça.

— Você se aposentou poucos meses depois do assassinato da minha esposa.

— Fui um dos melhores agentes que já trabalharam no FBI. Com o tempo, havia figurões lá, gente que fazia qualquer coisa no trabalho e ninguém queria saber como foi feito. Tínhamos espaço para agir, para tomar decisões. Éramos avaliados pelos resultados obtidos, e não pelos meios usados. Não tínhamos restrições nem leis. Fazíamos o que fosse preciso. Esse tempo acabou. O FBI mudou. Querem gente que faça o que eles mandam, que pense de um determinado jeito, empresários sem iniciativa, sem colhões, cada decisão precisa de quatro autorizações assinadas.

Triste, olhar perdido, pareceu esquecer as visitas. Então, de repente, virou-se para Liev outra vez.

— Você se arrisca muito vindo aqui. Com um telefonema, eu podia chutar você do país.

Nara traduziu, olhando Liev, os olhos implorando para irem embora. Yates identificou na hora a divergência de opinião dos dois e acrescentou, rápido:

— Não me entendam mal, não vou fazer isso. Não recebo muitas visitas, pelo menos não de gente que tenha uma conversa interessante.

Era solitário. Era convencido. E orgulhoso. Como um interrogador profissional, Liev pesou essas características, avaliando a possibilidade de ele falar e da pressão necessária. A combinação de defeitos era promissora. Yates ficara calado por anos sobre o assassinato. Era um sujeito amargo. O fato de a verdade ter sido apagada dos registros o incomodava tanto quanto a Liev. Ele queria contar a história. Queria conversar. Liev só precisava elogiá-lo.

Yates sentou-se, mergulhou na confortável poltrona, tão à vontade quanto se a televisão transmitisse um bom programa de esporte.

— Disseram que você desertou. É verdade? Parece normal um comunista fazer isso. Pela minha experiência, os comunistas acabam traindo o país. Vocês, vermelhos, não conseguem ser leais por muito tempo. Lealdade é uma qualidade que eu admiro. Tenho certeza de que os Estados Unidos têm os cidadãos mais leais do mundo, uma das razões para ganharmos a Guerra Fria. Veja eu, por exemplo: cuidei da minha esposa até o dia em que morreu, muito depois de ela não gostar mais de mim. Não tinha importância ela não gostar. Não importava eu não gostar dela. Nunca a larguei. Sabia tudo o que ela precisava. Projetei esta casa de acordo com as necessidades dela. Certas pessoas não conseguem aceitar isso, mas eu entendia as necessidades da minha pátria também. Ela precisava de força contra os inimigos. Dei força a ela. Nunca fui econômico nos atos. Fiz tudo o que era preciso e faria de novo.

Liev ouviu Nara traduzir. Yates interrompeu:
— Veio aqui me matar?
Liev entendeu o inglês e, antes que pudesse responder, Yates riu.
— Não se acanhe!
Liev usou a frase que tinha decorado.
— Quero saber quem matou a minha esposa.
— E matá-lo? Vejo nos seus olhos. Você e eu não somos tão diferentes; nós fazemos o que for preciso.

Yates enfiou a mão no bolso, tirou um revólver pequeno e colocou no braço da poltrona. Olhou atento a reação de Liev e continuou falando como se a arma não estivesse ali.

— Você veio de longe, então quero ajudar como posso. Quem matou a sua esposa? Quem matou a sua bonita esposa russa? Era bonita, não? Uma beleza. Não é de se estranhar que você esteja triste. Acho que nem acreditou na sorte de se casar com uma mulher tão bonita. Difícil entender por que era professora. Um desperdício, poderia fazer carreira nos Estados Unidos, ser modelo, atriz, com o rosto em todas as revistas.

Liev perguntou:
— Quem atirou nela?

Yates mexeu o resto da cerveja como se misturasse uma poção mágica.
— Não fui eu.

Liev tinha ouvido milhares de negações na profissão. Para desapontamento dele, sabia que Yates não havia mentido.

Mesmo dia

Yates mostrou três dedos da mão:

— Naquela noite, três pessoas morreram: Jesse Austin, Anna Austin e a sua esposa. Muitos negros acharam que eu puxei o gatilho que matou o velho Jesse. Acham que sou um demônio e matei, mesmo estando do outro lado da rua quando Austin foi morto, com as mãos nos bolsos, cercado de testemunhas de verdade, não aquelas pessoas que estão na fila para conseguir uma promoção, ou que querem escapar de serem presas. Recebi centenas de ameaças de morte.

Yates indicou as estantes e Liev se virou, achando que lá haveria um monte de cartas ameaçadoras amarradas em pacotes. Não tinha e não havia qualquer prova de ameaças de morte. Yates continuou, sem mostrá-las.

— Os negros reclamam de linchamento, mas, na verdade, reclamam de não poderem linchar os brancos. Para a maioria deles, igualdade é isso, o direito de nos linchar também. Linchamento para todos, de qualquer cor.

Yates riu enquanto Nara traduzia. Gostou muito da própria piada, que achou da mais profunda sabedoria. Não esperou Nara terminar a tradução, ansioso por continuar sua história.

— Na verdade, a ideia de matar Austin nunca passou pela minha cabeça. Nunca foi proposta pelo FBI, juro por Deus, nunca discutimos isso, nem mesmo quando o velho idiota dizia ao mundo que preferia lutar a favor dos comunistas do que dos Estados Unidos.

Liev não se interessava por aquela demonstração de retórica, nem pelos motivos para Yates detestar Austin. Perguntou então:

— Quem o matou?

— A sua gente, os comunistas. Jesse Austin foi morto por um agente soviético.

Liev concordou com a cabeça e suspirou.

— Acredito em você.

Yates abaixou a cerveja e olhou Nara traduzir a afirmação de Liev. Ele sempre achou que a morte de Austin tinha sido um complô soviético, e não americano.

Liev disse, em dari:

— Minha filha Elena estava em Nova York nessa mesma viagem. Trabalhava para uma agência do governo soviético. Sua missão era renovar a carreira de Jesse Austin. Tenho certeza de que mentiram para ela, eles a enganaram. Mas nunca descobri por que meu país queria matar Austin. Minha filha, claro, não sabia.

Ao ouvir a tradução, Yates concordou com a cabeça.

— Elena? Essa moça não podia ter explicado nada mesmo, pois não sabia. Quando a prendemos, só fez chorar. Ela achava que estava dando um empurrão na carreira de Jesse. A burrice dela era de dar pena.

Liev ficou furioso ao ouvir isso. A filha fora explorada porque era uma sonhadora, uma jovem apaixonada. Ao ouvir Yates zombar dela, teve tanta vontade de matá-lo que precisou fechar os olhos e controlar a raiva, o que fez o outro falar sem parar.

— Precisavam de alguém como ela para obrigar Austin a sair de casa. Ele era quase um eremita, não saía. Essa garota aparece, fala em mudar o mundo e ele não consegue recusar. Só uma pessoa assim podia convencê-lo.

Finalmente, Liev entendeu que a ingenuidade de Elena não só facilitara a manipulação, como fora a chave para acabar com o ceticismo de Austin, a única maneira de fazê-lo aparecer na apresentação.

Yates brincou com o revólver enquanto Nara traduzia. Quando terminou, ele prosseguiu:

— Compreendo que você não saiba o motivo do assassinato. Difícil imaginar um esquema mais complicado do que fizeram O Kremlin tinha decidido que Austin não valia mais a pena. A música dele não tocava nas rádios, ninguém sabia quem ele era, nem comprava os discos. Não podia se apresentar num bar, muito menos numa sala de espetáculos. Eu trabalhei bem. Acabei com a importância do velho. Os soviéticos olharam com frieza o sujeito que mais os apoiava e decidiram que era mais útil morto que vivo. O seu governo tinha a ideia fixa de que a comunidade negra era o melhor caminho para começar uma revolução nos Estados Unidos. Como eles eram oprimidos, a ideia era levantá-los, arrebentar os grilhões que os prendiam e reconstruir o Estado conforme um modelo socialista. Bastava só uma faísca e o barril racial pegaria fogo, derrubando o regime capitalista e fazendo os Estados Unidos se tornarem comunistas. Era esse o plano.

Yates riu da ideia.

— Não sei se eles se iludiam tanto a ponto de achar que o velho Austin seria a faísca, mas achavam que o assassinato ia piorar a tensão racial. Se o matassem, não importaria a verdade do assassinato, todo negro americano pensaria que o FBI estava linchando um negro sincero. Ninguém acreditaria que era um plano dos comunistas, mas do FBI. O assassinato faria o cantor esquecido voltar à fama e até o tornaria mais famoso, um mártir da revolução negra. Malcolm X tinha levado um tiro meses antes, dois assassinatos de negros no mesmo ano pareceria suspeito. Concordo com eles. Depois da morte de Austin, eles esperavam que todos comprassem a música dele e ouvissem as gravações dos discursos. Achavam que, matando-o, dariam vida à carreira dele.

Yates sorriu durante quase toda a tradução de Nara, deleitou-se com as ironias, lembrando-se, encantado, do tempo em que tinha poder de vida e morte.

— Para o plano funcionar, eles precisavam que Austin fosse a um local público, com a presença da mídia internacional. Por isso colocaram o plano em ação durante a apresentação.

Liev observou, em russo:

— Mas o FBI podia simplesmente dizer que foi um atentado comunista.

Nara se esforçou para traduzir e Yates sorriu, entendendo o que havia sido dito.

— Por mais que o FBI dissesse que fora um atentado comunista, o público acreditaria que a culpa era do FBI. É assim que nascem as teorias da conspiração. A versão oficial tem que parecer mentira mesmo quando é verdade, e quanto mais você diz a verdade, mais as pessoas não acreditam. Os comunistas não podiam culpar o FBI diretamente, não tinham nem meios para isso. Iam colocar a sua filha na história, fingir que ela foi para a cama com Jesse Austin. Os brancos americanos podiam acreditar que Elena atirara nele por ciúme, mas os negros não acreditariam. O plano se baseava numa insinuação e numa suposição. Eles achavam que a comunidade negra acreditaria na hora em qualquer coisa ruim sobre o FBI.

Yates se levantou da poltrona, guardou a arma no bolso e foi até a geladeira pegar mais uma cerveja. Tirou a tampa e a deixou cair no carpete. Tomou um gole, impaciente, à espera de Nara terminar. Ao ouvir a tradução, Liev perguntou:

— Como você descobriu isso? Elena não poderia ter contado a você, porque não sabia.

— Quem me explicou foi um judeu comunista bicha chamado Osip Feinstein. Ele ficou com medo do envolvimento na história. Como todo comunista, queria trocar de lado. Queria que eu o salvasse, como se fosse uma donzela em perigo.

— Ele não queria se envolver no assassinato de Austin?

— Talvez ele gostasse da música do velho. Não sei qual foi o motivo. Mas ele deu com a língua nos dentes e entregou os colegas.

— Isso antes ou depois do assassinato?

Yates pensou em mentir mas, deu de ombros e disse:

— Feinstein tinha uma agência em Nova York que organizava viagens pela Europa comunista para americanos comunistas, ricos e burros. Fez isso durante anos. De repente, quis falar. Então, apareci e ele pediu para eu impedir o assassinato. Disse que eu podia salvar Austin. Em troca, queria ficar escondido, numa custódia protegida, com medo de os russos matarem ele.

Liev perguntou:

— Você não fez nada?

Yates concordou com a cabeça.

— Não, quero dizer, quase nada. Primeiro, eu não sabia se era verdade o que ele dissera. Ele tinha mudado de lado mais vezes que qualquer um na história da espionagem. Não dava para confiar nele nem como inimigo. Segundo, pensei: se os comunistas queriam matar um deles, por que eu ia me meter? Por que ia salvar o velho Jesse, o cara que queria lutar contra os americanos? Eu não queria mais ouvir Austin falar mal do país. Por que salvar um comunista que odiava os Estados Unidos? Por que o FBI devia salvar um traidor? No final, Jesse escolheu o lado errado. Isso custou a vida dele.

— Por que Feinstein não procurou outro agente, se você não atendeu ao pedido dele?

Yates concordou, gostou daquele detalhe.

— Eu o algemei num cano, o tranquei na agência para garantir que não ia atrapalhar, não ia contar a mais ninguém. Deixei Austin aparecer na manifestação. Meu envolvimento foi esse. Não chefiei nada, não o matei, nem matei a esposa dele. Minha culpa foi só deixar a coisa toda acontecer.

Yates se encostou na parede, pensativo, falando tanto para si mesmo quanto para Liev.

— Não cumpri meu dever de agente do FBI? Eu diria que não. E explico por quê. Eu sabia que o assassinato de Austin não causaria uma revolução. Mesmo se todos os negros acreditassem que o presidente Lyndon Johnson ordenara pessoalmente o assassinato de Austin, não causaria nenhuma revolução.

A ideia de salvar Austin por ser um cidadão americano e inocente não pesou na equação.

— A maioria dos negros acredita em Deus. Vai à igreja, reza, canta. Os comunistas, não. Detestam Deus. Mas nunca houve negros ateus suficientes, nunca houve Jesse Austin suficientes para os tumultos se transformarem em rebelião.

Yates tinha falado quase tudo o que queria. Mas não respondera a pergunta que levara Liev até lá.

— Quem matou a minha esposa?

Yates arregalou os olhos como se tivesse esquecido essa parte da história.

— Você já tem a resposta! Depois que mataram Austin, detivemos a sua esposa e a filha. A delegacia ficou lotada. A imprensa estava na rua. Havia um protesto. Quando Anna Austin chegou, não se preocuparam em revistá-la, a viúva triste. Ela ficou lá e esperou, dizendo que tinha provas. Eu interroguei a sua esposa. Os diplomatas soviéticos queriam falar com ela. Deixamos a sala de interrogatório juntos e fomos para a sala principal. Anna Austin tirou uma arma. Ela sempre me detestou. Deve ter achado que matei o marido dela. Deu quatro tiros antes de outro agente matá-la. Os tiros não me atingiram. Acertaram a mesa, as paredes, um deles passou zunindo pela minha orelha. É um milagre eu estar vivo. Um deles atingiu a sua esposa por engano, pegou na barriga. É só. Foi um acidente, não há mistério a desvendar. Você esperou todos esses anos, mas já sabia a resposta: a versão oficial é verdadeira. Anna Austin matou a sua esposa; não queria, mas matou.

Prevendo a reação dele, Yates disse:

— Muita gente pode confirmar isso. Eles viram. Viram Anna puxar o gatilho. Viram a sua esposa cair.

Liev pensou naquela explicação e perguntou:
— Então Anna Austin não queria atirar na minha esposa?
Yates chegou mais perto:
— Ela queria me matar, mas não conseguiu. Tinha uma pontaria ruim, com certeza nunca atirou na vida. Depois, mentimos sobre os motivos, não sobre os fatos. Jesse estava morto. Anna também, com o tiro dado por um policial. Nós estávamos numa enrascada. Dois negros mortos numa noite, no meio de uma delegacia? Tínhamos que mentir. O Harlem ia pegar fogo. Não tivemos escolha. Precisamos inventar uma história para confundir o público de forma que, mesmo se eles não acreditassem em nós, soubessem a verdade lá entre eles. Precisávamos juntar a coisa toda. Os poderosos muito superiores a mim resolveram que a história de Austin ter uma amante funcionária. Diríamos então que a sua esposa tinha um caso com Austin e que o matou por ciúme. Anna foi à delegacia e se vingou. Combinava com os fatos. Havia fotos da sua esposa na cena do crime. Produzimos umas fotos da sua esposa encontrando Austin no apartamento dele, cortamos Elena e substituímos por fotos de Raíssa. Essas fotos foram feitas às pressas. Se você olhar com atenção, verá que as figuras estão desproporcionais. Puseram fogo na agência de Osip Feinstein com ele lá dentro, foi o castigo soviético pela traição. Houve pequenos tumultos. Houve também passeata por direitos civis, mas nada que tivesse consequência e, certamente, nenhuma revolução. No final, a maioria acreditou que os assassinatos foram resultado de um romance trágico. Só os negros duvidaram e mesmo assim poucos se incomodaram. Tudo funcionou tão bem que não acreditei que o FBI quisesse me demitir. Disseram que eu devia ter impedido o assassinato de Austin.

Yates balançou a cabeça. Era óbvio que estava aborrecido não pelo assassinato, ou pela morte de três pessoas, mas por ter perdido o emprego. Era o bandido convencido de que era o mocinho.

Quando Nara terminou a tradução, Yates os avisou:

— Vocês não podem fazer nada. Ninguém liga para essa história. Ninguém vai acreditar em vocês. Nenhum jornal vai publicar. Não existe prova. Se tentarem criar problema, meu governo chuta os dois daqui. Não tenho mais nada a dizer. Se esperavam uma desculpa, perderam o seu tempo. O caso me custou o emprego de que eu gostava e onde era bom, então também paguei. Agora chega de conversa. Se não saírem da minha casa já, dou um telefonema e mando os dois de volta para aquele buraco do inferno no Afeganistão.

Liev pegou uma das biografias sobre a mesa. Quando Yates ficou ao alcance, Liev jogou o livro, que bateu no queixo dele e derrubou o ex-agente no chão. Rápido, Liev pegou a arma no bolso de Yates, colocou o joelho no peito dele e disse, em russo:

— Já fiz coisas piores do que matar um homem como você.

Liev voltou-se para Nara que estava apavorada e disse a ela, em dari:

— Traduza.

— Liev!

— Traduza.

Ele se virou para Yates.

— Minha mulher não morreu na hora, mas demorou vinte minutos. Ela morreu por hemorragia. Talvez Anna Austin tenha atirado nela por engano, mas você a deixou morrer, não? Talvez você não quisesse que Raíssa contasse que Anna tentou matar você. Minha esposa ficou no chão, precisando de ajuda... era a chance que você esperava, não?

Liev bateu com o revólver no rosto de Yates, causando um corte no lábio dele.

— Responda!

Yates cuspiu sangue, ouvindo Nara traduzir. Com calma, disse:

— Faça comigo o que quiser, mas sua esposa vai ser lembrada sempre como puta.

Ao ouvir a tradução, Liev engatilhou o revólver e disse, em inglês:

— Diga como ela morreu.

Yates ficou calado. Liev colocou o revólver no lugar exato onde Raíssa foi atingida, o cano apertando a barriga do ex-agente.

— Diga.

Yates negou com a cabeça. Liev puxou o gatilho.

Mesmo dia

Nara se abaixou ao lado de Yates para ajudar. Liev a impediu, dizendo:

— O tiro pegou no mesmo lugar que atingiu a minha esposa. Ela levou vinte minutos para morrer. Diga a ele que pode dispor desse tempo todo. Mas ele é mais velho, a bala entrou na horizontal e, portanto, deve ter menos minutos.

Nara traduziu, tropeçando nas palavras. Liev prosseguiu, calmo:

— Neste sótão à prova de som ninguém ouviu o tiro. O único jeito de sobreviver é se eu tiver a compaixão que ele não teve com a minha esposa. Farei isso se ele disser a verdade.

Nara traduziu e implorou a Yates para falar. Liev falou em russo com Yates, como se ele pudesse entender.

— Quando Anna Austin atirou em você, não foi outro policial que reagiu, foi você. Você atirou e a matou, não? E, quando ela morreu, você viu a confusão em que se metera de repente. Esteve com Austin naquele mesmo dia. Ele estava morto. E agora tinha matado a esposa dele. Você viu na minha esposa uma chance. Ela estava seriamente ferida, mas não morreria se você buscasse ajuda. Acobertar o crime não foi ideia dos seus superiores, foi sua. Mas para o seu plano funcionar, minha esposa tinha que morrer. Não é isso?

Yates apertou os lábios, recusando-se a falar. Tentou conter o sangue com a mão no ferimento, sem dar atenção às perguntas.

Liev puxou a mão de Yates e o ferimento ficou aberto, o sangue escorrendo. Ele disse, em russo:

— Você fez isso com a minha esposa? Tirou a mão dela, deixou-a sangrar?

Yates estava com a testa coberta de suor, o corpo tremia. Liev perguntou:

— Você demorou a chamar a ambulância?

Nara traduziu, sem tropeçar mais nas palavras, acusando-o. Ela também queria uma resposta. Yates ficou calado.

Sem aumentar a voz, como se falasse com uma criança, Liev disse:

— Yates, seu tempo está se esgotando. Se não responder, vou assistir à sua morte como você assistiu à da minha esposa. Vou considerar isso uma repetição do que houve em Nova York e não preciso da sua explicação para entender aquela noite. Posso esperar você sangrar até morrer.

Yates era mestre em entender a fraqueza das pessoas e certamente viu que Liev estava decidido.

— Você ficou com ela, não foi? Por vinte minutos, para garantir que tinha morrido. Teve a ideia de juntar os fatos e dizer que Anna matou Raíssa por vingança, mas não uma vingança contra você.

Yates sentou-se, olhou a camisa ensanguentada até o peito, uma trilha de vermelho escorrendo pelo carpete remendado como uma colcha de retalhos. Liev disse, em inglês:

— Fale.

Finalmente, Yates reagiu. Ele concordou com a cabeça. Liev segurou o rosto dele.

— Quero ouvir você falar. Diga: você a deixou morrer?

Os dentes de Yates tinham sangue. Ele respondeu:

— Sim, deixei.

A voz de Liev era quase um sussurro.

— Minha esposa passou os últimos momentos da vida com você Diga como foram.

Yates estava branco como um fantasma. Fechou os olhos. Liev deu um tapa no rosto dele, obrigando-o a responder. Yates abriu a boca, mas não falou. Liev disse:

— Os últimos minutos dela. Quero saber.

Yates tentou tocar o ferimento da bala, mas Liev segurou a mão dele.

— Você tem pouco tempo.

Yates falou. As palavras mostravam que lutava para se manter vivo, a respiração ofegante, em pânico.

— Eu disse que uma ambulância estava a caminho. Ela não acreditou. Sabia que era mentira. Tentou pedir ajuda. Quando viu que não viria, se acalmou. Respirava devagar. Pensei que fosse demorar pouco, mas se passaram quase 15 minutos. Havia muito sangue. Pensei que ela fosse morrer rapidamente.

Ele balançou a cabeça.

— Ela falou, bem calma, como se rezasse. Achei que falava em russo, mas era inglês. Falava comigo, então cheguei mais perto. Ela me pediu para dizer à... filha...

— Elena?

Yates concordou com a cabeça.

— Que ela não estava zangada. E que a amava. Ficou repetindo sem parar. Diga que não estou zangada, diga que a amo. Depois fechou os olhos. Dessa vez, não os abriu mais.

Liev chorava. Deixou as lágrimas escorrerem, não podia secá-las, pois segurava os braços de Yates. Ele se recompôs o bastante para perguntar:

— Você não disse isso a Elena? Nem isso você fez?

Yates negou com a cabeça.

Liev se levantou. Livre, Yates apertou a mão no ferimento, estancando o sangue. Voltou a ficar irritado.

— Eu respondi as suas perguntas! Agora chame uma ambulância!

Liev segurou a mão de Nara e em silêncio a levou até a escada acarpetada. Atrás dele, ouvia-se o grito:

— Chame a porra da ambulância!

No corredor, Liev deixou o revólver no armário lateral. O telefone estava junto à foto de casamento que mostrava o jovem e bonito Yates com sua linda noiva, destinados a uma vida de dever e aversão. Liev colocou o fone no ouvido, pronto para discar, olhando a foto e pensando nos detalhes da confissão de Yates, vendo os últimos minutos de Raíssa, a dor física, o sofrimento prolongado e a sórdida solidão de sua morte, sangrando no chão de uma delegacia. Liev tinha certeza absoluta de que o agente Jim Yates merecia morrer. Era uma desonestidade sentimental achar que uma prova de compaixão fosse mudá-lo. Homens como ele não se arrependem de nada. Não se arrependiam e não tinham dúvidas. Reflexão e introspecção só servem para enfatizar o que eles já achavam. Conseguiriam sempre justificar o que fizeram. Uma voz parecia gritar para Liev, pedindo justiça:

Deixe-o morrer!

Era por isso que ele estava ali, por isso que tinha viajado e arriscado tanto. Como podia ir tão longe para salvar o homem que havia matado a esposa dele? Não queria o prêmio moral de ser melhor do que o inimigo. Não ia se orgulhar de salvar aquele homem. A raiva e a tristeza que sentira com a morte da esposa estavam tão vivas quanto na hora em que soube; tais sentimentos deviam influenciá-lo, e não uma ideia preconcebida de honestidade. Saber a verdade não curara a dor nem lhe dera paz. O ódio era o mesmo, as emoções, tão descontroladas como sempre. Talvez, se deixasse Yates morrer sozinho no porão, uma morte triste e patética, que convinha a um homem dominado pelo ódio, Liev sentisse outra coisa, encontrasse a paz que procurava.

Deixe-o morrer!

Deixe-o morrer.

Nara tocou o ombro dele.

— Liev?

Quando se virou, ele não viu Raíssa, mas ela estava ali, tão concreta quanto a presença de Nara. A verdade é que Raíssa teria detestado Yates ainda mais que Liev. Jamais perdoaria Yates por deixar Jesse Austin morrer. Jamais perdoaria por não transmitir suas últimas palavras a Elena. O silêncio dele ajudou Elena a se recriminar, carregar uma culpa que tinha mudado seu comportamento e sua vida. Mesmo assim, mesmo com tanto ódio, Liev tinha certeza de que Raíssa chamaria uma ambulância.

Ele discou o número e entregou o fone a Nara.

— Dê o endereço. E diga que é urgente.

— Aonde você vai?

— Ajudar Yates.

Nova York
Praia de Brighton
Mesmo dia

Liev ficou sentado na areia, olhando o mar bater na praia. O pôr do sol se reduzia a um borrão vermelho, a noite chegava ao que restava do dia. Ele passava um seixo de uma mão para outra, no mesmo ritmo, como se fosse um sofisticado cronômetro calculando quanto faltava para o escuro. Uma coisa ficou evidente para Liev: a verdade não o consolara. As descobertas que fizera não tornaram mais suportável a morte de Raíssa. A tristeza não dependia de resolução, de conclusão. Não acabava. Sentia falta dela naquele momento, naquela praia, como sempre sentira. Achava tão difícil imaginar o futuro sem ela como na hora em que soube da morte. Pensar em acordar amanhã sem estar ao lado dela, após tantos anos fazendo exatamente isso, ainda trazia a dor da solidão. Na verdade, a investigação foi um complexo subterfúgio de 15 anos do fato de que não sabia viver sem ela. Jamais saberia.

Por mais contraditório que fosse, tentara manter Raíssa viva explorando os mistérios que cercavam a morte dela, para legitimar a obsessão como um trabalho de detetive. Num mistério sem solução havia imortalidade. Viu então que Zoia sempre soube o verdadeiro motivo da investigação e sempre soube que a descoberta não o consolaria. Tinha razão. Descobrira quem matara a esposa, o motivo e como fora morta. Podia agora ver os fatos daquela noite em Nova York, entender cada detalhe, saber todas as razões. Mas o importante era que, finalmente, viu a inutilidade de tentar manter Raíssa viva e entendera que o mistério sem solução fora só uma ilusão de estar com ela, um homem procurando o reflexo da mulher que amava.

Nunca mais veria Raíssa. Nunca mais dormiria ao lado dela, ou a beijaria. Ao pensar nisso, largou o seixo pesado e liso. A noite chegara. O borrão vermelho do entardecer acabara. As luzes de Coney Island brilhavam.

Ao ouvir passos na areia, virou-se. Nara e Zabi se aproximavam. Ficaram ao lado dele, sem saber o que dizer. Liev deu uma batidinha na areia ao lado dele.

— Sentem-se aqui comigo um pouco.

Nara ficou de um lado, Zabi, do outro. Liev segurou a mão de Zabi. Ela percebeu que alguma coisa estava errada, mesmo que não entendesse o que era.

— Você vai nos deixar?

Liev concordou com a cabeça.

— Tenho que ir para casa.

— Aqui não é a sua casa?

— É a sua. Mas eu tenho que voltar para a Rússia.

— Por quê?

— Minhas filhas estão lá. Estão com problemas, sendo castigadas por minha causa. Não quero isso.

— Não podem vir para cá? Podem morar com a gente. Eu divido o quarto.

— Não vão deixar que elas venham.

— Não quero que você vá.

— Eu não quero deixar você.

— Não pode ficar até o Natal? Li sobre isso na escola e quero comemorar com você. Podemos comprar uma árvore e colocar luzes nela.

— Você pode fazer isso com Nara.

— Quando você volta?

Liev não respondeu.

— Você volta, não?

— Acho que não.

Zabi chorava.

— Fizemos alguma coisa errada?

Liev segurou a mão dela.

— Você é uma menina incrível. Vai ter uma vida ótima aqui com Nara. Tenho certeza. Pode conseguir o que quiser. E vou gostar de saber do seu sucesso. Mas preciso fazer uma coisa.

UM MÊS DEPOIS

Espaço Aéreo Soviético acima de Moscou
13 de dezembro

Liev olhava pela janela do avião de passageiros alugado pelo governo soviético para levá-lo para casa. Ficou desapontado por Moscou estar escondida atrás de nuvens, como se afastasse o olhar do traidor de regresso, se recusando a mostrar a cidade que um dia ele jurou proteger de todos os inimigos, locais e estrangeiros. De qualquer ângulo que pudesse analisar a situação, admitia que estava envergonhado. Tinha lutado com orgulho como soldado soviético e teria morrido feliz por sua terra. Mas acabou traindo-a. Ainda que estivesse muito envergonhado pelas atitudes que tomou, sentia mais vergonha ainda por seu país ter desperdiçado a chance de progredir socialmente em vez de industrializar a escuridão, fazer seus cidadãos cúmplices numa criminosa economia de comando, construir fábricas de morte em todos os cantos do país, dos *gulags* de Kolima à central da polícia secreta, a Lubianka, um prédio que estava em algum ponto, abaixo daquelas nuvens hibernais. De uma maneira ou de outra, todos eles traíram os ideais da Revolução.

A viagem de Nova York a Moscou foi lúgubre, Liev rodeado de poltronas vazias, exceto as ocupadas pelos agentes do KGB que o vigiavam e os funcionários diplomáticos vindos de Moscou para cuidar de seu retorno. Depois de embarcar, não teve medo, pensou só no dinheiro desperdiçado com a repatriação. Como traidor de nível internacional, teve direito a um avião inteiro só para ele.

Lembrou-se das vantagens que sonhara quando era um jovem agente e ficou encantado com aquela ironia: nem o mais poderoso agente do KGB, dono da maior *dacha* e da maior limusine, jamais teve direito a um avião inteiro. Era só uma questão de aparência. A deportação de Liev foi numa arena global, na presença do circo da mídia internacional e não iam economizar em nada. Da mesma forma que Raíssa foi para Nova York no avião mais moderno do país para impressionar o maior inimigo, o desertor Liev seria trazido para casa na mais moderna aeronave soviética, de Nova York a Moscou sem escalas. O governo soviético queria mostrar ao mundo que não estava com problemas financeiros. Gastar sem pensar era uma tentativa de esconder a tensão provocada pelas despesas cada vez maiores com a guerra no Afeganistão, o que Liev contou em detalhes para os americanos.

Ao negociar a volta para a União Soviética, ficou claro que os americanos gostaram de se livrar dele. Era um criador de caso, um canhão descontrolado e eles conseguiram a informação de que precisavam. Pelo que Liev disse, concluíram que os soviéticos ficariam humilhados com um fracasso no Afeganistão. Ajudar a insurgência afegã drenaria os recursos soviéticos, mandando mais tropas e fazendo sua derradeira e inevitável derrota ficar mais cara ainda politicamente.

Quanto ao problema de Liev com o ex-agente Jim Yates, a agressão foi acobertada. Yates sobreviveu. As declarações dele jamais seriam divulgadas. Os livros de história estavam escritos e não seriam reescritos: as mentiras estavam nas enciclopédias e nos livros. O tiro em Yates em sua linda casa de subúrbio em Teaneck foi de um invasor armado, um ladrão que se enganou. Liev garantiu às autoridades americanas que não ia mais causar problemas, nem fazer qualquer declaração sobre a morte de Jesse Austin, desde que não perturbassem Nara e Zabi. Fez-se um pacto de silêncio. Liev teve certa satisfação com a simetria do tiro de Yates ter sido escondida por conveniência, exatamente como a morte de Austin.

Yates concordou em confirmar a história e disse aos repórteres locais que só lembrava que o invasor era negro.

Quanto aos soviéticos, Liev teve apenas uma garantia: se voltasse, o governo não incomodaria mais as filhas. Pediu que, nas 24 horas posteriores à chegada, ele tivesse licença de vê-las, mas não estava em condição de insistir em nada. A culpa dele não estava em jogo. Tinha dado informações importantes para o principal inimigo e ia ser julgado por traição, cujo veredicto já estava decidido.

Quando o avião aterrissou, Liev tentou pensar nos últimos oito anos, em tudo o que acontecera desde que saíra de Moscou, oito anos nos quais não participara da vida das filhas e dos genros. Pensou nas cartas que recebeu e, de repente, se surpreendeu ao perceber que não estava aflito por voltar para uma cidade cheia de lembranças de Raíssa. Algo havia mudado. Ele estava animado. Aquela era a cidade onde ele se apaixonara. Estaria mais perto de Raíssa ali do que em qualquer fase da investigação do assassinato dela. Quando as rodas do avião tocaram o solo, Liev fechou os olhos. Estava em casa.

Moscou
Presídio Butirka
Centro de detenção provisória
Rua Novoslobodskaia, 45
Uma semana depois

Com as algemas apertando tanto os braços e as pernas que, mesmo em pé, ele era obrigado a se curvar, Liev aguardou horas na antiga sala de interrogatório de um presídio famoso quase desde a fundação, há um século. Ele tinha acompanhado tudo aquilo centenas de vezes: a humilhante chegada, o clima de intimidação e a pressão psicológica, vigiado por guardas em todos os cantos da sala. Não houve ameaça de violência. Mas fizeram uma tortura muito mais dolorosa que a dor física.

Era o sétimo dia de Liev em Moscou e ainda não tinha visto as filhas. Não tinha falado com elas por telefone, nem tido qualquer notícia. Todas as manhãs, quando era acordado, ficava sabendo que viriam naquele dia. Era levado para aquela sala de interrogatório e avisado que chegariam logo. Esperava, ansioso, batendo os pés no chão. Passavam-se minutos que pareciam horas. A sala não tinha relógio e os guardas não respondiam a perguntas. Parte da tortura era a dificuldade de calcular o tempo. A sala não tinha janelas, nada que indicasse o mundo exterior. Ele deu um jeito de manter a sanidade mental. O teto tinha um cano aparente. Uma das enferrujadas conexões estava vazando e a água juntava até formar uma gota. Quando a gota ficava pesada, caía, e começava tudo de novo. Liev contou os segundos de um ciclo. Depois contou outro e mais outro. Cada gota demorava aproximadamente 620 segundos e ele avaliou então há quanto tempo esperava. Nesse dia, há 48 gotas, oito horas.

No dia anterior, ele ficara sentado 12 horas, contando as gotas, muito ansioso, até informarem que as filhas não viriam. Essa penosa rotina se repetia todos os dias, fazendo-o passar da esperança ao desespero. Não disseram o motivo da ausência, se as filhas foram cruelmente proibidas de vê-lo, ou se não quiseram vir. Claro que os torturadores sabiam que Liev pensaria que as filhas não queriam vê-lo e não fizeram nada para aliviar essa ideia destrutiva que, como uma pérola de ácido concentrado, se aninhava em sua cabeça.

Podia ser que as filhas não quisessem nada com ele. Liev não sabia bem como reagiram à notícia da deserção, nem da volta ao país. Podiam ter se irritado por gerar tanto problema para elas: foram detidas, interrogadas, suas famílias foram castigadas pela deserção. Nos seis meses que viveu nos Estados Unidos, não pôde saber se foram afetadas na profissão ou na reputação. Talvez tivessem medo de visitá-lo, preocupadas com o que isso causaria na vida delas. Enquanto pensava, sentia aumentar a tensão em cada músculo das costas, as mãos se fechavam.

A porta da cela se abriu. Liev se levantou, com a garganta seca, louco para ver as filhas. Tentou enxergar em meio às sombras.

— Elena? Zoia?

Do corredor escuro surgiu um agente do KGB.

— Hoje, não.

Mesmo dia

Liev ficou numa sala individual, não por gentileza, mas por temerem que, como tinha idade, pudesse pegar tuberculose numa cela coletiva e morrer antes do julgamento. De vez em quando, abriam a portinhola e um policial olhava se ele não havia tentado se matar. Desde que chegara, não dormira mais de meia hora. Com o passar dos dias, ele quase desistira de dormir, andando de um lado para o outro — a cela media quatro passos por dois —, pensando na possibilidade de nunca mais ver as filhas.

A luz da cela foi acesa. Liev se surpreendeu. Não havia visitas à noite. Abriu-se a porta. Entrou um homem de 40 e poucos anos, com um guarda. Liev não o reconheceu, embora fosse evidente que, pelo terno e sapatos finos, era alguém importante, talvez um político. Parecia agitado, apesar do ar poderoso. Não encarou Liev mais de um segundo. A porta ficou aberta e o guarda não saiu do lado do homem. Só então Liev percebeu que o guarda estava com um cassetete para proteger o visitante.

O homem tomou coragem para olhar Liev e perguntou:

— Você me conhece?

Liev negou com a cabeça.

— Se eu disser o meu nome, não vai significar nada para você. Mas, se disser o nome pelo qual eu era conhecido...

Liev esperou o homem prosseguir.

— Eu era conhecido como Mikail Ivanov.

O primeiro impulso de Liev foi pular e esganar Ivanov, avaliando a possibilidade de conseguir, na sua idade e condição física. Controlou a reação instintiva e o ódio. Não tinha conseguido a única coisa que queria, uma visita das filhas. Qualquer satisfação por matar Ivanov era garantia de ser executado sem vê-las. Ivanov pareceu aliviado por não ser atacado e observou:

— Tive de mudar de nome.

Liev falou pela primeira vez.

— Um sofrimento, com certeza.

Ivanov estava irritado consigo mesmo.

— Estou tentando explicar por que você não me encontrou. Frol Panin me disse para mudar de identidade. Tinha certeza de que você viria atrás de mim, não importava quantos anos depois. Veio mesmo e por isso eu tive de fingir...

— Que tinha morrido?

— Sim.

— Panin era sensato. Salvou a sua vida.

— Liev Demidov, você acredita que alguém possa mudar?

Liev avaliou Ivanov cuidadosamente, sentiu um arrependimento real e pensou se seria um truque, um outro tipo de castigo. Liev modulou a voz, passou da hostilidade para o ceticismo profundo e perguntou:

— O que você quer?

— Não vim me desculpar, sei que não teria muito sentido. Por favor, não me julgue fútil ou presunçoso se disser que virei um homem de certa influência e poder.

— Não me espanta.

Liev se arrependeu da agressividade, infantil e mesquinha. Mas Ivanov aceitou.

— Decidiram que você não poderia ver as suas filhas. Seria o único castigo que o magoaria. Não ia ter notícias delas, vê-las, nem falar com elas.

Liev se sentiu fraco, inseguro. Ivanov corrigiu logo a informação.

— Não posso intervir no julgamento, mas consegui que Zoia e Elena venham visitá-lo. Consegui, elas vêm amanhã.

A mudança de desespero para euforia foi demais. Exausto pela falta de sono, Liev sentou-se na beira da cama, apoiou a cabeça nas mãos e respirou fundo. Ivanov acrescentou:

— Em troca, peço um único favor: não diga a Elena que consegui isso. Não diga o meu nome. Vai arruinar o que consegui.

Liev precisou de um instante para se recuperar. A voz era fraca, o ódio e a indignação sumiram.

— Você não podia conseguir sem me contar?

Ivanov concordou com a cabeça.

— Podia.

Ivanov se virou, prestes a ir embora. Liev perguntou em voz alta:

— Por quê?

Ivanov ficou indeciso, pegou uma foto e a mostrou, a mão trêmula. Era uma foto de Mikail Ivanov sentado ao lado da esposa. A mulher não era linda, mas bonita, com olhos generosos e rosto calmo. Liev perguntou:

— Você disse a ela o que ia fazer?

— Disse.

— Você disse a ela o porquê?

— Ela acha que foi por mera gentileza, uma prova do meu bom caráter.

Liev olhou bem o casal e abaixou a cabeça. Ivanov guardou a foto no bolso e acrescentou:

— Para ela, eu sou um homem bom. Isso é o máximo que posso chegar de realmente ser alguém decente.

Dia seguinte

Mais uma vez, Liev estava na cela de interrogatório, com os braços e as pernas algemados, à espera das filhas. Mais uma vez, passaram-se muitas horas sem que os guardas informassem o que estava acontecendo. A 33ª gota estava se formando na junta enferrujada do cano. Quase seis horas tinham se passado. Será que Ivanov tinha mentido? Não, o arrependimento no rosto dele era verdadeiro, impossível de fingir. Mas Ivanov podia ser manipulado por homens mais importantes, que mentiram e garantiram que ele podia dar a boa notícia para o traidor sofrer ainda mais quando as filhas não viessem. Esperança e desespero eram os instrumentos de tortura em uso: as autoridades passavam de um para o outro com tal crueldade que Liev respirava com esforço, ao pensar no que estava por vir. Ia ficar ali sem saber, atormentado por promessas não cumpridas. Jamais saberia se as filhas queriam visitá-lo. Jamais saberia se resolveram manter distância dele. Não saber isso o deixaria arrasado antes do julgamento chegar ao seu inevitável veredicto. Quando pingou a 33ª gota de água, Liev não aguentou mais as frustrações e se inclinou para a frente, numa reverência para os torturadores, colocando a cabeça na mesa.

Algum tempo depois, a porta da cela se abriu. Liev não se mexeu. Não olhou. Se imaginasse as filhas na porta e elas não estivessem, poderia morrer de desapontamento. Sentia o coração fraquejar com a pressão da semana anterior. Mas não conteve uma leve esperança, atento aos sons. Só ouvia passos de uma pessoa, de botas pesadas. Era o agente do KGB. Liev fechou os olhos, trincou os dentes, à espera daquela frase terrível:

Hoje, não.

Mas o guarda não disse nada. Depois de um instante, Liev abriu os olhos, assustado com o palpitar no peito. Ouviu de novo, era um inconfundível choro.

Liev sentou-se. As filhas estavam à porta. Elena chorava. Zoia segurava a mão da irmã. As duas eram lindas, cada uma do seu jeito, e as duas estavam apavoradas. Liev gelou, sem conseguir falar ou sorrir. Só se sentiria feliz depois de garantir que aquilo não era um sonho, ou uma ilusão causada pela falta de sono. Talvez estivesse delirando, imaginando as filhas ali quando, na verdade, continuava com a cabeça encostada na mesa. Já tinha enganado a si mesmo em outras ocasiões. Tinha visto Raíssa na caverna no Afeganistão. Foi uma ilusão confortadora, que sumiu quando ele ficou com lágrimas nos olhos.

Liev se levantou, as algemas de aço fizeram barulho. As filhas entraram na cela e foram devagar até ele. Ao vê-las andar, observando os detalhes, ele se impressionou como aquela ilusão parecia verdadeira. Mas não ia se alegrar. Não ia rir ou desfrutar daquele instante. Não podia se entregar àquilo. Não tinha dúvida, a menor dúvida de que elas sumiriam assim que as tocasse ou, se fechasse os olhos, elas iriam tremeluzir, a luz sumiria, elas desapareceriam e ele ficaria só. Eram uma projeção de sua cabeça, uma miragem criada para se proteger da dura realidade: jamais as veria outra vez.

Exausto, tremendo, à beira da loucura, Liev pediu a elas:

— Provem que vocês são de verdade.

Reparou que Elena estava grávida, o que ele não sabia, nem lhe contaram. Chorou e as filhas se aproximaram, abraçando-o. E, finalmente, Liev se permitiu sentir um pouco de felicidade.

AGRADECIMENTOS

Preciso fazer uma menção especial à minha boa amiga Zoe Trodd, que dividiu comigo sua pesquisa, seu tempo, suas conclusões e me deu seu apoio enquanto eu escrevia *Agente 6*, sobretudo em relação ao comunismo nos Estados Unidos, o que incluiu passeios guiados aos locais mais importantes em Nova York. Zoe foi uma fonte de informação de valor incalculável — é uma amiga maravilhosa, além de brilhante.

Tive a sorte de ter o apoio de dois grandes editores, Mitch Hoffman, da Grand Central Publishing, e Suzanne Baboneau, da Simon & Schuster no Reino Unido. Quero agradecer também a Felicity Blunt, da Curtis Brown, por toda a ajuda neste romance, e a Robert Bookman, da CAA. Devo muito a ambos. Finalmente, agradeço a Ben Stephenson pelo apoio dado nos últimos dois anos.

Este livro foi composto na tipologia Swift LT Std,
em corpo 10,5/15,5, e impresso em papel off-white
no Sistema Cameron da Divisão Gráfica
da Distribuidora Record.